新时代文学批评丛书

吴义勤 主编

未来有无限可能

宋明炜 著

山东文艺出版社

图书在版编目（CIP）数据

未来有无限可能 / 宋明炜著. -- 济南：山东文艺出版社, 2024.10. -- （新时代文学批评丛书 / 吴义勤主编）. -- ISBN 978-7-5329-7250-0

Ⅰ. I206.7-53

中国国家版本馆 CIP 数据核字第 20242V76S9 号

未来有无限可能
WEILAI YOU WUXIAN KENENG

宋明炜　著

主管单位	山东出版传媒股份有限公司
出版发行	山东文艺出版社
社　　址	山东省济南市英雄山路 189 号
邮　　编	250002
网　　址	www.sdwypress.com
读者服务	0531-82098776（总编室） 0531-82098775（市场营销部）
电子邮箱	sdwy@sdpress.com.cn
印　　刷	山东华立印务有限公司
开　　本	710 毫米 × 1000 毫米　1/16
印　　张	19.75
字　　数	237 千
版　　次	2024 年 10 月第 1 版
印　　次	2024 年 10 月第 1 次印刷
书　　号	ISBN 978-7-5329-7250-0
定　　价	79.00 元

版权专有，侵权必究。如有图书质量问题，请与出版社联系调换。

开辟文学批评的新时代
——"新时代文学批评丛书"总序

吴义勤

党的十八大以来,中国特色社会主义进入新时代,中国文学也翻开了崭新的一页。置身新时代新征程,面对丰富的史诗性伟大实践,广大作家胸怀"国之大者",牢记初心使命,深入生活,扎根人民,与时代共振,与人民共情,用心用情用功书写新时代的中国故事,展现中国人民昂扬的精神风貌,谱写了新时代文学的辉煌篇章。

文学批评与文学创作是文学发展的车之两轮、鸟之两翼,一个时代的文学发展既需要广大作家的笔耕不辍、创新创造,也需要批评家的积极呼应、理论引领。在新时代文学不断攀登高峰的历史进程中,新时代文学批评也发挥了至关重要的作用,取得了丰硕的发展成果,形成了独特的新时代文学批评景观。习近平总书记高度重视文学批评工作,近年来就繁荣新时代文学批评发表了一系列重要讲话,作出了一系列重要指示批示。我们策划这套"新时代文学批评丛书",就是要全面学习贯彻落实总书记关于文学批评的讲话与指示批示精神,一方面旨在呈现新时代文学批评的基本样貌、发展成果,另一方面也希望从中获得推动文学批评发展的经验和启示,为推动新时代文学理论批评建设和新时代文学繁荣提供有益的镜鉴。

本丛书遴选的作者都是长期持续坚守在新时代文学批评现场并卓有成就的优秀批评家。从年龄结构上，他们涵盖了"60后""70后""80后"，这也是当下文学批评的主力军；从批评对象的文学门类上，覆盖了小说、诗歌、散文等多个当下最具影响力的艺术门类，可以说是对新时代文学的全面阐释和研究。通过这套批评丛书，读者一方面可以深入了解新时代文学批评的丰富实践，同时可以通过文学批评了解新时代文学发展的基本风貌和历史特征。

在内容上，本丛书侧重于遴选研究新时代文学的评论文章，以对新时代十年来具有代表性的作家作品、有广泛影响的新文学现象、引人关注的文学热点事件以及文学发展中存在的症候性问题为主要研究对象，是对围绕新时代文学展开的文学批评成果的一次全面梳理和集中展示。我们希望以出版批评丛书的方式，深入总结文学批评发展的历史经验，同时吸引更多研究力量来增强对新时代文学研究的力度和深度。

本丛书的出版要感谢山东出版传媒股份有限公司副总经理李运才、山东文艺出版社社长徐迪南，他们提供了非常多的支持和帮助，也提出了许多富有建设性的意见和建议。新世纪之初，我曾和山东文艺出版社共同策划出版了一套"e批评丛书"，在学术界产生了良好的反响。今年，又再次在山东文艺出版社出版这套"新时代文学批评丛书"，可谓是一种极为特殊也极为难得的缘分，也体现了山东文艺出版社多年来一直积极参与、支持中国当代文学批评事业发展的出版精神。在此，我代表丛书编委会向山东文艺出版社表示衷心的感谢并致以崇高的敬意。

两套丛书虽然出版时间不同，但在内容上又有着一种延续性和整体性。"e批评丛书"着力呈现的是二十世纪九十年代文学批评的发展成果，也是当时年轻的"60后"批评家的一次集体亮相。"新时代文学批评丛书"更侧重于展现新世纪尤其是新时代以来的文学批评成果，参与作者既包括了"e批评丛书"中的部分作者，又吸纳了"70后""80后"等新生批评力量。两套丛书虽然侧重点不同，但形成了一种巧妙的呼应，构成了一种互补关系，具有了批评史意义上的"整体性"，某种意义上，它们就是一种特殊形态的近三十年来中国文学批评的发展史。

当然，对于新时代文学批评成果的总结展示并不意味着我们回避当下文学批评存在的问题。新时代以来，随着时代语境和文学生态的不断变化，文学批评面临着更为复杂严峻的形势和挑战，文学批评如何更好地发挥作用，真正成为助推文学发展的"磨刀石"和"利器"？这是所有文学批评者面临的共同课题和任务。出版这套丛书，我们一方面意在梳理总结这一时段文学批评发展的成果和经验，同时也希望能够从中析出当下文学批评发展存在的一些问题，以史为镜，为未来更好地推动中国文学批评发展，更好地发挥文学批评引导创作、推出精品、提高审美、引领风尚的作用提供启示和帮助。

新征程是充满光荣与梦想的远征，新时代文学正在我们面前浩浩荡荡地展开，作为文学发展的重要一翼，中国文学批评也正在砥砺前行，积极开辟一个文学批评的新时代。

是为序。

目 录

001　第一辑　科幻诗学

002　未来有无限的可能
　　　　——写在新浪潮兴起之际

009　弹星者与面壁者
　　　　——刘慈欣的科幻世界

029　再现不可见之物
　　　　——中国科幻新浪潮的诗学问题

049　在"世界"中的中国科幻小说
　　　　——科幻作为一种全球文类，及其成为世界文学的可能与问题

069　科幻的性别问题
　　　　——超越二项性的诗学想象力

087　　第二辑　当代意识

088　　《狂人日记》是科幻小说吗？
　　　　　　——写实的虚妄与虚拟的真实

108　　在模仿论的废墟上，如何建立真实性
　　　　　　——科幻诗学问题与当代文学的知识论

121　　今夕何夕，面向明朝
　　　　　　——文学的"当代性"和"未来性"如何可能

129　　打开"后人类"的秘境

143　　创生"新巴洛克"宇宙

155　　第三辑　青春话语

156　　现代中国的青春想象

179　　旅途的开始
　　　　　　——《少年中国：国族青春与成长小说，1900—1959》序幕

189　　生命的开花
　　　　　　——巴金早期小说中的青年与青春

231　终止焦虑与长大成人
　　——关于"70年代出生作家"的笔记

243　**第四辑　文学观察**

244　《叔叔的故事》与小说的艺术

264　伦理自由，小说艺术，与均衡的结构
　　——读张惠雯作品所想到

277　"流亡的沉思"
　　——纪念萨伊德教授

282　走出巴别塔
　　——作为小说的思想实验

294　"流动性"与"此时此刻"
　　——关于《哈佛新编中国现代文学史》

301　**后　记**

未来有无限可能

第一辑

科幻诗学

未来有无限的可能
——写在新浪潮兴起之际

五年以前,复旦大学的陈思和老师与哈佛大学的王德威老师联合主持召开了"新世纪十年文学"研讨会。当时我正迷恋《三体》,并且隐隐感觉中国科幻正在形成一次新浪潮,所以我特别希望两位老师能请来科幻作家。记得开会的时候,中国文学的众多名家都到场了:莫言,王安忆,余华,苏童,骆以军,以及徐则臣、蔡骏、任晓雯等青年一代的佼佼者。我在人群中第一次遇到了韩松和飞氘,他们两位的表情似乎都有点局外人的默然和严肃。后来读了韩松会后写的文章《为科幻而活着》,我才了解,韩松和飞氘作为科幻作家受邀参加这次会议,有着一种特别认真的使命感。当时从北京出发到上海来,他们好像都有点风萧萧兮易水寒的心态。他们是有备而来的。

会议的最后一天下午,轮到他们发言。我记得非常清楚,当时余华和苏童就坐在我身后,他们一直都在快乐地交谈。但当韩松开始发言的时候,全场都静下来了。韩松大概讲了十分钟,飞氘紧接着发言,余华和苏童的方向没有一点声音,他们都在认真倾听。我注意到台上坐着的徐则臣、任晓雯等也都在认真倾听。陈老师听得特别认真,王老师似乎挺起了身子,神情专注。我们都在认真倾听。后来许多人都认为,这是中国科幻新浪潮第一次浮出海面,这是历史性的一刻。但这样的说法,其实也说明了我们批评界的无知。中国科幻新浪潮的出现,至少可以上溯到 20 世纪 80 年代末期刘慈欣写了《中国 2185》,并构思了《超新星纪元》。一种全新的对于未来的想象、一种打破文类束缚的写作、一种敢于面对未知的先锋精神已经在刘慈欣的头脑中成型。1999年，刘慈欣创作了《乡村教师》，将璀璨宏大的宇宙史诗和荒芜贫瘠的中国乡村完美地结合起来。2000年，韩松发表《火星照耀美国》，重写"新中国未来记"，描绘出乌托邦与恶托邦的双身同体。与此同时，王晋康在《蚁生》《十字》等一系列长篇小说中探讨中国社会的伦理问题，其反思的内容包括了从"文革"到新世纪经济改革的各个方面。2006年，《三体》开始在科幻迷中走红。2008年，《三体》第二部《三体Ⅱ：黑暗森林》成了不折不扣的畅销书。到2010年我们开会的时候，中国科幻新浪潮已经有了至少十年的辉煌。不久之后，《三体》最后一部《三体Ⅲ：死神永生》出版，迅速进入了中国小说畅销书的行列。我有幸成为这部小说发表之前最初的读者之一。我是在飞机上读完它的，当时我的兴奋之强烈，让我荒诞地想象着我们的飞机已经航向小说结尾那样诗意的小宇宙：小太阳的光芒，在深不可测的黑暗中，闪亮着。

2010年，中国科幻的创世纪已经完成了。

上海会议之后，不知道有多少杂志和报纸抢着要做科幻文学的批评专辑，飞氘的发言稿在《上海文学》发表，题目是《寂寞的伏兵》。当时在会场的听众，几乎没有人意识到中国科幻已经进入了一个充满活力的新时代。飞氘说，科幻更像当代文学的一支寂寞的伏兵，"在少有人关心的荒野上默默地埋伏着。也许某一天，在时机到来的时候，会斜刺里杀出几员猛将，从此改天换地；但也可能在荒野上自娱自乐自说自话最后自生自灭"。飞氘对科幻的描述，本身就是一个科幻故事："将来的人会在这里找到一件未完成的神秘兵器，而锻造和挥舞过这把兵器的人们则被遗忘。"

飞氘的话显得有些悲壮。寂寞的伏兵，这个比喻指出了科幻在中国文坛的边缘地位。20世纪中国文学历史中，科幻有过几次短暂的辉煌。改革开放初期，童恩正的《珊瑚岛上的死光》曾发表在《人民文学》（1978年第8期）上，并获得全国优秀短篇小说奖。然而，科幻的发展却没有连续的历史。晚清一代作家将科学小说和政治小说结合起来的那种乌托邦想象，在民国初年就烟消云散了。20世纪50年代受到苏联体制影响成长起来的新一代作家，重新创造了科学幻想小说这个文类。70年代末期，这一代作家重返文坛，曾经短暂地创造了中国科幻的新纪元，但80年代中期后遭遇挫折，从此科幻从人们的视野消失。直到90年代网络兴起，科幻再次星火燎原，重生为一股不同凡响的新浪潮，不仅进入大众流行文化，也进入了文学体制和学院研究的视野。

将科幻比作寂寞的伏兵或神秘的武器，也暗示出这个文类在新浪潮作家笔下，已经具有了一种自觉的诗学意识。那就是科幻中呈现的，或许正是所谓的主流文学中不能呈现的内容。科幻的文学方法和美学技术，是主导中国文学的现实主义模式所难以企及的领域。灿烂的时空想象，崇高的心灵感受，现实生活的隐秘本质，梦想和现实的映衬，以及对于那些可能或者不可能的另类选择的思考……科幻在呈现世界的另外一面——我们生活在其中，却很少去认真观察和思考的一面。刘慈欣建议大家去仰望星空，这在雾霾严重的城市或许很难做到。但我们可以仰望内心的星空，去梦想从未有过的世界。

在最近几年里，科幻作家们也都屡屡提到中国梦。但我特别感动于韩松说的一段关于科幻和梦想的话。他在科幻中看到一种魔力，就像梁启超在一百多年前看到的那样，它可以通过自由自在的想象启迪一个民族去梦想更多的可能性："科幻让人无从预测，他们在文学上的新颖性特别值得珍惜。科幻是一个做梦的文学，是一种乌托邦。……能够在这么一个特别的时代邂逅科幻，是一种幸运，因为我能梦到更多的世界。"（《宇宙墓碑》后记）

中国科幻新浪潮的崛起，与中国梦的兴起，有着一种隐秘的关联。在科幻作家的笔下，梦的技术将科幻诗学变得具体了。科幻是梦想的文学，但它也是解析梦的文学。科幻既是隐喻，也是转喻的文学。也就是说，它用隐喻表现了梦想，但也在梦想与现实之间建立了转喻的关联。所以科幻有可能比现实主义还要现实。举一个例子，陈楸帆的家乡汕头有一个地区叫贵屿，近年来随着经济发展，变成了世界上最大的电子垃圾处理地。在他的小说《荒潮》中，贵屿变成了硅屿，是中国未来新经济的腾飞之地。但它也同时被描写成了一个鬼域。百万民工默默地处理从发达国家进口的电子垃圾，承受着致命的电子污染，他们没有基本的公民权利，被称作"垃圾人"，没有名字，没有身份。《荒潮》的梦，是写了一位"垃圾女孩"小米，在遭到残暴欺凌的时候，意外地受到一种尚在实验中的人工智能的感染。小米从最卑微的底层站起来，变成了拥有强大力量的赛博格（cyborg）。陈楸帆没有给这个故事加上《饥饿游戏》（*The Hunger Games*）那样浪漫的情节，小米没有成为点燃反抗怒火的女英雄。她被毁灭了。但梦想不会毁灭。

每一个有着自己的心灵和思想的人的梦，都是一滴水。也许我们面朝大海的时候，谁也看不到那一滴一滴的水。但正像英国科幻小说《云图》（*Cloud Atlas*）结尾那句话说的那样：没有这许多滴水，哪里来的大海？

2012年3月，《人民文学》破例刊登了刘慈欣已经发表过的四篇小说《微纪元》《诗云》《梦之海》《赡养上帝》。《人民文学》的英文版期刊 *Pathlight* 也陆续翻译了韩松、刘慈欣、王晋康等人的科幻小说。前不久，《人民文学》主编约请我为这次隆重推出年轻作家的科幻专辑写一篇文章。最终得以发表的小说共有三篇：刘宇昆的《人在旅途》，宝树的《坠入黑暗》，和陈楸帆的《巴鳞》。

刘宇昆（Ken Liu）翻译了大量的中国科幻小说，发表在美国科幻期刊上。他以超人的毅力翻译了《三体》第一部和第三部。刘宇昆本人也是一位卓越的科幻作家。他用英文写作的科幻小说，迄今为止已经夺得英文世界中几乎所有的主要科幻奖项。他的短篇小说《手中纸，心中爱》（*The Paper Menagerie*）是唯一一部同时拿下雨果奖、星云奖和世界奇幻奖三个大奖的作品。他的《终结历史的人：一部纪录片》（*The Man Who Ended History: A Documentary*）透露出他对历史、政治、人性的洞见，及在文字层面对写作的反思：当历史被书写（被看到）的时候，历史已经在真实的意义上终结。

《人在旅途》原名 *The Long Haul*。这篇小说也包含着对于写作本身的反思。小说的形式仿照美国《纽约客》或者《大西洋月刊》经常刊登的非虚构人物特写，没有惊人的情节，但却充满了具有现实质感的细节。小说假托发表在2009年的《太平洋月刊》，此刊曾在20世纪初期流行，杰克·伦敦（Jack London）即在那本杂志上发表了著名的《马丁·伊登》（*Martin Eden*），但1911年此刊即已停止发行。在刘宇昆的想象中，这个杂志在21世纪还存在，这本身已经体现出另类的地缘政治想象。人在旅途，从刘宇昆的家乡兰州（繁华的中国西部大城）出发，前往美国的拉斯维加斯（繁华的美国罪恶之城）。这是一次时空错位的旅行，中国生产的飞艇替代了波音飞机，"飞翔的中国佬"也就是"美利坚之龙"，中国技术和美国硬汉精神结合，告别家乡的中国女孩和浪迹天涯的冒险家搭档，这些元素是小说中跨越太平洋之旅的基本构架。

但小说看似波澜不惊的情节里，却深藏着一层更为隐秘的意义。中国女孩叶玲据说是没有怀乡病的，但她执意给这台中国制造的东风飞毛腿（飞艇）画上巨龙的眼睛。当他们遭遇风暴的时候，叶玲告诉叙述者："她（指的是巨龙）在最后一刻躲开闪电，在风暴中发现一个漏洞才得以逃脱。眼光犀利。我就知道在起飞前重新画好左眼是个好主意，因为那只眼睛注视着天空。"叶玲相信飞艇的超自然力量。我看不出叙述者是否相信她，但叙述者经过这次有惊无险的旅程，怀乡病已经涌上心头。在这篇采用非虚构形式写作的科幻小说中，科幻的想象是飞行中的巨龙，而文字的平凡与情节中神秘力量之间发生的张力，让读者有距离地观看到奇迹。如果这是梦境，刘宇昆给人们选择的权利，你可以像叶玲那样留在梦境里，也可以像叙述者那样选择回家。

宝树的《坠入黑暗》里的主人公则无家可归，这是一篇末日小说。与刘宇昆平静的非虚构叙述正相反，《坠入黑暗》有着科幻小说的经典情节，大起大落，在有限的篇幅里演绎太空史诗。宝树给小说一个英文标题 *Into Darkness*，这让我联想到美国电影《星际迷航》（*Star Trek: Into Darkness*）。小说中有关黑洞的描写，也让我联想到不久前在美国上映的《星际穿越》（*Interstellar*）。这些相似并不表明宝树受到影响，而是恰恰体现出《坠入黑暗》所具有的基本科幻元素。这是一篇经典模式的科幻作品：末日，人工智能，幸存者的选择及其伦理后果，以及幸福的结局——人类文明得以重建，并且比以前还要宏伟不知多少万倍。

《坠入黑暗》体现了科幻小说不可思议的崇高一面。这一点，宝树很像刘慈欣。宝树也正是通过为《三体》写作续集《三体X：观想之宙》而进入科幻界的，并且在两三年内已经跻身最重要的科幻作家行列。宝树的作品有复制刘慈欣的一面，方寸之间，深不可测，宇宙的宏伟和星际战争的辽阔都让人同时感到世界无限的广阔和自身无限的渺小。但宝树也有别于刘慈欣的一面：他的作品从来不吝于反讽和戏谑。他的小说中，《古老的地球之歌》是我最为喜欢的一篇，其中写到被共产主义歌曲迷醉的（女）人工智能引爆超新星，纳米机器人的无限复制，让国际歌响彻整个银河系。小说有着一种类似于《神曲》的庄严，但同时又妙趣横生，后人类的想象作为镜像，折射出我们自己的时代。

这个专辑的三篇小说中，最让我感动的是陈楸帆的《巴鳞》。小说开头引用了亚当·斯密的句子："我用我的视觉来判断你的视觉，用我的听觉来判断你的听觉，用我的理智来判断你的理智，用我的愤恨来判断你的愤恨，用我的爱来判断你的爱。我没有，也不可能有任何其他的方法来判断它们。" 小说的核心在处理一个令人心痛的伦理问题：我们如何理解他者。这问题也关系着我们如何理解自己。陈楸帆设想出来自南海的巴鳞，类人而非人的族类，会模仿人类的动作，惟妙惟肖，一丝不差，因此成为人类的玩偶。主人公在长大成人之后，想到要了解巴鳞的内心。朴素的同情心，让他用尽一切办法来进行科学研究，用虚拟时空来刺激巴鳞，但全都无效。巴鳞的内心世界对他紧紧关闭，他用他自己的视觉来判断巴鳞的视觉，用他自己的听觉来判断巴鳞的听觉，用他的理智来判断巴鳞的理智，但这一切都只会更加凸显出巴鳞作为异类的不可理解。

陈楸帆的作品，从《荒潮》到《巴鳞》，都写到了我称之为后人类状况（posthuman conditions）的情景。这个看似新颖的名词，其实指向的是传统人文主义的根本问题。我们如何来理解人，取决于我们如何去看待非人。当我们在族群、国家、政治身份、性别、性取向的意识上来判断何为正常人、何为另类，以及区分你我、判断敌友的时候，我们已经在实践后人类政治。我们想当然自以为"人"的观念，制造了我们所惧怕的非人，也造成了我们所有人都被卷入其中的后人类状况。《巴鳞》最让人感动的地方在小说结尾，主人公放弃了作为人的身份，完全用巴鳞的听觉、视觉和理智来看待世界。世界不再是寻常意义上的世界了。世界中没有了你与我的差异。世界没有了人与非人的区别。这是科幻最为令人激动的时刻——我们真正面对未知,保持开放的心态,让世界多一点想象的空间。这或许就是我们需要科幻的原因。中国科幻新浪潮会继续它的创世纪,未来有无限的可能。

(原载《人民文学》2015 年第 7 期)

弹星者与面壁者
——刘慈欣的科幻世界

弹星者来到我们的星系,以太阳为乐器,演奏的乐曲以光速传到所有的时空。弹星者弹奏太阳,与你何干?

面壁者只想隐藏自己,但需要辨明真伪,他的生存取决于博弈。对于面壁者来说,有弹星者存在的宇宙是零道德的黑暗森林。①

一、刘慈欣与中国新科幻

在中国科幻读者心目中,刘慈欣给这一文类带来前所未有的光荣与梦想。迄今为止,刘慈欣已写作八部长篇小说②、三十余篇中短篇小说,连续八年获得中国科幻银河奖。对于刘慈欣科幻小说的赞美,莫过于严锋所说的这段话:"在读过刘慈欣几乎所有作品以后,我毫不怀疑,这个人单枪匹马,把中国科幻文学提升到了世界级的水平。"③他的最新长篇小说

---

① "弹星者"与"面壁者"的形象均来自刘慈欣的小说,下文有具体分析。我在本文写作过程中,与严锋先生多次交谈,受到许多启发,特此致谢。

② 这八部长篇小说是《中国2185》《超新星纪元》《球状闪电》《白垩纪往事》《魔鬼积木》《三体》《三体Ⅱ:黑暗森林》《三体Ⅲ:死神永生》。其中较早写作的《中国2185》尚未在纸质媒体上发表。

③ 见刘慈欣《流浪地球》(长江文艺出版社2008年版)封面。

《三体Ⅲ：死神永生》出版之前在网络上引起的期待与兴奋，使"三体"迅速成为流行文化的重要名词。不夸张地说，刘慈欣之于中国新科幻的至高位置，已仿若金庸之于武侠。

科幻本来是中国文学中不发达的文类。王德威将晚清一代的科学小说称为"科幻奇谭"（science fantasy），因其中杂糅乌托邦式的政治狂想与新异诡奇的科技描写，在中国现代文学兴起之初，一度形成"淆乱视野"（confused vision）。然而当时这种"淆乱视野"并未延展出更丰富的文化实践，而是作为"被压抑的现代性"之一种[①]，很快在启蒙呐喊与民族忧患构筑的新文化空间中烟消云散了。到了20世纪50年代以后，在苏联文学体制的影响下，社会主义文学给科幻以正统的地位，曾出现郑文光、童恩正、叶永烈等专业的科幻作家。但当想象力被政治正确的要求所束缚时，对未知世界的描绘并不能提供真正的差异性，而只是复制已被意识形态书写完成的"现实"与"未来"。这个局面一直延续到改革开放初期，当时在科技现代化的政策号召下，中国科幻的形象凝聚在叶永烈塑造的"小灵通"身上：面对未来无忧无虑，洋溢着对技术的乐观。这时的科学幻想几乎等同于面对儿童写作的科普文学。

直到90年代，中国新科幻的浪潮开始形成——事实上，刘慈欣并非孤军奋战的科幻作家，在过去十多年间，他与王晋康、韩松、星河、潘海天、何夕等作家一起，共同创造出科幻的新浪潮。称之为"新浪潮"（new wave），是借鉴美国科幻文学史的概念，指打破传统的科幻文类成规、具有先锋文学精神的写作。[②] 在这个方面，中国当代的新科幻几乎完全颠覆以往的科幻写作模式，仿佛构建叙事的思想观念解码本被揉碎了重新改写、整合过，科学想象失去了"小灵通"式的天真乐观，更多地呈现出暧昧、黑暗和复杂的景象；作家笔下的过去与未来、可知与未知、乌托邦与恶托邦之间，逐渐没有截然可分的界限。这一点也植根

[①] 参见王德威：《被压抑的现代性——晚清小说新论》，宋伟杰译，麦田出版社2003年版，第329—406页。

[②] 关于英美20世纪六七十年代出现的科幻新浪潮，参见：Adam Roberts, *The History of Science Fiction*, Palgrave Macmillan, 2005，PP. 230–263.

于当代科学领域内的知识型的转变。过去二三十年间，唯物主义决定论在改革开放后中国科学界的地位受到挑战，而量子力学、超弦理论、人工智能等新潮科学观念正在重新塑造世界的形象（这与人文领域中出现的先锋派文化和批判理论有着有趣的同步性）：从有序走向混沌，从必然走向模糊，从决定走向启示。

科幻文学曾在20世纪80年代初遭到打击，正是因为这一文类本身在文本与意识形态之间构成张力，往往诞生出"政治不正确"的幻象。直到十年之后，科幻文学再度兴起，仍与主流意识形态之间有着紧张的关系，虽然这种情形随着流行文化空间的多元化格局出现，已经得到很大改变。但就科幻的文类表征符号而言，无论是外星人，还是异时空，更不用说新科幻作家（特别是刘慈欣）笔下频频出现的新潮科学意象（如量子幽灵、三体的混沌模式、高维宇宙等），都可能蕴含着正统意识形态所不能解释的"另类"意义，而这些意义背后又有着"科学话语"的强大支撑，也无法被传统的文学模式所轻易驯服。

在我看来，崛起于20世纪90年代初期、在最近十年中日趋成熟的中国科幻新浪潮，已经发展为一种自成一格的文学想象模式。它其实不能算是晚清科幻的"嫡传后代"，这中间的历史隔膜太大，两个世纪初的科幻文学虽然遥相呼应——尤其是对"新中国"的狂想，尽管话语有别，却仍有可对话的余地——但在这两者之间毕竟无法画出一条发展的直线。这里还需要指出的是，我所界定的"新科幻"与近年来迅速走红的奇幻文学有所不同，后者孕育于当前的流行文化，但"新科幻"更强烈地体现着对于中国现代性及其问题的反思，也因此有超越"文化消费"而介入文化建构之中的努力。

如果把韩松、刘慈欣、王晋康等看作新科幻的代表作家，我认为他们所直接汲取的文化养料，是80年代文学中的开放精神与批判姿态。从90年代至今，当主流文学消解宏伟的启蒙论述，新锐作家的文化先锋精神被流行文化收编，那些源自80年代的思想话语却化为符号碎片，再度浮现在新科幻作家创造的文学景观之中。也可以说，科幻文学处在主流文学格局之外，却于当代文学已历经嬗变、丧失活力的时候，以新奇的面貌将文学的先锋性重新张扬出来。在这个意义上，新科幻像是被放逐在正统文学体制之外的"幽灵",它自由跨越雅俗的分界,漂浮在理想和现实之间,显现出文学想象中丰富而迷人的复杂性。

以刘慈欣为例,他的创作开始于80年代初期,但直到90年代末才开始发表作品。他最先发表的一批小说如《带上她的眼睛》所具有的抒情色彩、《流浪地球》体现的悲壮理想主义、《赡养人类》对于当代社会贫富分化的尖锐批判,都与正在消解浪漫、理想的当代文学形成强烈对比。阅读刘慈欣的作品,读者可以在一个想象的空间里,重返当代思想文化最激荡的变动场景之中。刘慈欣写作的第一部长篇小说《中国2185》,以未来世界的虚拟空间为载体,将大尺度的未来幻想与迫切的现实危机感对接起来。这部小说写的是未来中国的危机与重生,虽迄今尚未公开出版,却可视为中国新科幻起源的坐标之一。它以宏伟奇丽的想象,将80年代知识精英的理想和困顿重现于"另类历史"的构想之中。小说有着自觉的"问题意识",切入现实的角度尖锐而准确,同时也有意制造出批判的距离,将对现实的反思融入对于一个异世界的总体性构想之中。在此之后,刘慈欣的作品始终保持着严肃的精英意识,在看似天马行空的科幻天地里,注入关于中国与世界、历史与未来,以及人性和道德的严肃思考。他的许多作品不仅在科幻读者群中已经变得脍炙人口,而且迅速成为公认的新科幻经典:从《球状闪电》到《流浪地球》,从《乡村教师》到《中国太阳》,从《诗云》到《微纪元》,从《赡养上帝》到《赡养人类》,从《三体》到《三体Ⅱ:黑暗森林》到《三体Ⅲ:死神永生》,刘慈欣的创作逐渐形成独特的个人风格。他的每一部小说都包含着精心构思的完整世界景观,同时又有着切肤的现实感。可以说刘慈欣的写作,使中国新科幻的发展有了坚实的"基石"[①]。

二、"像上帝一样创造世界再描写它"

刘慈欣科幻小说的魅力,更来自他独特的美学追求和艺术风格。在中

[①] 这里借用"中国科幻基石丛书"主编姚海军的词语。参见姚海军:《写在"基石"之前》,见刘慈欣:《三体》,重庆出版社2008年版,第Ⅰ页。

国新科幻作家中,刘慈欣被称为"新古典主义"作家[①],这可能不仅是指他的作品具有英美"太空歌剧"(space opera)或苏联经典科幻那样的文学特征,也因为他的作品场面宏大,描写细腻,甚至令人感受到托尔斯泰式的史诗气息:对于大场面的正面描写,对善恶的终极追问,以及直面世界的复杂性,但同时保存对简洁真理的追求,等等。也有论者指出刘慈欣在经过先锋文学去崇高化后的今天,给中国文学重新带来了崇高或雄浑的美感。[②]这种崇高美感在一定程度上来自他对于宇宙未知世界心存敬畏的描述,在这个意义上,他的写作在世界科幻小说的历史发展中也自有脉络可循。

刘慈欣心仪英国科幻作家阿瑟·克拉克(Arthur C. Clarke)——英语世界"硬科幻"(hard science fiction)的重要代表作家。刘慈欣这样描述自己在读完克拉克小说后的感受:"突然感觉周围的一切都消失了,脚下的大地变成了无限伸延的雪白光滑的纯几何平面。在这无限广阔的二维平面上,在壮丽的星空下,就站着我一个人,孤独地面对着这人类头脑无法把握的巨大的神秘……从此以后,星空在我的眼中是另一个样子了,那感觉像离开了池塘看到了大海。这使我深深领略了科幻小说的力量。"[③]

刘慈欣描述的正是经典意义上的康德式的"崇高"(sublime):崇高是无形而无限的事物引发的主体感受。刘慈欣自称他的全部写作都是对克拉克的模仿,这种虔敬的说法也道出他从克拉克那里学习的经典科幻小说的母体情节(master-plot)的意义——人与未知的相遇;刘慈欣在自己的作品中企图做到的,正是如克拉克那样写出人面对强大未知的惊异和敬畏。写出《三体》系列的刘慈欣,应该与克拉克站在同等的高度。阅读《三

---

① 参见吴岩、方晓庆:《刘慈欣与新古典主义科幻小说》,《湖南科技学院学报》2006年第2期,第36—39页。

② 参见贾立元:《筑就我们的未来——90年代至今中国科幻小说中的中国形象》,北京师范大学2010年硕士学位论文。

③ 刘慈欣:《SF教——论科幻小说对宇宙的描写》,转引自贾立元:《筑就我们的未来——90年代至今中国科幻小说中的中国形象》,北京师范大学2010年硕士学位论文,第36页。

体Ⅲ：死神永生》带来的那种无边无际、浩瀚恢宏的体验，正如小说中描写的人物在进入四维空间之后突然看到无穷的感觉：

> 人们在三维世界中看到的广阔浩渺，其实只是真正的广阔浩渺的一个横断面。描述高维空间感的难处在于，置身于四维空间中的人们看到的空间也是均匀和空无一物的，但有一种难以言表的纵深感，这种纵深不能用距离来描述，它包含在空间的每一个点中。关一帆后来的一句话成为经典：
> "方寸之间，深不见底啊。"①

但克拉克小说中的崇高感，保留着康德的超验性的界定，即在崇高的感受之中，精神的力量压倒感官的具体经验。在这一点上，刘慈欣显示出与克拉克的不同。克拉克的世界在描写无限的未知时会着意留白，保留它的神秘感，使之带有近乎宗教的先验色彩。如《2001太空漫游》（*2001: A Space Odyssey*）写到打开星门的一瞬，对那个奇妙宇宙的描绘，止于主人公的一声惊叹："上帝啊，里面都是星星！"② 这近乎神性的语言，或许回响着康德传统下的大写宗教理性，这在刘慈欣笔下很少看到。与克拉克相比，刘慈欣采取的描写方式更具有技术主义的特点，但这会使他在惊叹"方寸之间，深不见底"之后，进一步带我们深入宇宙（比如奇异的"四维空间"）中去认知它的"尺寸"。在描写的链条上，这样的层层递进产生一种异乎寻常的力量，他在与无形无限搏斗，试图把一切都写"尽"。或者说，他不遗余力地运用理性来编织情节，让他的描写抵达所能想象的时空尽头。用刘慈欣自己的文学形象来打个比方：他让"崇高"跌落到二维，在平面世界中巨细靡遗地展开。

在《三体Ⅲ：死神永生》中，刘慈欣描绘了太阳系的末日。来自未知世界的高级智慧生物"歌者"，飞掠过太阳系边缘时，抛出一个状如小纸条的仪器——"二向箔"，它更改了时空的基本结构，整个太阳系开始

---

① 刘慈欣：《三体Ⅲ：死神永生》，重庆出版社2010年版，第195页。
② Arthur C. Clarke, *2001: A Space Odyssey*, The New American Library, 1968, P. 191.

从三维跌落到二维平面之中。太阳系逐渐变成一幅巨细靡遗的图画:"二维化后的三维物体的无限复杂度却是真实的,它的分辨率直达基本粒子尺度。在飞船的监视器上,肉眼只能看到有限的尺度层次,但其复杂和精细已经令人目眩;这是宇宙中最复杂的图形,盯着看久了会让人发疯的。"①

这段描述,以及它给"观察者"(读者)带来的感受,可以用于描述刘慈欣的小说本身。他的科幻想象包容着全景式的世界图像,至于有多少维度甚至时空本身是否存在秩序,在这里并不重要。关键在于,它巨大无边,同时又精细入微,令人感到宏大辉煌、难以把握的同时,又有着在逻辑和细节上的认真。它的壮观、崇高、奇异,建立在复杂、精密、逼真的细节之上,可以说宇宙大尺度和基本粒子尺度互为表里,前者的震撼人心,正如后者的令人目眩。

刘慈欣科幻世界中逼真感与奇幻性的并存,或者说是凭借一种不折不扣的细节化的"写实"来塑造超验的"崇高"感受,打破了通常意义上的写实成规。文学上的写实成规,本来自"模仿"(mimesis)传统之下建立起的与现实世界之间的对应关系。但刘慈欣的写作却可能有着一种不同的目的,在他的笔下,对科学规律的认知、揣测和更改本身,往往才是情节的基本推动力;而他的"写实"方式,即依循这些科学规律的变化而做出相应的细节处理,这有如在更改实验条件之下所做出的推理和观察。他的"写实"面向未知,但以严格的逻辑推演来塑造细节,由此创造出迥异于我们日常世界的"世界"。

比如设想一下这些物理条件下的宇宙和人生:《山》设想在某个遥远行星的内部有着一个封闭的"泡世界",那里的智慧生物生存在半径三千公里的球形空间,他们仰望"天空"看到的只有固体岩石。"泡世界"的物理学家信奉密实宇宙论。刘慈欣所要处理的现实细节,是一代代的"泡世界"探险家如何通过不懈努力,来认知他们所在的宇宙的真相。②《球状闪电》写科学家发现"宏原子",揭示出在这一新的物理规律下我们世

---

① 刘慈欣:《三体Ⅲ:死神永生》,重庆出版社2010年版,第413页。
② 参见刘慈欣:《山》,见《时光尽头》,花山文艺出版社2010年版,第229—258页。

界的面貌,"球状闪电"指向飘浮在另一个"宏世界"的原子,它们构成的最微小物质比我们世界中的整个星系还要巨大。①《微纪元》写人类面临灭绝性灾难,为了生存而修改基因,将自身缩小到几微米的大小,于是当太阳氦闪时在地层下面幸存下来。刘慈欣描绘出生动的"微世界",其中的微人类身体几乎没有重量,他们的生活也如儿童一般没有重量,这对于政治和伦理都发生影响,微纪元是无忧无虑的纪元。②刘慈欣早期的两篇小说《微观尽头》和《宇宙坍缩》,以激进的科学推理为支撑,展示出的宇宙更加奇异。前者写夸克撞击之后,宇宙整个反转为负片。③后者描写宇宙从膨胀转为坍缩的时刻,星体红移转为蓝移,更不可思议的是,时间开始逆转,连人们说的话都倒过来了——在那个世界中,以上叙述应呈现为这个样子:了来过倒都话的说们人连,转逆始开间时,是的议思可不更……④这样的例子在刘慈欣的小说中比比皆是,甚至在《三体》这样的长篇巨制里,宇宙规律本身的更改也是支撑起情节的最主要支点。

在这个意义上,刘慈欣在细节上的写实恰是对于现实世界进行"实验性"的改写,在文学表现上有着与再现式的写实文学传统背道而驰的特点。这意味着强调出科幻小说作为"观念"或"点子"小说的特质,在这方面,刘慈欣比当代其他科幻作家或许更有自觉意识。我不想把这种艺术特征简单地归纳到"幻想"(fantasy)的范畴——"幻想"与现实之间的关联有着更加幽秘的路径,如博尔赫斯的"交叉小径",但刘慈欣并非博尔赫斯式的作家。他对"世界"的把握,是"正面强攻""毫不取巧"⑤的,也是理性的。可以说,他在科幻天地里,是一个新世界的创造

---

① 参见刘慈欣:《球状闪电》,四川科学技术出版社2004年版。
② 参见刘慈欣:《微纪元》,见刘慈欣:《微纪元》,沈阳出版社2010年版,第87—108页。
③ 参见刘慈欣:《微观尽头》,见刘慈欣:《微纪元》,沈阳出版社2010年版,第161—169页。
④ 参见刘慈欣:《宇宙坍缩》,见刘慈欣:《微纪元》,沈阳出版社2010年版,第171—182页。
⑤ 严锋:《心事浩渺连广宇》,见刘慈欣:《三体Ⅲ:死神永生》,重庆出版社2010年版,第Ⅲ页。

者——以对科学规律的推测和更改为情节动力，用不遗余力的细节描述，重构出完整的世界图像。正是在这个意义上，刘慈欣的作品具有创世史诗色彩，他凭借科学构想来书写人类和宇宙的未来，还原了现代小说作为"世界体系"（the world-system）①的总体性和完整感。

在此认识基础上，我们再探讨"硬科幻"②的问题，即科幻想象需要建立在合理、坚实的科学话语基础之上。中国科幻界近年来开始流行"硬科幻"的说法——且不论是否真的有许多作家可以称得上"硬科幻"——在中国文学的语境中，这种吁求旨在打破此前科幻创作的意识形态色彩。回顾历史，我们不难发现，从晚清"科幻奇谭"到新时期的科幻小说，虽然让读者见识到从"贾宝玉坐潜水艇"③到"小灵通漫游未来"④的种种科技奇观，但这些描述往往将科学技术做对象化的处理，将其束缚在历史或现实决定论的寓言框架之中。有论者提出，过去的科幻有着"人定胜天"的乐观精神，宇宙的凶险在共产主义面前黯然失色，面对宇宙的未知已毫无悬念。⑤

但刘慈欣借以构筑世界的那些科学理论，在科学界也都属于"先锋"理念：从相对论到弯曲空间，从超新星到暗物质，从量子论到超弦理论，都在打破思维的决定论模式，设置出超越常识的可能性，推导出更加充满

---

① 有关将小说定义为"世界体系"的观念，参见：Franco Moretti, *Modern Epic: The World-System from Goethe to Garcia Marquez*, Verso, 1996.

② 有关西方科幻文学中"硬科幻"的定义和阐释，参见：Kathryn Cramer, "Hard Science Fiction", in Edward James and Farah Mendlesohn eds., *The Cambridge Companion to Science Fiction*, Cambridge University Press, 2003, PP. 186-196. 事实上，一般意义上的"硬科幻"仍有很大的协商余地，并非一定代表"科学主义"，而经常反过来对"科学主义"进行挑战。

③ 贾宝玉坐潜水艇的情节，出自吴趼人：《新石头记》，上海改良小说社1908年版。

④ 《小灵通漫游未来》是叶永烈出版于1978年的科幻小说，曾创下三百万的销售纪录。

⑤ 参见贾立元：《筑就我们的未来——90年代至今中国科幻小说中的中国形象》，北京师范大学2010年硕士学位论文，第36页。

悬念、更多面对未知的精细推理。也就是说，"硬科幻"并不是定义性的科普解说，而是恰好相反，它打开了文本中更加丰富的可能性和差异性。"硬科幻"的奇观不是点缀性的，而是情节本身的逻辑依据，它与现代科学有着一致的精神，即在一定已知条件的基础上，探索未知的规律与世界的多重走向。在这个意义上，与克拉克相似，刘慈欣式的"硬科幻"最基本的情节模式其实也只有一个，即人与未知在理性意义上的相遇，而且他要将这个假想中相遇的过程精心记录下来。

在一个更曲折的意义上，刘慈欣的科幻世界延续着 20 世纪 80 年代以来的文化精神，这既是要回到主体源头的精神，同时也是面对世界保持开放性的想象。刘慈欣把"世界"作为可能性展示出来，面对崇高不止步于心存敬畏，而是要揭开世界与主体之间的所有隐秘细节。相对于被他统称为"主流文学"的个人化或内向化、碎片化的当代文学——也就是面对"世界"而无法再把握其完整感，从而丧失了与之搏斗的主体精神的文学——刘慈欣本人这样赞美科幻的力量："主流文学描写上帝已经创造的世界，科幻文学则像上帝一样创造世界再描写它。"①

三、弹星者与面壁者

我用"弹星者"和"面壁者"这两个形象来概括刘慈欣科幻世界中的两重意义：富有人文主义气息的理想精神，与应对现实情境的理性姿态。这两个瑰丽的文学形象也是他所创造的世界中最基本的"人物"或概念，其中纠结着科学与人文、宇宙与现实、外部与主体之间错综复杂的关系。

"弹星者"的形象出现在一篇题为《欢乐颂》的短篇小说中，刘慈欣描写宇宙间的高级智慧生物来到太阳系，以我们的恒星为乐器，弹奏音乐，最后应人类的要求，奏响贝多芬的《欢乐颂》，乐曲以光速向宇宙传播。②这个作品是刘慈欣创作的"大艺术"科幻系列的一篇。同一系列的

---

① 刘慈欣：《从大海见一滴水》，见刘慈欣：《流浪地球》，长江文艺出版社 2008 年版，第 277 页。

② 参见刘慈欣：《欢乐颂》，见刘慈欣：《时光尽头》，花山文艺出版社 2010 年版，第 103—127 页。

另一篇小说《诗云》中，有着超级技术能力、视人类为虫子的外星人，在毁灭地球文明之际，意外地迷恋上中国人的旧体诗，于是化身为"李白"，穷尽太阳系的能量来创作、储存由所有汉字排列组合而成的一切"诗歌"（尽管这些"诗歌"百分之九十九以上都是无意义的汉字矩阵）。最终太阳系的能量被耗尽了，作为一切诗歌存储容器的"诗云"，处于已经消失的太阳系所在位置，变成一个崭新的星系。①

这两篇小说中的宇宙形象，在展现超人类的巨大尺度的同时，也包含着浓郁的人文色彩。外星人"李白"是坚定的技术主义者，自信以穷尽一切的技术能力可以"写"出古往今来以及未来的一切诗篇。但只有地球上的诗人——他的俘虏伊依，才能够判断什么是"诗"。外星人的技术主义最终成功，他制造出直径一百亿公里、包含着全部可能的诗词的星云；同时他也失败了，因为他无法从这些"可能性"中得到真正的诗。

无论"欢乐颂"，还是"诗云"，都体现出刘慈欣科幻世界中最高端的艺术形象，它兼有着人类不可企及的宇宙的崇高感，与凭借艺术方式本身传达出来的人文主义信念。这一形象在科学和人文两方面，都是超越现实的想象力产物，它既令我们对头顶的星空产生无限敬畏，也对我们自身——人类文明保持理想主义的信念。我以"弹星者"来命名这一形象，也兼指其背后的想象主体。刘慈欣在《三体》系列中还描绘过另一种"弹星者"，那是通过弹拨自己的星球寻觅其他生物，而贸然进入宇宙间残酷的生存斗争的"低等"智慧生物，如人类中的叶文洁、罗辑。但在我看来，进入我们星系弹拨太阳的"弹星者"，与不明宇宙真相的卑微、无知的人类"弹星者"，其实具有相似的秉性，他们或者是已经超越了隐藏欺骗的本能，或者还未失却人性的天真。他们的行为有着令人迷醉的光彩，因为几乎完全超越我们生活中的现实世界。他们所在的精神层面，是纯粹凭借物理规律和人文信念建构的理念世界或意境，其中没有那种视生存为一切要义的现实主义或犬儒主义的精神。"弹星者"的宇宙是光明的，弹拨太阳发出的声波中蕴藏着理想主义和浪漫主义的交响。"弹星者"，也是作

---

① 参见刘慈欣：《诗云》，见刘慈欣：《微纪元》，沈阳出版社2010年版，第109—139页。

为科幻作家的刘慈欣,呈现给读者令其陶醉的自我(创造者)形象。

但刘慈欣的科幻世界,还有另外一个迥异于"弹星者"的形象,几乎在一切方面都是浪漫主义和理想主义的反面:最有代表性的,就是他在《三体Ⅱ:黑暗森林》中塑造的"面壁者"。"黑暗森林"是刘慈欣对零道德宇宙的命名,即有限度的宇宙空间中,所有的生命存在都处在你死我活的关系之中,因此为了生存,需要"藏好自己,做好清理",即不可以暴露自己的存在,同时要毫不留情地打击已经暴露的其他文明。《三体Ⅱ》描写人类已经暴露自己的文明,即将面临"黑暗森林打击",联合国设计出战略性的"面壁计划":"面壁计划的核心,就是选定一批战略计划的制订者和领导者,他们完全依靠自己的思维制订战略计划,不与外界进行任何形式的交流,计划的真实战略思想、完成的步骤和最后目的都只藏在他们的大脑中……面壁者对外界所表现出来的思想和行为,应该是完全的假象,是经过精心策划的伪装、误导和欺骗。面壁者所要误导和欺骗的是包括敌方和己方在内的整个世界,最终建立起一个扑朔迷离的巨大的假象迷宫。"[1]

零道德的宇宙,看似与"弹星者"的光明世界完全不同,如同宇宙突然转为负片,一切皆转为狰狞残酷。其实两者应该有并行不悖的关系,从《欢乐颂》到《黑暗森林》,刘慈欣呈现出来的宇宙形象,本就是天地不仁的所在——"弹星者"来弹奏你的恒星,与你有何相干?但前者描写宇宙与人类是相互认知的对象,为人类保留有尊严的主体空间;后者却让宇宙整个地倾覆在我们的世界之上,危机产生,即在于主体地位的丧失,有道德的存在被卷入零道德的生存竞争之中,不得不屈服于来自外部的游戏规则。

在这个意义上,"面壁者"在宇宙中所处的位置是被动的,他所面对的世界对于主体有着无法抵抗的摧毁性。"面壁者"的生存,取决于降低道德自主性的犬儒思维,用欺骗和伪装加入宇宙的博弈之中。事实上,与"弹星者"高蹈的浪漫理想主义形象相比,"面壁者"具有鲜明的现实感;"面壁者"在形势制约之下须采取现实主义的态度,而且这一形势本身

---

[1] 刘慈欣:《三体Ⅱ:黑暗森林》,重庆出版社2008年版,第82页。

与近代以来延至今日的政治现实有着直接的相关性。毋庸置疑的是,"黑暗森林"法则令人联想到中国被卷入"数千年未有之大变局"后所被迫接受的那种现代知识分子视为天演之道的"社会达尔文主义",后者对中国道德传统的摧毁,是中国知识界在向现代社会转型过程中丧失主体意识的一个重要原因。同时,处在危机之中的人类,赋予"面壁者"以专制的绝对权力,这也点出了博弈之中的反民主色彩,即在与敌人殊死较量中有能力并敢于挪动棋子的,只有那些熟悉新型世界秩序的"精英"。

如果说"弹星者"将读者带入广袤无边的宇宙之中,但其内在意义仍延续着古典人文信念,"面壁者"却是重新构筑起宇宙想象与现实世界之间的逻辑并行关系。《三体Ⅱ:黑暗森林》中唯一成功的"面壁者"是中国人罗辑,他是一个花花公子式的学术界"混子",原本既无理想,也无斗志,但却在劣势之中出奇制胜。罗辑的成功是一个惊心动魄的故事,比起人类与外星势力之间正面战争的悲壮色调来,却更具有环环相扣的真实感。事实上,小说里并没有写到"战争",人类在木星轨道建立庞大舰队,以英雄主义的姿态迎战敌军,却毁于三体世界送来的一颗"水滴"。但"面壁者"的博弈却于无声处改变了形势。罗辑悟出"黑暗森林"中的生存法则,或者说从自身的人性弱点出发,以此捕捉到宇宙中一切生命的"人性"弱点——博弈中的无穷无尽的猜疑链,注定了博弈的双方都会最终排除善意的可能。他明白这一点后,将与敌人同归于尽的做法当作博弈的筹码,最终威慑住三体世界。恰恰也正是在这种原本是弱势的情形之下,"面壁者"用非道德的方式——包括让敌我双方的文明整体灭绝——重构了主体的强大攻势,但也真正地将人类从原本身在"黑暗森林"之外的天真汉,变成其中的一员。

"弹星者"和"面壁者"是刘慈欣科幻世界的两极,他并没有明显地对其中任何一种做出单一性的选择。这使刘慈欣憧憬宇宙的浩渺无限、展示给我们壮丽的时空画卷的同时,也保持着低调的务实和理性,不惮于在光明中揭示出黑暗的一面。他的作品中交集着这两种力量的冲突,这在《三体》系列中推动出波澜壮阔的情节发展。

四、三体世界

刘慈欣写作《三体》系列，用了五年的时间。随着《三体Ⅲ：死神永生》的完成，他创造出一个完整的世界体系，并将一切都写"尽"，抵达了时空尽头。《三体》系列是中国新科幻的巅峰之作，也是中国文学中罕见的史诗性作品。小说长达八十八万字，以众多的人物和繁复的情节，描绘出宇宙间的战争与和平，以及人类自身对于道德的选择困境。刘慈欣在其中精心建构的"世界体系"充满惊人的想象力，严谨的科学推理令人叹服[①]。而小说情节发展中高潮迭起，令人手不释卷，而又发人深省。

如上文引述的段落中所描述的那种不同维度的世界，无论是"方寸之间，深不见底"的四维空间，还是整个太阳系被二维化过程时壮丽而惨烈的景象，都使《三体》这部作品将中国科幻的想象力提升到了前所未有的强度。刘慈欣对所有这些看似无法言传的景观，毫无保留地以全景细密的"写实"方式加以刻画，他的文字精准而结实，使幻想变得栩栩如生。面对这些壮丽的宇宙景观和精妙的物理设想，我想说的是，我在读完《三体》之后，有如刘慈欣本人读克拉克小说后那样，只想出门去看星空，那种感觉就像离开池塘见到了大海。

另一方面，科幻奇观的惊异效果取决于陌生化（estrangement），但前提仍是它所描绘的世界似曾相识。或者说，优秀的科幻作品在呈现惊人的"差异"（difference）同时，魅力仍部分地来自与现实之间的相关性。[②] 刘慈欣的科幻小说能在科幻土壤贫弱的中国迅速获得众多读者，除了辉煌的科学想象之外，也在于他创造的世界有着读者可以认同的鲜活的历史感和现实感。刘慈欣的科幻世界与现实之间的连接点，在很大程度上是"中国经验"。

《三体》第一部中有一个精彩的情节：地球上的三体组织为了让人类理解三体文明面临灭绝的危难处境，设计出一套网络游戏，借用地球历史

[①] 当然这并不意味着小说中借用的科学理论都有可证实性。

[②] 参见：Adam Roberts, *Science Fiction*, Routledge, 2000, PP. 7–12.

中的人物和事件，重构三体文明的样貌。在这套游戏中，我们一上来就遇到周文王，他正走在去朝歌的路上，自信已经获得三体恒星运行的规律，乱纪元快要结束，恒纪元马上就要来了。这个在小说中具有功能意义的隐喻性情节，在指向"差异"的同时，却是使用了我们熟悉的历史材料。"差异"点在于，三体世界有三颗恒星，运行没有规律，随时会使这个星系中的文明遭遇灭顶之灾。但此处表达"差异"的喻体，却是借用读者熟悉的中国商周历史，由此与现实世界之间发生另一种更直接的关系："乱纪元"的意象借自史书记载的生灵涂炭的纣王时代，对"恒纪元"的预测脱胎于周文王倾心向往的太平世。在接下来另一层游戏之中，秦始皇时代制造出世界上第一台计算机，游戏的隐喻指向三体文明对恒星运行规则的大规模科学运算。但秦始皇的集权政治，是这台计算机能够运行的前提条件，因为计算机的运算部件是三千万听话的秦国士兵。

　　游戏的这两个层级不能代表刘慈欣全部的构想，这里举这两个例子，是为了说明《三体》叙述语法的一个独特而复杂的方面。情节层面对"三体世界"的隐喻表达，以历史（或现实）为材料，而在这之后，这些材料引向更为直接的现实感：三体是一个危机重重、灾难不断的世界，为了度过危机，求得生存，三体文明走向高效的集权社会。最终当我们读到对那个孤独的1379号监听者在高度集权社会中感到生不如死的描写时，已经很难分清三体世界与现实之间究竟谁是喻体。这个在整个小说中唯一得到正面描写的三体人，与对自己的社会和物种感到绝望、最先发出信号将三体文明引向地球的叶文洁，互为映象。他对于地球美好世界的憧憬和爱护，与叶文洁对三体文明的盲目信仰如出一辙，都建立在对自身所处社会的不满之上。他们所处的世界也互相映现，"三体世界"真的与我们的世界有那么不同吗？

　　除此之外，《三体》的情节中有许多一望可知的现实因素："文革"、军队现代化、大国之间的角力。但更为关键的一点，仍是关于社会制度的解决方案：处在"黑暗森林"中的人类集体，需要的是民主，还是集权？《三体Ⅱ：黑暗森林》中令人难忘的人物之一是军官章北海，他始终把自己的真实想法深藏不露，为的是在必败的太空战役中为人类保留最后的战斗力量。他的计谋使五艘星舰幸免于难，形成脱离地球的星舰文明。新文明诞生之际，章北海思考的是体制问题。大多数人认为应该保留军队体制，章北海反对，认为专制社会是行不通的。但当有人提出，星舰文明可以建成真正的民主社会时，章北海又摇摇头："人类社会在三体危机的历史中已经证明，在这样的灾难面前，尤其是当我们的世界需要牺牲部分来保存整体的时候，你们所设想的那种人文社会是十分脆弱的。"① 章北海的忧思在小说后来的情节进展中不断再现，例如《三体Ⅲ：死神永生》中写建立了威慑体系的罗辑，拥有绝对权力，引发人民的不满，他在人们心目中的形象从救世主变成暴君。关于这一情形，小说里有这样一段精辟的议论：

> 人们发现威慑纪元是一个很奇怪的时代，一方面，人类社会达到空前的文明程度，民主和人权得到前所未有的尊重；另一方面，整个社会却笼罩在一个独裁者的阴影下。有学者认为，科学技术一度是消灭极权的力量之一，但当威胁文明生存的危机出现时，科技却可能成为催生新极权的土壤。在传统的极权中，独裁者只能通过其他人来实现统治，这就面临着低效率和无数的不确定因素，所以，在人类历史上，百分之百的独裁体制从来没有出现过。但技术却为这种超级独裁的实现提供了可能，面壁者和持剑者都是令人忧虑的例子。超级技术和超级危机结合，有可能使人类社会退回黑暗时代。②

《三体》比刘慈欣的其他作品更具有深切的社会意识，小说中逐渐浮现出来的"宇宙社会学"，纠结在制度建构与人性道德的冲突之上，实际上也更为直接地将"中国经验"此时此刻的难题投放在整个宇宙的尺度之上。可以说，刘慈欣构思的"三体世界"尽管有上亿光年的时空，其实却并不遥远。这部小说，起点是"文革"，终点是我们这个宇宙的终结，在这两点之间竟有着不可思议的逻辑关联。正是以这一现实情景为基点构想

---

① 刘慈欣：《三体Ⅱ：黑暗森林》，重庆出版社2008年版，第405页。
② 刘慈欣：《三体Ⅲ：死神永生》，重庆出版社2010年版，第100—101页。

出的《三体》的宏大世界，明确地建立在道德追问之上："如果存在外星文明，那么宇宙中有共同的道德准则吗？"更具体地说，《三体》中描绘了两个层面的道德：零道德的宇宙本身——更高智慧如"歌者"向太阳系抛出二向箔，使太阳系整个二维化，人类文明从此灭亡，我毁灭你，又与你何干？但刘慈欣着力去写的还有："有道德的人类文明如何在这样一个宇宙中生存？"① 这两种假想条件放在宇宙背景中，看似是空想，却深深地扎根在人被卷入历史困境时的切身境况之中。

  《三体》中多次写到生死攸关的抉择时刻，关系到文明的兴亡、人性的存灭。这些时刻映现出与作者和我们都面对的现实历史息息相关的道德困境。《三体》第一部写"文革"中人与人之间的猜疑、迫害，使女科学家叶文洁对人类的道德感到绝望，她最先引来了四光年外三体文明的入侵，也发展出"黑暗森林"的宇宙道德模式，即所有文明之间的关系是你死我活的战争。《三体Ⅱ：黑暗森林》写人类不得不屈服于这一模式，"面壁者"在此登场，将人类带入"黑暗森林"的游戏规则之中。其中还有一段情节写逃逸到太空中的人类飞船，在给养不足的情况下，指挥官必须决定是否先发制人，将同路人消灭，以使自己幸存。这样的道德选择在后来的故事中有了结果：幸存者知道，进入"黑暗森林"的人已不再是人了。《三体Ⅲ：死神永生》的女主人公程心与叶文洁不同，始终保持着对生命最大的善意，她在三体文明入侵的那一刻，成为威慑三体文明的防御系统的"执剑人"，手握两个文明的生死大权，却最终因为内心的善良而失去行动力。但她充满不忍的放弃，并不能给人类带来善果，三体文明在瞬间已经开始打击地球。人类被迫迁移到澳洲，所有物质供给被截断，人类开始弱肉强食，自相残杀。程心在这个时刻失明，她不忍再看这个世界。

  由此，刘慈欣的情节构思纠结在两个向度的道德上：一切为了生存的零道德与有善恶之分的道德。他铺展的宏伟叙述，最终展现的情节走向，是有道德的人类（或任何生命）无法在零道德的宇宙生存下去。《三体》跌宕起伏的故事线索，是人类一次次凭借理想和理性为保存自身做出努力，最终"歌者"来临，"黑暗森林打击"到来。但刘慈欣让程心一直活

---

① 刘慈欣：《三体》，重庆出版社2008年版，第300—301页。

了下去，她成为三体和地球文明的最后幸存者之一。在这部宇宙史诗之中，整个物种和世界的灭亡，与一个人的幸存构成了平衡。

可以说，刘慈欣的小说中兼有着古典的浪漫人文理想与冷酷无情的博弈理性。在当代语境中，后者或许比前者更具有现实感。《三体Ⅲ：死神永生》透露出的宇宙历史，是不断降低维度的过程，即从维度丰富的和平的"田园时代"，在宇宙战争中向十维、九维、八维次第跌落。当太阳系与宇宙其他部分被降至二维后，那些强大的文明仍将继续将其降低到一维乃至零维。高维向低维的跌落，并非自然的宇宙过程，而是人为的结果，因为遵从"黑暗森林"原则的文明为了生存，不惜以降低维度的方式打击其他文明。博弈的终局不是你死我活，而是鱼死网破。《三体》中有力量的人物都是现实主义者——叶文洁、罗辑、章北海、维德，他们在不同程度上将人类更深地带入"黑暗森林"之中。在生死攸关的时刻，他们会选择博弈，哪怕最终结果是同归于尽。

从刘慈欣把宇宙的初始状态命名为"田园时代"，不难看出他的"怀旧心理"。就在《三体》情节之中，同时展开的另一场"博弈"是理性与情感之间的较量。但面对压倒一切的生存问题，刘慈欣笔下的人物也许很难有怀旧的空间。服从"黑暗森林"的游戏规则，才能获得生存的权利。但刘慈欣仍留给我们另一个未曾叙说的想象空间：进入"黑暗森林"以前的世界，那个曾经存在的高维田园时代，是什么样的呢？也就是说，刘慈欣最终在"黑暗森林"和"死神永生"的宇宙（也就是零道德的宇宙）之外，暗示出降维之前的宇宙图景是和平的景象。

这一描写，让人想到鲁迅给《药》的结尾增添"曲笔"，为了给人留有希望。但另一方面，这个暗示非常重要，它扭转了整个《三体》故事中一直在推动情节发展的"零道德"理论，也照亮了人类在认知宇宙零道德本质过程中的那些犹疑和不忍：叶文洁对人性恶的认知背后，有着最富同情心的善良；罗辑成长为坚毅的"面壁者"，为的是以牺牲自己的方式来换得和平；章北海超越个人良知，不择手段地实行自己密谋已久的计划，但他在对其他星舰发起打击之前，心中最后的柔软使他有了几秒钟的迟疑，而最终丧生于太空；程心的天真与维德的凶残形成鲜明对照，但她与维德实际上能互相谅解；甚至灭绝太阳系的"歌者"，当得知整个宇宙都将要二维化的时候，也感到莫大的悲哀。

《三体》里没有绝对意义上的光明世界中的"弹星者"，所有的生灵都忙着应对变局，参与博弈，被形势拖着走，无限延伸的猜疑链使他们认一切存在为"恶"。所有人都是被动的"面壁者"，即便是那看似威力无比的恒星灭绝者。但刘慈欣在希望之后写出绝望，又在绝望中透出希望：那田园时代的高维宇宙是否存在呢？这希望也许还是虚妄，因为小说中的人物不知道"大宇宙"是否能重新进入高维时代；甚至高维宇宙即便再度出现，恐怕还会出现"黑暗森林"的局面，它将不可避免地再度被降维。

但以上我的假想并非小说情节的终点，"三体世界"故事的真正终结，收于对"写作"本身意义的显现。刘慈欣写到地球、太阳系、人类的终结，以至我们这个宇宙将要终结的时刻。当一切都终结以后，"未来"是完成时的，刘慈欣把他所有的叙述命名为"往事"。《三体》第一部出版时，封面印有"'地球往事'三部曲之一"的字样。《三体Ⅲ：死神永生》开头有一段简短的叙述者自白，把后面的记述称为"时间之外的往事"，并说："这些文字本来应该叫历史的，可笔者能依靠的，只有自己的记忆了，写出来缺乏历史的严谨。其实叫往事也不准确，因为那一切不是发生在过去，不是发生在现在，也不是发生在未来。"①

将未来命名为往事，将记忆从历史中分离出来，将写作放在时间之外；在此意义上的《三体》，回归科幻写作的意义。它打开通向"未知"的路径，其意义不仅在于对"现实"和"历史"的记录、解释和构建，更在于启示：仍有未曾发生的、时间之外的可能性。如《三体Ⅲ：死神永生》中那个"无故事王国"的故事，当一切都不可能的时候，仍"有可能"讲述故事。讲故事的人内心中有关切，所以无论他的故事多么凶险叵测，都有着焦灼的愿望；将"现实"的秘密告诉你的同时，仍要向你证明，他的"讲述"不只是为了追忆逝水年华，也是为了相信尚未发生的可能。"讲述"或"写作"，如《诗云》里耗尽太阳系的能量存留下文字的世界，是在历史的喧嚣和现实的嘈杂之外，建立想象的空间。这想象的种子来自

---

① 刘慈欣：《三体Ⅲ：死神永生》，重庆出版社2010年版，第1页。

心灵,可能如茫茫宇宙中的漂流瓶那样渺小而虚弱,但它以自己的存在赋予世界以意义。

在《三体Ⅲ:死神永生》的最后,当轰轰烈烈的太空史诗走到尽头,大宇宙正在死灭之时,刘慈欣描述了已经空寂的世界中一个宁静的场景:

>　　小宇宙中只剩下漂流瓶和生态球。漂流瓶隐没于黑暗里,在一千米见方的宇宙中,只有生态球里的小太阳发出一点光芒。在这个小小的生命世界中,几只清澈的水球在零重力环境中静静地漂浮着,有一条小鱼从一个水球中蹦出,跃入另一个水球,轻盈地穿游于绿藻之间。在一小块陆地上的草丛中,有一滴露珠从一片草叶上脱离,旋转着飘起,向太空中折射出一缕晶莹的阳光。①

（原载《上海文化》2011年第3期）

---

① 刘慈欣:《三体Ⅲ:死神永生》,重庆出版社2010年版,第513页。

再现不可见之物

——中国科幻新浪潮的诗学问题

于天上看见深渊。于一切眼中看见无所有。

——鲁迅《墓碣文》

中国科幻小说的新浪潮迟至 2010 年才开始吸引文学批评界的注意，当时一位年轻的科幻作家飞氘（1983— ）用"寂寞的伏兵"这个词语来比喻科幻的处境。他在"新世纪十年文学：现状与未来"国际研讨会上发言时，相信听众之中几乎没有人了解中国科幻小说在那时已经进入一个充满活力与荣耀的新时代。[①] 飞氘说："科幻更像是当代文学的一支寂寞的伏兵，在少有人关心的荒野上默默地埋伏着。也许某一天，在时机到来的时候，会斜刺里杀出几员猛将，从此改天换地；但也可能在荒野上自娱自乐自说自话最后自生自灭。"飞氘想象着科幻小说的未来，如同在讲述一个科幻故事："将来的人会在这里找到一件未完成的神秘兵器，而锻造和挥舞过这把兵器的人们则被遗忘。"[②]

将科幻小说比作"寂寞的伏兵"，首先是对这个文类在中国文学中边

[①] 参见韩松：《为科幻而活着——参加"新世纪十年文学：现状与未来"国际研讨会纪行》，见《2010 年度中国最佳科幻小说集》，四川人民出版社 2011 年版，第 306—312 页。

[②] 飞氘：《寂寞的伏兵：新世纪科幻小说中的中国形象》，见《2010 年度中国最佳科幻小说集》，四川人民出版社 2011 年版，第 317 页。

缘化甚至"不存在"地位的生动比喻。尽管在晚清最后十年，科幻小说曾有过充满希望的开始，但在20世纪的中国，它几乎是一个人们视而不见的文类。直到21世纪开始，这个文类才在中国经历新的复兴，它首先在互联网上崛起，然后迅速扩展到图书市场和大众媒体。对科幻的批评关注也刚刚开始，尤其聚焦于三位作家——王晋康（1948— ）、刘慈欣（1963— ）和韩松（1965— ）——中国科幻小说的"三巨头"（big three），在关于中国科幻小说的英语资讯中，他们也被称为"三大将军"。[①]他们究竟是不是能够"改天换地"的"猛将"，或许还需要时间来说明，但他们的作品已经为当代中国文学注入了活力，并且使文学景观变得更加复杂。

另一方面，飞氘的比喻也暗示了科幻文学的独特力量，尤其是反传统和颠覆性的文类性质带来的文本活力。科幻小说被形容为一支不可见的军队，为了伏击的目的而藏身于荒野之中，这暗示了与"可见的"或主流的秩序之间可能发生的潜在冲突。因此，科幻小说不仅是一个边缘化的文类，它还有一种对抗"中心"或与"中心"相争的姿态。我将近年来中国科幻小说的一部分称作"新浪潮"（new wave），这是从英美科幻小说史中借来的概念，以此指出其先锋性的文学实验和颠覆性的文化/政治意义。[②]中国科幻小说的新浪潮，如其英美同道，代表了一种新的尝试，这种尝试要"为科幻小说寻找一种与其技术想象一样先进新奇的语言和社会视角"[③]。换言之，新一代的中国科幻作家需要重新发明这个文类，使之带有新的文学自觉意识和社会意识，以此来再现中国乃至世界变革之中的

---

① "三巨头"（big three）的说法，参见：Mingwei Song, "Variations on Utopia in Contemporary Chinese Science Fiction", *Science Fiction Studies* 40.1 (2013), P. 87. "三大将军"（three generals）的说法，见于在线版《科幻小说百科全书》（*Encyclopedia of Science Fiction*），参见由Jonathan Lements和吴定柏撰写的"中国"（China）的词条（http://www.sf-encyclopedia.com/entry/China）。

② 参见本书之《弹星者与面壁者——刘慈欣的科幻世界》；宋明炜：《中国科幻的新浪潮》，《文学·2013春夏卷》，上海文艺出版社2013年版，第3—16页。

③ Robert Scholes, Eric S. Rabkin, *Science Fiction: History, Science, Vision*, Oxford University Press, 1977, P. 88.

梦想与现实的复杂性、含混性和不确定性，以他们自己的方式超越主流的现实主义文学和官方政治话语。

关于文学再现，飞氘的话又揭示出更为错综复杂的隐含意义，它指向了中国科幻新浪潮的诗学特征。将科幻小说想象为某种在遥远的未来如考古文物般被挖掘出来、使后代敬畏的秘密武器，这想象虽然指向未来，却实际上重新定义了现在。正是在此时此刻，那些武器，连同整支部队，都在我们视野之外，而只有在未来，或是在科幻小说的未来想象中，它们才能够重现，并再现（对于未来而言）曾经有过或（此时此刻）正在发生的"不可见"之物。飞氘对于这个文类的比喻性说法，使我们重新思考，在当前这个时代的现实中，是否有一个"不可见"的部分，它只有在科幻小说中才能得到再现。

这篇论文主要讨论科幻对"不可见"之物的再现：回顾历史，科幻小说曾作为一种"不可见"的文类存在；新浪潮科幻小说中再现了中国现实之"不可见"的部分，这尤其体现在韩松的作品中；在诗学意义上，韩松和刘慈欣在文学想象上创造了另类视野，包括失去象征与现实之间链接的文本世界，以及其中那神秘莫测的"不可见"的身体，以及浩渺的宇宙中"不可见"的维度。下文将通过分析韩松的小说，讨论"不可见"的当前现实如何转变为一种科幻再现，以及这种转变为中国科幻新浪潮所增添的政治意涵和诗学暗示。在刘慈欣的小说中，对于"不可见"之物的再现则有着一种崇高化的转向，使科幻打开了一个想象的域界，从中发生无限的可能性和丰富的感知力量，超越了约定俗成的所谓"现实"。本文将结束于对陈楸帆（1981—　）小说《荒潮》（2013）的讨论，小说塑造了隐身于中国农民工中的"不可见"的"后人类"形象，从而延展并重新定义了人的存在意涵。

《三体》现象与科幻小说的黑暗面

《三体》及两部续篇《三体Ⅱ：黑暗森林》《三体Ⅲ：死神永生》于2006—2010年间在中国出版。它们构成了中国科幻文学中罕见的多卷本太空史诗。粉丝们称之为"《三体》三部曲"，作者的正式命名则是"'地球往事'三部曲"。对很多中国读者来说,《三体》就等同于科幻小说,这不仅是因为它在中国科幻复兴中起到了关键作用,还因为它重新定义了中国的科幻美学。《三体Ⅲ:死神永生》出版之后,刘慈欣在许多媒体中出现,包括中央电视台的节目,几乎成为家喻户晓的作家,这在中国形成了"《三体》现象"。

复旦大学的严锋教授多年前就认为刘慈欣"单枪匹马,把中国科幻文学提升到了世界级的水平"[①]。事实证明,这样形容刘慈欣并不夸张,《三体》被翻译成英文之后,获得了世界科幻界的最高奖"雨果奖",这是该奖第一次授予并非用英文创作的小说。美籍华裔作家刘宇昆(Ken Liu)的精湛译本于2014年11月发行,这本书不仅畅销,而且获得了美国主要报刊的诸多好评,引起英文读者的关注。"磁粉"(刘慈欣的粉丝)们则期待《三体》在美国取得和在中国一样的巨大成功。[②]可以说,刘慈欣在中国科幻新浪潮兴起过程中的地位,几乎等同于金庸在新派武侠小说中的地位。

但是反过来说,把刘慈欣看作中国科幻唯一的英雄,只关注其史无前例的商业成功,可能会遮蔽这个文类更大的发展前景。作为一个长时间被压抑和边缘化的文类,科幻在中国重新崛起,并且引发具有先锋性的新浪潮,其中呈现出更加幽暗和更为复杂精密的诗学特征。要理解当代中国科幻(包括刘慈欣的小说)的文化活力,有必要从一个更为丰富多样的历史和文化语境来看。

科幻小说曾经是现代中国文学中"不可见"的部分,这一真实的历史处境启发飞氘将它比喻为"寂寞的伏兵"。中国科幻小说几乎从来没有一个连续的、未经打断的发展历程。它在20世纪的几次短暂繁荣期,被长时间的休眠期分割开来。每次这个文类得以复苏时,新一代的科幻小说家几乎都遗忘了前辈的创作,不得不重新创造文类,这就给中国科幻带来多

---

① 严锋:《光荣与梦想》,见刘慈欣:《流浪地球》,长江文艺出版社2008年版,第3页。

② 关于《三体》的新闻报道和书评出现在《纽约时报》《华尔街日报》《纽约客》以及其他美国报刊上。绝大多数评论者对于刘慈欣的小说大加肯定。

元的发源起点,以及碎片化和非连续性的传统。

早期中国科幻小说(当时被称为"科学小说")在晚清改良派知识分子中流行,他们在其中注入了强烈的乌托邦思想,将"新中国"的未来作为主要情节。① 但在五四运动之后,当现代中国文学主流为现实主义模式左右时,科幻小说几乎完全消失了。在民国时期的文学中,科幻小说作为一种"被压抑的现代性",没有在现代中国文学的范式转换中得以幸存。② 从晚清到 20 世纪 50 年代,只有少数作品诞生,其中最著名的是老舍的寓言性"恶托邦"小说《猫城记》(1933)。

在 20 世纪 50 年代,科幻小说被界定为儿童文学的一个次生文类,并且被委以传播科学知识和正统意识形态的任务。意识形态目的论和历史决定论没有为超越已知和熟悉事物留下多少想象的空间,这严重制约了该文类的活力。在 20 世纪 70 年代至 80 年代间,台湾作家通过书写恶托邦想象,进行社会批判,重新激活这个文类的想象力。差不多同时期,大陆作家也开始探索科幻的丰富想象,以此进行政治反思。1979 年,《科学文艺》(后更名为《科幻世界》)在成都创刊。此后十多年间,《科学文艺》成了这个文类的根据地。

20 世纪 90 年代后期,科幻出现了新的复兴趋势。这很大程度上是由于互联网为文学创作提供了新的平台。新起的科幻作家往往首先是作为网络写手诞生的,他们在年轻网民中制造了日趋庞大的粉丝群(fandom)。至 21 世纪初期,科幻文学开始获得主流媒体的认同,并形成了"科幻热",这个浪潮在《三体》获得成功之后达到顶峰。很难把这个文类最近的发展,与此前曾经出现的短暂繁荣期,或西方语境中的美国科幻黄金时代,抑或英国新浪潮做简单的类比。当代中国科幻是一个庞杂的存在,其中聚

---

① 对于晚清科幻小说的研究,参见:David Der-wei Wang, *Fin-de-siècle Splendor: Repressed Modernities of Late Qing Fiction*, 1849–1911, Stanford University Press, 1997, P. 253–312. Nathaniel Isaacson, *Chinese Science Fiction and Colonial Modernities*, Ph.D. dissertation, UCLA, 2011.

② "被压抑的现代性"这一观点出自王德威的著作《被压抑的现代性》(*Fin-de-siècle Splendor: Repressed Modernities of Late Qing Fiction*, 1849–1911)。

集并重新发明了一系列的文类传统、文化要素和政治想象：从太空歌剧（space opera）到赛博朋克（cyberpunk），从乌托邦到后人类，从"新中国"未来记的戏仿想象到解构国家发展的神话，各式各样的文本要素都汇集其中。可以说，在过去十年中，中国科幻以一种独特的方式，既进入了它的黄金时代，同时也发生了针对自身文类特征的"新浪潮"式的颠覆革命。正如"《三体》三部曲"那样，它展示光年尺度上最为辉煌壮丽的宇宙景观，重新激活了"太空歌剧"的叙事传统，但同时也揭示了以人类为中心的道德悖论所具有的复杂性与问题，由此导致对后人类状态的思考。其光荣与梦想，与阴影同在。

尽管中国科幻过去有过几次短暂的繁荣期，但今日的新浪潮所具有的艺术复杂性和丰富想象力是这个文类迄今所取得的空前成就。新一波的中国科幻小说流行的时候，新浪潮的黑暗面和颠覆性在于，它要么表达出现实中"不可见"的方面，要么表达出再现某种"现实"的不可能性。表达不可能与不确定的世界，在科学和政治层面想象未来的历史，超越已知的、可见的空间，这些特征已经使得科幻小说成为一种独特的文学类型，它犀利地切入（即使是微弱地）那些意识到有别种可能性的大众想象与知识思考。在最激进的层面上，中国科幻新浪潮是先锋文化精神孕育出来的结果，它鼓励人们用超越传统的方法去思考何为现实，挑战那些在社会中习以为常的观念。而正是这些观念被有关自我、社会和体制的技术所构筑，并由此建立个人的存在感和自我认同。

韩松和刘慈欣或许是当代中国最重要的两位科幻小说家，他们的作品很大程度上塑造了新浪潮。这两位作家风格迥异，分别被称为"硬科幻"和"软科幻"作家。① 刘慈欣对物理规律在逻辑上的合理变化提出清晰的思考，以此作为他壮丽的科幻想象的核心；韩松的科幻小说更富寓意，充满了黑暗、怪异，甚至无从索解的意象迷宫，但以此照亮看似熟悉的"现实"中那些"不可见"的方面。两位作家都通过他们自己再现"不可见"之物的独特方法，丰富了科幻新浪潮的艺术风格。

---

① 参见困困：《仍有人仰望星空》，见《2011年度中国最佳科幻小说集》，四川人民出版社2012年版，第403页。

梦的技术

韩松自20世纪80年代初就开始写作科幻小说,他是新浪潮的先锋人物,并推动了科幻这个文类的复兴。韩松的职业是新华社记者,他在业余时间撰写科幻小说。韩松的风格被称为"卡夫卡式"的,其作品中充满了怪诞、梦魇场景的寓言性描写。① 他的科幻想象是对当代中国日常生活现实表象下的大胆窥视。他所揭示的"真实",或现实的深度真实,放在传统现实主义文学中或许显得"不可思议",但在科幻小说的语境中"真实"可以获得"技术性"的解释。在这里,技术既具有一种政治含义,又被当作一种文本策略来使用。在韩松的很多小说中,不可见的技术操控着人们的思想,支配着人们的梦境,但同时,正是如梦似幻、超现实的科幻想象中的技术,使故意被隐匿的现实得以被再现出来。

在韩松发表于2002年的短篇小说《看的恐惧》中②,一个婴儿出生时,前额有十只眼睛。父母非常恐慌焦虑,但同时也很好奇婴儿到底看到些什么,他怎样看世界,会做什么样的梦。一位科学家前来帮助,将婴儿的大脑连接到可以投射视觉的屏幕上。父母在屏幕上看到的并不像他们期待的那样,是婴儿所在卧室的熟悉场景,而是一些"灰色的、连续的大雾似的东西。这雾时浓时淡,覆盖了整个屏幕。大家等了半天,雾也不散去"③。经过很长一段时间的研究,科学家得出了一个令人惊恐的结论:这具有特殊视觉的婴儿,实际上看到了世界的"真相",它确实就像一场大雾,没有形状,是虚幻的、混混沌沌的。父母感到疑惑:难道我们看见的都是世界的虚假影像,这才是"现实"吗?那新买的公寓、家具,以及工作和生活,它们都是幻觉吗?那么是谁制造了我们信以为真的"日常景象"呢?

---

① 他的小说《地铁》(上海人民出版社2011年版)的封面上写着:"电子囚笼中的卡夫卡。"

② 这篇小说首先发表于《科幻世界》2002年第7期,后收入韩松《看的恐惧》(人民邮电出版社2012年版)。

③ 韩松:《看的恐惧》,人民邮电出版社2012年版,第77页。

这个故事同样暴露了科幻想象所具有的令人不安的"现实主义"：我们是不是都需要额头上有"十只眼睛"才能看到现实中不可见的真相？这个文本本身，正如它承载的科幻故事，建立在将"科幻小说"设定为"发现真理"之仪器的假想之上。

通过再现"不可见"的事物，韩松为科幻诗学打开了一个新的空间。科幻小说独特的文学再现形式，将日常生活重新编码，通过创造某种陌生化效果，阐明了现实中"不可见"的方面。《看的恐惧》可以被解读为展示新浪潮风格的文类超文本（generic mega-texts）。这使得科幻小说成为一种寓言，照亮了现实中更深层的"真实"。小说中看到世界真相的恐惧，可以解读为现实的隐喻。

就韩松的科幻风格而言，我同意科幻理论家朱瑞瑛（Seo-Young Chu）对著名科幻学者达科·苏文（Darko Suvin）被广为接受的科幻小说定义的修改，后者将科幻作为一种再现"认知陌生化"（cognitive estrangement）的文学文类。[①]虽然大多数学者相信科幻小说通过"一个想象性框架"（an imaginative framework）造就了认知陌生化的效果，但朱瑞瑛提出了如下的修正观点："科幻小说作为一种模仿性话语（mimetic discourse），它再现的对象是非想象性的，尽管它在认知上也是陌生化的。"[②]朱瑞瑛的观点，与通常将科幻小说作为现实主义对立面的观念正相反，她认为，科幻小说的语言系统，是以一种高密度的模仿（high-intensity mimesis）进行运作的现实再现，它将所有隐喻、象征、诗性的事物都当作"真实"的事物来处理，从而进入更有深度的写实层面中。

通过韩松的写作，科幻文本和现实之间不仅建立了隐喻性的关系，而且也有着转喻的关联，对现实的描写被编织为承载科学奇想的文本，后

---

① 达科·苏文对科幻小说的定义，参见：Darko Suvin, *Metamorphoses of Science Fiction*, Yale University Press, 1979, PP. 3–15. 朱瑞瑛提出的意见，参见：Seo-Young Chu, *Do metaphors Dream of Literal Sleep? A Science-Fiction theory of Representation*, Harvard University Press, 2010.

② Seo-Young Chu, *Do metaphors Dream of Literal Sleep? A Science-Fiction theory of Representation*, Harvard University Press, 2010, P. 3.

者替代了在写实层面"不可见"的现实。在这种情况下,科幻小说描写的现实比任何现实主义方法所容许的写作更具有真实感。在主流现实主义中缺失的有关现实的真相,在科幻小说话语中得到再现,这决定了科幻成为一种颠覆性的文类,它抗拒"看的恐惧"。

韩松说:"2011年,中国成为了世界第二大经济体……我们没有霍金,也没有乔布斯。这些,是否与科幻有一些关系?"①他实际上是在叹息大众读者对科幻缺乏兴趣,指出了中国人想象力的缺失。他在科幻中看到一种魔力,就像梁启超在一百多年前看到的那样,它可以开启国民的想象力:"科幻让人无从预测,它们在文学上的新颖性特别值得珍惜。科幻是一个做梦的文学,是一种乌托邦。它不是乱想,而是基于一定现实的想象力。……能够在这么一个特别的时代邂逅科幻,是一种幸运,因为我能梦到更多的世界。"②

换言之,科幻小说代表了一种超越现实提供的可能性边界的想象。在韩松的科幻小说中,想象和梦想逾越了被设定了特定梦想的时代中大众想象和理性思考的边界。在韩松的其他作品中,尤其在他的长篇小说中,再现现实的文本本身经常会蜕变为一个谜。谜面上有着多层次的寓言和象征,将对现实的"认知陌生化"转变成对另类想象的晦涩难懂的暗示。这种想象神秘莫测、不可企及,如同超验一般地虚无缥缈,这正如他最著名的小说《地铁》所体现出的那样。

在《地铁》中,叙事从普通日常生活的一个超现实时刻开始。小说写一个普普通通的公务员老王,在完成一天的工作后,去搭乘末班地铁回家。但在这一个夜晚,地铁变成幽冥一般的所在,它不仅在渊黑无际的地下一直不停地行驶下去,不再有站台出现,而且车厢里的乘客都如陷入昏睡或死去了一般,看上去"狴犴样面目狰狞"。老王试图唤醒对面的乘客,"但对方好像根本不打算醒来。他稍作迟疑,便去拨弄他。手碰到那乘客的身体时,像通过空气一样,毫无阻力地穿插过去。他探入的是

---

① 韩松:《看的恐惧》,人民邮电出版社2012年版,第388页。
② 韩松:《宇宙墓碑》,上海人民出版社2014年版,第378页。

虚无一物的领域。他活了大半辈子，对此毫无思想准备"①。

韩松的地铁诡异故事，便这样进入了异世界的奇境之中，而这个异世界，却是从现在的生活世界生长出来的妖异花朵。它发生在北京地铁这一地下空间，而这个地铁系统从"文化大革命"的时候开始建设，一开始是用于首都防御核战争的军事掩体。改革开放后，地铁及各种铁路运输，包括高铁和磁悬浮，成为中国高速发展的象征。韩松在小说的序言中，描绘"中国人的地铁狂欢"，将地铁（以及铁路）看作中国现代化的有形表征之一："这个修建了万里长城的民族，已然修建出了超过万里的铁路网，无论从速度、长度，还是从密度、高度，在世界上都名居前列。""地铁已成为了凝聚当代中国人情感、欲望、价值、命运的一个焦点。它也被当做了都市文明的一个专属符号。"②

地铁行驶在城市下面不可见的世界里，隐秘地改变了时空结构和人们的日常经验。北京修造的第一条地铁线是条环线，这条线上的地铁在理论上可以无限地行驶下去。老王此时坐在无限行驶的地铁中，他的经验已变成一个噩梦。作为整个车厢里唯一的清醒者，他目睹神秘的矮人搬运工将熟睡的乘客装入玻璃瓶，运往隧道深处。他重返地上之后，惊悸之余，试图警告他人，但这番经历却是不可言说、无人相信，而且完全非理性的。韩松扑朔迷离的叙述，一直没有明确地解开这个谜团。但小说的震撼力，正在于这个秘密"不可见"地隐藏在日常世界的肌理之中，伴随着每一天的生活，一切看上去都如常，但你无法破解这个"现实"之谜；而且它在那里，最终会找到你——直到有一天"他"也被装进玻璃瓶子。诡异的超现实情景越出现实的边界，侵入"真实"，造成不可理喻的景象。

《地铁》由五个段落组成，或者说是由以地铁为共同主题的五个中篇小说组成的：《末班》写公务员老王窥见地铁里的诡异情形。《惊变》里，另一辆地铁进入永无尽头的运行隧道，拥挤在车厢里的乘客从人变为非人，"进化"或"蜕变"为新的物种，他们最后到达了一个几光年远的月台，

---

① 韩松：《地铁》，上海人民出版社2011年版，第17页。
② 韩松：《地铁》，上海人民出版社2011年版，第9、11页。

然而这是一个"不可言状的大脑"构造出的幻觉。①《符号》描绘看似不久的未来,一群人为了探究地铁之谜,进入废墟般的地铁隧道,在一番惊悚的经历和思辨之后,大概了解到"地铁"事故实为"宇宙化"历程(显然比全球化更加来势汹汹)中的一次灾变,这个项目由政府——实际上是一家跨国、跨星球公司——进行实验。《天堂》写末世般的未来,地铁里幸存的后人类物种试图重返地上天堂,但经过进化的鼠类已经捷足先登,占据了人类的废墟。最后一部分《废墟》写小行星上的人类后裔,派遣一对少男少女重返地球,想要破解人类文明灭亡之谜;但与其说他们最终了解真相,不如说陷入更深广的幻象之中;少男露水在小说最后一刻,终于"发现什么也不存在"。②

《地铁》的写作风格带有含混和多义象征的特点,这使得读者甚至难以破解基本的故事情节。地铁系统中到底发生了什么,对小说中所有人物来说,始终都是一个谜。真相难以把握,或许永远得不到解释,这使现实看上去就如同超现实一般。科幻文本将有关什么是"现实"——或什么不是"现实"——的寓言性阐释当成现实本身那样去活生生地描写。《符号》的开头写道:

> 小武在大街上拼命走着。有许多东西,朝他迎面扑来。
> 有些像蜜蜂一样的,是飞行的微成像监视器,上面有纳米雷达,与市场数据调查公司的超级计算机相连。
> 电磁波也金枪鱼一样扑过来。可见光是黑色的,是城市的基本色调。大白天一如黑夜。城市里所有的光,都是人造的生物光,包括看不见的合成光——紫红外线,阿伽射线——医保企业买下了它们的频率,用于治疗居民们的性无能。
> 暗红的雨丝也扑了下来,是掺了工业色素的酸雨,没日没夜地下,是城市中最潮的主流艺术。在腐败的雨露的浇灌下,在布满痰迹、废纸、精液的街头,生机勃勃地长出了奇花异草,是经

---

① 参见韩松:《地铁》,上海人民出版社2011年版,第90页。
② 参见韩松:《地铁》,上海人民出版社2011年版,第293页。

过基因重组的热带植物。

小汽车稀稀拉拉，小鬼一般排队慢慢行走，由于石油短缺，而乙醇汽车、电动汽车和生物能汽车又很不经济，车后座上就置放着一个差转蜂窝煤炉，长年不灭，用作动力，并兼照明。煤炉噗嗤地释放出二氧化硫，再转化为黑沉沉的生物光。

人类像生活在大海底部一样。有钱人往脸颊上植入了麻疹一样的假腮，以过滤污浊有毒的空气。

城市叫做 S 市。一场实验正在城市中进行。①

小武不知道自己出生在哪里，不清楚为什么，小武以前的记忆统统没有了。②

小武是一个局外人，就像贾樟柯电影《小武》（1998）中的同名主人公，迷失在自己的家乡。小说中解释说，S 由这个城市的格言而得名：顺从（submit）、承受（sustain）、幸存（survive）、屈服（succumb）。各种无以名状的新奇技术，虚拟的科幻景观，既指向技术的进步，也用具象来表达出伦理的焦虑。小武的失忆或许茫茫然无所指，但也切骨地表达出 20 世纪 90 年代以来的文化遗忘。

《地铁》的力量在于它迷宫般的叙事和充满隐喻的语言，韩松是科幻新浪潮作家中最接近先锋小说家的一位。在《地铁》最后三个部分，他有时完全抛弃了叙事的连贯性，而突出一阵阵的感官体验，后者或许对应了一系列来自现实中的怪诞和荒谬的体验。文本的方向迷失或许比一切都具有颠覆性，而各种黑色幽默和歇斯底里的夸张，比写实的方式更加显现出世界的荒诞。文本读起来像一个由虚构新闻报道组成的文学戏仿，这种夸张所达到的程度，使之自为目的，不再局限于对现实熟悉之物荒诞性的展示。

如果我们将《地铁》看作为其文本性说话，既不是为了表达现实，更不是印证叙述成规，那么我们或许可以意识到在诡奇的想象之下，在超现

---

① 实验后来被揭露为政府的"宇宙化"计划。
② 韩松：《地铁》，上海人民出版 2011 年版，第 93—94 页。

实的细节之中，韩松揭示了永恒的虚空、无法解释的意义的缺失，或绝对的虚无，一种弥漫的疲惫超越了时空，甚至吞噬了宏大的"宇宙化"计划。所有表面的繁荣都有着废墟般的阴影，文明的兴衰，跨越时空的对"真相"的徒劳探索，以及各种精雕细刻却没有所指的象征和符号，都在一个自我包含、自我指涉的文本空间中，以一种深渊的虚无主义的方式呈现出来。作为一个科幻文本，《地铁》或许最终颠覆了它本来要把握现实的目的。或者说，在它的文本呈现中，现实本身就是超现实的、无从认知的。文本呈现出现实世界的底片，透露无处不在却又"不可见"的虚无感。韩松在科幻小说中所做的，正如鲁迅所说："于天上看见深渊。于一切眼中看见无所有。"①

看不见的身体和隐秘的维度

刘慈欣对"不可见"之物的表现，是从科幻想象的另一个不同维度展开的。与韩松投向不可见的现实深层，甚或现实背后的虚无渊黑，如梦魇般的凝视相比，刘慈欣的想象更为崇高，充满了令人眩晕的细节和对于具象世界体系的合理思考。他创造世界并惟妙惟肖地加以描写。韩松和刘慈欣被分别称为"软科幻"和"硬科幻"作家。②如果说韩松主要集中在对社会现实和权力技术的反思上，那么刘慈欣则更关注技术本身。刘慈欣是一个计算机科学家，他承认自己是技术主义者，并效忠于科学主义。③但他也将科幻写作比喻成一种创造过程，科幻文学"像上帝一样创造世界再描写它"④。他的科幻小说大多建构出超越人们熟悉的现实层面的世界体

---

① 鲁迅：《墓碣文》，见《鲁迅全集》（第2卷），人民文学出版社2005年版，第207页。

② 参见困因：《仍有人仰望星空》，见《2011年度中国最佳科幻小说集》，四川人民出版社2012年版，第403页。

③ 参见刘慈欣：《为什么人类还值得拯救》，见《刘慈欣谈科幻》，湖北科学技术出版社2013年版，第34—42页。

④ 刘慈欣：《从大海见一滴水——对科幻小说中某些传统文学要素的反思》，见《刘慈欣谈科幻》，湖北科学技术出版社2013年版，第46页。

系，但这些世界体系的基础仍然是对物理规律在科学上的合理改变。

对刘慈欣来说，科幻小说就像科学实验一样。物理规律的改变驱动情节发展，而他的任务就是将这些改变具象化。例如，在中篇小说《山》中，他想象一个存在于岩石行星中心的泡世界，有些金属的智慧生物在那个被坚硬岩石包围的空间中进化出文明。它们的"天空"是坚硬的岩石，它们的"宇宙"是一个封闭的空间。刘慈欣假设，如果它们中间有一个哥白尼，敢大胆地设想这个泡世界不是宇宙中心，会发生什么？如果它们中间有一个哥伦布，敢于"航行"到坚硬"天空"的另一端，又会怎么样呢？刘慈欣描写了这个外星文明克服万难认知世界的史诗故事，它们最终来到星球表面，看到布满星星的浩瀚宇宙。①

《山》是个很好的例子，它展示了刘慈欣怎样将不可见的世界表现出来，即便这个世界将自身封闭在星球不可见的内核中。他的想象使"不可见"之物浮现到可见现实表层上来，也是将想象的可能性转为科学上合理现实的过程。对刘慈欣来说，讲述这样一个故事，不是为了做出有关国家的寓言，甚至可以说，在刘慈欣绝大多数的小说中，都有一丝对政治的冷漠。它们与韩松的作品不同，显示出超越现实的趋势，比我们这个时代看得更远，寻求一种未来人类（或是后人类）的技术乌托邦。

世界体系的创造可以同样发生在宏观和微观层面。刘慈欣在1999年写作的短篇小说《乡村教师》中，将中国贫困地区几个学生的命运，联系到发生于银河系中心的星际大战。② 在同年创作的《微纪元》中，人类未来的后代变成像微生物一样的微人类，以适应由于太阳闪烁而急剧恶化的地球环境。③ 这两个世界，虽然一个极大，而另一个不可思议地小，但它们都"不可见"。参与星际大战的高等智慧生物，小说并没有给出形象上的描述，而微人类的世界只能通过特殊的观测仪器才能看到。

在"《三体》三部曲"中同样能发现"可见性"的缺席。这部以"体"

---

① 参见刘慈欣：《山》，见《微纪元》，沈阳出版社2010年版，第225—258页。
② 参见刘慈欣：《乡村教师》，见《流浪地球》，长江文艺出版社2008年版，第35—66页。
③ 参见刘慈欣：《微纪元》，见《微纪元》，沈阳出版社2010年版，第85—108页。

为题的宇宙史诗，往往有意缺失关于"身体"的描述。比如《三体Ⅲ：死神永生》的核心人物之一云天明是"没有身体的"（bodiless），只有他的大脑被发送到太空深处。捕捉住他的大脑的外星人是否能复制他的身体，这在叙述中是个谜团。最后他重新出场，而另一个核心人物——他的爱人程心，却因为一个意外事故，再也没有看见他。

"三体问题"是一个真正的数学问题，受到"三体问题"启发，刘慈欣设想出"三体世界"，但这个"三体世界"的"体"也是看不见的。刘慈欣假想有一个恒星系统，其中有一颗孤立的行星环绕三颗恒星。由于三颗恒星相互间的重力吸引，行星轨道不可预测，是完全混乱的。那个星球上发展出的文明与人类文明完全不同，三体世界与人类文明的碰撞，构成了"三部曲"的主要情节。但是对所谓的三体人，整个"三部曲"中都没有任何生物形象的描述。[1] 不可见的身体，在一个叫作"三体"的虚拟现实游戏中，被人类的自我形象代替了。玩这个游戏的人，通过化身为现实中的历史人物，如周文王、墨子、秦始皇、哥白尼、牛顿、冯·诺伊曼、爱因斯坦等，逐渐了解三体人所面对的现实，他们的世界无规律、无形式、无常态。在小说第一部的最后，两个智子被三体人送到地球上来侦察人类文明。智子对人类来说是不可见的。它们从如同巨镜一般映射整个星球的二维展开，收缩到完全不可见的十一维。[2]

通过与外星物种联系，以及人类在星系间的流散，小说中有些人物逐渐了解到宇宙的"真相"，即它拥有超越人类感官能力的多重隐匿的维度。在"三部曲"的最后一卷《三体Ⅲ：死神永生》中，当第一艘人类星舰飞出太阳系时，遭遇到一个神秘的四维碎块。刘慈欣花费数页笔墨，详细描写人物在进入四维空间的晕眩一般的体验。尽管用了"无限细节"这样的词语来形容，小说还是慨叹四维感觉的不可描述。进入了四维碎块之后，小说人物处在一个无限延伸、无法度量的空间：

---

[1] "三体信息中没有包含对三体人生物形态的任何描述。"《三体》第33章中这样说。刘慈欣：《三体》，重庆出版社2008年版，第362页。

[2] 参见刘慈欣：《三体》，重庆出版社2008年版，第271—292页。

这种纵深不能用距离来描述，它包含在空间的每一个点中。
关一帆后来的一句话成为经典：
"方寸之间，深不见底啊。"
感受高维空间感是一场灵魂的洗礼，在那一刻，像自由、开放、深远、无限这类概念突然都有了全新的含义。①

在刘慈欣的科幻想象中，与不可见的、未知的、巨大不可测量的、无限的事物相遇，是一种崇高的体验。刘慈欣描述了自己在阅读阿瑟·克拉克的《2001 太空漫游》后的相似感受："我读完那本书后出门仰望夜空，突然感觉周围的一切都消失了，脚下的大地变成了无限伸延的雪白光滑的纯几何平面。在这无限广阔的二维平面上，在壮丽的星空下，就站着我一个人，孤独地面对着这人类头脑无法把握的巨大的神秘……从此以后，星空在我的眼中是另外一个样子了，那感觉像是离开了池塘看到了大海。"②对刘慈欣来说，科幻小说的终极理想就体现在描绘崇高的体验中。这种崇高的体验是康德式的：无限，没有形式，没有边界，无法承受，有着超越人类把握能力的广大。在《三体Ⅲ：死神永生》的最后，人类文明的幸存者开始认知宇宙本来天堂般的景象，十维的宇宙田园没有时间，空间没有边界。但它并不是真的天堂，因为它同样孕育了智慧。十维宇宙只存在了短暂片刻，那个宇宙中诞生的最高智慧迅速发明最为致命的武器，以降低宇宙维度来打击其他高维物种。人们所知道的三维宇宙，是古老的宇宙战争的废墟。

在天文尺度上，宇宙不可思议的广大超越了善恶。"《三体》三部曲"中至少还有一个核心问题是康德式的，即道德的普遍性问题，但刘慈欣对这个问题的回答，与康德的先验论正相反。刘慈欣追问的是，拥有道德自觉意识的人类是否能够在一个充满敌意的不道德的宇宙中生存。他的答案即便模棱两可，却仍然是以否定为主要可能的。小说情节的

---

① 刘慈欣：《三体Ⅲ：死神永生》，重庆出版社 2010 年版，第 195 页。

② 刘慈欣：《SF 教——论科幻小说对宇宙的描写》，见《刘慈欣谈科幻》，湖北科学技术出版社 2014 年版，第 88 页。

高潮是太阳系的终结。一个神秘的高等智慧体在宇宙间巡航——它的"身体"也是不可见的。经过太阳系和邻近的三体世界时,它偶然发现在银河系边缘的这两个文明。它向太阳系扔出一张薄得近乎看不见的、如纸片样的东西。但这张"纸"正是不可战胜的大杀器,高等智慧体用它来摧毁每一个有可能成为对手的智慧物种。这张叫作"二向箔"的纸片改变了时空结构,让三维的太阳系坠入二维的平面之中。整个太阳系开始二维化,每一个事物都进入画面:"这张图纸的精确度是原子级别的,原三维世界中的每一个原子,都以铁的规则投射到二维空间平面上相应的位置。绘制这张图纸的一个基本原则是没有重叠,没有任何被遮挡的部分,所有细节都在平面上排列开来,显露无遗。"①

此时,幸存的人类开始了流亡的命运,他们终于看到凶险的现实,栖居宇宙的智慧生物彼此之间殊死搏斗。宇宙中没有道德,有道德意识的人类注定在宇宙中陨灭。宇宙本身是崇高的,令人畏惧,冰冷陌生。人类试图在一场他们没有机会打赢的战争中寻求生存,尽力维持人性。

这一刻同样揭示了刘慈欣使崇高的事物变得"可见"的诗学努力。太阳系的二维化过程以令人目眩、无限丰富的具体细节展示出来。一滴水被放进巨大扁平的图画中,它变得像海洋一样广大和复杂。刘慈欣以正面、巨细靡遗、精准而细腻的方式来描绘想象中的末日,在这一刻,他"像上帝一样创造世界再描写它"。冥王星上的三个人类幸存者目睹这个"世界"无限细节的展开,他们被二维水分子构成的如月球一般大小的雪花震惊。太阳系的二维景象是惊心动魄的一刻,它使崇高变得可见,而且可以描写。

这个时刻也揭秘了刘慈欣的科幻艺术手段,它堪比"二向箔"这个神奇的武器。太阳系二维化过程可谓体现了刘慈欣艺术手段的缩影:在复杂、具体和精确的细节之上,创造瑰丽、崇高、奇妙的世界图景。他的科幻想象直接诉诸宇宙的无限,但他同样试图将不可见和无限之物,转化为合理的物理现实和可以形诸文字的细节。在"三部曲"结束的部分,他以一种奇迹般的感受、令人敬畏的形象,将科幻小说从决定论或民族寓言

---

① 刘慈欣:《三体Ⅲ:死神永生》,重庆出版社2010年版,第434页。

（或任何根植于确定性的叙述）中提升出来，开启了超越已知"现实"的想象和感知的空间。刘慈欣使崇高变得可见，使科幻小说如磁场一般令人着迷，欲罢不能。

尾声：新千年的后人类启示

中国科幻在刘慈欣的崇高想象和韩松的噩梦寓言之间有一个中间地带，像陈楸帆这样的年轻作家正在探索这个地带。陈楸帆的第一部长篇小说《荒潮》（2013）结合了现实主义和寓言书写，塑造了以赛博格（cyborg）后人类形象出现的人机复合体，默默无闻"不可见"地生活在社会底层，但对于自我身份和阶级意识发生新的觉悟。

刘慈欣和韩松在他们的小说中都表现过后人类形象。在《微纪元》中，微人类没有悲哀或记忆，所以再也不能继承"我们"（灭绝了的人类）的遗产。在韩松《地铁》第三部分《符号》中，小武用他生命的最后一息呼喊："孩子们，救救吧。"这里颠倒了鲁迅《狂人日记》的最后一句话："救救孩子。"但未来的后人类"孩子"不会救他；相反，"虚空中爆发出婴儿的一片耻笑，撞在看不见的岸上，激起淫猥的回声"[①]。这个后人类"孩子"的邪恶形象，表现了本文未及讨论的中国科幻新浪潮的另一个重要方面，即它将后人类形象标志为一个不可见、难以察觉的差异点（point of difference）。

在关于怪兽、异形、异托邦、跨性别／跨物种和互联赛博意识的科幻想象中，"差异点"被高度强调。在有着技术、生态和政治各种新的可能性的新纪元里，"差异点"对"什么是人类"或"什么是后人类"提出了质询。[②] 关于后人类的想象，首先在于挑战身份、种族、性别、阶层和其他各种对于自我建构的规范。正如电影《银翼杀手》（*Blade Runner*）中

[①] 韩松：《地铁》，上海人民出版社2011年版，第199页。
[②] 关于后人类的哲学、政治和文化意义，参见：H. Katherine Hayles, *How We Became Posthuman*, University of Chicago Press, 1999. Rosi Braidotti, *The Posthuman*, Polity Press, 2013.

表现的仿生人那样，后人类往往看不出有什么不同，但是与"我们"不同，而这个"我们"正是按照正常的标准被社会规范建构起来的。后人类形象让人意识到规范背后惘惘的威胁，以及规范本身令人恐惧的方面。

陈楸帆的《荒潮》文本中含有自觉地创造新的后人类主体的努力，这个主体产生于对未来的思考。《荒潮》表现"不可见"的农民工群体的怪诞形象，以及他们之中"不可见"的后人类变体。小说描写了在不久的将来，一个靠回收电子垃圾（包括含有人工智能的损毁硬件）而繁荣起来的南方城市。这个虚构的未来世界实际上是以陈楸帆的家乡广东汕头为原型的。汕头在改革开放时期经历了经济上的迅速崛起，而汕头人口最密集的区域之一贵屿，正是世界上最大的电子垃圾场。这些电子废弃物被几乎没有防护措施的农民工加工，引起了极大的环境和健康问题。

《荒潮》中，故事发生的岛屿被命名为"硅屿"，隐含了另外一个谐音上的意思——"鬼域"。几百万沉默的农民工在致命的电子污染中生活，他们变成"垃圾人类"（waste human），就像他们加工的"垃圾产品"一样。小说从对农民工日常生活的逼真现实主义描写开始，这些人被蔑称作"垃圾人"（garbage people），遭到当地人的歧视。"垃圾人"过着悲惨的生活，他们没有基本的公民权利，没有名字，没有身份。

《荒潮》的梦，是写一个少女小米，像鬼魂一样默默无名地生活在令人绝望的底层，意外地受到一种尚在实验中的人工智能的感染。小米从最卑微的底层站起来，变成了拥有强大力量的赛博格。在硅屿，"自然"不再能与赛博后人类相区分。"垃圾女孩"小米生活在从最先进的制造人工智能的西方实验室倾倒的危险电子垃圾中，她被当地人欺负和骚扰，在被流氓强奸后，进化成获得全新自我意识的新物种的第一个成员。[1]

小说最惊心动魄的情节，集中在小米内心激烈的斗争中。这个斗争发生在她的人类意识和相对应的后人类赛博格特性之间。她的分裂人格，分别叫作"小米0"和"小米1"，指向复杂的全球政治经济变化而引发的"后人类"状况的精神分裂性质（schizophrenia）。她迅速发展出超人力量，并渴望对人类复仇，这暗示了人们对技术重要性的信仰与对技术的深刻

---

[1] 参见陈楸帆：《荒潮》，长江文艺出版社2013年版，第103—109页。

质疑之间的吊诡结合。小米深陷于这发生在自我深处的斗争中，导致自我毁灭。

《荒潮》的主要成就在于，它为中国科幻新浪潮开启了通向内心复杂世界的旅程。与韩松揭示的"不可见"的社会现实，或是刘慈欣展示的看不见的高维宇宙不同，陈楸帆的小说更执着于探寻自我内部发生的"不可见"的事件，如小米与后人类自我的妥协、冲突和挣扎。最"不可见"的，也是最令人不安的威胁，来自内部。陈楸帆的小说为中国科幻指出新的方向。如果《荒潮》有一个后人类的启示，它或许预示着新千年里不可见的人的内心发生的变化，一种新的自我意识的萌动，一种不惮于吸收技术以建构自我的新技术，以及一种对于后人类身份的自觉认同。正是由于以上的特征，中国科幻新浪潮创造了新的诗学与政治的可能。再现"不可见"之物，从不可言说的现实，到世界的隐藏维度，到后人类内心的幽暗意识。再现这些"不可见"之物的新浪潮，如同荒潮一般，涌入科幻所照亮的"不可见"的国度。

（本文由路程翻译成中文，原载《文学·2017春夏卷》）

在"世界"中的中国科幻小说
——科幻作为一种全球文类,及其成为世界文学的可能与问题

科幻文学与世界建构

在《三体》发表的几个月前,刘慈欣发表了中篇小说《山》。①《三体》无疑是迄今为止被译介到国外的中国当代小说中最为知名的一部,作为全球畅销书甚至进入机场书店,成为旅客带上飞机的热门读物,后者相对而言却名不见经传。《山》所想象的世界,是一个存在于岩石行星中心的泡世界,这个世界中也有智慧生物,他们在被坚硬岩石包围的有限而封闭的空间中,进化发展出一种别样的文明。起初,泡世界中的生物根本没有"外部世界"这个概念,他们完全看不见这个行星致密岩幔覆盖以外的空间。刘慈欣描写"泡世界"的文明如何展开他们的地理大发现,在这犹如史诗一般的叙述中,"泡世界"也诞生了他们自己的"哥伦布"和"哥白尼"。他们以思想和行动撼动了此前的宇宙论,即基于直觉感受认为唯一可见的空间是唯一的现实,继而颠覆了"泡世界是宇宙中心"和"无限岩层包裹着泡世界"的"密实宇宙论"。泡世界中勇敢的探险者历经千辛万苦才测试到万有引力的存在,再穿越层层叠叠的岩石地幔,到达星球表面,终于看见满天星斗的夜空。他们向上探索并终于抵达行星表面的那一刻,意味着两个里程碑式的事件:不可见、不可知的宇宙现在被他们看见了,整个世界打开了,呈现在他们面前;同时,它们自己那从未被

---

① 《山》最初发表在 2006 年 1 月的《科幻世界》杂志。

人看见的文明,现在成为宇宙的一部分,它们将自己的世界置于广大浩渺的宇宙版图之中。

世界建构(world-building)对科幻小说叙事至关重要。① 几乎所有围绕世界建构过程而展开自我反思式情节设计的作品都可以被解读为"超级文本"(mega-text),即关于科幻小说本身的科幻小说。借用罗伯特·肖勒(Robert Scholes)的话来说,这类科幻小说代表了一种结构性想象(structural fabulation),其中充满"对作为系统之系统、结构之结构的宇宙本质的意识自觉"。刘慈欣在《山》中所采用的简洁而高效的叙述方式与博尔赫斯(Jorge Luis Borges)《巴别图书馆》(*The Library of Babel*, 1941)、艾萨克·阿西莫夫(Isaac Asimov)《最后的问题》(*The Last Question*, 1956)、阿瑟·克拉克(Arthur C. Clarke)《星》(*The Star*, 1955)和特德·姜(Ted Chiang)《你一生的故事》(*Story of Your Life*, 1998)如出一辙。像《山》这样的作品,体现出科幻小说的母体情节:与未知的相遇,及为理解这种相遇而做出的自觉努力。这篇小说毫无多愁善感,而是使用技术上具体而微的话语来描绘这个外星世界,反映出科幻文类的结构性成规,也指向通过对知识的科学化集合与处理而驱动情节发展的情景。

《山》像是预演了"《三体》三部曲"中那令人耳目一新、崇高宏大的世界建构。在"三部曲"中,"黑暗森林"的形象指向无垠无限的未知世界,将故事推向高潮。人类进入外太空,遭遇改变物理规则的星际战争,窥见宇宙最黑暗的秘密,而整个宇宙竟是古老战争的废墟。正如小说中的人物关一帆所说的,在"见过一点"高维宇宙碎片之后,才意识到"方寸之间,深不见底"。末日后离开母星的人类,被求知欲驱使,在宇宙中越走越远,进入黑暗的深渊,认识到宇宙零道德、非人性的真相。与《山》中所赞颂的技术乐观主义不同,"《三体》三部曲"给我们看的是"最糟

---

① 尽管对科幻小说的性质界定存在争议,但大多数学者都认为科幻小说中的虚构世界"在某种程度上不同于我们实际生活的世界:是虚构的想象而非观察到的现实,一种幻想文学"。科幻小说可被理解为"对作为系统之系统、结构之结构的宇宙本质的认知"。

糕的宇宙"，这是与外太空更高等智慧接触所获得的知识。但这并未阻碍刘慈欣将向外部世界探索不止的渴求，作为建构整个"三部曲"基本情节的精神。一边是对可见世界之外的热切探索，另一边是谦卑得近乎谨慎地揭开自己文明的面纱，并将其归入星图中的努力，两者同时发生。

《山》里的文明故事不但是隐喻科幻文类本身的"超级文本"（mega-text），而且也仿佛映照出了随着刘慈欣步入国际舞台，中国科幻进入世界文学的历程。《山》的情节，可以看作浓缩了《三体》《三体Ⅱ：黑暗森林》《三体Ⅲ：死神永生》三部作品同样使用的叙述策略，后者展现地球文明被迫进入太空、探索并融入新世界的艰难征程。在更大的语境中，这个情节也喻指了中国的现代民族经验，即进入由现代时空和政治经济所定义的世界新秩序。与此同时，新闻报道中关于《三体》在美国及全球范围内获得空前成功的修辞策略表明，中国科幻文学已被视作中国在国际上获得成功的标志，不仅意味着中国在国际竞争中存活，更意味着中国的成功将会长盛不衰。中国科幻新浪潮抵达"科幻行星"的表面，正变成一种全球可见的世界级现象。

通过重述《山》的故事，我试图引入"在世界中"（worlding）这一概念；在海德格尔的意义上，这个动词意味着世界打开的状态，即一种不断展开、不断生成的过程。它与海德格尔哲学中另一个关键概念"居于世界之中"（being-in-the-world）有关。海氏展示了"在世界中"如何可能："唯有作为终有一死者的人，才在栖居之际，通达作为世界的世界。唯从世界中结合自身者，终成一物。"对他而言，诗将世界与物相连，"聚合成一种亲密归属的简单共在"。王德威将这一概念借用至中国文学史书写之中，认为"'在世界中'的概念不但可以作为将'世界带入中国'的手段，帮助我们在更广泛的'文'的观念中理解中国文学现代性，更重要的是，能够作为一个媒介持续不断地打开世界新格局"。王德威将这一概念借用至文学史语境中，除了强调文学的诗性力量之外，还暗示了文学的生产与生成，和文学具有情动力打开中国"居于世界之中"的视野，以及与世界文学的协商与融合。

我将"在世界中"的概念延伸至新浪潮科幻的诗学建构中，以说明科幻叙事模式作为一种世界建构过程的特点：揭示"不可见"之物，创造世界的虚拟形式,并表达文学想象的诗意拓扑。同时,我还用"在世界中"(worlding)这个动词来描述历史语境中三个相互关联的运动:中国科幻创造独特文学世界的历史、与世界文学的协商与融合,以及向世界再现中国现实之"不可见"部分。在本文中,我将阐述科幻文类作为全球文学的性质,并讨论它是如何进入全球舞台中心的,以及在"《三体》三部曲"成功之后,仍有哪些是"不可见"的。

新浪潮

"至少,我们必须要求科幻小说比它对话的世界更为明智。"达科·苏文(Darko Suvin)以一种谨慎的乐观主义和持久的乌托邦冲动来描述科幻文类,这种冲动可能同时产生乌托邦和恶托邦叙事。科幻迷、科幻作家、译者和科幻活动家们认为,科幻小说作为一种能与另类世界形象对话的"选择性传统"(selective tradition),享有精英特权。中国科幻新浪潮更是如此,因为它继承了来自20世纪80年代的精神遗产,那是一个倡导启蒙与充满希望的年代。中国科幻文学长期以来默默无闻,但自从20世纪80年代以来,思想界的反思、主流文学以大体上归于现实主义传统的手法面对现实瞬息万变的滞后感、新型科学理论和新兴技术对日常生活的影响、互联网的兴起、类型小说市场的成熟,以及网络社区的繁荣等,合在一起促成科幻小说的异军突起。科幻文学强烈地表明,我们正在进入一个全新的时代——一个在我们眼前徐徐展开的未来世界,一个追寻变革和颠覆传统的时代。

由韩松、王晋康、刘慈欣等人开创的中国科幻的新潮流,迅速促生中国科幻的黄金时代,并创造了具有颠覆性的"新浪潮"。我借用英美科幻小说历史上的"新浪潮"(new wave)一词,以此强调其中先锋性的文学实验和颠覆性的文化/政治意义。"新浪潮"这个词语隐含了一种强烈的先锋立场。它最初来自法语"新浪潮"(nouvelle vogue),这个词在电影研究中用来形容反抗主流范式的实验性创作。与此同时,我也用"新浪潮"这个词语来标识科幻小说在整体上对当代中国主流文化范式产生的"新浪潮"一般的冲击。

在科幻文类中，意见纷杂，众声喧哗，使得它既有流行性，又具有颠覆性。值得注意的是，新浪潮科幻是乌托邦与恶托邦的双身同体，用后人类形象挑战人文主义传统观念，反思诸如进步、发展、民族主义和科学主义等中国现代性的关键问题。与包括奇幻文学在内的其他流行文类相比，中国科幻新浪潮作品更严肃地切入社会、政治以及哲学话题。

刘慈欣与韩松创造的世界图像未必比现实世界更好，但他们试图照见现实中"不可见"的域界，在光明璀璨的现实表象之下寻找更深层的真实，指向藏匿在壮丽宇宙背后的凶险面向，以及我们的世界在精神和心灵的层面上令人不安又无可名状的幽暗层面。当刘慈欣、韩松、宝树、郝景芳和陈楸帆等人的作品被译成英文以后，这些作品展现了非同寻常、折叠起来的图景。倘若这些作家的确比他们所对话的世界更加明智，那么中国科幻给世界带来的"智慧"，将不是一种谨慎的乐观主义，而是一种谨慎的启示，以昭示我们的生活世界之外还有无限丰富的另类可能性。在21世纪的前二十年里，中国科幻文学进入了一个前所未有的大胆实验和不断成功的新时代，"几员猛将，改天换地"（飞氘《寂寞的伏兵》）。在这二十年中，中国科幻的新浪潮代表了一种改变现状的新希望、一种对更广大世界的好奇心，和一个为中国读者带来更多奇观和启示的承诺。正是从这里，科幻成为领跑员，将中国引向世界文学的中心舞台。

中国科幻走向全球

作为中国有史以来最热门的畅销书，《三体》顺利跨过许多国境线，仅在美国发售的几周内，就打破了此前所有中国文学英译作品的销量纪录。这一现象受到《华尔街日报》的关注，报道冠以耸人听闻的标题："中国通过科幻小说对美国大举入侵。"《三体》的英译者是美国华裔科幻作家刘宇昆（Ken Liu），他仅仅凭借一篇小说《手中纸，心中爱》（*The Paper Menagerie*, 2012）就斩获"雨果奖""星云奖"和"世界奇幻奖"三大奖项，由此声名鹊起。刘宇昆在翻译《三体》时，对语言和文体做了精致的提升，将刘慈欣文本的原生活力与美国科幻富有风格化的精准凝练的特点完美结合。美国托尔出版社于2014年11月推出《三体》，广受好评，随后于 2015 年 8 月和 2016 年 8 月分别发行了"三部曲"的第二部《黑暗森林》（周华译）和第三部《死神永生》（刘宇昆译）。对于《三体》的营销策略，出版社仿照了《指环王》（The Lord of the Rings）和《饥饿游戏》（The Hunger Games）的模式，即在三年以内，有一定间隔时间，步骤稳定地逐一出版三部小说。这样做显然是为了逐步吸引、壮大读者群。《三体》采用了同样的造势策略，从而吸引了更多美国读者。《三体》还获得了美国作家和一众名人的认可，这里面包括乌托邦小说家金·斯坦利·罗宾逊（Kim Stanley Robinson）、流行奇幻作家乔治·雷蒙德·理查德·马丁（George R. R. Martin）、美国前总统巴拉克·奥巴马（Barack Obama）和"脸书"创始人马克·扎克伯格（Mark Zuckerberg）。[①] "三体宇宙"凭借二十多种语言的译本改写了世界科幻小说的版图。2015 年，刘慈欣成为首个获得"雨果奖"最佳长篇小说奖的非英语作家。他还作为非西班牙语作家获得了西班牙的科幻大奖"伊格诺图斯奖"，作为非德语作家获得了德国的"库尔德·拉斯维茨奖"。

刘慈欣曾表示自己的作品很大程度上受到了英美太空歌剧（space opera）作家阿西莫夫和克拉克的影响，他的粉丝们认为《三体》获得"雨果奖"，像是扳回一局，把中国科幻推到英美科幻舞台的聚光灯下。刘慈欣的小说也因此很快作为"世界文学"而获得新生，即大卫·丹穆若什（David Damrosch）根据跨越民族文学界限的流通和阅读来定义的"世界文学"。在中国之外，刘慈欣的作品在跨语际状态中不断获得新生，这情景如镜像一般印证了他在《三体Ⅱ：黑暗森林》中所预言的未来世界语言的混杂性，而这种情景距离大卫·丹穆若什所说的 "全球英语"（global English）的胜利已经不远了。"全球英语"的策略性使用可以引发具有社会意义的文学实验，但它同样突出了一个事实，即在用英语（重新）书写后，没有什么还能保持不变或保住"原汁原味"。编辑英

[①] 金·斯坦利·罗宾逊的短评见英译本《三体》和《死神永生》的封底。据报道，乔治·马丁"很高兴"看到刘慈欣的《三体》获得科幻大奖"雨果奖"，并说："这是一本有力量的书，一本雄心勃勃的书，他是当之无愧的获奖者，也是第一个赢得'雨果奖'的中国作家，非常厉害。在各种意义上，世界科幻大会应该有更多国家的作品。"

文译文有时是一件与原文无关的事，比如调整叙述性话语，以便删除在英语中认为是"不正确"的词语，此事发生在《三体》翻译过程中，刘慈欣笔下带有性别偏见的文学表达都被抹去。艾米丽·阿普特（Emily Apter）是一位谨慎的文学理论家，她批判业已商业化了的"世界文学"有着对文化对等性和身份政治的剥削利用，提醒大家注意文学的不可译性；然而，与她的观点相悖的是，《三体》与其他中国科幻小说的英译本，包括近期出版的陈楸帆的《荒潮》和刘宇昆的译作选《碎星星》（*Broken Stars*）和《看不见的星球》（*Invisible Planets*），都似乎比原著更为出色。[①]

大卫·丹穆若什提出了以跨文化可译性和跨国界流通为基础建立的"世界文学"新概念，同时也清醒地指出："外来文化在接受国有固有的形象，一部外国作品如果不符合这个形象就难以进入新的竞技舞台；进而，如果它对当地的需求也无所用处，这种困难就愈发巨大。"让中国科幻文学"走进世界文学"变得更为复杂的是，科幻文学对于刘慈欣和韩松等中国作家来说，原本就是一种外来文化。

科幻文类在一百多年前通过日本首次引入中国，并在中国现代史的几个关键时期经历过几次短暂的繁荣期，但始终没有形成连续的发展历史。尽管晚清科幻是一个良好的开端，但"五四"之后兴起的中国现代文学，其主流几乎完全转向现实主义，与此同时，科幻文类渐渐失去生机。刘慈欣、韩松和陈楸帆等当代作家不得不重新创造科幻这个文类，他们从美国、日本、俄罗斯和欧洲科幻文学传统移植——但同时也超越——相关话语、意象、观念和世界体系，并对传统的文学表现模式加以改造试验。刘慈欣曾公开表示对阿瑟·克拉克的崇敬[②]，而事实上，《三体Ⅲ：死神永生》

[①] 尽管《三体》的成功很大程度要归功于刘宇昆的精湛翻译，他将美国流行科幻小说的准确和简练的特点带入了文本，但原因也许并不局限于此。

[②] 刘慈欣描述了他对阿瑟·克拉克的《2001太空漫游》的崇敬："我读完那本书后出门仰望夜空，突然感觉周围的一切都消失了，脚下的大地变成了无限伸延的雪白光滑的纯几何平面。在这无限广阔的二维平面上，在壮丽的星空下，就站着我一个人，孤独地面对着这人类头脑无法把握的巨大的神秘……从此以后，星空在我的眼中是另一个样子了，那感觉像离开了池塘看到了大海。"

中在冥王星上建立人类文明纪念碑的感人瞬间，显然是在致敬阿瑟·克拉克的经典小说《星》。[①] 韩松的世界观更为阴郁神秘，这与他对控制论、机器人学、技术的政治用途以及后人类自我意识的敏锐察知密切相关，他也因此而被誉为中国的菲利普·K.迪克。陈楸帆的洞见则是：不断嬗变的全球政治经济体系有赖于利用和剥削底层民众，在日益恶化的全球生态危机背景下，因为种族、阶级、性别和民族而产生的歧视也在加剧。陈楸帆尖锐的社会批评与台湾作家吴明益，以及全世界范围内许多有着相同关切的科幻作家如大卫·米切尔（David Mitchell）、保罗·巴奇加卢皮（Paolo Bacigalupi）和娜罗·霍普金森（Nalo Hopkinson）等人十分相似。对于中国以及来自世界其他地方的作家来说，选择创作自诞生之日就是"全球文类"的科幻文学，并在其中注入自己的想象力，这本身就是参与"世界文学"的行为。

"全球科幻小说"及其在后殖民／后人类语境下的再书写

伊斯塔范·西瑟瑞-罗内（Istvan Csicsery-Ronay Jr.）说："科幻文学在启蒙运动中发挥了重要作用，它将世界视为一个整体……各种形式的全球化从一开始就是科幻的默认矢量。"与其他文学类型相比，科幻是一种出现很晚的现代文类，它有着两种创造现代社会的前瞻性愿景。其一是乌托邦，它起源于大航海时代的亦真亦假的游记，最终是托马斯·莫尔（Thomas More）赋予这个文类一种政治意义，乐观地在"另一个"空间看到为所有人而存在的更美好的世界。其二是人类会持续进步的思想，它是一种随着启蒙运动和法国大革命而逐渐成型的叙事，在世界范围内对现代思想发生影响。进步意味着一种时间上的变化，一种注定了要造福全人类的历史运动；进步也将整个世界的历史同步到一个普遍的时间表，这个时间表上也包括未来。这两种愿景，都是主要由现代欧洲知识分子发明的。

[①] 在冥王星上建立的人类文明纪念碑，类似于《星》中的耶稣会教士在幸存行星的石窟中发现的超新星遗迹。

第一部值得关注的科幻小说，是玛丽·雪莱（Mary Shelley）于 1818 年创作的《弗兰肯斯坦》（*Frankenstein*），这部作品已经有足够条件被称作"全球科幻小说"。它承载了上述两种愿景，既表达了正题，但也提供了反题，写出了世界上最美好的一面，但也暴露出阴影中藏匿的怪物，堪称一场在科学和心灵上的双重革命，而革命过后留下的是深不见底的渊黑。这部英国小说写于瑞士，年少的玛丽跟随诗人雪莱，在日内瓦湖畔和一群流亡中的浪漫派作家聚集，其中包括拜伦勋爵。小说的主人公是一位像让-雅克·卢梭（Jean-Jacques Rousseau）那样高贵的日内瓦公民。弗兰肯斯坦博士的怪物追着他的脚步，一路途经英格兰、苏格兰、爱尔兰、欧洲大陆，一直追到北极。人造人的概念，此前在中世纪后期的文学中就曾有过，后来也出现在歌德《浮士德》第二部中。而玛丽写这部小说的灵感来源，可以说是整个欧洲意义上的"世界文学"，其中包括古希腊悲剧、《圣经》故事、中世纪民间传说、德国和英国的哥特小说、法国启蒙时代的百科全书、早期安那其主义（来自父亲的影响）、早期女性主义（来自母亲的影响）和英国浪漫主义诗歌（来自丈夫的影响），以及记载炼金术的文献和有关现代生物科学、电学、磁学、化学和物理学等新学科的论文。曾影响了这部小说构思的重要历史人物构成世界文学的一座国际名流长廊：埃斯库罗斯（Aeschylus）、奥维德（Ovid）、歌德（Goethe）、约翰·弥尔顿（John Milton）、伊拉斯谟斯·达尔文（Erasmus Darwin）、路易吉·加尔瓦尼（Luigi Galvani）、拜伦（Lord Byron）、珀西·雪莱（Percy Shelley），以及玛丽的父亲威廉·葛德文（William Godwin）和她的母亲玛丽·渥斯顿克雷福特（Mary Wollstonecraft）。

《弗兰肯斯坦》在逾越界限和跨国界想象上超越了许多后来的科幻小说。相较而言，儒勒·凡尔纳（Jules Verne）和赫伯特·乔治·威尔斯（H.G. Wells）的世界观相对狭隘，尽管他们具有跨国的视域和立场。凡尔纳虽然充满热情地描绘来自英美国家的主人公们，但他的爱国主义从未因此衰减，并且他作品中绝大多数的"非凡冒险"都发生在欧洲国家那些充满异域情调的殖民地。威尔斯的《世界大战》（1896）基本上局限于英国的立场，但其中也描绘了一个气势恢宏的时刻——整个人类世界被比作从太空深处看到的一滴水。由玛丽·雪莱、儒勒·凡尔纳和赫伯特·乔治·威尔斯开创的科幻传统为世界科幻文学奠定了坚实基础，在这个基础上看去，人类是一个整体。这一传统在黄金时代太空歌剧——如阿西莫夫的"基地"系列和克拉克的"太空奥德赛"系列——中得以延续。

在 21 世纪初，这一传统延续到了刘慈欣和其他中国科幻作家的作品中。从许多方面来看，《三体》都不是一部普通的中国小说。例如，如果算上三体人和未知的高等智慧生物"歌者"，那这部书中不仅有中国人，也有许多国际人物，乃至跨星际的角色。①《三体》英文版对 2008 年中文版的章节内容进行了重新编排。② 英文版开头是发生在中国的"文化大革命"，2008 年中文版的开篇则是整个世界遭遇的一场危机，也就是即将从太阳系外到来的入侵行为；国与国之间的冲突必须暂时搁置，人类形成统一战线，联合起来抵抗来自外部的，甚至看不见的敌人。在《三体Ⅲ：死神永生》中，小说的开篇是君士坦丁堡陷落，一个拜占庭女孩在 1453 年这场决定世界历史命运的战争中，偶然遭遇与地球短暂交错的高维碎片；六百年后，一位中国女科学家陷入深深的绝望，人类文明生存的希望已经越来越渺茫。如此开局，在气势宏大的叙事中，呈现出了全球性末日事件：从君士坦丁堡的陷落，到毁灭地球文明的游戏终局，继而是太阳系的陨灭，最终是整个人类文明的终结。

但是，这部中国科幻小说毕竟写于《弗兰肯斯坦》之后近两个世纪的今天。玛丽·雪莱叙事中独一无二的阴影（即怪物），一种在整体上富有乐观精神的人文主义蓝图中偶尔出现的反乌托邦变异，现已长成星球一般大小的黑暗面了。刘慈欣的小说中，有两次写到地球众生被来自外太空的超级智慧生物蔑视为无名的存在。第一次发生在一个三体探测器到达太阳系时。这个被地球人称为"水滴"的未知设备首先被理解为和平的礼物，

---

① "歌者"属于高级智能物种，其起源在叙述中没有说明。"歌者"通过把太阳系变成一个二维平面，终结了太阳系中的所有生命。

② 原稿以"文化大革命"开篇。重庆出版社于 2008 年出版时调整了章节顺序，将与三体人进行战争所做准备的章节移到开头，并在后续部分交替讲述了当代世界和"文化大革命"的故事。托尔出版社 2014 年出版的英译本恢复了原来的叙述顺序。

它完美的形状象征着美好的意图。这种自我欺骗的乌托邦冲动将全人类置于险境，所以当科学家丁仪猜测到水滴的真实意图时（"毁灭你，与你有何相干？"），它揭示出三体人对我们星球上所有生命的蔑视。第二次则见证了整个太阳系的灭亡。对于神一样的生物"歌者"来说，人类文明不过是一个无名的、从地球之外远远瞥见的低等存在："歌者把目光投向弹星者，看到那是一颗很普通的星星，至少还有十亿时间颗粒的寿命。它有八颗行星，其中四颗液态巨行星，四颗固态行星。据歌者的经验，进行原始膜广播的低熵体就在固态行星上。"

从全球角度来看，从乌托邦到恶托邦的转型始于英国维多利亚时代末期，成为现代世界的一个重要特征。威尔斯预言了世界大战，战后的科幻小说预言了更糟的全球灾难，包括专制统治的"大洋国"（Oceania）、核弹的产物"哥斯拉"（Gojira）以及由"母体"（Matrix）控制的虚幻的拟真现实。亟待解决的全球问题，如全球变暖、生态危机、流行病、饥荒、生物灭绝、网络安全问题和政治动荡，都为科幻小说笼罩上层层阴云，也使恶托邦经典作品更加流行，如已改编成影视作品的《使女的故事》（*The Handmaid's Tale*）和《高堡奇人》（*The Man in the High Castle*）。但是，令人战栗的恶托邦式"当代"世界是否就完全摒弃了乌托邦人文主义，并使各个国家重返部落时代，封闭各自的疆域呢？即便如此，科幻的文类基因决定了即使是最黑暗的恶托邦想象，也同样来自对现实秩序之外理想制度的追求，而正是这样的冲动，最初启发了乌托邦主义。

然而，因新理论的兴起，我们解释科幻小说的话语也发生了变化，这涉及如何抗议解释"他者"的传统方式。回到"全球科幻小说"的概念，伊斯塔范·西瑟瑞－罗内通过将"全球科幻小说"置于对欧洲霸权的委婉批评中，进一步解释了它的概念：

> 科学知识和技术的进步使欧洲社会有能力将世界上一些地区和人口置于其霸权之下，这实际上制造了"一个世界"的前景，即一个由开明进步和现代化定义的统一"普世原则"管理的地球。欧洲殖民扩张时期的顶峰，即是将西欧文化的主导理所当

然地视作"普世性"(universality)。"宇宙"(universum)的概念——来自神学霸权,并带有明显的非唯物主义思想的学者认为人类处在宇宙中心地位的观点——随着哥白尼之后的启蒙思想兴起,削弱了对地球的关注;但是,地球不断从内部扩大,它的未来前景是整个人类物种的智力解放、不受限的交流和物质发展。

这段话将"全球科幻小说"的概念历史化,追溯到它的发源地——欧洲。普世性和人文主义是可相互转换的,维持了同样的乌托邦冲动,即尽管知道人类中心观和欧洲人文主义及其科幻再现的虚幻性和局限性,依然寻求着从内向外的扩展。人文主义与科学一同进化,科幻亦如此。爱德华·萨义德(Edward Said)对民主化的人文主义的呼吁,打开了理论的视野,使人文主义变得更具包容性。非洲、南美洲、亚洲科幻小说的崛起,都有助于抵抗此前欧洲霸权将科幻小说纳入"一个世界"的牵引。杰西卡·兰格(Jessica Langer)等学者认为,后殖民科幻小说正发动一场战争,旨在解构那个在种族和性别意义上对"他者"排斥的世界。

而关键问题在于人是什么。两次世界大战之后,特别是20世纪60至70年代的反文化运动期间,科幻小说的"世界性"开始偏离欧洲中心论的人文主义,转而强调差异——我与"他者"无间,或"差异"在所有人中——的多样化集合体。弗兰肯斯坦的怪物获得新的定义,作为后人类,或流动定义的人,他的身后有一长串角色——卡雷尔·恰佩克(Karel Čapek)的万能机器人(universal robot)、弗里兹·朗(Fritz Lang)的机器人(maschinemensch)、亚历山大·别利亚耶夫(Alexander Belyaev)的飞人阿里埃尔(Ariel the Fly-man)、手冢治虫(Osamu Tezuka)的铁臂阿童木(Atom Boy)、菲利普·K.迪克的仿生人(android)、史蒂文·斯皮尔伯格(Stephen Spielberg)的外星人E.T.、斯坦利·库布里克(Stanley Kubrick)的HAL9000,以及拉斯·隆斯特罗姆(Lars Lundström)的"真实的人类"（real human）。① 这些世界科幻小说及影视剧中的知名角色，为此后兴起的后人文主义理论框架带来生机。他们在阶级、性别、种族、性取向、意识形态取向和自我身份认同等方面拓展延伸了人类形象，即告别欧洲中心论的单一人文主义观念，开放出后人类色彩纷呈的种种奇观。在红极一时的科幻电视剧《西部世界》（Westworld）中，文艺复兴时期的维特鲁威人（Vitruvian Man）作为人的标准形象，换成了流水线上生产出来的女性赛博格。

大卫·米切尔的《云图》（Cloud Atlas, 2004）可谓是当前这个后殖民、后人类时代对玛丽·雪莱的《弗兰肯斯坦》文本内部最深层的欧洲问题，所给出的最精妙的"全球"答案。《云图》不是平面化的全球英语小说，作者使用的英语高深莫测，令人眼花缭乱，但这部小说堪称21世纪全球小说的样板。这部由六个故事组成的小说，将读者带进一个处处有断裂、处处有褶皱的叙事迷宫，闪烁着新巴洛克风格的光彩。小说传达了一个简单的信念，这个信念可以一直追溯到玛丽·雪莱父亲威廉·葛德文的政治思想：坚持人性本善的安那其主义信念，对抗各式各样的体制对个人的压迫。这压迫的机构在小说中展示为越洋贩奴的商业社会、对同性恋的压制、资本主义的杀人体系、养老院、全面管控，最后到人类回归丛林——最原始的弱肉强食。六个地点、六个历史时期、六种人格、六种写作风格和六个被中断的叙事，最大限度地涵盖了不同地理位置、文化发展水平、阶级与社会地位、性别（包括无性别）、年龄、感伤与激情、种族/物种、自我意识、意志、技术知识，以及最终对于命运和人类结局的想象。《云图》自身就是一部科幻百科全书，小说开场的时间节点，接近《弗兰斯

---

① 以上角色依次出自卡雷尔·恰佩克的剧本《罗素姆的万能机器人》（Rossum's Universal Robots, 1920）、弗里兹·朗的电影《大都会》（Metropolis, 1927）、亚历山大·别利亚耶夫的小说《飞人阿里埃尔》（Ariel, 1941）、手冢治虫的漫画《铁臂阿童木》（Atom Boy, 1952）、菲利普·K.迪克的《仿生人会梦见电子羊吗？》（Do Androids Dream of Electric Sheep?, 1968）、史蒂文·斯皮尔伯格的电影《E.T.外星人》（E.T. The Extra-Terrestrial, 1982）、斯坦利·库布里克未完成的电影《人工智能》（A.I. Artificial Intelligence, 2001）和拉斯·隆斯特罗姆的电视剧《真实的人类》（Real Humans, 2012）。

坦》的历史日期，随后的部分清晰指向科幻小说历史上的多种形式与各色风格。整部小说的主题过于简单，只需一句隐喻就表达清楚："没有这许多滴水，哪里来的大海？"克隆人星美451（Sonmi-451）意识到自己不可替代、不可复制的独立人格。她赋予了"奇点"（singularity）——科幻小说中标志着机器人开始对人类进行反抗的可怕词汇——一个比以往任何时候都更具有人性的新含义："真相只有一个（singular），各种'版本'的真相都不是真相。"

什么能比将后人类主义和后殖民主义合二为一的写法更好地表达新浪潮的乌托邦愿景呢？——一个生活在新首尔的女性克隆人，寻找唯一真理，她的话语最终将重新连接所有人类及其人工智能后代（被殖民者）、所有机器及他们的"神"（压迫者）。弗兰肯斯坦的怪物曾经追问的问题，也正是约翰·弥尔顿（John Milton）笔下的人（Man）质问造物主的问题，如今在"全球科幻小说"的新话语中得到了回答，即后人类时代将有可能实现所有生命平等的愿望。

中国潮

《荒潮》英文译本的出版为"全球科幻小说"增加了一部中国作品。《荒潮》是陈楸帆的第一部长篇小说，小说将中国和全球各地的许多地点、事件连接在一起：富有活力的广东经济区、虚构的美国跨国回收公司Terra Green、关于日本军事细菌实验室的战争记忆、香港的环保运动……似乎为了致敬《弗兰肯斯坦》，小说最后还写到了北冰洋的阿留申群岛。所有这些地点置于世界经济地图上，展现了贸易流动、国际谈判、对工人阶级的剥削，以及国家、宗族和企业的权力整合。《荒潮》对似乎已日薄西山的全球化资本主义做出适时的批判。陈楸帆笔下未来新世界的中心是一个电子垃圾回收处理岛，它是以陈楸帆的家乡广东汕头附近一个真实存在的地点为原型的。那个地点叫"贵屿"，小说中叫"硅屿"。电子回收产业吸引数以百万计的外来民工到达硅屿，他们被当地人称为"垃圾人"，生活悲惨，自身权利无法得到保障。他们是外人看不见的人群。"垃圾人"的日常工作就是处理从发达国家进口的电子垃圾，而这些垃圾对他们的身心造成了巨大伤害。小说以超真实的现实主义手法描绘了"垃圾人"非人道的生存环境,"垃圾人"暴露在严重污染之中,却又沉迷于极度污染的非自然环境,沉迷于这个看起来虚拟迷幻而非真实自然的世界——正如书中美国商人所观察到的:

> 斯科特看到了生活着的人们,本地居民称之为垃圾人。女人们赤裸着双手在黑色水面上漂洗衣服,泡沫在漫布的水浮萍边缘镶上一道银边。孩子们在所有的地方玩耍,在闪烁着玻璃纤维和烧焦电路板的黑色河岸上奔跑,在农田里燃烧未尽的塑料灰烬上跳跃,在漂浮着聚酯薄膜的墨绿色水塘里游泳嬉戏。他们似乎觉得世界本该如此,兴致一点不受打扰。男人们赤裸着上身,炫耀着身上劣质的感应薄膜,他们戴着山寨版的增强现实眼镜,躺在填满损毁显示器和废弃塑料的花岗岩灌溉渠坝上,享受着每天中不多的闲暇。这些数百年前为滋养稻谷河水而修筑的古代渠道,如今闪烁着折旧的破碎光芒。

几段更深入的叙述之后,斯科特看到:

> 那是地上爬动着的一只义肢。不知是有心还是无意,手臂的刺激环路开启,被强力拆解的内置电池持续放电,电流沿着人造皮肤传递到断口裸露出的人造神经末梢,带动肌肉循环收缩动作。它的五指不停地抓握着地面,拖着残缺的小臂缓慢爬行,像是巨大化的肉色尺蠖。

小说这段描写怪诞而惊悚,一个身体由合成部件组成的人临死前的痛苦挣扎,正呼应了弗兰肯斯坦的怪物的焦灼哀号。但在这里,这个无名的"垃圾人"没有面部表情,也没有声音,他的死意味着有一部分世界正渐渐丧失人的定义。与此同时,这怪诞吊诡的场景是通过美国访客斯科特的观察视角呈现给世界读者的;然而,斯科特作为来自世界高度发达地区的人,他自己就是造成这种不人道状况的资本主义全球中心的成员之一。而中国读者通过外国人的旁观视角，得以辨识出这种景象正在从中国内部变成一个宛若处在中国之外的虚拟奇境。

陈楸帆毕业于北京大学中文系，精通德勒兹、鲍德里亚和齐泽克等人的文学理论。《荒潮》中的世界形象将关于虚拟、拟像和现实的理论与中国的真实体验策略性地联系起来。中国现实成为科幻叙事，揭示大家习以为常的现实之下隐藏的"真实"。精神分裂症发生在《荒潮》主人公小米身上，在被人工智能病毒感染后，她陷入内在冲突中：既是被霸凌的"垃圾女孩"小米0，又是拥有"机械般无与伦比的精确控制力"的令人畏惧的怪物赛博格小米1。超能力的快速进步和对人类复仇的渴望，使她成为中国科幻中第一个引人注目的赛博格形象。小米一度屈服于精神分裂的内心状态，进而导致内心崩溃，却由此产生一种革命性的冲动：要有光。

> 当然她并不知晓这些，只是视野随着强劲电子节奏与激昂旋律线微微颤动。她正在驾驭一群惊惶的野马。
> 数百个垃圾人通过增强现实眼镜与小米互联，共享视野。

但在这个故事里，革命并未发生。小米存留的人性、对精神分裂症的自我恐惧、对直觉上的真实与技术设计的现实感之间哪个才是真相的质疑，使她犹豫不决，她虽然杀死了斯科特和一名本地宗族的杀手，但她的人性在紧要关头阻止了她对更多的人类，包括权力拥有者的反击。小米并未变成《云图》中的星美451。后者承担起自己的使命，即使她清楚知道她所做的一切只是程序设计出来的。星美451让自己的牺牲成为一种选择，仿佛这选择来自她的自由意志，从而使"奇点"发生，由于人工智能的模拟自我意识而发生。小米无法抗拒她作为人类心中涌起的善良和感伤的情绪，她必须终止精神分裂。"垃圾女孩"小米0战胜了怪物少女小米1："你的人类软弱终有一天会害死自己。小米1重又隐没于黑暗中。"小米最终默默无名地死去，就像小说先前描述的那个死状可怖的男人一样。与其说《荒潮》呈现的是一场后人类革命，不如说它是一个后人类启示，其主题是与人性的和解。小米在她的两个身份之间不断妥协，压抑着属于未来的、后人类的、机械化的自我，服从于"人性、太人性"

的充满情感的原初自我。这部独特生动的小说中，叙事的高潮是强调了一种地域性的感伤主义，在赛博格的意识中注满了人性。

《荒潮》也是一个关于"回家"的故事。尽管小说通过从海外归来的主人公大量展开对传统父权社会的现代性批判，但小米为了归属感而执着坚守人性更体现了怀旧哀伤的乡愁。事实上，刘慈欣的技术主义"硬科幻"中也深埋着这样一种类似的对于美好人性的乡愁。中国科幻小说——刘慈欣的《三体》、宝树的《时间之墟》、陈楸帆的《荒潮》、郝景芳的《北京折叠》——在海外的巨大成功，将中国科幻新浪潮在全球语境中树立的世界形象带回到国内来。科幻的成功唤起了中国人在世界上闪亮登场的雄心，同时也唤醒一种乡愁，让中国人思考何为正宗的中国性，即提问中国科幻有何中国性，决定了它的海外成功。这个问题在我看来，只在中国语境中有意义，《三体》的海外成功，恰恰因为它在文体上的全球性。

乡愁的情绪表达也呈现在由小说《流浪地球》改编的电影中（2019年上映），它将一场太空奥德赛改编成了一个回家的故事。《流浪地球》将全人类看作一个统一的集体身份，这个认同的基础是中国英雄在阻止末日到来和拯救世界的行为中冲在最前面，扮演了至为关键的重要角色。电影强烈突出了与家庭和家园相关的价值观。人们在面对即将爆炸的太阳所造成的巨大灾难时，不得不走上寻找另一个家园的道路，但他们选择将地球变作一艘太空梭，带上"地球家园"一起流浪。电影使用数字科技制造壮丽恢宏的太空奇迹，但聚焦的还包括鲜明的中国传统道德，比如父子在长久疏离之后达成触动人心的和解。电影上映于2019年春节，这是一个阖家团圆的日子；刘慈欣在他过去的作品中努力把一个内向封闭文明推向外向开放空间，电影出于商业考量，将其作品重新演绎为一个回归的旅程，一切似乎又回到了原点。

中国科幻文学再次崛起，为国内外更广泛的读者所知的同时，中国政府提出"中国梦"的理想。"中国梦"作为一个全新的口号，指向更为传统的民族主义和社会主义结合的思路。至于未来中国科幻文学的发展方向，是否会服务于民族主义目的，答案似乎十分明确。尽管《流浪地球》传递了一种与"家"相关的价值观，但当电影将整个人类描绘为一个共同体时，同时也做出了宏伟的设计。与《云图》中安那其主义者关于自由意志和由独立人格组成社群的理念相反，《流浪地球》关于人类勇敢冒险、不惜牺牲自我的科幻叙事，与宣扬中国崛起并参与建设"人类命运共同体"的主流理念相符。中国科幻文学走进了世界文学的舞台中心，与此同时，中国科幻在大银幕的首次亮相具有一种达成国内政治目的的策略，讲述了一个关于家园、乡愁和回家的故事。

当中国科幻文学登上舞台中心，还有什么是看不见的

与此不同的是另一种世界形象：它抵制与"回家"相关的情感，并对与"家"和"（家）文化"有关的价值观提出深刻质疑。韩松的"医院三部曲"（《医院》《驱魔》《亡灵》）便是其中的典型。在小说中，所有人被困在一个巨大的"医院"世界之中。"医院"世界是国家进化的必然宿命，由国家经济政治体系、军队权力结合演化而来。第二部《驱魔》中，"医院"正参与一场秘密的世界大战，而主人公发现"医院"已经离开故国，化身为一艘驶向"海那边"的巨轮。在最后一部《亡灵》中，所有医生和病人都死去了，他们的灵魂被带到火星，永远困于建在红色星球表面的幽灵医院中。囚禁灵魂的深渊变成神秘的容器，使这些灵魂永远不能逃向更好的世界。

刘慈欣的作品已被翻译为二十多种语言，但韩松的大部分作品仍未被翻译[①]，甚至也不为大多数中国读者所知。此外，已出版的韩松小说往往因其毫不妥协地描写黑暗面而引起争议。尽管中国科幻文学在聚光灯下熠熠生辉，代表着光荣与梦想，关乎国家迫切追求的崇高目标，但韩松创作的阴郁幽暗的恶托邦小说恰恰颠覆了科幻文类新近获得的权力和荣耀。

韩松与刘慈欣形成了鲜明对比。刘慈欣刻画的宏大崇高的宇宙形象吸

---

① 这种情况最近才发生改变，如《医院》正在被翻译成英文，他的小说专辑《韩松入门》由一家出版非主流文学的小出版社发行。韩松在英语世界最为人熟知的是一些短篇小说如《乘客与创造者》和《再生砖》。韩松的另外三篇作品《长城》《宇宙的本性》《地球是平的》发表在《今日中国文学》（Chinese Literature Today）2018年第7卷第1期，本期为韩松特刊。

引着全世界的读者，展现了强烈的象征力量。他创造的意象，如黑暗森林、面壁者和星舰地球，都成为中国年轻一代的惯用词汇。

但韩松的小说经常把"家""祖国"或"国家"描写成孤立幽闭的空间：一所医院、一间机构、一座建筑或是一个困住所有乘客的交通工具，这些空间意象可被视作现代版本的"铁屋"。不难看出，韩松是在向鲁迅致敬，而鲁迅文学也正是韩松创作的重要灵感来源。鲁迅是20世纪初科幻小说的倡导者，他敢于直面中国传统的黑暗面；鲁迅通过刻画生活在"铁屋"中的人们的挣扎和死亡，发出呐喊，要唤醒民众来一起拆掉旧制度、旧传统和旧家园。韩松的创作隔了一个世纪，却依然在回应鲁迅的批判，他在小说中描绘了一系列类似场景，将人物对世界的感知和他们的活动限制在封闭空间中，如医院、波音飞机、地铁车厢或裹藏着汶川地震死者灵魂的再生砖，这些皆是鲁迅所批判的"铁屋"经过现代技术改造后的变体。韩松故事的中心人物都是缺乏力量的普通人，他们既不是民族英雄，也不是智慧的科学家。他们被迫睁开了眼，去看世界的可怖真相，但只有克服了"看的恐惧"，他们才能真正认识"铁屋"以外的真实世界。

《看的恐惧》（2002）是韩松的早期作品，表明科幻小说本身可以作为一种"装置"，或者方法，用以揭示那"不可见"的、令人不安的世界本相。这与鲁迅《狂人日记》的主旨不谋而合。就像狂人在字缝间读出"吃人"二字，韩松的小说中，一位科学家在看到这个世界可怕的真实面貌后便疯了。他看到人们的私有财产和个人自由都消失了，日常生活是一片虚无，世界是一片深不见底的空白。这是韩松的元科幻（meta-science fiction）。它赋予科幻小说基本的伦理意识，要求人们以明智清醒的意识直视，而非无视真相，即便真相再丑陋怪诞、令人不安，也不能对它视而不见。韩松几乎所有的作品都有着这无畏的选择，克服"看的恐惧"，并给人间以消息，告知世界的真相。《看的恐惧》是一个关于"家"的故事，勇敢地直视家中那渊黑、可怖的一面，将其作为世界建构的关键形象，使得韩松及其笔下人物成为近似于鲁迅笔下"狂人"般的孤独者，不得不直面吞噬一切、掩盖真相的庞然巨物（Leviathan）。无论谁选择看到真相，都必须做好准备被看似和谐的集体驱逐出去。韩松科幻小说表现"不可见"真相的独特诗学，决定了他勇于在故事中昭示一切的叙事伦理。

在中国当代主要的科幻小说家中，韩松始终是主流的挑战者。在中国科幻文学迅速占据的全球市场上，韩松作品被翻译的数量相对较少。[①] 除了一些短篇小说，他的代表作都还没有跨越国界，进入建立在跨国界流通和跨语言阅读基础上的世界文学中。刘慈欣的作品中崇高宏大的意象，足以跨越语言障碍吸引读者；与之相比，韩松创造了一个国内外主流读者看不见的科幻世界，一个隐藏在阴影中神秘、黑暗、深幽的世界。正如他小说中所描述的那样，"看的恐惧"是阅读韩松的时候迫在眉睫的威胁；对于读者和译者而言，这样的想象世界令人生畏。

在"医院三部曲"行将结尾处，韩松描写了一个凝望深渊的女人："深渊一旦遇到她的目光，这一无所有的区域便顿然勃发扰动。像是经过亿万年，它终于等来了意识的注视。"这段话集中体现了韩松的写作方法和新浪潮的美学特征。只有当一个人敢于凝望深渊之时，他才能看清黑暗渊薮中的事物；而拒绝看到它，则意味着一种无法轻易消泯的威胁将永恒存在。那些不可见却又与之紧密相关之物是我们可见世界的基础；黑暗是一种神秘迷人、难以名状的存在，即便我们选择忽视它，它也依然作为世界表象之下隐藏的深层结构而恒常存在。韩松的科幻愿景将个人对深渊的凝视具体化，并释放出一种打破对国家、权力、财富盲目乐观的幽暗力量。当中国科幻步入世界文学舞台中心，韩松的想象赋予"不可见"之物以生命，构成了中国科幻文学中不可思议的潜意识。

（本文由汪晓慧翻译成中文，原载《中国比较文学》2022年第2期）

[①] 最受欢迎的中国科幻译者刘宇昆，到目前为止只翻译了韩松的两篇作品《潜艇》和《塞林格与朝鲜人》。

科幻的性别问题
——超越二项性的诗学想象力

A biography beginning in the year 1500 and continuing to the present day, called Orlando. Vita: only with a change about from one sex to the other.

——*Virginia Woolf, Diary, 5 October 1927*

一部传记起于1500年却延续至今，人物名叫奥兰多。生平：唯有一个变化是从一种性别变成另一种。

——弗吉尼亚·伍尔夫日记，1927年10月5日

科幻历史五百年：从一种性别变成许多种

科幻有没有性别？——至少，科幻作为类型小说，被标注了一系列的二项性区别，如科幻史上的"黄金时代"与"新浪潮"，作为亚文类的"硬科幻"和"软科幻"，以及换一种说法的技术型科幻与社会性科幻，姓"科"的科幻与姓"文"的科幻，强调科学进步主义、飞向星辰大海的太空歌剧与揭示技术噩梦、暴露（后）人间黑暗的恶托邦小说……不一而足。上述二项对立中的前一项，往往被科幻迷看作具有男性的特征，而在科幻的话语场域中，具有强势性的往往是一种所谓男性的科幻。在国内网络环境中，科幻经常与"理工男""直男""宅男"这样的名词挂钩，甚至至今仍有这样一种世俗共识，科幻比较其他文类（如言情或"耽

美"）而言，是一个男性作者和读者更多的文类。事实上，迄今为止，几乎所有的科幻文学史都会指出，女性科幻作家的崛起在各国都较迟[①]，比如在英美出现于20世纪六七十年代新浪潮（或称之为强调文学性的科幻）发生之际——厄休拉·勒古恩（Ursula Le Guin）、乔安娜·拉斯（Joanna Russ）、多丽丝·莱辛（Doris Lessing）、奥克塔维娅·巴特勒（Octavia Butler）、玛格丽特·阿特伍德（Margaret Atwood）是当时最重要的一批把科幻作为文学来写作的女作家。如果有人为中国科幻写一部历史，女性科幻作家作为一种开始颠覆科幻类型成规的新生力量出现，更要迟至21世纪的第二个十年，也就是最近几年。

这样的历史叙述无疑只会强化科幻是男性主导的所谓共识，或科幻根据性别的二项对立。吴岩教授在《科幻文学论纲》（2011）中根据科幻作家的性别，把他们分成"女性作家簇"和"大男孩作家簇"，在介绍"女性作家簇"时提出了一种建立在二项性别基础上的科幻定义："科幻不一定是张扬理性的，反而可能是张扬感性的。它是对知识积累过快的世界的感觉与担忧，对权力富集于男性、男人生活态度的审慎观察和反抗性建构。"[②] 将男性与理性关联，将女性和感性关联，这依然是一种固化二项分类的定义，但这个论述却超越了通常的大众见解，女性在科幻中的地位并不能视而不见，并很可能蕴藏着一种颠覆性的力量。吴岩那句话挑战了寻常意义上科幻的男性性别，而他接下来的话，足以完全瓦解"科幻的性别是男性"这种所谓共识：科幻的现代源头是玛丽·雪莱（Mary Shelley）在1818年出版的《弗兰肯斯坦》。这部小说像《狂人日记》（1918）之于中国现代文学那样，建立起足以笼罩整个科幻文类此后走向的话语、感觉和思想结构。

《弗兰肯斯坦》的怪物不是人类自然生育的产儿，它是用技术在实验

[①] 需要指出，这仅是一般而论，各国也有例外，如特娅·冯·哈堡（Thea von Harbou）是20世纪初的德国女性科幻作家，她在1925年就写出《大都会》（*Metropolis*），并与丈夫弗里兹·朗（Fritz Lang）合作写出电影剧本，弗里兹·朗据此拍摄了同题经典科幻电影。

[②] 吴岩：《科幻文学论纲》，重庆出版社2011年版，第60页。

室里制造的"人造人"。"人造人"在当时欧洲文学中并非罕见，如出现在歌德 1832 年版《浮士德》第二卷中的荷蒙库勒斯（Homunculus），一个小小人；但弗兰肯斯坦的怪物却是一个用死人尸体组合和电磁作用激活生命的嵌合体，是一个怪物。从出生时就丧母的玛丽①，把她笔下的人造人塑造成一个孤独的怪物、世间无二的新物种。"他"刚有了生命，就被创造者抛弃，在人间备受欺凌，被放逐在人间边缘。他是"弃儿"。玛丽·雪莱在小说开头，引用弥尔顿《失乐园》（1667）中的话，人类始祖追问：

> 造物主啊，难道我曾要求您
> 用泥土把我造成人吗？难道我
> 曾恳求您把我从黑暗中救出——②

日内瓦公民（卢梭的同乡人）弗兰肯斯坦博士创造的怪物，在大众传媒中常被误称作弗兰肯斯坦。于是扮演造物主的人类，变成了流行文化中的怪物本人。非生育而诞生的人之子，顶替了人的名称。弗兰肯斯坦如同人文主义的鬼影、启蒙运动的噩梦，他或是他的怪物在大地漫游的影子，撕开了人类进步历史的深渊。与此同时，科幻小说（science fiction）③ 在文学史中正像弗兰肯斯坦的怪物，被视为非自然有机产生的文学——某种拙劣的混杂，是一个与文学界不融洽、无法定义和归类、被人间排斥的"奇美拉"（Chimera，在技术意义上则是嵌合体）。科幻文类也曾有过如"弃儿"般的无名地位，直到在 20 世纪下半叶，随着新浪潮运动促使科幻"破圈"，才开始在世界范围内影响思想前卫的先锋作家们，如托马斯·品钦（Thomas Pynchon）、约翰·巴思（John Barth）、若泽·萨拉马戈（José

---

① 玛丽的母亲是世界上第一个女权主义者玛丽·渥斯顿克雷福特（Mary Wollstonecraft），父亲则是社会主义思想家威廉·葛德文（William Godwin）。
② 〔英〕约翰·弥尔顿：《失乐园》，朱维之译，译林出版社 2013 年版，第 373 页。
③ 1845 年，英语中首次出现类似概念 scientific romance。直到 1929 年，雨果·根斯巴克（Hugo Gernsback）才正式使用 science fiction 这个词。

Saramago）、厄休拉·勒古恩、玛格丽特·阿特伍德、村上春树、石黑一雄、罗贝拉·波拉尼奥（Roberto Bolaño）及华语圈的骆以军和董启章。在中国内地，直到21世纪"新浪潮"异军突起之际，科幻才开始对整个文坛产生冲击力，颠覆既成思维与美学习性。

英国科幻作家和学者亚当·罗伯茨（Adam Roberts）提出一种有趣的论述：科幻有一个"祖母"（玛丽·雪莱）和两个"父亲"（凡尔纳和威尔斯）。[1]只有科幻小说才能有这样如同科幻小说般的历史描述。这为科幻小说的身世带来了一种跨越性别的酷儿（Queer）特征。除此之外，罗伯茨还认为，科幻不是始于玛丽·雪莱，而是有着更强的杂交性，比如雪莱所参考的那部名著——弥尔顿的《失乐园》。我认同他的看法，更看重《失乐园》作为一部巴洛克时代的史诗对世界秩序的瓦解和颠覆。科幻是否也获得这样的血脉？伽利略第一次通过望远镜发现木星有四颗卫星，从而有证据打破按照人类直觉判断的地心说；世界地图随着航海大发现而开始急速扩展，并孕育乌托邦想象；微积分和平均律改变科学与艺术的基本形式，激发更改科学规律的幻想文学——这一切都是四百年前巴洛克艺术时代的知识论基础。到今天，数字革命、虚拟时空、人工智慧、多维时空理论、黑洞与虫洞理论、暗物质与暗能量、超弦理论、元宇宙……我们正在进入的世界，或许就是艾柯及其好友在四十年前预测的"新巴洛克"时代。[2]

本文开头引用作家伍尔夫在1927年10月5日写下的日记："一部传记起于1500年却延续至今，人物名叫奥兰多。生平：唯有一个变化是从一种性别变成另一种。"[3]1928年出版的《奥兰多》是伍尔夫最具巴洛克

---

[1] Adam Roberts, *Science Fiction*, Routledge, 2000, P. 48.

[2] 参见：Omar Calabrese, *Neo-Baroque: A Sign of Times*, Princeton University Press, 1992. 此书最初以意大利语写成，问世于1986年，艾柯为之作序，认为"新巴洛克"比"后现代"等词语更能代表我们正在进入的新的艺术表现与大众娱乐时代。此后，法国哲学家德勒兹和智利流亡导演瑞兹均提出了各自关于新巴洛克的哲学与美学论述。德勒兹对此后兴起的各种新思潮（如后人类）影响更深远。

[3] Virginia Woolf, *The Diaries of Virginia Woolf*, Vol. 3: 1925—1930, Mariner Books, 1980, P. 161.

色彩的小说，今天可以追认为酷儿小说。伊丽莎白时代的一个贵族男子，在位于中西方交界处的君士坦丁堡长睡之后变成女人，此后永葆青春，长生不老。故事结尾时，她变成一个现代女作家，写了几个世纪的长诗，将在这部小说《奥兰多》问世的那一天出版。①《奥兰多》是一部文类难分的实验作品，是伍尔夫最大胆的一次尝试，我想大胆地借用这部小说的情节，来总结科幻小说五百年间的历史。这个历史延伸到伍尔夫作品问世一百年后的现在，并不是仅仅改变了性别，而是更进一步，撼动了二项性结构的性别关系，以及科幻在非此即彼上的性别难题。科幻历史五百年，"唯有一个变化是从一种性别变成另一种"，但"另一种"并不确定是哪一种性别——如今在 21 世纪的北欧和本文作者执教的大学校园里，官方认可的性别已经多达近十种。更有可能的是，在诗学的层面上，科幻打破了二项性的表现形式。这不仅是性别问题。科幻的文本，并不是连通现实的回路装置——不像通常意义的现实主义文学，从现实中取材，也走向新的现实形象。科幻与这样一种文本（表现）现实的二元结构无关。科幻文本既是惊奇的载体，也正是惊奇本身。在这个意义上，科幻的文本性和生成性跨越了一系列的二项性差异，也包括二元性别关系。打开每一本好的科幻小说，人们都在意识上违背了建立在既有知识的认知习惯，踏入一个异世界的领域，这是文本生成的新世界；就像弗兰肯斯坦怪物一样，它的诞生不代表两性生育繁衍后代，而是世界断裂之处出现了异形新物种。

科幻如果从莫尔的《乌托邦》（1516）和《失乐园》算起，经历了在巴洛克时代异端思想深渊中的诞生，在启蒙时代的尾声独立成为新文类，却同时遭到文坛放逐，变成怪物弃儿；此后历经工业时代的低眉类型化过程，到了 21 世纪，在人类身份失去中心地位、现实感不断重塑的信息时代生长得枝繁叶茂。非二项性别、波粒二象测不准因而世界"真相"不确定、超弦理论中那无尽的超维度空间褶曲，以及数字虚拟替代实相模拟从而产生超级现实、虚拟现实——由此 21 世纪重新定义了科学与文明的整个知识型和认识论。新旧两个变动不居的巴洛克时代之间，那严格遵守牛顿力学的有序世界和以模仿论为旨归的文学表现，如今在诸种有违确

---

① 参见：Virginia Woolf, *Orlando: A Biography*, Harvest, 1992.

定性和因果律的科学新知，以及随之而来的科幻新浪潮的冲击下遭遇重重挫折，日趋瓦解。科幻之于我们约定俗成的现实感受，之于我们在文本和现实之间的有序模仿，发生最具颠覆性的程序重组。正是在 21 世纪，科幻这个来自巴洛克畸形奇观、来自玛丽·雪莱因启蒙而哀伤的孤独新物种、无类可归的弃儿，从后工业、后殖民、后人类、后性别、非二项思维等等多重方位，开始挑战过去五百年至尊的传统人文主义和模仿写实主义。

  我曾经说中国科幻新浪潮照见了现实中不可见的维度[①]，但所谓不可见的维度，并不能用习俗中的"现实"逻辑来透彻理解，而是出现在文字层面的"真实"——值得注意的是，现实主义文学的语言多采用隐喻；而科幻的语言反而是将隐喻的话语都变成真实性话语，制造出字面意义（literal）的真实[②]——科幻文字本身遵守真实性原则构筑"惊奇"，这也正是巴洛克修辞的关键，使作品成为一种处于文本/现实之间没有确定形态的"异托邦"（Heterotopia）。异托邦在它的发明者、法国哲学家福柯那里，最完美的形象是一条船，它属于海盗，而不是警察[③]——换言之，走向自由的未知，而不是驯服在规律之中。它被包括在外于现实之中，却也真实存在于时空之间。在今天，我们也可以说异托邦是一艘宇宙飞船。在巴洛克的世纪，每一次舰队起航都会抵达前所未有的惊奇之地；在新巴洛克的时代，每一次科幻奥德赛，一旦启航就不会再回到现实，而是克服了此岸与彼岸的区别，永远航行在世界不断生成的新奇性（Novum）[④]中。科幻历史五百年，始于古老舰队航向新世界异托邦，在今天进入多维宇宙

---

  ① 参见本书之《再现不可见之物：中国科幻新浪潮的诗学问题》。

  ② 参见宋明炜：《科幻文学的真实性原则与诗学特征》，《中国社会科学报》2019 年 4 月 15 日。

  ③ 参见：Michel Foucault, "Different spaces", in *Essential Works of Foucault*, Vol. 2, The New Press, 1998, P. 185.

  ④ Novum 是哲学家恩斯特·布洛赫（Ernst Bloch）在其名著《希望的原理》中发明的词汇，指历史之间的动态裂变。这个词汇被科幻理论家达科·苏恩文（Darko Suvin）借用，指科幻小说与其他小说的根本区别，是科幻小说中创造技术和理念"新奇性"。参见〔加〕达科·苏恩文《科幻小说变形记》，安徽文艺出版社 2011 年版，第 4—5 页。

的新奥德赛中，从一种性别变成多种性别，从一种身份变成嵌合体，从一种现实变成形形色色、美丑与共、真伪无间的多重现实与非现实。

女神们·赛博格·嵌合体

从20世纪90年代到21世纪最初十年间，科幻作为中国文学的一股新浪潮，仍处在看不见的位置。在这个时期，科幻作家笔下的女性，经常具有神话色彩。如被吴岩称作"大男孩"作家的刘慈欣在《三体Ⅱ：黑暗森林》中详细描写了主人公罗辑欲望"她者"——美女庄颜——的过程，这让人想到希伯来的神话。《创世记》说上帝用亚当的肋骨，创造了女人。在漫长的古典、中古和近世文明中，女人在几乎所有的社会形式中，都像是那一根肋骨，是依附于男人存在的"她者"，常常隐形不见。经历过启蒙与革命，社会日趋开放和多元，体系隐形的部分逐渐暴露出来；批判理论早已用各种锋利的话语将男权宇宙——以及本质化的二项对立基础上的权力关系——瓦解到原子以下的微观层面。但市场塑造的媒介（从好莱坞大银幕的窥视到虚拟时空的深层暗网）依然在遵循一个古老的原则，按照男人的欲望来塑造女性。

中国科幻的巅峰之作"《三体》三部曲"中，女主人公们分别被给予"复仇女神"（叶文洁）、"伊甸园里的夏娃"（庄颜）、"圣母"（程心）的角色。这种紧密贴近类型化的性别身份，以及相应的拉动情节进展的硬汉或理工男形象，仍体现出科幻小说中的两性有别。这既招致一些女性（以及男性）读者的不满，也在有些男性读者心中激发出性别狭隘意识，如科幻圈内针对程心引发超出文本层面的道德判断——由于程心在几个关键时刻因为心软而未能完成灭绝敌人或拯救人类的使命，网上一片"圣母婊"的骂声，这骂声走出小说文本，变成一种受到厌女症狂热情绪引导的十字军式的性别讨伐。这至少说明我们还在阿Q的时代。

然而，我依然希望能够对刘慈欣笔下的女性，在原初的文本内语境中做出理解。我不能同意刘慈欣过谦的说法，我认为《三体》不是只有情节的小说文本。事实上，他的文本是丰富的和多声部的。小说不是束缚于善恶分明、黑白截然、男女对峙的二项性文本。叶文洁不仅是复仇女神，她的爱与憎也是时代与宇宙的基色,从红卫兵时代到人类最后的日落,她的理智与情感皆透露人性的弱点和飞扬。庄颜虽然显得顺从,但她后来的忧郁更像诺拉,而不是夏娃。至于程心,她是整个"三部曲"最重要的"诗心",她的不忍之心使她真正跳出了"黑暗森林",让零道德的宇宙获得微弱的异色。程心活到了宇宙终结的那一刻,她留下的文字,变成人类文明的"追忆逝水年华"、留给下一个新宇宙的"地球往事"。小说最后程心的心声,或许正是作者刘慈欣的心声。在后面这个意义上,刘慈欣在后人类天地不仁的黑暗宇宙中,仍传达出浪漫主义和人文主义的心声。他赋予文字以超越时空的无限生命力,最终将起于战争的雄浑宇宙,留影在女性叙述的丰盈文本中。最近我读到一篇非常有洞见力的论文,认为刘慈欣有性别的科幻文本,其实并不是单一性别的,而是在更深层次的文本结构中塑造了属于女性的时间——包括"歌者"有关时间的爱情歌谣、更古老的宇宙时间可能具有的母亲一样的丰盈与和平、时间本身的去性别或再(多维)性别化过程。程心最后在小宇宙中的幸存和书写,停留在时间断裂的缝隙里,正如黑暗森林最深层的歌声一样,在两个宇宙之间,最终让冲突走向安宁,战争归于和平。

在此必须指出的是,男作家并不意味着男性中心,即便是科幻迷崇拜的大男人刘慈欣也不是这样的。与刘慈欣同时代的韩松,以及年轻一代的陈楸帆和宝树,都写出了不囿于性别本质论的科幻作品。韩松《美女狩猎指南》是一篇尺度极大的色情兼暴力之作,但他的构思来自《侏罗纪公园》:正如那些恐龙都是雌性,他的小说中岛上的夏娃们,都是用基因工程造出来的"肋骨"。可以说韩松笔下的美女是外表充满女性美内在是恐龙构造的赛博格,是人与动物、人与机器的统一。生产美女的公司吸引富有的好色之徒前来岛上狩猎。在男人们眼中,岛上那赤身在野外出没的女人是最本质的女性,"岛上的女人,不过就是一种长着卵巢和子宫的纯种动物,没有受到化妆品、首饰、虚荣心和金钱的污染",她们是"真正的女人"。[①] 韩松作为中国最有幽暗意识的科幻小说作家,他的小说情

---

① 韩松:《美女狩猎指南》,见《宇宙墓碑》,上海人民出版社2014年版,第306页。

节毫无例外会引起"看的恐惧":这些女人都像恐龙那样凶残,最后狩猎美女的好色之徒们,变成自然而野性的美女狩猎的对象——这个色情乌托邦,转眼间变成恐怖的非人恶托邦,美女们皆是无情的后人类动物,而男人们也终于沦落为毫无人性的食人者。小说用露骨的解剖学细节描述了一幕幕男人和女人之间的殊死搏斗。美国女性主义学者拉芭勒丝提尔(Justine Larbalestier)在著作《科幻中的性别战争》中梳理出"性别战争"这个重要的科幻主题,这个主题正如韩松小说展现的那样,性别之战最后没有赢家,而是颠覆了社会习俗中的性别二项对立。[1] 何况,韩松写的是恐龙一般的后性别赛博格——而在后人类哲学家哈拉维(Donna J. Haraway)看来,女权主义的唯一出路是用人机合体的赛博格来颠覆、亵渎压抑性的政治神话;而赛博格作为父权社会与机器生出的私生女,是后性别世界的新神话,只有赛博格才能战胜二元论述,重建新的跨物种、跨有生与无生界、跨越人与物的亲和关系。[2]

陈楸帆在他最著名的长篇小说《荒潮》(2013)中也塑造了中国科幻新浪潮中极为醒目的赛博格形象,"垃圾女孩"小米遭受人工智能病毒侵入污染之后,变成精神分裂的"赛博女神"。但小米没有成为一个哈拉维意义上的克服二元论的新物种,她的分裂身份始终体现在两个分身上,二者各代表人性与后人类意识,最终人性的情感使小米放弃了自己的赛博格幽灵自我。《荒潮》在此意义上,并未如预期那样拥抱后人类身份,而是坚守了人文主义的立场,在新世界之前踟蹰却步。这无可厚非。在陈楸帆最近与李开复合作的《AI 2041》中,我们看到李开复出于技术工业发展野心构筑的后人类未来史中,陈楸帆的小说犹如一系列的人文主义 glitch(故障,或有意阻滞),像《无接触之恋》那样透露出不可预测的"爱"[3]。

---

[1] 参见:Justine Larbalestier, *The Battle of the Sexes in Science Fiction*, Wesleyan University Press, 2002.

[2] 参见:Donna J. Haraway, "A Cyborg Manifesto", in *Simians, Cyborgs, and Women: The Reinvention of Nature*, Routledge, 1991, PP. 149–155.

[3] 参见陈楸帆:《无接触之恋》,见李开复、陈楸帆:《AI 2041》,天下文化 2021 年版,第 153—177 页。

在陈楸帆一篇更能体现性开放意识的短篇小说《G代表女神》中,他走进充满冒险的未知境域。女主人公G女士苦于先天生殖器官缺陷,渴望性高潮而不得,只能通过手术,转而让全身都可以达到性高潮,实现了福柯所说的"不郑重的快感"和"不以繁殖为目的的性高潮"。至此G女士的性,与人类繁殖意义上的性别分离。G女士的全身性感,与她对无限性高潮的追求,将人类从性危机中唤醒。她变成了公众膜拜的性爱女神,她的性爱全息成像被奉为圣像,她受到所有人的膜拜。但就在公众狂欢高潮迭起的表演中,G女士悲哀地意识到:"一切皆是幻觉,一切源于自我,一切终归于寂灭。"[1]G女士因过度的性,而与个人最深在的爱无缘,当她重新陷入绝望中时,却与同样有先天生殖器官缺陷的F先生彼此依偎。在相守中,她终于感到他们"缓慢地、猛烈地、潮湿地、同时地,到了"[2]。这篇小说真正的冒险性,还不在性爱狂欢的巴洛克描写中,而是在小说呈现了不仅不以繁殖为目的,而且不以生殖器官为凭借的性爱高潮。在小说终末那"漫长得像海天之间的一道休止符"的平静之中,G女士和F先生无声地跨过了二项性宇宙的出口。

宝树曾经以"宅男"形象为主人公,写过将女性纯粹作为欲望对象的性狂想作品,但他最近的一本小说集《少女的名字是怪物》是一本向女性致敬的书,虽然仍带有伤情浪漫化的色彩,但至少《海的女儿》这一篇,明显体现出跨物种、跨越有机与无机、跨越人与物等各种范畴界限的倾向。小说的主人公法蒂玛是大脑移植到纳米机器身躯、人机结合的机械人,因此具有超能力。她在地球最深的海底工作,像安徒生童话中的美人鱼那样,在海底世界自由地遨游。但她爱上了来自木星卫星欧罗巴的科学家,决心离开海底,将自己的大脑移入克隆的女性身体,重新做人。但是宝树的故事里,少女没能从怪物重新变成人。养育她的莫妮卡嬷嬷告诉她真相,原来法蒂玛的大脑已经机械化,她永远都无法恢复人身。这个用赛博风格重

---

[1] 陈楸帆:《G代表女神》,见《未来病史》,长江文艺出版社2015年版,第101页。

[2] 陈楸帆:《G代表女神》,见《未来病史》,长江文艺出版社2015年版,第103页。

新讲述的安徒生童话,最终将法蒂玛变成了末日后的创世神。她在伤心离别所爱之人,飞回地球之际,一颗彗星坠入太阳,引发的太阳耀斑爆发,让太阳系中人类的殖民地全都毁灭,地球瞬间失去了所有的水,所有的生命都消失了。法蒂玛到达灾难后的地球,在焦土上漫游,没有找到任何幸存的生命。她回到自己当年工作和生活的海沟,在这里连原始古菌都没有找到。但她找到了莫妮卡嬷嬷留给她的遗言。嬷嬷在临死前想到法蒂玛必将返回,在遗言中告诉她,原来组成法蒂玛的纳米体也形同一种细胞,同古菌相似,分解之后,可以复制自己——但这样做的代价,是法蒂玛将失去自己的生命。法蒂玛在干枯的海沟里等了许久,迎来新世界的第一场暴雨。连降六十天的大雨,使海洋重新形成。法蒂玛像一条人鱼那样在新海洋中遨游,她给自己全身下达指令,让纳米体都激活,剥离身体,进入海水中。地球上重新有了生命,这一次诞生的将是硅基生命。法蒂玛像烟雾一样消散,在失去意识之前,对遥远欧罗巴的恋人说:"我爱你,米诺。我也爱嬷嬷,爱人类,生命以及整个世界。这份爱将和新的生命一起活下去,直到亿万年之后。"①

  法蒂玛的存在既是哈拉维意义上的克服了人与动物、人与机器、可见与不可见三重界限的赛博格,也是人的意识与后人类身体组合——无数纳米体集合——的嵌合体。她是女性与机器的合一,也是女性与怪物的合一。最重要的是,她的存在与消亡是一个新的神话,重新用虚构的力量来再定义知识型,是一个承认有差异的世界中建立万物间亲和关系的知识型。在小说的故事框架里,法蒂玛是差异的象征,她是一个新物种,而她最终变成未来万千物种的起源。她是创世之神,既是盘古,也是女娲。她克服了性别之别,弥合了差异之异。她是一,也是万物。宝树在小说集后记中,重提《弗兰肯斯坦》少女与怪物的关系,并给予这个跨界亲和的关系一种激进而积极的意义:"当人性最深层的爱与美,融入宇宙最疯狂或残酷的力量,会点燃全新的可能性,正如火凤凰涅槃重生。有时候,恰是怪物所带来的恐怖力量,让女性能够冲破社会结构和刻板印象的牢笼,掀起革命

---

① 宝树:《海的女儿》,见《少女的名字是怪物》,花城出版社2020年版,第232页。

的风暴,迸发出无尽的光彩。"①确实,如何在后人类时代相亲相爱,在毁坏的星球上新生,这是一个最根本的问题,使科幻具有启示录的意义。

《三体Ⅲ:死神永生》《美女狩猎指南》《G代表女神》《海的女儿》的结尾都曾不同程度让我想到朱天文《世纪末的华丽》(1990)中那有名的终末句:"湖泊幽邃无底洞之蓝告诉她,有一天男人用理论与制度建立起的世界会倒塌,她将以嗅觉和颜色的记忆存活,从这里并予之重建。"②朱天文将性别论述与世界末日结合起来,无疑也是从世纪末(世界末)回应张爱玲的女性观:"人死了,葬在地里。地母安慰死者:'你睡着了之后,我来替你盖被。'"③用哈拉维的说法,这是一个已经被毁坏的世界,人类必须依据身体和感官的直接经验,重新学会与灾难共存④:人以怪物的形态,与作为怪物的满目疮痍、暗影重重的大自然融合一体。这个被损毁的自然就在我们自身,已经进入我们的细胞里面,在破坏着基因、器官、情绪以及我们整个的存在。留在这残破的世界里,无论男人和女人,都必须以差异而非认同来重建世界上的亲族关系。我们都已经变成赛博格、嵌合体。更切合科幻情境的,还有刘慈欣《三体Ⅲ:死神永生》中那个路过太阳系,并将之毁灭的"歌者"的歌谣:

> 我看到了我的爱恋
> 我飞到她的身边
> 我捧出给她的礼物
> 那是一小块凝固的时间
> 时间上有美丽的条纹
> 摸起来像浅海的泥一样柔软

---

① 宝树:《后记》,见《少女的名字是怪物》,花城出版社2020年版,第365页。
② 朱天文:《世纪末的华丽》,见《花忆前身》,麦田出版社1996年版,第216—217页。
③ 张爱玲:《谈女人》,见《华丽缘》,皇冠出版社2010年版,第216—217页。
④ 参见:Donna J. Haraway, *Staying with the Trouble: Making Kin in the Chthulucene*, Duke University Press, 2016.

她把时间涂满全身
然后拉起我飞向存在的边缘
这是灵态的飞行
我们眼中的星星像幽灵
星星眼中的我们也像幽灵①

我宁愿相信歌者是没有性别的,而那爱的信物是永恒的时间,因这亘古不灭的爱恋才可以抵达宇宙之外的未知。这凝固的时间,是否克服了波粒二象、性别二项、善恶二元、存灭两世?

波／粒——性／别——写／实:测不准的非二项性状态

回到本文开头提出的问题,也可以换一种问法,我们作为读者,有何权利或义务辨识科幻文本的性别?也可以把问题反过来,科幻文本是否能够生成我们可以辨识的性别?让我们先来面对这一段文本,来自一篇近年内难得一见的优秀科幻作品:

"人、狮子、鹰和鹧鸪,长着犄角的鹿、鹅、蜘蛛,居住在水中的无言的鱼、海盘车,和一切肉眼看不见的生灵,一切生命,一切,一切,都在完成了凄惨的变化历程之后消失。到现在,大地已经有千万年不再负荷着任何一个活的东西了,可怜的月亮徒然点着它的光亮。只有寒冷,空虚,凄凉。所有活生灵的肉体都已化成尘埃,都已被那个永恒的物质力量,变成石头、水和浮云。它们的灵魂,都熔到一起,化成了一个宇宙灵魂,就是我——我啊。人类理性和禽兽的本能,在我的身上结为一体。我记得一切,一切,一切,这些生灵的每一个生命都重新在我的身上——"
…………

---

① 刘慈欣:《三体Ⅲ:死神永生》,重庆出版社2010年版,第387—388、393页。

她们生在北方，夏天漫长的太阳将冰冷的贝加尔湖晒出暖意，她们穿戴设备，潜入湖底，里面稀疏的植物丛林没有多少生物，她们相信这就是自己终将抵达的宇宙边境。冬天，她们在零下四十度的严寒中奔跑，晴朗的日子能看见银河倒挂在空中。于是，春末夏初，树木枝条还有绿芽，她们肩并肩坐在二十世纪开凿的古老隧道拱形出口顶部，四条腿有节奏地轻快地晃荡，一个望着遥远盘曲的铁轨，发现跨境列车进入隧道，另一个倾听洞内的声音越来越近。她们抓住机会，双双跳入古老列车，随着铁轨，从落后的远东北部一直向南。

　　地球，自人类诞生来一直进化，也从未抛弃过去。千年人类宇宙拓荒史反哺地球，让地球变为一颗不断生长的活化石，永远一圈一圈自我记录着年轮。那儿的确是一座人类文明的生态博物馆，有着生活在前现代的部族，也有二十九世纪的非人类。她们躲入小小的三等火车的三等舱，混迹于从未见过的人与物当中，想方设法生存下来，完成了人类十个世纪的小小进化史。当列车抵达印度洋边缘，她已学会了处理量子起伏的所有影像，她则学会提取量子起伏中的所有声音。她们已变成开拓宇宙边疆的高级技工，没有人不想获得她们，让她们进入自己的舰艇。她们挑选了名为利维坦的怪物，以最快速度将她们带到人类的极限。整个路程比想象中困难，她们从列车中的躲藏者变为星际的捕食者，她们在促狭空间中学会生存，在广袤宇宙中学会毁灭。她们克服了生命的种种不确定，抵达人类宇宙的尽头。那儿好似一道虚空悬崖，站在边缘，能同时看到星辰的诞生与寂灭，再往远处，便是未知的荒凉了。人类还未想出办法，迈出抵达虚空的第一步。①

这段华丽、繁复、闪烁着新巴洛克光彩的文字，出自一位名叫双翅目的作

---

① 双翅目：《太阳系片场：海鸥》，见《猞猁学派》，作家出版社 2020 年版，第 61、73—74 页。

家。"双翅目"是昆虫纲有翅亚纲中的一目,在分类上距离人类遥远,我们无从判断其性别。这篇有着诗一样语言的小说《太阳系片场:海鸥》,描述的是以人造太阳系为片场,上演契诃夫的名剧《海鸥》(1896)。就像《海鸥》中妮娜批评特里波列夫的剧本,也像契诃夫自觉追求的"反戏剧化"效果:缺少动作,全是台词。这篇科幻小说没有依托于动作的"惊奇",而是将"惊奇"塞在密集的语言中。小说试图描写一个璀璨的新宇宙,在文本中生成了一个迷宫般的异托邦。阅读这篇小说,即如以上的这三段引文,需要读者打破许多二项对立的偏见,必须做到"脑洞大开",运用自己的想象力,否则可能直接就被这篇文本踢出去了。

小说标题透露给你,这篇小说是对契诃夫《海鸥》的科幻阐述,你需要小心判断,文本中哪些是属于契诃夫的句子,哪些是契诃夫的剧中剧有意戏仿的句子。话剧第一幕写深陷爱情不能自拔的特里波列夫,请他的爱人妮娜出演自己的剧作,一出在湖景山林中演出的世纪末"华丽"风格的象征主义剧作。而这部剧作描绘的是二十万年以后的世界,人类已经灭绝,一切人与生物(包括拿破仑和最后一只蚂蟥)的灵魂集于一身(妮娜,但她是女神?赛博格?嵌合体?),在等待撒旦前来决一死战。这段剧中剧的情节是否受到了赫伯特·乔治·威尔斯作于一年前的《时间机器》(1895)的影响,我们不得而知。但直到最后,你会发现,契诃夫的原句——那些焦菊隐先生翻译的精妙汉语——差不多都被移动了位置,做了修改,或是张冠李戴,像以下这个句子:"精神本身可能就是许多物质原子的一个组合体①,我们却从没获得过宇宙的自由。"这是一句伪装出来的句子,一半来自契诃夫笔下那个乏味的乡村教师,一半来自小说文本中无主人称的增添——最重要的是,这句话是无主叙述;继而你会渐渐发现,整个文本之中都没有确定的人物。

小说中最重要的主人公(观察者)看似是小场工,他在片场中扮演的是特里果林——一个拐走了妮娜的厌世的剧作家。而原剧主人公特里波列夫(那个拿了一把猎枪上台,最后枪响自杀身亡的青年)由小说中片场的导演扮演。两个女主人公,其一是妮哪,她起初是特里波列夫的恋人,出

---

① 焦菊隐译:《契诃夫戏剧集》,上海译文出版社1980年版,第110页。

演他的无情节的印象主义戏剧,后来却跟着特里果林私奔,最后导致特里波列夫因为终于觉悟她其实并不曾爱而自杀身亡;其二是阿尔卡基娜,她是特里波列夫的母亲,也是特里果林的情人。在双翅目笔下,两个人物在小说中是由一对同卵双胞胎扮演的。她们似乎受到扮演的人物的影响,因此向小场工呈现出了引文第二段和第三段中的北国经历。但她们本来就是非人类的生灵,小说中这样介绍她们:"同卵双胞胎的工作也像同卵双胞胎。她们一个负责处理宇宙影像,一个负责处理宇宙声音,一个负责万物的粒子性,一个负责万物的波动性。……量子海洋波澜浩瀚,你永远无法分清波粒二象的状态。她们就这样互相使用着彼此的技术资源,混淆着彼此的工作,就像人们时常搞混她们俩,就像人们总是不知何时去面对宇宙的粒子性,何时去面对宇宙的波动性。"①

波粒二象性是量子力学的发现,由此产生海森堡的测不准原理和薛定谔不知生死的猫。但波粒二象不稳定的状态,也影响着世界是否真实存在的难题。双翅目的小说写的虽说是契诃夫话剧,但也是关于宇宙本质的——那确实也是契诃夫剧中剧的主题。这个问题涉及表现和表演的问题:如何表述宇宙,如何讲述宇宙?如何通过演出呈现宇宙?即便宇宙是实存,如何做到逼真地书写、真实地表演?小说从一开始至少告诉我们,片场里的太阳系,是小场工设计出来的;真实的地球和太阳系湮没在时空深处。然而,这个制造出来的片场,真实宇宙的虚拟状态,却也存在着宇宙一切的规律。随着剧情进展,片场里进行的不只是人间喜剧,还有物理实验。《海鸥》的太空演出终于片场里导演和波粒双胞胎制造的黑洞,一切有,皆是一切无。小场工其实早已有所察觉:"传闻中,实验化妆间能将人的意识与心灵同步到无边无际不可把握的量子海洋中。混片场的人称之为宇宙的潜意识。在那里,所有都混合,所有都连接,每个人都能变得与所有角色相似,以至不露马脚。而实验导演们则喜欢从另一个角度理解,每一种艺术角色本就存在于量子海洋的洪流中,可以流入每个人的心灵,这是人类共有的,宇宙潜意识的力量。人类不应为自身存在,人类应为了

---

① 双翅目:《太阳系片场:海鸥》,见《猞猁学派》,作家出版社2020年版,第53—54页。

宇宙潜意识而活。"①

《太阳系片场：海鸥》是我读过的所有中国当代科幻小说中值得我反复阅读的一篇，我也认为这是一篇在思维上走得最远的作品。这篇小说跨越了所有二项性的思维范畴：波粒二象、性别二项、善恶二元、存灭两世，以及真伪之别、男女之别、老少之别、人畜之别（拿破仑和蚂蟥，何况还有海鸥）。再更进一步，这篇小说瓦解了文本与现实的关系，消解了文本的真与伪问题，更在具体的文字上将抒情性话语和科学性话语融合为一个超级文本嵌合体。这篇小说没有结尾，当小场工经历了两个赛博格少女（或波粒二象神）的明媚绚烂人生，看过了愁容导演亲吻海鸥，然后举枪自杀也杀死了海鸥的悲剧结局，他在宇宙中再也没见到那波粒二少女。他最后重建自己的片场——一个新宇宙。他进入坚果地球的瞬间，开始哭泣。

小说作者双翅目是近年来引起我重视的科幻女作家之一。中国科幻新浪潮自从隐幽的开端时刻以来，不乏优秀的女作家——早在20世纪90年代就发表作品的凌晨、赵海虹等；在新浪潮沉潜的21世纪最初十年间已经写出名气的夏笳、迟卉、郝景芳、程婧波、钱莉芳、陈茜等；在最近几年内构成"她科幻"新气象的更年轻一代，如双翅目、糖匪、顾适、彭思萌、王侃瑜、吴霜、范轶伦、慕明、段子期、廖舒波、昼温、王诺诺等。我在最近一年之内，收到了三种专门展示女性科幻作家成就的作品集——"她科幻"四卷（陈楸帆主编）、《她：中国女性科幻作家经典作品集》两卷（程婧波主编）、《春天来临的方式》（于晨、王侃瑜主编）——以及上述作家中许多位的新作或短篇小说集。《春天来临的方式》即将在美国由托尔出版社发行英文版，我预测中美两国读者都会在刘慈欣引起的"中国科幻大爆炸"之后，长久地沉浸在女性科幻作家创造的那些非二项性的自由宇宙之中。

正如海尔斯（N. Katherine Hayles）在《我们如何成为后人类》中写的那样，图灵测试（The Turing Test）预测人与机器在智能上终会有一天难决高下，在同一个理论中，图灵首先证明的是男人和女人在智力上相当。

---

① 双翅目：《太阳系片场：海鸥》，见《猞猁学派》，作家出版社2020年版，第59页。

图灵本人的同性恋身份是否在这个测试中起到决定作用，我们不得而知，但事实上，按照他的思路，最终在一个信息重构身体的世界里，性别判断已经不再那么重要。我们都是赛博格，都是嵌合体，甚至也可能都是安卓珍尼（Androgyne，双性同体）——最彻底的非二项定义的无固定性别的人。而海尔斯提醒我们，当我们坐在电脑终端之前，我们都变成了后人类。[1] 是否会有一个后人类的非二项性异托邦？是否在我们有生之年，会通过信息技术或生物工程，将科幻的性别问题变成一个打破既成事实的选项？这是科幻作家的题目，但这样的作品是否会出现，在很大程度上也取决于读者们是否有所准备。

（原载《上海文学》2022 年第 5 期）

---

[1] 参见：N. Katherine Hayles, *How We Became Posthuman*, University of Chicago Press, 1999, P. xiv.

未来有无限可能

第二辑

当代意识

《狂人日记》是科幻小说吗？

——写实的虚妄与虚拟的真实

《狂人日记》是科幻小说吗？——这个问题看似不可思议。《狂人日记》是第一篇署作者名"鲁迅"的现代小说，长期以来被看作中国现代文学兴起的标志性作品，也是"为人生的文学"的发端之作。此后，20世纪文学写实主义主潮论述将《狂人日记》作为滥觞发轫。然而，20世纪末兴起的科幻新浪潮，到21世纪初已经形成挑战主流文学模式的新异文学力量。在整整一百年后，从科幻小说的角度来重新看待《狂人日记》，或许有些值得探讨的新颖启示。此文提出的问题，如果放在文学史范畴内，或许有以下三点意义。

首先，鲁迅留学日本初期，曾经热衷翻译科学小说，甚至由于他创造性地改写翻译小说文本，他本人也可以被看作以"作者身份"参与科幻在中国兴起的过程。《狂人日记》的写作距离他停止科幻翻译有十年之久，但从科幻到始于《狂人日记》的写实文学之间，是否发生了一次断然决裂？还是另有各种蛛丝马迹，表明在这两种看似不同的写作模式之间有许多曲折联系？第二点，在20世纪90年代兴起的这一代新浪潮科幻作家心目中，鲁迅是对他们影响最大的作者，而不是此前的任何一位科幻作家。中国科幻文学史从来都是断裂而非连续的，后世作家需要重新创造科幻写作的新纪元。对于刘慈欣、韩松等作家来说，鲁迅代表了一种真正开启异世界的想象模式，鲁迅种种为人熟知的意象都以科幻的形象重新出现。第三点，也是最重要的一点，《狂人日记》包含的现实观是否可以轻而易举地归入写实主义认知系统？科幻小说又在什么样的条件下可能透露出一种别样的现实观？这两种现实观——《狂人日记》的和科幻小说的——在什么地方有交叉？而这样思考的结果，是否意味着因为某一个条件变更而引起对于文学史既成构造的挑战？

将这些问题追问下去，最终面对的是科幻小说的诗学问题：《狂人日记》试图透过表象"从字缝里"①破解世界的真实状态，这是违反当时的伦理规范，以及人的常识的，如此抵达的真实是令人感觉不安、恐怖、难以言说的。可以说，《狂人日记》据此打破了我们熟悉的现实感受，由此开始重建一种超出常人舒适感的现实观念。但另一方面，科幻小说的写作也是反常识、反直觉的，科幻小说将人们熟见的现实打破了，读者不得不借助一种全新的话语，来重建有关真实的知识。如果把《狂人日记》作为科幻小说来阅读，这篇小说中发生的叙事结构变化，正对应着将"眼前熟悉的现实"悬置而发出虚拟的问题——"吃人的事，对么？"（第450页）小说依照类似科幻小说那样的逻辑话语推导出超越直觉感受、违反日常伦理的真实性，即吃人是古已有之的事，这是有整个知识价值系统可以推演的、存在于人性与知识的黑暗中、被人们视而不见的更深层的真实。

一、《狂人日记》之前：翻译科学小说的鲁迅

作为中国现代文学之父的鲁迅，曾经热衷于提倡科学小说，并着手翻译了几篇科幻作品。写作《狂人日记》十六年前，鲁迅留学日本，其时恰逢梁启超创办《新小说》，提倡"科学小说"等若干类现代小说名目。②彼时的鲁迅是一位"科幻迷"，他紧随任公号令，迅速翻译了凡尔纳的《月界旅行》，在1903年出版，未署译者之名。这是一部"三手翻译"，从法文经过英译、日译，鲁迅又用当时通行的方式，"添油加醋"改写译文，使之显得更有文采。比如小说开头描绘巴尔的摩，原作只不过交代时间、地点，到了鲁迅的笔下则充满了想象的生动描写：巴尔的摩"真是行人接

---

① 鲁迅：《狂人日记》，见《鲁迅全集》（第一卷），人民文学出版社2005年版，第447页。以下《狂人日记》的引文，只在文内标注页码。

② 《新小说》第一卷第一期（1902年）开始设置"科学小说"栏目。

踵，车马如云"，又写会社，"一见他国旗高挑，随风飞舞，就令人起一种肃然致敬的光景"，之后又引陶渊明古诗，将美国大炮俱乐部比之精卫、刑天，以赞其壮志。① 这篇译文妙趣横生，虽然掺杂许多中国佛道术语，却尽心尽力将原作含有的19世纪技术乐观主义表达得十分明了。凡尔纳不仅是19世纪最著名的西方科幻作家，而且他代表的乐观、进步精神，也是梁启超等发起小说革命时所需要的模范大师。20世纪第一个十年，共有十七部凡尔纳小说被翻译成中文。

　　清末最后十年的科学小说的小繁荣期里，鲁迅是有代表性的人物。鲁迅在《月界旅行》辨言中，模仿梁启超对新小说的倡导，也对科学小说做出至高评价："导中国人群以进行，必自科学小说始。"② 《月界旅行》完成之后，鲁迅又着手翻译另一部凡尔纳小说《地底旅行》。可惜的是，当时由于转译环节太多，对于这两篇小说的原作者，鲁迅都弄错了，前者署名美国培伦，后者是英国威男。鲁迅自己回忆，《地底旅行》改作更多，最初在《浙江潮》杂志开始连载，译者署名"之江索子"。《地底旅行》全书，要等到1906年才由南京启新书局出版发行。这两部凡尔纳小说在鲁迅早期翻译事业中是人人皆知的。但鲁迅翻译科幻小说，还不止于这两部。1934年5月15日致杨霁云信中，他提到自己年轻时对科学小说的热衷："我因为向学科学，所以喜欢科学小说，但年青时自作聪明，不肯直译，回想起来真是悔之已晚。"③ 随即鲁迅提到他文白杂用翻译的又一部科学小说《北极探险记》，被商务印书馆拒绝，稿件从此丢失。

　　其实，在鲁迅用白话翻译的《地底旅行》出版时，他已经译了现在确认出自其手笔的第四篇科学小说，题名《造人术》，以文言译成。此作刊登于《女子世界》1905年第4、5期合刊（实际印刷时间已是1906

---

① 鲁迅：《月界旅行》，见《鲁迅全集》（第十一卷），人民文学出版社1973年版，第13—15页。

② 鲁迅：《科学小说月界旅行辨言》，见《鲁迅全集》（第十一卷），人民文学出版社1973年版，第11页。

③ 鲁迅：《340515　致杨霁云》，见《鲁迅全集》（第十三卷），人民文学出版社2005年版，第99页。

年），署名"索子"。这篇译作，鲁迅本人没有再提到过。在很长时间里，没有人记得鲁迅曾经翻译过这一篇小说。直到1962年，周作人在给鲁迅研究者陈梦熊的信中，证实这是鲁迅的作品，并称由他转给《女子世界》发表。周作人提及这篇小说的原作者，称其为"无名文人"①。小说的原作者是生活在美国东北部的女士路易斯·杰克逊·斯特朗（Louise Jackson Strong），目前可以找到的资料是她擅长写儿童冒险小说。②这一篇被鲁迅翻译为中文的小说，在她的作品中更像一个例外，原题《一个不科学的故事》（"An Unscientific Story"），最初发表在 Cosmopolitan 杂志的1930年2月号。鲁迅的翻译，根据的是日本译者原抱一庵有大量删节的日译本。原抱一庵的译本发表于1903年6月至7月，他将英文原作的恐怖结局都删掉，赋予小说一种乐观的基调。③故而，鲁迅以文言译就的中文版，以大量篇幅赞美科学，形容科学家的自信。小说中的主人公是一位科学家，经过漫长实验，在实验室中培育出生命，鲁迅译作"人芽"。在这科学造人的魔幻时刻："于是伊尼他氏大欢喜，雀跃，绕室疾走，噫吁唏！世界之秘，非爰发耶？人间之怪，非爰释耶？假世界有第一造物主，则吾非其亚耶？生命，吾能创作；世界，吾能创作。天上天下，舍我其谁。吾人之人之人也，吾王之王之王也。人生而为造物主，快哉！"④

这段文字的意义与鲁迅对科学的信念正相通。彼时鲁迅仍是热衷于达尔文进化论思想的科学青年，对原抱一庵翻译体现的积极乐观的科学进步主义，甚至将科学家视为神、造物主的态度，几乎完全接受下来。学术界目前已经确知，鲁迅从事文学之初，先投入大量精力从事科学小说的译

---

① 陈梦熊：《知堂老人谈〈哀尘〉〈造人术〉的三封信》，《鲁迅研究动态》1986年第12期，第40页。

② 参见：Graeme Davis, *More Deadly Than the Male: Masterpieces from the Queens of Horror*, Pegasus Books, 2019. 该书收录了《一个不科学的故事》（"An Unscientific Story"），但对作者斯特朗女士的介绍非常简略，无生卒年月。

③ 徐维辰：《从科学到吃人：鲁迅"造人术"翻译与野蛮的潜在书写》，见《文学·2017春夏卷》，上海文艺出版社2017年版，第70页。

④ 转引自邓天乙：《鲁迅译〈造人术〉和包天笑译〈造人术〉》，《长春师院学报（社科版）》1996年第4期，第27—28页。

介,并且与他在同一时期持有的科学带动进步的信念一致,例如学者安德鲁·琼斯(Andrew Jones)通过鲁迅早年对科学和科学小说的兴趣,重新解析鲁迅作品中对于进化论和社会达尔文主义的焦虑。① 按照学者姜靖的观点,鲁迅这篇翻译符合晚清知识分子"要求创造一种'新民'、一种有着全新精神面貌的新国民,以满足现代文明国家的要求"②,而这种从身体/生物本身来改造国民的理想,发生于鲁迅的科学小说翻译与有关科学的论文中,延续到鲁迅改造国民性的思考,成为现代文学不断重现的命题。而他对科学的倡导与热情,也延续到后来他写小说、杂文,成为文坛领袖的时代。

尽管译作本身赞颂科学的乐观进取精神,《造人术》文后所附的两篇按语——分别是《女子世界》编者丁初我和署名"萍云女士"的周作人所撰——却认为科学造人的故事是"无聊之极思""悲世之极言",反对这种非人的"造人术",而真正创造民族的是女子,她们"诞育强壮之男儿",是"造物之真主"。③ 由此这篇科学小说的呈现形式兼容了原作"主题"展示与"反题"批判。按语试图盖棺定论,从民族、人生的角度,将科学看作违背自然、违逆伦常,文本与按语构成文本间性关系,对照作为技术和机械产物的"生命"与生命的自然发生与发育,将前者斥之为无稽之谈,将后者视作生命伦理基础。这不仅可看作科学与人生观辩论无数前导事件之一,也涉及文本内外两种不同的文学再现态度——或诉诸科学话语,制造违背现实感的"虚幻"真实;或顺应传统伦理要求,符合习惯常俗的"造化"自然。

然而,使这个文本包括其按语显得更为"奇异难解"(uncanny)的地方,还在于丁初我的按语中有句"播恶因,传谬种,此可惧"。学

---

① 参见: Andrew Jones, *Developmentary Fairy Tales: Evolutionary Thinking and Modern Chinese Culture*, Harvard University Press, 2011.

② 姜靖:《从"造人术"到"造心术":科学家、作家与中国现代文学观念的起源》,陶磊译,《文学·2017春夏卷》,上海文艺出版社2017年版,第54—66页。

③ 转引自邓天乙:《鲁迅译〈造人术〉和包天笑译〈造人术〉》,《长春师院学报(社科版)》1996年第4期,第28页。

者刘禾认为这几句话"使他（丁初我）正确地预言了小说原作的反乌托邦性质"[①]；而学者徐维辰认为，按语与文本对照之下，"鲁迅的《造人术》翻译，没有显示科学的全能，反而产生了悲观的解释；通过科学图谋改革的事业，虽然有其潜能，但也有可能会带来国民性恶化这些已有的问题"[②]。以上学者指出的所谓"奇异难解"的地方，是按语与小说原作未被翻译的部分之间奇异的呼应之处，至少在按语"反科学"与原作"不科学"之间，共享的是一种对于科学乐观主义的质疑。

斯特朗女士的原作《一个不科学的故事》没有被原抱一庵翻译出来的后半部分，才是小说的重点，正如丁初我或许无意说出的那样"可惧"。造人实验发生异变，科学家所造之生物，变成食同类者（cannibals），翻译呈现的乐观光明的科学故事变成一个恐怖的反科学故事。斯特朗笔下的科学家面对的是"后"弗兰肯斯坦的时代，经由浪漫主义的想象力，挑战"培根式的乐观与启蒙思想的自信"[③]。斯特朗的故事，更是写于英国作家威尔斯（H. G. Wells）之后，在科幻小说的发展中也处在对凡尔纳式科技造福人类有所反省的阶段。斯特朗小说中那些"吃人"的生物，比弗兰肯斯坦的怪物更具有非人性质，仅有凶猛的动物性，丝毫没有人性的浪漫敏感。科学家最终毁掉这些怪物，劫后余生，整个故事预演了美国流行文化后来"生化危机""僵尸国度"乃至"杀人网络""西部世界"这些科幻大戏的基本情节。

然而，斯特朗的故事，也"奇异难解"地预演了鲁迅《狂人日记》的故事。没有证据可以说明，周氏兄弟是否读过斯特朗小说全文，或者是后来由高峰生在1912年翻译的完整日译本。[④] 至少从已知的证据来说，

[①]〔美〕刘禾：《鲁迅生命观中的科学与宗教（下）》，孟庆澍译，《鲁迅研究月刊》2001年第4期，第6页。

[②] 徐维辰《从科学到吃人：鲁迅〈造人术〉翻译与野蛮的潜在书写》，《文学·2017春夏卷》，上海文艺出版社2017年版，第67—83页。

[③] Roslynn D. Haynes, *From Faust to Strangelove: Representations of the Scientist in Western Literature*, The Johns Hopkins University Press, 1994, P. 94.

[④] 参见〔日〕神田一三：《鲁迅〈造人术〉的原作·补遗》，许昌福译，《鲁迅研究月刊》2002年第1期。

姑且认为这个影响是不存在的。《狂人日记》写于鲁迅翻译《造人术》十二年后——《造人术》完整日译本出版六年后。鲁迅在翻译《造人术》之后，再没有提到这篇作品。然而，《狂人日记》（包含其文言小序）与《造人术》（及其未被翻译的部分）有三个或显或隐的共同点。

  第一个共同点是"吃人"。《一个不科学的故事》将科学小说变成恐怖小说，是将科学的结果变成对人类的威胁。《狂人日记》以寓言的方式来呈现国民性问题[①]，而在文本层面，即把寓言作为一种具有科学知识重构的"真实话语"接受下来。《狂人日记》可以说是"一个不科学的故事"，主人公"狂人"在吃人与被吃的威胁中感到恐惧。但它也可以说是"一个科学的故事"，按照文言小序，它提供了一个病理研究的案件；而如果把这句看似"真实"的话作为寓言接受下来，这篇小说提供的是整个民族的病理报告。第二个共同点是，以科学来造人，以启蒙来造就"真的人"，是两个故事应有的"正题"，这也是体现科学乐观主义和人类进化观的双重命题。《造人术》以此为开始，但随着故事发展，这个命题在文本中轰然倒塌。《狂人日记》也在这个反题的呈现中结束，而伴随着这个故事发展的是启蒙所要面对的困境；这个困境之大，也如鲁迅在创作之初，与友人钱玄同的对话中提到的"铁屋子"——人宁可在梦中死去，也不要醒来面对真相。[②] 第三个共同点即是对上述"正题"的反驳，《一个不科学的故事》在文本层面显现科学在生命面前的失败。《狂人日记》的文本则有更多层次，例如文言小序和白话正文[③] 各代表一种挑战"正题"的真实，而狂人的话语中也有不同的面向。这篇小说在多个语意层面体现出启蒙在人生面前的有限：小序判定狂人所言是荒唐之言，不足信也；

  [①] 对于《狂人日记》作为民族寓言的论述，最流行的说法来自詹姆逊（Fredric Jameson，又译作詹明信、杰姆逊）。参见〔美〕弗雷德里克·杰姆逊：《处于跨国资本主义时代中的第三世界文学》，张京媛译，《当代电影》1989年第6期，第47—59页。

  [②] 参见鲁迅：《呐喊·自序》，《鲁迅全集》（第一卷），人民文学出版社2005年版，第441页。

  [③] 有关《狂人日记》小序和正文的关系，参见李欧梵：《铁屋中的呐喊》，尹慧珉译，岳麓书社1999年版。

狂人则在第一条日记里已经有了觉悟，却也认为自己"怕得有理"（第444页）；铁屋子中的人或许早没有拯救的可能，醒来的人无路可走，死得更加苦楚；恐惧的来源究竟是身边充斥了吃人者，还是也包括启蒙者自己"有了四千年吃人履历的我"（第454页），这个导向自己的疑问先于中国现代意识发展，体现出对启蒙主体的深刻质疑；在所有可能性都意味着走向否定时，或许"救救孩子"（第455页）才是唯一的希望，"绝望之为虚妄，正与希望相同"[①]。

鲁迅的文本丰富性，与《一个不科学的故事》单薄的故事线索并不等同，但却呼应了后者文本背后的整个西方人文思想进入20世纪后对于科学、启蒙、进步观念的更为复杂的态度。而进一步说，我们需要通过《造人术》来重新思考《狂人日记》对科学进步主义的质疑和改写，这足以让读者重新审视科学以及科学小说在鲁迅后来的文学中的位置。

科学小说是鲁迅进入文学的路径，但又不止于此，我在接下来的论述中将谈及鲁迅在当代科幻小说中的复活。

二、《狂人日记》之后：科幻新浪潮中的鲁迅

王德威在2011年和2019年的两次北大演讲中，将鲁迅放在中国科幻的时间轴上，题目分别为《乌托邦、恶托邦、异托邦：从鲁迅到刘慈欣》和《鲁迅、韩松与未完的文学革命——"悬想"与"神思"》[②]。他指出，科幻在写实主义文学主流之外异军突起，并借用鲁迅文学的一些命题和概念，解说当代科幻回应了鲁迅当年的"悬想"与"神思"："敷衍人生边际的奇诡想象，深入现实尽头的无物之阵，探勘理性以外的幽暗

[①] 鲁迅：《希望》，见《鲁迅全集》（第二卷），人民文学出版社2005年版，第182页。

[②] 参见王德威：《乌托邦、恶托邦、异托邦：从鲁迅到刘慈欣》，见《现当代文学新论：义理·伦理·地理》，生活·读书·新知三联书店2014年版，第277—307页；王德威：《鲁迅、韩松与未完的文学革命——"悬想"与"神思"》，《探索与争鸣》2019年第5期，第48—51页。

渊源。"① 王德威教授在将当代科幻文学放在近代文学史、思想史中思考时，参照往往都指向科幻与鲁迅的关系。

当代中国科幻新浪潮作家，在最初兴起的十年中，也许是所有中国文学世代中最没有影响焦虑的一代人。他们（从20世纪60年代出生的刘慈欣、韩松到80年代出生的陈楸帆、飞氘、宝树、夏笳）在开始创作的时候，中国科幻早期的几次浪潮——梁启超一代、郑文光一代、张系国一代——几乎都没有对他们发生影响的焦虑。然而，在许多科幻作家笔下，鲁迅却是一个经常重现的幽灵。比如韩松，在当代科幻新浪潮中，他被认为自觉继承了鲁迅②，他的作品有意识地回应鲁迅的一些主题。韩松曾经把熟悉的鲁迅文学符号与标志语句，写进他自己的科幻小说中。末班地铁上唯一清醒的乘客，犹如狂人一般看到了世界的真相，却无法唤醒沉沉睡去的其他乘客③；走到世界末日的人物小武，面对新宇宙的诞生，大呼："孩子们，救救我吧。"但他没有获救，"虚空中爆发出婴儿的一片耻笑，撞在看不见的岸上，激起淫猥的回声"④。韩松的短篇小说《乘客与创造者》将"铁屋子"的经验具象化为波音飞机的经济舱⑤，人们在那里浑浑噩噩，从生到死，不知道由经济舱构成的这个有限世界之外还别有天地。⑥ 刘慈欣也曾在短篇小说《乡村教师》中写一位病重的老师，用尽生命最后的力气对学生讲说鲁迅关于铁屋子的比喻。与韩松不同的是，刘慈欣恰好用这

---

① 王德威：《鲁迅、韩松与未完的文学革命："悬想"与"神思"》，《探索与争鸣》2019年第5期，第48页。

② 严锋认为："韩松处在从鲁迅到上世纪八十年代的中国先锋作家的人性批判的延长线上。"严锋、宋明炜编选：《新世纪小说大系：2001—2010》（科幻卷），上海文艺出版社2014年版，第8页。

③ 韩松：《地铁》，上海人民出版社2011年版，第16—17页。

④ 韩松：《地铁》，上海人民出版社2011年版，第199页。

⑤ 有关鲁迅的"铁屋子"意象与《狂人日记》对韩松《乘客与创造者》的影响，参见贺可嘉（Cara Healey）：《"狂人"与"铁屋"：鲁迅对中国当代科幻小说的影响》，陶磊译，见《文学·2017春夏卷》，上海文艺出版社2017年版，第84—98页。

⑥ 韩松：《乘客与创造者》，见星河、王逢振编：《2006中国年度科幻小说》，漓江出版社2007年版，第70—90页。

个比喻来铺垫了天文尺度上宇宙神曲的演出：渺小的地球在银河系荒凉的外缘，星系中心延绵亿万年的战争来到太阳系，那个铁屋子之外的世界终究是善意的，"救救孩子"的主题最后落在有希望的未来上。①

韩松比刘慈欣更进一层，他对于鲁迅的继承，更延续了鲁迅文学中的"虚无一物"。地铁、高铁、轨道所敷衍的未来史，医院、驱魔、亡灵描述的人类无穷无尽的痛苦，都终于抵达一个境界，即其实种种繁华物象、文明盛事、颓靡废墟、穷尽宇宙的上下求索，犹如鲁迅《墓碣文》所写："于天上看见深渊。于一切眼中看见无所有。"② 这样一种深渊的虚无体验，韩松写进未来人类的退化、蜕变，宇宙墓碑所禁锢的历史黑暗之心，与鲁迅文学息息相关。这表明有一个延续中国现代知识分子传统的思考，在《地铁》《医院》幽暗无边的宇宙中仍残存着，即使未来的人类已经不知道这意味着什么。

《狂人日记》发表整整一百年后的2018年5月，韩松发表了他最新的长篇小说《亡灵》。《亡灵》标志着韩松以"医院"为主题的"三部曲"完成，这是继刘慈欣"'地球往事'三部曲"以及韩松自己的"轨道三部曲"之后，中国当代科幻最重要的小说。"医院三部曲"也是一部《狂人日记》式的作品。韩松关于疾病和社会、现实与真相、医学与文学、技术与政治、生命与死亡的思考，在整个"三部曲"中敷衍成为一个照亮中国现实中不可见国度的史诗故事。小说描写一座城市变成医院，所有人被医学控制，进入药时代，开始药战争；人工智能"司命"把所有人当作病人，直到医院也成为虚妄，亡灵在火星复活，继续演绎病人们寻找真相的冒险。这不可思议的故事，看似异世界的奇境，却比文学写实主义更犀利地切入人们的日常生活肌理和生命体验。犹如《狂人日记》那样，韩松的"医院三部曲"建立了语言的迷宫、意象的折叠、多维的幻觉，从荒唐之言、看似"幻觉"之中透露出现实中不可言说的真相。

韩松笔下的主人公，往往像狂人那样，在再平常不过的生活现实表象

---

① 刘慈欣：《乡村教师》，见《流浪地球》，长江文艺出版社2008年版，第35—66页。
② 鲁迅：《墓碣文》，见《鲁迅全集》（第二卷），人民文学出版社2005年版，第207页。

之下，窥视到了难以置信的"真实"。这样一种真实，违反生活世界给人带来的有关现实的认知习惯，若是放在传统写实文学语境中是难以解释的异物，会引起本能上的拒斥，超出了认知、习惯、感觉的舒适地带。据最经典的定义，科幻小说是一种在认知上对于熟悉事物的陌生化处理。①熟悉的事物是我们在认知上无须花费气力应对之物，然而，无论在《地铁》还是《医院》里，韩松的人物虽然从日常生活的场景出发，却在认知上发生了不可逆转的变化。他们终将发现原来习以为常的现实是幻象，那些隐藏不见的世界维度，或者那些不需要隐藏也难以被看见的更深层的真实——如《地铁》里描写地底的时空结构变化——需要在认知上经过反直觉的努力才能看见。这不是人们习以为常的现实，而是梦魇背后的真实。韩松的主人公们需要克服"看的恐惧"②，"科幻小说代表了一种超越现实提供的可能性边界的想象。在韩松的科幻小说中，想象和梦想逾越了被设定了特定梦想的时代中大众想象和理性思考的边界"，科幻的视阈跨越深渊，让读者看见"不可见之物"③，像狂人那样在字缝里读出字来，在认知上改变了整个世界的结构、真相、未来甚至过去。

对于韩松这一代新浪潮作家而言，鲁迅的启示使他们的科幻写作比通常意义上的写实主义更有批评力量。被各种禁忌与习惯建造的铁屋子中的大多数选择昏睡，很多人惮于"看的恐惧"，不会睁眼看世界的真相。韩松小说写的往往都是一些被生活压得无力、虚弱的人物，《医院》里的主人公被困于医院之中，犹如弱小的猎物。但韩松正通过这样的人物揭示："从前我所见的，并不一定是实相。"④正像狂人发现自己之前都是发昏，此后所见的末日景象才是世界的真相：

……见城市中巨浪般鼓涌起来的无数摩天大楼上，像我此刻

---

① 参见：Darko Suvin, *Metamorphosis of Science Fiction*, Yale University Press, 1979.

② 韩松一篇小说的题目为《看的恐惧》，写一对普通夫妇借由新生儿的奇异复眼，得以看到现实背后令人战栗的真实情境。参见韩松：《看的恐惧》，《科幻世界》2002年第7期，第2—8页。

③ 参见本书之《再现不可见之物：中国科幻新浪潮的诗学问题》。

④ 韩松：《医院》，上海文艺出版社2016年版，第95页。

所在的住院部一样，每一座都刷有大蜘蛛般的红十字。鳞次栉比，触目所在，红十字套红十字，亦如同苍茫广袤的原始森林，接地连天铺陈，不见边际。非但没有太阳，而且任何一种恒星怕是都被这红亮耀眼飞蹿腾跃的十字形浩瀚大火烧毁了，连绵的阴雨则被击得粉身碎骨，兆亿纸屑一样四方飘散。①

《医院》看似从《狂人日记》中继承了"改造国民性"的"正题"："医院不仅是治病，更是要培养新人，从而使国家的肌体保持健康。"②医药救国的计划，消灭了家庭，粉碎了感情，改造了基因。但与此同时，"正题"瞬间变成"朋克"（亦即神圣的庄严计划，变成一种纯粹的表演），技术变成目的，当医学也变成了行为艺术，"在医药朋克的语境中，'活下去'已经转换成'为了医院而活下去'或'为了让医院活下去'"。③医院最终变成唯一的现实，医院之外的一切都可能是"幻觉"，然而医院本身最终也消亡了，连同病人和病人的意识。掌控一切的人工智能发现世界并不存在，而追寻意义的人物则都身在"无物之阵"。不仅"国民"没有改造，而且所有的人物都沉沦在"亡灵之池"。

从《医院》到《驱魔》到《亡灵》，韩松层层接近"深渊"。在接近小说最后时刻的地方，幸存的女性看到了作为世界本质、永劫回归的"医院"：

但深渊一旦遇到她的目光，这一无所有的区域便顿然勃发扰动。像是经过亿万年，它终于等来了意识的注视。它要复活重生，再创世界。

它超越了二进制，在"是"和"不是"之间创造融合区，用模糊算法再构历史——或者说，伪造医院史。这样形成新记忆，并在机器的辅助下，不断反馈，为亡灵之池提供原始参数，合成

---

① 韩松：《医院》，上海文艺出版社2016年版，第92—93页。
② 韩松：《医院》，上海文艺出版社2016年版，第123页。
③ 韩松：《医院》，上海文艺出版社2016年版，第142页。

创始者的意识母体。医院的生命可视作接近永恒。它一旦被灾难破坏,就能自动复原,在这深渊中不断酝酿和推出。①

韩松在一百年后,在医院的"字里行间"读出永劫不复"变回成人"的"亡灵"与永劫回归的"深渊",正如鲁迅狂人式的洞见,在天上看见了深渊。

这样一种认知上的逆转,被更年轻的科幻作家飞氘用一种反讽的方式呈现出来。在《中国科幻大片》中的一则故事中,写作《狂人日记》的鲁迅像美国电影《黑客帝国》(The Matrix)中的尼奥(Neo)那样,选择了红色的药丸,这意味着他进入了认知上陌生的世界:"睁眼一看,到处都在吃人!"飞氘用鲁迅自己的"故事新编"方式讲述周树人(鲁迅)面对生化危机的重重险境,最终看破世相虚无,游戏设计者将他陷入虚拟时空之中,"绝望那东西,本来也是和希望一样不靠谱的嘛"②。飞氘的反讽具有双重效果:周树人睁眼看到的现实,原来也是虚拟。那究竟什么是真实?什么是虚拟?什么是现实?什么是幻象?是否虚拟的真实比现实更真实,正如现实的幻象比科幻更科幻?

当代科幻新浪潮激化了现实与真实、虚拟与幻象的辩证法,是现实还是幻象?是虚拟的真实,还是写实的虚妄?这样的选择对于狂人来说,意味着整个世界魑魅魍魉,昏聩不明。狂人要在疯狂的幻象中清醒地看到吃人,或在虚妄的现实中正常麻木地假仁假义?对于韩松笔下的人物来说,最终面对的选择是世界的有与无。

一百年之后,在科幻新浪潮中再读鲁迅,这个问题虽然突兀,但或许其来有自——《狂人日记》是科幻小说吗?

三、《狂人日记》之中:测不准的文本与文学史

《狂人日记》是科幻小说吗?——这个标题指向一个严肃的问题,但

---

① 韩松:《亡灵》,上海文艺出版社2018年版,第226—227页。
② 飞氘:《中国科幻大片》,清华大学出版社2013年版,第177—179页。

作者并不期待有一个"是"或者"否"的确定答案。关键还在于提问本身。问题本身包含着对于必然性、确定性的知识系统的挑战，借用现代量子物理学家海森堡（Werner Heisenberg）在《狂人日记》发表之后不久的 20 世纪 20 年代提出的理论，这个问题在知识论上指向一个"测不准"的状态。何以如此呢？"不可能在测量位置时不扰动动量"——《狂人日记》相对于科幻小说的位置已经"不可测"，这同时改变了观察者们在习惯上对《狂人日记》与科幻小说的性质的认识，或者说这两者本身也变得"测不准"。

借用海森堡的原理只能到此结束——物理学的启示终究有限，而鲁迅研究者有一整套文化与文学的话语来表述相似的问题。对于文学、文学史、文类、文本形式，由于各种文化媒介、教育机制的影响而预设的知识系统会对观察者建构具有牢固可信性的现实感受。如果离开我们习以为常、觉得理所当然的这些建构，我们的现实感受是否还可信赖？是否还能帮助我们认识面对的文本，或文本所在的时空，以至于这个时空指向的现实？这一连串相关问题会让我们怀疑，离开文化建构，我们是否还有可能得出有关什么是真实的唯一正确答案？

假如身处这些文化建构之内，很难想象，甚至无法产生另类的思考可能，就像狂人的哥哥总是否认吃人，并坚定认为狂人是疯了。但是一旦对建构本身提问——这早已不是什么新鲜事——知识、意识形态、思维所有的舒适地带都受到颠覆，"测不准"意味着现实、世界、物与人本身都变得不确定了——人们习惯面对的世界是否停止存在了？而仅仅提出《狂人日记》是否科幻小说这个问题，同时让《狂人日记》和科幻小说变得"测不准"，这个问题让人感到不安，它使我们熟悉的文学建构、文学再现方式以及文学史的书写，都进入陌生的领域。一个不可测的未知世界，与《狂人日记》变得解释丧失标准、如迷宫似噩梦般的世界形象对应起来。

常见的知识与文化系统告诉读者，《狂人日记》的发表，对于中国文化是一件划时代的大事。至于鲁迅写作《狂人日记》的直接原因，是所有熟悉鲁迅生平的人都耳熟能详的。化名为"金心异"的钱玄同夜访鲁迅，认为后者由于对革命的幻灭，沉湎于寂寞和悲哀中，只做着一些无用的闲事。于是钱玄同邀请鲁迅为彼时虽然也很寂寞，却宣扬进步思想、开启民智的《新青年》杂志写稿。鲁迅最初是反对这样一种启蒙杂志的，举例说出那个著名的铁屋子的故事，以为使人清醒地死去，比熟睡中死去，更加令人痛苦。没料到钱玄同心存激进的思潮，便给了鲁迅一个没想到的主意，大家一起努力，"你不能说决没有毁坏这铁屋的希望"。说到希望，鲁迅被打动了："因为希望是在于将来，决不能以我之必无的证明，来折服了他之所谓可有。"①

倘使这一段记忆是真实的，则鲁迅写作《狂人日记》是一篇命题作文。小说中有几个重要的元素：狂人身在一个铁屋之中，其中所谓熟睡的人们是背离文明的吃人者；狂人的努力，以及在字里行间读出"吃人"，是为了在整体上打破铁屋对人们的迷咒；狂人的启蒙是为了将来，他劝说哥哥从真心改起，讲解进化的道理，"要晓得将来容不得吃人的人"（第453页）。《狂人日记》是鲁迅对《新青年》启蒙律令的遵命文学，但他有自己的怀疑和绝望："狂人"是否也是吃人者呢？狂人是否最后也被吃，或者竟然更不幸被治愈，从而也加入吃人家庭？虽然起于遵命文学，鲁迅在这篇小说的形式与思想方面都走到了反传统——与反思这一革命姿态本身——的先锋位置。

《狂人日记》的文本建构过程，经过了对于熟悉生活的陌生化，然后又经过了文化意识上的去陌生化、再熟悉化。换言之，《狂人日记》诞生于补树书屋、发表于《新青年》杂志的时候，曾经是一部惊世骇俗、奇异怪诞的文本。直到后来的研究者大都延续了"狂人"从字缝里读出"吃人"二字的解读策略，这也基本上确定现代文学研究者根据文本本身的策略对《狂人日记》的解读，文本隐含的象征主义比文本字句本身显现的"症状"更为重要。五四一代启蒙思想家与文化批评家，自这篇小说发表之初，就开始建构有关《狂人日记》文本内外的知识，经过吴虞等文化批判家的解释，从中归纳出中国新文化运动的主题：封建礼教吃人，于是打倒儒教、打倒孔子，彻底反对传统。这一时代主题，在中国延续多年。这些思想和知识集中解释文本内象征主义的潜台词，融入强大的主流意识形态，经

---

① 鲁迅：《呐喊·自序》，见《鲁迅全集》（第一卷），人民文学出版社2005年版，第440—441页。

过不断强调的思维成规，至今让一代又一代的读者可以方便地进入文本，沿着作者—狂人—启蒙者建构的有关封建社会吃人的批判思路，在《狂人日记》中看到许多熟悉（而非陌生）的因素：易子而食，食肉寝皮，历史和文化的记述让狂人自觉意识到有了四千年吃人履历。

经过了一百年来学者们和思想领袖的不断阐释，《狂人日记》有了一个周密完整的解释框架，任何提问都显得并不出奇了——可以想象，对本文标题包含的问题，也可以很容易地做出判断：当然会有一部分读者断然拒绝将《狂人日记》视作科幻小说。这样理所当然的想法背后，存在着对于"陌生"的傲慢与偏见。那"陌生"的也早已被格式化了。那"陌生"中的不安、潜在的危险都经过文化阐释，变得不再危险。或者，那"陌生"、不安全、危险，都可以视而不见的。因为视是习惯，见是恐惧。但是，假如把这个理所当然逆转回去，从去陌生化的文化解释退回去，回到鲁迅最初对他面对的熟悉事物的陌生化处理，是否可见抵抗成规的梦魇异物？

假设《狂人日记》是科幻小说：狂人从熟悉的温情舒适的现实生活中，看到其中深渊一般的恐怖真相。他没有像别人那样拒绝"看的恐惧"，没有听从哥哥或者他人的道德劝诫和按照文化传统做出的缥缈解释。狂人选择看向世界的深渊，一切都解码，归零，他熟悉的梦境在塌陷。到此时，狂人意识到他自己也是那真相的一部分，也参与制造梦境；他意识到自己已无法走出这末日景象，他只能虚妄地寄希望于虚无缥缈的未来。狂人通过认知上的选择，把自己的平凡生活变成一部改变世界观的科幻文本。在此基础上，所有对于熟悉的认知，都变得有待检视了。狂人借助新的认知系统变成新的物种、新的人，或者真实的人，他获得一种新的眼光，以及新的理解力与想象力。

如上的叙述，并不能证明《狂人日记》就是科幻小说。但假如没有既成文化背景的读者第一次阅读这篇小说，会怎样看待《狂人日记》？例如最初翻译到韩文的时候，韩国读者将《狂人日记》作为"避暑小说"（也就是幻想小说）来对待。[①] 是否也可以把《狂人日记》看作心理变态小说、

[①] 洪昔杓教授提供的资料：《狂人日记》在1927年由柳树人翻译为韩文，发表在《东光》杂志当年第六期的"避暑小说"栏目。

恐怖小说、僵尸小说？做出这些假设，或尽可能跳出中国文学批评惯例以外来看待《狂人日记》，只是为了说明，这不是一篇可以理所当然被视为后来人们习以为常的写实主义文学经典的作品。

按照科幻文本根据字面意义来构造世界的真实性原则来说，科幻的写作不一定、很可能不模仿"现实"，因此不具有"写实主义"美学特点，但具备内在的逻辑完整性，在话语、技术、逻辑上获得"真实性"，即便这种真实性是抽象的、虚拟的、超现实的、颠覆性的。①《狂人日记》可以符合科幻小说的这个特征，"吃人"这个按照逻辑推导出来的"真实事件"，违反人类常识与感情，之所以会让读者相信，完全取决于小说文本内部想象的逻辑和思考穿透表象的真实。科幻小说建立世界体系，往往并不直接建立在现实感受之上，却需要根据逻辑达到自洽，用虚拟的真实性（literalness）来替代现实感（reality）。科幻小说对于读者的要求，也相应地包含需要选择一种不容易、不见得最方便的理解方式来进入文本，而在进入文本之后，如果选择相信"虚拟的"真实，在文本内部，习以为常的现实就可能被拆解。狂人逾矩"看的恐惧"，在不舒适的真实事件中一直延伸看的深度，他看到许多吃人的事件，除了历史书记载的，还有他从身边看到的、听到的，包括徐锡麟、秋瑾在小说中作为匿名人物的被吃，这是超出正常现实感的事件，在最初作为"虚拟"真实呈现的吃人，归根到底是拆解现实观的"真实"事件。②狂人绝望了，如果他也是这个文本

---

① 有关科幻话语的真实性原则，参见宋明炜：《科幻文学的真实性原则与诗学特征》，《中国社会科学报》第 1673 期（2019 年 4 月）第 4 版。

② 薛毅、钱理群《〈狂人日记〉细读》提出从字面意义上理解真实的"吃人"，而不是象征意义上的文化"吃人"："作为常人的读者，如何才能理解狂人的这种言说的真理性？《狂人日记》的接受史表明，'吃人'是被理解成象征意义上的行为……这是启蒙主义时期的常人读者的理解。换言之，在这种常人读者那里，'吃人'一词由狂人的言说被复原或翻译成常人可理解的可接受的常人的言论。"但论者指出，"吃人"事件在"日常生活中，它隐藏在深不可测的地方"。该文将鲁迅呈现的真实的"吃人"含义作为集体无意识欲望解释，因此与每个人的日常行为有关，但却不为人在现实层面觉察。参见薛毅、钱理群：《〈狂人日记〉细读》，《鲁迅研究月刊》1994 年第 11 期，第 13—21 页。

建立的世界的一部分,他就永远丧失了有确定性的现实感,无法回到现实世界。这注定了他相信文字和思想虚拟的真实,即便那真实的是虚无的,但他拒绝现实有确定性的安定与舒适:

> 有我所不乐意的在天堂里,我不愿去;有我所不乐意的在地狱里,我不愿去;有我所不乐意的在你们将来的黄金世界里,我不愿去。
> ……
> 呜呼呜呼,我不愿意,我不如彷徨于无地。①

四、余论——以及更多问题的提出

在一个更大的世界背景下看,鲁迅所在的时代,正在经历一次科学大地震。通常学者对鲁迅和科学的关系的研究,聚焦在19世纪科学,特别是达尔文进化论的阶段,如浦嘉珉(James Reeve Pusey)所论述的鲁迅对进化论的继承②,或者如安德鲁·琼斯(Andrew Jones)的文化分析展现的那样,鲁迅对进化论存有焦虑③。近年来也有学者开始注意到鲁迅与20世纪物理学的关系,如刘纳指出鲁迅早期论文《说鈤》已经触及新物理学知识④。新物理学与鲁迅早期创作是同步开始的。1900年前后,牛顿力学开始受到普鲁士物理学家们的挑战。此前,牛顿力学在科学界被视为具有理所当然的正确性,符合实验和推算的结果,符合一切可以看到的现实规范。20世纪第一年,在柏林的普朗克,科学家因为钻研黑体辐射

---

① 鲁迅:《影的告别》,见《鲁迅全集》(第二卷),人民文学出版社2005年版,第169页。

② 参见:James Reeve Pusey, *Lu Xun and Evolution*, State University of New York Press, 1998.

③ 参见:Andrew Jones, *Developmental Fairy Tales: Evolutionary Thinking and Modern Chinese Culture*, Harvard University Press, 2011.

④ 参见刘纳:《〈说鈤〉·新物理学·终极——从一个角度谈鲁迅精神遗产的独异性和当代意义》,《中山大学学报(社会科学版)》,2006年第6期,第39—48页。

问题，发现了看不见的普朗克常数，开启了量子力学的世纪。从这时开始，牛顿力学世界以及它所对应的帝国秩序与文化艺术，开始被看不见的"幽灵"干扰。量子力学的提出，开始颠覆19世纪的世界观。

作为中国现代文学创始人的鲁迅恰在这个相同的时空体中写作《狂人日记》——一部颠覆中国文化中既有世界观的作品。现在我们至少知道，鲁迅的同时代人有一位夏元瑮（1884—1944），其父是参与小说改良的夏曾佑，后者与鲁迅既是浙江老乡，又是教育部同事，《域外小说集》的获赠人中就有夏曾佑的名字。夏元瑮在1905年出国留学，学习力学，1909年开始就读于普朗克门下；1913年回国，被严复聘为北京大学理科学长，1917年蔡元培接任北大校长，夏元瑮仍任理科学长；1918年修订理科课程，提出增设"相对论""原量论"等课程。这说明在当时的新文化中心，有人熟悉相对论和量子力学。①

鲁迅早期的科学知识，包括他对西方科学潮流的了解，与他后来作品中形成的独异的诗学特征之间有何关系？青年鲁迅的科学背景和科幻翻译，与鲁迅后来的文学思想有何关联？民国之后，科学小说消隐，写实主义兴起。科学小说的消隐，变成一个文学史上的难题。为什么提倡"赛先生"的年代，科学小说却失去了读者的青睐？直到中国文学经历过许多次运动，到了21世纪初期，中国科幻小说才再次经历创世纪的时刻。这新一轮的科幻新浪潮，对我们重写文学史有何启示？

对于许多问题，本文没能提供一个确定的答案——包括《狂人日记》是否是一篇科幻小说。然而如果不带成见去阅读《狂人日记》，我们是否会颠倒文学史秩序，试图把《狂人日记》看作科幻新浪潮的先驱？假设我们是在1918年5月翻看《新青年》杂志而第一次阅读《狂人日记》的读者，我们在这个文本中感受到的，或许会和今天阅读《医院》《地铁》的感受有些相似。现实是不对的。何为真实？狂人在字缝里读出了吃人——这是一个颠覆现实感的令人不安的"虚拟"的真实？一百年后，韩松小说中北京地铁里蜕化的人在吃人；刘慈欣太空史诗中的星舰文明在伦理上争论

---

① 参见武际可：《近代力学在中国的传播与发展》，高等教育出版社2006年版，第115页。

吃人的必要性。吃人是病理的体现，还是文明的病症？是文学的隐喻，还是真实的话语？鲁迅借此写出一个让人不安的世界，颠覆了我们对于日常生活的感受。中国科幻新浪潮在鲁迅写作《狂人日记》一百年后的今天，也正是做到了这一点。回到未来，我们发现世界不对了。

1918年4月，鲁迅在补树书屋写作《狂人日记》，他写的是一篇无可名状的小说，异象幻觉重重叠叠，透过虚拟的情境展示的真实事件惊心动魄。这篇小说引起中国文艺的地震，其回响直到今天仍然不曾止息。但当时，《狂人日记》是一个异数。整整一年以后，鲁迅发表《孔乙己》，中国写实主义文学可以模仿的范本出现。《狂人日记》文本的黑暗辐射，伴随鲁迅一生的写作，到一百年后通过新浪潮科幻作家的想象重新照亮了现实中"不可见"的维度，他们笔下再次如《狂人日记》那样引发了世界观的变革。

（原载《中国比较文学》2020年第2期）

在模仿论的废墟上，如何建立真实性
——科幻诗学问题与当代文学的知识论

科幻新浪潮在21世纪初期造就"超新星爆发"一般的势头；如今，新世纪已经快要过去四分之一，科幻不仅用高密度的方式突出了文学"不合时宜"的当代性——这一当代性恰恰发生在"现代性"文明遭遇末日打击，线性时间中出现了不可超越的深渊，目的论与二元论遭遇挑战之际——而且作为一种前沿的表现形式，在将一种超出人类中心的知识结构，纳入文学艺术的表达系统。从科幻发生的艺术表达，在"感觉结构"上打破了人的感官限制。曾经被奉为文艺理论的金科玉律的"艺术是模仿（mimesis）"的观点，在后人类的视点上变成一种人类感官局限性的证据。

任何一个去过2022年威尼斯国际艺术双年展的人，或许都会意识到，当代艺术的先锋性已经科幻化，从主题到风格在颠覆人类的基本感知方式：艺术家们用各种形式的流动性，试图让观众们意识到世界不同于人类视听习以为常的维度；① 在很大程度上，这些变化呼应的是已经延续了一百多年的科学知识型变革。在21世纪的第二个十年，我们目睹了源自西方近代模式的"现代性"全球化断裂瓦解的时刻，但20世纪具有"严肃精神"的科幻文学——从卡雷尔·恰佩克到菲利浦·K.迪克到托马斯·品

---

① 2022年威尼斯国际艺术双年展以"梦的乳汁"（The Milk of Dreams）为主题，大量以科幻、技术、生态、性别、超现实的主题和表现形式，来呈现感觉、知识、思想的流动性与不确定性。

钦——早已表现了这个时刻。科幻以及受其影响的前卫艺术，照亮了令人不安、违反常识的科学新知——这里所说的"科学"既有关于宇宙的知识，也包含有关人类自身的认知。科幻在今天给我们的启示或许正在于，我们正处在另一次哥白尼革命的过程之中；这个过程很可能已经持续了一百多年，我们被启蒙时代以来的"现代性"光芒蒙蔽，并不知在知识型中已经出现不可逆的新巴洛克褶曲。

如果以上论述过于抽象，不妨依然以刘慈欣为例略加说明。刘慈欣与众不同的艺术追求，在于他不想"模仿"现实，而是试图表达基础科学规律改变之后，事物的秩序断裂之后，在词语和现实撕裂开的深渊中，"创生"迥异于我们所熟悉的世界景观。① 换言之，刘慈欣在理念和实践上，都体现了一种不同于"艺术是模仿"的信念。用最简单的语言来说，科幻的魔力，来自"悬想"（speculation）。这样的"悬想"观念，并不比"模仿"观念在文学理论的意义上更幼稚或肤浅，甚至它更为古老，只是在现代性的知识论述中经常不被当"真"。在刘慈欣的小说中，艺术表达构成了一个褶曲，从现实到表现没有直线式关系；刘慈欣的奇观异景，在于促使读者去"思考"，违背人类的直觉以及现代文明的常识，在更改了基本规则的宇宙中，去思考有关人、技术、道德、心与宇宙的问题。在刘慈欣的例子中，"新巴洛克"并不仅仅是一种像太阳系二维化那样令人眩目的细节无限展开，而且提出了一个更为尖锐的问题。

科幻小说突出了文学的思想性质

2006年，在《三体》问世之际，刘慈欣还发表了中篇小说《山》，其中"悬想"是一个关键事件：假设有一种文明，他们感知现实的方式，与我们所熟知的情形正好相反，那么这种文明会怎样获得有关宇宙的"真理"。我把《山》的写作，看作《三体》宏大宇宙图景的草图，后者在光年尺度上"悬想"一个混沌无序的世界，由此建立的黑暗森林理论与降维

---

① 参见刘慈欣：《SF教——论科幻小说对宇宙的描写》，见《刘慈欣谈科幻》，湖北科学技术出版社2014年版，第86—89页。

打击战术，以及匪夷所思的太阳系二维化过程，都在违逆常识的文学表现上让我们远离经验现实。但所谓"悬想"——以及在 21 世纪成为悬想文学先锋的科幻新浪潮及其实验小说变体——试图在更深层的知识与感觉层面，建构一种我们在现实中看不见的"真实性"。《三体》以距离日常现实最远的方式，用一种奇观的方式，让我们重新认知了"现实"。在《三体》中，这种表达现实的方式，意味着一个新巴洛克的思想褶曲："认定两点之间是一条直线的教条，要求的只是信仰；而思想是在两点之间看到褶曲的时空，从中翻涌出无穷尽的想象。"[①]

除了刘慈欣之外，我也曾用鲁迅的例子，来说明科幻作为一种思想方法，能够再现"不可见"现实的诗学力量：假设我们可以放下偏见，把《狂人日记》当作一篇科幻小说来阅读，狂人正是通过"悬想"，获得了违逆几千年文化直觉与道德教育的知识洞见；他看到了日常生活现实与表述系统撕裂之后的深渊，以及在那深渊中不可见、不可说的"真实"。有关鲁迅与中国当代科幻新浪潮的关系，我曾经在另外的文章中阐述[②]，在此重提问题，是指出鲁迅与当代科幻在互映关系之中，为我们带来启示：如何在现代性的废墟上，重建当代性（即让文学表达重新与当代生活发生令人惊异，而非循规蹈矩的关联——正如鲁迅在 1918 年"此时此刻"所做的那样）；以及如何在模仿论的废墟上，建立真实性（即让文学表达获得与日益改变的世界相配的真理性的伦理与知识意义——鲁迅文学的意义，正是在于建立了"于天上看见深渊"的文学表达真实性）。这些都是大哉问，我在今年不同期刊陆续发表的一系列中文文章中所试图做的，大多是对这些问题进行尝试性的回答。本文的角度在于梳理科幻与现实主义模仿论的理论关系。

科幻与现实主义：趋向非二项性的理解

早期学者试图定义和解释科幻小说，其方法很大程度上受到形式主

[①] 参见本书之《今夕何夕，面向明朝——文学的"当代性"和"未来性"如何可能》。
[②] 参见本书之《〈狂人日记〉是科幻小说吗？——写实的虚妄与虚拟的真实》。

（formalism）的影响。达科·苏恩文（Darko Suvin）在20世纪70年代首次将科幻小说定义为"认知疏离"（cognitive estrangement）的一种形式，这是关于这个文类迄今最受尊崇的定义之一，这个定义"既与我们的世界具有相关性，也处在挑战常规的位置"①。苏恩文从俄国形式主义学派以及戏剧家布莱希特（Bertolt Brecht）那里借用了"疏离"的概念，但他对这个词语的使用离开了后者"仍然以'现实主义'为主的语境"，并开启了一个新的理论框架，来阐明科幻小说的诗学问题。在这个框架中，"疏离的表达既是可以认知的，又完全是创造性的"。②对于苏恩文来说，认知疏离决定了科幻小说作为一种"创造"写作过程的本质，换言之，这个观念要求我们去思考："类似于现代的多中心的宇宙学，将时间和空间统一在爱因斯坦的物理世界中，但保持着同中有异的多维度和时间尺度"，从那里开始，"大多数情况下，认知——作为一种严格的科学元素，成为美学质量的衡量标准，成为科幻小说中人们寻找的乐趣所在"。③人们为什么阅读科幻小说？对于苏恩文来说，这个文类的吸引力在于认知——科幻让人思考。

通过"认知疏离"这个公式，苏恩文开启了一种将科幻小说与现实主义置于动态互动关系之中的定义方法。前者以科学的思维开启想象力，去探索一切未知，即所谓的新奇元素（novum）；而后者则将这种新奇元素置于熟悉的人间情景之中。在苏恩文提出这个概念之后的几十年间，其他学者所提出的定义大多是对苏恩文公式不同程度的修订，如罗伯特·肖勒(Robert Scholes)对科幻小说的定义是"结构性的想象虚构"(structural fabulation)④；达米安·布罗德里克（Damien Broderick）用后工业、后现代的文化描述代替"认知疏离"，提出科幻文类和现实主义分别采取"隐

---

① Adam Roberts, *Science Fiction*, Routledge, 2000, P. 8.

② Darko Suvin, *Metamorphoses of Science Fiction,* Yale University Press, 1979, PP. 6–7.

③ Darko Suvin, *Metamorphoses of Science Fiction*, Yale University Press, 1979, PP. 14–15.

④ Robert Scholes, *Structural Fabulation*, University of Indiana Press, 1975.

喻策略和转喻策略"①；卡尔·弗里德曼（Carl Freedman）则在当代理论蓬勃发展的语境中，对苏恩文的观点本身进行了理论升级，他直接强调科幻小说与批判理论之间有着结构亲缘关系——也就是说，科幻小说具有批判理论的话语特征和文化功能。②所有这些理论干预，如果说是一种来自文学理论家的集体努力，则他们所做的都是突出科幻小说的思想性——在创造性、诗意和悬想的作用下，科幻创造新奇的世界景观。这种思路，使科幻小说与现实主义发生具有启示性的紧张关系。科幻显然不是现实主义，但在思考的意义上，科幻抵达更深在的现实层面。

近年来，有的学者提出了更具突破性的思路，偏离了苏恩文的形式主义文类定义，并将有关科幻小说的理论投射到更大的背景之下。伊斯塔范·西瑟瑞-罗内（Istvan Csicsery-Ronay, Jr）认为，科幻小说不仅仅是一种文类，而且"可以被视为一种独特的可识别的思想和艺术模式"。③他强调科幻小说最重要的是思想上的预期性。他提出科幻性（science fictionality）的概念，在面对一个快速转型的世界时，科幻提前思考了现实中有可能出现的问题，科幻与现实的关系发生了一种类似于量子纠缠那样的奇异关系："正是从科幻小说的意象和词库中，我们汲取了许多比喻和话语，来理解我们所处的已经深深技术化的世界。通过科幻小说，许多关于技术变革引发的欲望和焦虑得到预先处理并呈现在想象之中。"④西瑟瑞-罗内提出了七个对科幻小说至关重要的形式元素，他称之为"科幻七美"（seven beauties of science fiction），由此建立了开辟想象新视野的科幻美学。他最激进的想法是，在现实发生之前，科幻就可以拥有预期的认知和审美体验，并已然在虚构的文本性中生成了现实未来之前的虚拟

---

① Damien Broderick, *Reading by Starlight: Postmodern Science Fiction*, Routledge, 1995.

② 参见：Carl Freedman, *Critical Theory and Science Fiction*, Wesleyan University Press, 2000.

③ Istvan Csicsery-Ronay, Jr, *Seven Beauties of Science Fiction*, Wesleyan University Press, 2010, P. 5.

④ Istvan Csicsery-Ronay, Jr, *Seven Beauties of Science Fiction*, Wesleyan University Press, 2010, P. 4.

存在。

在关于科幻小说的各种当代理论中,韩裔美籍理论家朱瑞瑛(Seo-Young Chu)提出了一个最具争议性的说法,她认为"科幻表现的对象虽然在现实中并不存在,但却是绝对真实的"①。朱瑞瑛重新定义了苏恩文"认知疏离"的概念,她提出了两个假设:"所有表现(representation)在某种程度上都是科幻的,因为所有现实在某种程度上都在认知上可以构成疏离效果";与这个假设并行的是,"大多数人所说的'科幻小说'实际上是高密度的现实主义,需要极高的能量才能完成其表现任务,因为其指涉(例如,虚拟空间)抵制任何直接透明的文学表现"。②朱瑞瑛的观点打破了现实主义和科幻小说之间的二分法,提出了一个互相包容的解释:"'现实主义'是一种低密度的模仿,而'科幻小说'则是一种高密度的模仿。"③她不仅把科幻小说提到与现实主义平等的地位,而且认为科幻小说的领域大于传统意义上的现实主义,那些无法用传统现实主义来表现的指涉物,可以在科幻小说中找到容纳它们的"表现之家"(home of referents)。

在一个肤浅的层面,我们可以说,像外星人、超级人工智能、外太空文明和未来技术等典型的科幻参照物并不存在于日常现实中,但它们已经在科幻作品中被描绘了出来。但仅仅这样说是不够的,这样所做的,并没有比苏恩文有更多不同,而且这样的描述,会让对不存在的表现变成一种自我参照的循环。朱瑞瑛将科幻称为"高密度的模仿",在更根本的意义上,意味着科幻是一种不同于经典论述的模仿。朱瑞瑛举了一个非常普通的例子:如何用文学语言描述一支铅笔。在现实主义文学之中,一支铅笔就是一支铅笔,或者是一支有颜色的铅笔,一支很好用的铅笔,一支让人想用

---

① Seo-Young Chu, *Do Metaphors Dream of Literal Sleep?*: *A Science Fictional Theory of Representation*, Harvard University Press, 2009, P. 3.

② Seo-Young Chu, *Do Metaphors Dream of Literal Sleep?*: *A Science Fictional Theory of Representation*, Harvard University Press, 2009, P. 7.

③ Seo-Young Chu, *Do Metaphors Dream of Literal Sleep?*: *A Science Fictional Theory of Representation*, Harvard University Press, 2009, P. 7.

来写情书的美好的铅笔,一支在某一个历史时刻中用来写下重要文件的铅笔。但所有这些描写都不涉及铅笔这个事物本身,因而朱瑞瑛认为这是一种低密度的描写。那么朱瑞瑛所指的关于铅笔的高密度模仿是什么样的?尝试去想象一下,对一个从来没有见过铅笔的人描述什么是铅笔。香港作家西西《钦天监》这部小说恰好有一段关于铅笔的描写,那是在清朝钦天监读书的学生们第一次看到"铅笔":

> ……每次开门,就有奇异的物体出现了。这一次,老师从盒子里掏出一批特别的笔来。世界上还有不一样的笔哩。老师派给我们每人两枚,看来像两根小木棒,长短跟毛笔差不多,起初,我还以为是筷子呢。小木棒当然是木头,和毛笔一般圆圆的,毛笔当然是用竹制成笔杆,在笔的一端伸出羊毛或驼毛、猪鬃等。那么木杆呢,木的尖端被削成尖尖的,是一段黑色的很细的芯,不像软软的毛,而是硬的,有点像簪。这支"笔"的尖端画在纸上,显出灰黑的颜色,像炭。这种笔,名叫铅笔。但笔芯不是真正的铅。①

西西对铅笔的描述并没有止于此,还有更长的篇幅用来形容何为铅笔。另一个著名的例子,就是厄休拉·勒古恩《一无所有者》(*The Dispossessed*)描述两个隔绝已久的世界中,有一个访客从一无所有的星球,来到犹如作者所身处的 20 世纪 70 年代繁荣而堕落的美国的新世界中,对他而言,所有的一切都是新奇之物,所有的奢侈品都需要一种高密度的描述。正如朱瑞瑛所主张的,科幻的独特之处在于它具有理解、认知陌生参照物所需的极其复杂的表现能力。对于朱瑞瑛而言,用科幻高密度模仿的方式来描写一支铅笔,即使使用一部史诗的篇幅,也无法穷尽有关铅笔表现的所有铅笔性(pencilness)。正如克拉克(Arthur C. Clarke)的《与拉玛相会》(*Rendezvous with Rama*),整部小说都是用最细密的技术的语言来描写"拉玛"这个闯入太阳系的物件,然而穷尽一本小说的篇幅,作者依

---

① 西西:《钦天监》,广西师范大学出版社 2021 年版,第 82—83 页。

然不能揭示"拉玛"究竟是什么。这就像我们面对的世界——即便用巴尔扎克万花筒一般穷尽细节的写实方式，何尝能够破解人间之谜？对于"世界"本身的科幻描写，需要的是高密度模仿。

在此，朱瑞瑛对苏恩文的"认知疏离"概念的修正，消除了认知（现实）和疏离（新奇性）之间的二元差异：疏离不仅仅代表未知的新奇性，它还可以是任何需要借用"高密度模仿"来进行的表现方式，也就是说，需要通过复杂性、反思性的思考来剖开事物"概念"而抵达"物本身"的认知与表现。这个重新进行的定义真正惊人之处在于，"认知疏离"的方法可以应用于任何事物，从浩瀚无垠的宇宙到看似平常到可以用一句话来简单描述的小小铅笔。即便是铅笔这样的简单而平凡的事物，如朱瑞瑛所指出的，实际上也可以变得如此陌生，以至于根本无法用现实主义的方式进行表现，无法用所有未经调节的"笔画"来完全表现"笔的本质"。在这个意义上，科幻用一种科学仪器般的高密度方式，实现了思考"另类"现实的陌生化效果。如果我们承认，科幻不只是与现实主义对立的文类，而是可以执行它作为一种疏离、动摇和转化"现实"的方法的代理权，从而对人类的认知行为本身进行重构，那么从"此时此刻"开始，科幻就是一种方法，让我们用疏离、无限复杂、变动不息的方式来理解世界和自己。世界可以不是一种现实，而是一种高密度的科幻。

以上提到的理论，尤其是朱瑞瑛关于科幻和现实主义的非二元理论，激发了我从美学的层面上来重新理解中国科幻新浪潮及其在广义上对华语文学的影响。将科幻视为一种方法，而不仅仅是一种文学体裁，是对中国文学研究的现有学术体系提出的挑战。迄今为止，在中国文学批评领域，科幻带来的挑战，尚未形成一种超越广义上的现实主义和模仿再现理论的有效解释，很多作家和学者反而倾向于继续沿用现实主义的理论框架来理解科幻小说。

科幻现实主义：重复与差异

在中国科幻文学作家和评论家中，有一股强烈的声音，认为当代中国科幻实际上是一种现实主义的变体。因此，其正确定义应该是所谓的"科幻现实主义"。郑文光（1929—2003），一位活跃于20世纪50年代至80年代的科幻作家，首次于1981年创造了这个术语。[①] 这个表述体现了一种信念，即科幻是现代中国文学传统的一部分。郑文光认为，科幻继承了五四文学精神，遵从为人生的严肃文学原则。在郑文光的观点中，科幻也反映现实。他对"反映"的解释是，科幻作为一种想象性文学，不是像平面的镜子那样，而是通过某种角度来"折射"现实。[②] 因此，科幻对现实的表现，尽管改变和移动了现实的形象，但仍然与实际的社会现实发生互动。郑文光的理论代表了改革开放初期中国科幻作家的强烈愿望。依照布尔迪厄的文学场域的观点，可以认为，"科幻现实主义"这个思路的出现，是根据中国文化体制的规则，为科幻文类争取合法性，因为作家们所处的体制在文学层级结构中把优先的话语权一直都给予了现实主义。

的确，现实主义长期以来一直被奉为现代中国小说的经典再现模式，也是20世纪中国文学的主潮。茅盾（1896—1981）作为中国现实主义文学的大师级人物，曾强调一种自然主义现实主义的文学范式。曾经在早期也翻译过科幻小说的茅盾，认为自然主义现实主义是现代小说发展到最具科学精神的阶段，这一高度具有现代性特征的论述，建立在黑格尔式的主客体统一关系之上。茅盾至今仍然是中国文学界的楷模，现实主义依然是最重要的文学形式。但在近年来，茅盾对一种直陈真理的再现方式的道德主张和伦理律令，受到了诸如安敏成（Marston Anderson）和王德威（David Der-wei Wang）等学者的质疑。[③]

当中国文学在改革初期复苏时，郑文光主张的"科幻现实主义"，与复归的科学与启蒙精神，以及干预现实的"伤痕文学"和"思考文学"这

[①] 参见郑文光：《在文学创作座谈会上关于科幻小说的发言》，《科幻小说创作研究参考资料》1982年第4期。

[②] 参见姜振宇：《贡献与误区：郑文光与科幻现实主义》，《中国现代文学研究丛刊》2017年第8期，第78—92页。

[③] 参见：Marston Anderson, *The Limits of Realism: Chinese Fiction in the Revolutionary Period*, University of California Press, 1990; David Der-wei Wang, *Fictional Realism in the 20th-Century China: Mao Dun, Lao She, Shen Congwen*, Columbia University Press, 1992.

些改革初期的文学思潮产生共鸣。依据"科幻现实主义"的思路，如果现实主义是反映现实最有科学精神的文学形式，那么科幻与现实主义的结合必然给予科幻一种合法性；这为科幻设定了很高的标准，相当多改革初期的科幻作品都在现实主义文学的影响下，将科幻调和成一种既能传播科学知识，也能干预现实生活的叙事形式。

现在，数十年过去了，"科幻现实主义"在新浪潮作家中再次流行起来。但与郑文光的时代相比，这一次由韩松首次提出，并由陈楸帆进一步解释的"科幻现实主义"蕴含着模棱两可的内涵，并且这个概念明显与文学现实主义的正统框架出现偏离。如果科幻仍然意味着某种程度的现实主义，那么它不再是传统意义上对现实的反映或折射，而是一种颠覆现实与表现关系的概念。也就是说，科幻表达并不等同于完全真实和可观察的现实。新浪潮版的"科幻现实主义"通过文学话语的实践，来宣扬其自我宣称的科学真理或逻辑的一致性，但这种话语无须忠于可观察或可证实的现实。换言之，科幻制造自己的现实。

更近一些时候，陈楸帆将科幻文学定义为一种"超真实主义"，这个说法基于对让·包德里亚（Jean Baudrillard）有关数字时代"超真实性"的扩展解释。[①] 超真实性是没有原初参照物的表征，正如陈楸帆所提出的，科幻所表现的"现实"，不再是我们可以回到的原初或有机的现实世界，而可以是一种虚拟的"现实"，一种虚构、模拟、由数字图像和信息以及算法产生的（非）现实。有关"超真实"的书写，需要发明一种新的文学写作方法。[②] 如果把这种"超真实主义"应用于不存在的"现实"，或正在转变、展开和成形之中的现实时，科幻的书写更具启发性（液态）而非描述性（固态），更具符号性（分散）而非隐喻性（整体化），更具模因性（折叠）而非模拟性（象征）。

韩松、陈楸帆和其他新浪潮作家关于"科幻现实主义"的文学愿景，呼应了伊斯塔范·西瑟瑞－罗内（Istvan Csicsery-Ronay, Jr.）关于当代世

---

① 参见：Jean Baudrillard, *Simulations,* Semiotext (e), 1983, PP. 1–26.

② 参见陈楸帆：《"超真实"时代的科幻文学创作》，《中国比较文学》2020年第2期，第36—49页。

界日趋科幻化的理论。超真实主义也与朱瑞瑛关于科幻代表高密度模仿的论点产生共鸣。如果"科幻现实主义"仍然可以被认为是现实主义，那么它代表了一种非常不同的现实，一种从无形、幽灵到深藏不露、结构上缺失的现实。"科幻现实主义"最好被看作一种犹如元小说的自我反思模式。它创造了一个文本空间，它是一个虚拟空间，作为与体验现实相关的异托邦，它即便从日常经验开始，也终将抵达不可预知的假设和想象。这种科幻现实，是言语上的异托邦，是由断开与现实的直接联系的符号和象征、文字和意象构建的，它构想的世界形象与现实世界之间的关系是疏离和超验的。

这些非凡的科幻"现实"可以建立在对物理定律的推测性改变之上，例如刘慈欣的"三体宇宙"；或者对未来技术革命的设想，例如陈楸帆的2041年AI管理的世界；或者是在现实层面不可见的更深层、更幽暗的后人类状态，例如韩松各种版本的"中托邦"——《医院》《地铁》《红色海洋》。有趣的是，这些异托邦构建的异化奇观感觉，比可以在日常言语中谈论的可感知的现实显得更"真实"；科幻建立的真实性，与模仿论建立的可观测和模仿的现实不同，涉及世界更为基本的结构和潜在运动，而不是现实主义文学通常用浓墨重彩来再现的表层现实。

与传统现实主义相比，科幻现实主义更具启示性而非模拟性。当这些与现实主义的讨论被置于当代中国文学的变革中时，科幻性的表征或所谓的"科幻现实"获得了独特的审美、伦理和政治意义。将文学表现模式重构为一种新的写作方法，并指向正在发生的科学知识型和认知范式的更大变革，新浪潮既耗尽了现有的模仿现实主义方法，又超越了它们。也许，我们甚至已经不需要"科幻现实主义"这个词来验证科幻与现实的相关性。

科幻的真实性原则

在文学话语中，科幻小说和现实主义小说的区别在于前者涉及一个关键因素，即科学话语。但是我这里并不是把科学话语仅仅看作文本中的修辞或局部装置，而是认为它是科幻文本性的一般基础。重要的不是科学话语的有效性，而是它在构建科幻世界中的功能。即使在科幻小说中所表现的科学思想是想象的而非事实的，科学话语也必须在逻辑上、一致性上，并且最重要的是，在字面上（literal）发挥作用。相比之下，现实主义往往使用比喻、隐喻的语言，而科幻小说则常常将文学比喻削平。在"他的世界爆炸了"和"他被景色吸引住了"这两个著名例子中，科幻小说将文学的比喻性语言压缩为字面的技术语言，把平凡的场景转化为奇迹。"他的世界爆炸了"在现实主义文学中是一个比喻，但在科幻小说是一场末日灾难；"他被景色吸引住了"在现实主义文学中是浪漫的一刻，在科幻小说的语境中则显得非常恐怖。从字面理解这些句子引发惊人的科幻叙事。这也正是刘慈欣用来创造《三体》奇观的策略。刘慈欣用一个童话预测了人类的最终命运。在童话中，国王的新画师"针眼"能通过把人画进肖像里使人消失。在刘慈欣小说中，这句话传递了一个重要的情报。但对人类而言，这听起来像是一个寓言，他们不知道其字面含义的真实远比借用隐喻阐释解读更加重要。在《三体Ⅲ：死神永生》中，人们确实无法从云天明的童话中理解到底是什么样的信息透露出人类最终的命运。但其实，国王的新画师的真实性就是字面意义上。直到很久以后，人类才意识到"针眼"所做的，实际上意味着"降维打击"，这是宇宙中最强大的智慧生物经常使用的策略——通过降低维度，让生活在三维宇宙中的人类消失在一个二维的平面世界中。

有趣的是，科幻小说中的文字表现方式的真实性使得传统的现实感产生疏离感，创造出一种反直觉的虚幻感，就好像我们看到的是天文级别或者量子级别的世界，无论过大还是过小，都让人不安。科学性话语在科幻小说中的运用使得增强现实、超现实、虚拟现实以及非真实性等具体化，以传达一些超出日常现实语境的真实性，由此在语法层面确立了科幻小说的真实性。从这个层面上来说，科幻小说作为一种语言上的异托邦，就像新的科学理论一样，呈现出一种认知上的疏离，由此导向的真实性与我们想当然的现实感受不同。然而，令人不安的"真相"在某种程度上，比我们所感知到的表层现实更为真实。在表面上，科幻小说显然是虚幻的，但是从反直觉的思想介入的角度看，它却更加真实。我们可以在《狂人日记》和韩松的《医院》中得到例证。

如果我们将科幻视为一种宣称具有真实性的文学形式，那么它依然与现实主义纠缠在一起，后者也宣称自己具有真实性。科幻与模仿现实主义或许是文学世界中的平行宇宙，各自以自己的方式声称真实。但是如果这两个世界交织在一起的时候，比较却最终指向了这两种不同表现模式的分歧。在此，我提供一种最为简化的区分方法：现实主义依赖于一种有效的文学话语，这种话语基于一种信仰，即存在一个事实上的现实，例如一种通过表述、信息传递、读者反应造成意义循环，因而将表现和现实紧密贴合的文学隐喻，通过这种文学隐喻，被隐喻的事物呈现出一种真实感。但是科幻并不关心是否存在"事实"或"信仰"，而是通过违反直觉的认知性思考，以技术性的文字表述建造一个"不是现实"的世界，但这里面的思考过程以及表达这个过程的话语却是具有"真实性"的。如果科幻仍然是一个边缘流派，对于中国文学来说，或许它的真实性没有任何意义。但是当新浪潮兴起，影响了整个文学世界，它照亮了现实中不可见的深层真实。科幻预示着一个新的文学宇宙，重塑了现实和表现之间的关系。

　　我的假设将科幻小说置于一个更长的历史中，将这一现代文类与巴洛克时代联系起来，打破了一个主要由模仿论支配的线性文学历史叙事。[①] 这一假设将科幻小说定位于进入新巴洛克文学宇宙的入口，它不仅仅是一种通俗文类，更像是一种具有科学性质的前卫思维方法，以不同寻常的视角和方式来召唤幻想的改天换地。科幻新浪潮，以令人不安的真实性打破了我们熟悉的现实感，从而破坏和颠覆了文学与现实之间的既定秩序。科幻小说作为打开新巴洛克文学宇宙的方法，指向一种超越任何单一乌托邦、人类中心视点，以及超越任何性别、阶级、种族、物种和身份二元论的新的行星尺度的生命意识。在新巴洛克的位置上放飞科幻，在各种奇观异景的世界中，层层叠叠如昙花绽放，时间和空间的无限褶曲，刺穿了历史的纪念碑，抵制了任何一种独断性的现实观，也在现代性这头全球巨兽的平滑和整洁的皮肤打孔。

（原载《南方文坛》2023 年第 6 期）

---

① 参见本书之《创生"新巴洛克"宇宙》。

今夕何夕，面向明朝

——文学的"当代性"和"未来性"如何可能

《诗经·唐风·绸缪》中的一句"今夕何夕"，历来有两种解释，或曰新婚之际，良辰美景；或按《毛诗序》《诗集传》说法，这是讽喻晋（唐）时政，指的原是"国乱民贫""不得其时"。① 这句话出现在骆以军的小说《明朝》（2019）中，则标志着一个"当代性"（contemporaneity）的时间意识：

> 我们已进入其中，但浑然不觉时间怪圈，我们一直待在一个"时间搁浅"的世界，像故障的手表之秒针，一直在同一格数字刻度，颤抖着，无法进到下一格刻度。我们一直活在那其中，时间被压得极扁极薄。
> 就是在地球上的河马，全数灭绝的那一天。
> 今夕是何夕。"现在是哪一天？"②

今夕何夕，在骆以军《明朝》中，就是末日将至（或已至）的那一天，时间的流逝到此刻即将（或已然）终止。未来的，原来以为还没有发生，其实在浑然不觉之间已经到来，"此时此刻"便断绝了出路，没有未来，时间遂静止。这一刻如果是当下，就是永久的当下。这是"当代性"的悖

---

① 周振甫：《诗经译注》，中华书局2002年版，第165页。
② 骆以军：《明朝》，镜文学股份有限公司2019年版，第210页。

论困境，但在文学的意义上，这也是唯一可以言说"未来性"（futurity）的时刻。

我将骆以军看作当代华语文学世界中最具有"新巴洛克"（Neo-Baroque）自觉意识的小说家，《明朝》的整个叙事文本是对《三体Ⅲ：死神永生》（2010）的一段关键情节——神秘高等生物歌者用二向箔将整个太阳系二维化的末日时刻——的极尽繁复如修建迷宫一般制造无限褶曲（folds）的"再书写"；或也可以说，是以"元叙事"（metafiction）的精神，将刘慈欣的文本作为"素材"进行新创作。骆以军选择的这个情节点，在《三体》中具有至关重要的意义。这既是刘慈欣整部太空史诗的高潮所在，也是当代科幻小说具有诗学自觉意义的时刻。十年前，我曾在一篇论文中这样表述：

> 这一刻同样揭示了刘慈欣使崇高的事物变得"可见"的诗学努力。太阳系的二维化过程以令人目眩、无限丰富的具体细节展示出来。一滴水被放进巨大扁平的图画中，它变得像海洋一样广大和复杂。刘慈欣以正面、巨细靡遗、精准而细腻的方式来描绘想象中的末日，在这一刻，他"像上帝一样创造世界再描写它"。冥王星上的三个人类幸存者目睹这个"世界"无限细节的展开，他们被二维水分子构成的如月球一般大小的雪花震惊。太阳系的二维景象是惊心动魄的一刻，它使崇高变得可见，而且可以描写。
>
> 这个时刻也揭秘了刘慈欣的科幻艺术手段，它堪比"二向箔"这个神奇的武器。太阳系二维化过程可谓体现了刘慈欣艺术手段的缩影：在复杂、具体和精确的细节之上，创造瑰丽、崇高、奇妙的世界图景。他的科幻想象直接诉诸宇宙的无限，但他同样试图将不可见和无限之物，转化为合理的物理现实和可以形诸文字的细节。在"三部曲"结束的部分，他以一种奇迹般的感受、令人敬畏的形象，将科幻小说从决定论或民族寓言（或任何根植于确定性的叙述）中提升出来，开启了超越已知"现实"的想象和

感知的空间。①

今夕何夕，太阳系的二维化，这是一个什么样的时刻啊？整个星系的所有物质和能量、形式和思想，都在此遭到"时间搁浅"；降维是截断时间之流的巨大天文事件，但也在转瞬即逝之间，所有曾经被维度封闭、遮挡、包裹、隐藏的一切的一切，从行星到分子，从山川到水滴，从大脑到神经末梢，都被无情地打开。这个打开过程，也就是书写的过程，也就是科幻文本将思想（点子、悬想、科学推理、乌托邦愿景、果壳宇宙……）化为句句文字的过程。但二维化过程，也意味着太阳系的一切落入二维后，将从此在我们日常感受的三维世界中永远消失。因此，一个一个的文学细节，打开看不见的刹那，都是转瞬即逝的时间爆破点。我以此来确认刘慈欣的科幻不仅写出了奇观（wonder），而且在这一时刻，科幻书写本身即是奇观。在此基础上，我建立所谓科幻新浪潮打开现实"看不见的维度"的诗学观念，并随着这几年对当代华语文学更多的阅读，越来越认识到，这所谓再现"不可见"的诗学（poetics of the invisible），已经日益成为文学"当代性"的一个重要标志。

当我做出如上表述时，我其实在试图提出一个新的议题，即科幻并不是仅仅作为一个在21世纪异军突起的独特文类才有意义，而是看不见的科幻诗学强化了一种正在21文学中日益形成的崭新的文学性（new literariness）。这一假设需要更多论证，我在此只举几个例子。王安忆是我们时代最重要的写实文学作家之一，她也许是在文类意义上距离科幻最远的作家，但我在她的《匿名》（2016）甫一问世之际，就提出《匿名》虽然不是科幻小说，但却具有科幻性（science fictionality），更明确地说，即具有与当代科幻新浪潮同质性的再现"不可见"的诗学特征。王安忆的叙事也是打开了现实世界中隐藏的看不见的维度：小说主人公是一位规矩的上海老先生，他被误认作他人遭到绑票，然后被弃诸荒野山林。整部小说描写了这失忆的匿名者在远离人间、莽莽苍苍的大自然中重新进化为"人"——在物种意义上的"新人"——的过程。王安忆繁密的细节叙述

---

① 见本书之《再现不可见之物——中国科幻新浪潮的诗学问题》。

也如林莽一样，不断在枝叶掩映之中打开一点一点的空间，化为文字，又随即消逝。有趣的是，王安忆多次使用科幻小说中常用的语言装置，如太空视角、史前景象，像这一个段落，写主人公犹如灵魂出窍的感受："漫天星斗，他站在穹顶底下，有流星，行行地飞。星空就呈现出悸动，空气在颤动，耳边有嗖嗖的风声。天体在运行，以光年为计算单位，循着某一种轨迹，是有限的肉眼无法看见的，流星给出一小点参照系数，它们的旅程只占其中亿万分之一都不到。"①

我并不是要强说《匿名》是科幻小说，而是提出刚好在科幻新浪潮浮出海面的文学场域中，王安忆的写作也孕育出一个打开隐藏维度的时间节点，这个时间点就是"当代性"的刹那间，而文学的意义便在于看见这个刹那，把握这个节点。又如王安忆更新的一本小说《一把刀，千个字》（2020），当代历史的刀光血影，被藏在饮食男女世俗生活肌理之下，被遗忘机制有意排斥，但唯有那一把刀切开了历史维度深处的所谓"视束交叉"（chiasm，梅洛－庞蒂用现象学哲学概念阐释的让不可见成为可见的界面），我们才能真正面对当下。这个将我们的生命整个困在时间搁浅的此时此刻、世间万物都被二维化的末日时刻，从滴着血的肉身伤口，穿过久久的时间，变成记忆的伤疤，再转成"个个"字码，在我们阅读的眼界中活过来——文学的"当代性"由此诞生。

王安忆之外，很多当代作家都在不同程度上改造了写实主义所依据的模仿论诗学原则。如阎连科提出"神实主义"的概念，他这样说："在创作中摒弃固有真实生活的表面逻辑关系，去探求一种'不存在'的真实、看不见的真实、被真实掩盖的真实。"②他的小说理念与新浪潮科幻诗学论述遥相呼应。这种打开不可见的维度、探求看不见的真实的实践，也在新锐小说家陈春成的作品中出现：《竹峰寺》《〈红楼梦〉弥撒》《音乐家》这一系列收入他的第一本小说集《夜晚的潜水艇》（2020）的中短篇小说，都有关于隐藏和打开的玄机。像《竹峰寺》写主人公面对千思万想找到的那被精心隐藏的石碑的经文："看了很久，我站定了，闭了眼，

---

① 王安忆：《匿名》，人民文学出版社2016年版，第53页。

② Lianke Yan, *Discovering Fiction*, Duke University Press, 2022, P. 99.

过了一会,在黑暗中看见那些笔画,它们像一道道金色的细流,自行流淌成字,成句,成篇,在死一样的黑里焕着清寂的光。"①

陈春成此处的描述,让我联想到对于我们当下的时代极具启迪的汉娜·阿伦特在《黑暗时代的人们》中所说的一段著名的话:

> 即使在最黑暗的时代,我们也有权去期待一种启明（illumination）。这种启明或许并不来自理论和概念,而更多地来自一种不确定的、闪烁而又经常很微弱的光亮。这光亮源于某些男人和女人,源于他们的生命和作品,它们在几乎所有的情况下都点燃着,并把光散射到他们在尘世所拥有的生命所及的全部范围。而像我们这样长期习惯了黑暗的眼睛,几乎无法告知人们,那些光到底是蜡烛的光芒还是炽烈的阳光。②

学者们讨论的文学"当代性"问题,正如"现代性"问题一样,根本不是一个历史断代问题,而是应该指向一种文学的精神品质。文学的"当代性"来自敢于面对现实中幽深不可见的真相。只有打开那些被隐藏、折叠的时空,而不是停留在历史纪念碑光滑的表面,文学才会获得一种真正流动性的诗意,个个字,活过来;即便闭上眼睛,也能看到它们在黑暗中的熠熠微光。

回到本文开头,今夕何夕,骆以军在《明朝》这本小说中,借力于科幻的方法,以打开看不见的诗学之力,切入我们搁浅其中的时间秘境,他给我们展现的末日景象是明朝。这个"明朝"一语双关,它既是明天,将要发生的时刻,是未来,但它也是历史上的明朝,早已发生过,是过去。即将到来的二维化末日,也正对应着骆以军在《匡超人》《明朝》等小说中反复描述的青花、粉彩、"釉下"的表层图形。骆以军的人物常常有如被困在粉彩绘制的瓷器表面,即不仅在时间上,而且也在空间上,被压得极扁极薄。这个极扁极薄的时空,就是现在的"铁屋子"（小说中称之

---

① 陈春成:《夜晚的潜水艇》,上海三联书店2020年版,第50页。
② Hannah Arendt, *Men in Dark Times*, Harvest Books, 1968, PP. IX – X.

为"铁皮屋")。这是一个逃不出去的"当下"。《明朝》的结尾是两个"明朝"的合二为一,在二维化的宇宙中,凝聚着明朝繁盛文明、文人精神的极致典范,仇英的《仕女图》才是覆盖了太阳系坍塌产生的"宇宙之中奇异的光之画":

> 在那绝对无声,但他似乎听见各颗星球塌瘪摊平的,远方闷雷般的集体爆裂巨响,他魂飞魄散远看着这张"仇英的美人图"漂浮在那样的宇宙坐标,似笑非笑,娉娉袅袅,薄如经幡在风中摇摆,目送着他朝向无尽的黑飞去。(348页)

《明朝》提供的"未来性",既来自科幻,也与我们通常理解的科幻"未来性"有所不同。科幻被认为是一种关于未来的文学,比如对于技术时代的预言,这在凡尔纳小说中可以得到证明:他在1865年写的《从地球到月球》中描绘的登月过程——从发射地点到运行轨道——后来都在1969年美国的阿波罗登月计划中得到验证。再比如对于社会演化的预言,如贝拉米风靡全球的《回头看》基本上在19世纪80年代准确预言了2000年的波士顿社会景象——这其实是后见之明,说明至少美国东北部这个城市还是吸收了当年安那其运动的一些成果。但那都是19世纪的事了。进入20世纪后,科幻更多具有一种警示色彩,展现的末日战争、环境恶化、物种灭绝等灾难事件,对应着"美好年代"(La Belle Époque)世纪末华丽褪尽后的现代荒原。在20世纪,科幻成为恶托邦的载体。正如老舍写《猫城记》,是希望那样的惨剧不会在中国发生,赫伯特《沙丘》受到《寂静的春天》影响,沙丘世界是对资本主义掠夺和全球生态灾难的预警。这都是一种排除性的未来写作。中国当代科幻新浪潮中也有陈楸帆和李开复合作的《AI未来进行式》这样的作品,甚至比以上情形稍有复杂,即它看起来好像是对凡尔纳式预言的21世纪翻版——很有可能几十年后,李开复构想的技术未来就不再是想象;但在陈楸帆的小说叙述中,我们会察觉到对于技术的极为微妙的人文主义反省。

但在一个更广泛意义上谈论的"未来性",并不尽然是技术预言,也不是乌托邦或恶托邦寓言。我认为,与文学的"当代性"相关的"未来性",并不是一个内容或者主题的问题,而根本是一个诗学问题。这正如杨凯麟在《成为书写的人》(2021)中借用对普鲁斯特作品的分析所说出的,"在结束的结束有开始的开始"①。书写,如果是建立在对"当代性"的开放认知之上,终将是一个未来时态的动词;成为书写的人,意味着是一个将在书写时间中诞生的人。杨凯麟深受德勒兹哲学影响,他所说的"书写的人",当然不是指每一个被称为"作家"的人。这里的"书写的人",是一个首先有思想能力的人,而思想,在此是一个新巴洛克的褶曲。认定两点之间是一条直线的教条,要求的只是信仰;而思想是在两点之间看到褶曲的时空,从中翻涌出无穷尽的想象。

与此相关,我们有必要强调小说叙事的伦理性。当代小说的叙事性(narrativity),应该与汉娜·阿伦特所强调的初生(natality)有所关联。成为一个书写的人,要勇于在面对当代性的困局中,成为一个初生的人。正是在这个意义上,小说的"当代性"和"未来性"在小说家作为一个公民的个人行为层面具有艺术和伦理的合体。作家每一次写作,都是面临"当代性"深渊的一次初生。面对未来的书写,意味从各种既有的约束中解放出自己,而以此获得个体独立于任何机制的能动性。每一次面对未来的写作,都是作家一次新的初生。小说原本是新奇之物(novel),假如小说有"本质"的形象,每一篇小说都将是一条离岸远行的海盗船;每一次写作小说,都将是一次不合时宜的勇敢者行为,由此映照看不见的世界,讲述从不会重复的故事。在今天的世界上,也许只有成为书写的人,才有可能抵抗尼日利亚女作家奇玛曼达·阿迪奇埃所说的"只有一种故事的危险"。

最后我要提到韩松《地铁》(2010)中的一个场景,主人公在地下世界探索看不见的真相,走到地狱最深处、宇宙的尽头,他看到异样的河流,"眼前这汹涌喷吐的,并不是普通的水,它们是包含巨大信息量的一簇簇红色光,是符号的河流。这儿就是修复宇宙的基地——所谓的爱的源泉"②。在这里,韩松的科幻想象成为对文学的隐喻。在黑暗到极致的尽头,一切将重启,大爆炸发生,主人公决定在下一个宇宙抓紧未来。

---

① 杨凯麟:《成为书写的人》,时报文化2021年版,第184页。
② 韩松:《地铁》,上海人民出版社2010年版,第193页。

回到骆以军的《明朝》，今夕何夕，在无穷褶曲的叙事中诞生许多的逃逸曲线，骆以军从《三体》的二维化瞬间，演绎出新巴洛克无限生动的宇宙神曲。从主题上说，《明朝》关于末日，未来已至，即是当下，是搁浅在时间中的铁屋子。但在书写的意义上，《明朝》打开了文学的未来。骆以军以仇英的美人图结束全书，正是在结束的结束有了开始的开始。

（原载《十月·长篇小说》2023 年第 1 期）

打开"后人类"的秘境

"齐物"者,一往平等之谈,详其实义,非独等视有情,无所优劣,盖离言说相,离名字相,离心缘相,毕竟平等,乃合"齐物"之义。……齐其不齐,下士之鄙;执不齐而齐,上哲之玄谈。[①]

——章太炎《齐物论释》(1908)

有一件事无论如何是可以确定的:在人类知识中,人既不是最古老也不是最持久的问题。如果以相对较短的历史时期和有限的地理空间——即自16世纪以来的欧洲——为例,可以确定地说,人是近代的发明。事实上,在所有那些影响有关事物及其秩序的知识的变化当中,即有关认同、差异、特殊、等同、词语——简言之,在有关"同一"的那段深刻历史的所有阶段之中——只有一个变化,在一个半世纪之前开始,或许正在此时趋于终结,只有这一个变化造成了人的形象出现。……正如上述思想考古学很容易就揭示出来的那样,人是一个近代的发明。这个发明或许已经临近它的终点。[②]

——米歇尔·福柯《事物的秩序》(1966)

[①] 章太炎:《齐物论释》,见《章太炎全集》(第六卷),上海人民出版社1986年版,第4页。

[②] Michel Foucault, *The Order of the Things: An Archaeology of the Human Sciences*, Vintage, 1970, PP. 387–388. 译文为作者自译。本书法文版初版于1966年。

如果说在最近二三十年的学术反省中，学者们多数都认可从19世纪中期到20世纪中国思想与文学的核心关键词是"现代性"——或是动词展开的中国"现代化"，无论采取哪一种路径；那么对这个"现代性"的知识基础的反省，或许必须如福柯在《事物的秩序》——法文版原名《词与物》（*Les motes et les choses*）——所做的那样，去考掘那支撑着近代自然科学、医学、心理学、政治经济学，以及表达事物的语言与语法本身的知识型（l'épistémè）。这个知识型构建有关"人"的知识，决定从启蒙到革命、从帝国到全球化时代的知识与社会秩序，在中国语境中也决定了现代文学是"人的文学"。现代性的话语、再现、知识分类、劳动配置、社会变革、意识形态，都离不开这个近代发明的"人"的主体形象。但福柯这本书之所以在1966年写作出来，其目的却恰恰揭示出这个以"人"为中心的知识型已经摇摇欲坠了。在这本书一开头，福柯引用博尔赫斯一段"不规则"（incongruous）的动物分类法——这个例子太有名，这里不再重复；福柯认为这种离奇、不可思议的分类怪异性撼动了据以建立知识分类的知识"共同性"与"关联性"，博尔赫斯的描述因其荒诞引发的笑声，颠覆了现代人用来把握事物秩序的物理规律、几何维度与知识基础。在福柯看来，假若一个符合现代知识型界定的"事物秩序"的动物分类法是某种乌托邦的话，博尔赫斯近乎胡闹的行为阻碍了命名，摧毁了语法，让语言本身发生暴动，在词与词之间，在词与物之间，打开一个令人不安的空间，这个空间即是"异托邦"（les hétérotopies）。福柯借用博尔赫斯的例子所描绘的，是一个知识的安那其暴动，瓦解了有关"同"（le même）和"异"（l'autre）的边界和规则。[①] 这个让福柯大笑的时刻，是福柯哲学中的巴洛克瞬间。

本文在福柯引文之前，放置章太炎在20世纪初撰写的《齐物论释》中的句子，有意用福柯评论博尔赫斯的方式，引发另一种异托邦的想象。章太炎"以不齐为齐"的主张，针对在20世纪影响深远的康有为"大同"思想（及由此脱胎的种种乌托邦愿景）而言，具有"不规则"的颠覆性。

---

① Michel Foucault, *The Order of the Things: An Archaeology of the Human Sciences*, Vintage, 1970, PP. XV – XX. 译文为作者自译。

康有为是晚清西学先锋,甚至以几何学来书写社会公理。彼时严复引入的进化论成为时尚,康有为式的"天下大同"目的论盛行一时,此消彼长的现代化运动中,均有用一把尺子、一个方向丈量万物的规矩绳墨。20世纪诸种中国现代性宏大论述,多与康有为学说相类;而章太炎的思想却因其"不规则",未必容易传世。这里借用汪荣祖的论述,概括章太炎解释庄子《齐物论》的要义:

> 太炎释齐物,景从庄周,以为深旨妙谛胜过康德;然太炎非仅为释庄而释庄,必有时代之反映与寄托之微义。太炎无可回避的思想挑战,一是近代西方文明的弥漫,二是康有为三世进化、大同公理的流行。《齐物论释》开宗明义说:"齐物者,一往平等之谈。"释序曰:"非世俗所言自在平等。"太炎的平等之谈云何?曰:"无物不然,无物不可。"曰:"风纪万殊,政教各异。"曰:"物畅其性,各安其所安;世情不齐,文野异尚。"曰:"俗有都野。野者,自安其陋;都者,得意于娴。两不相伤,乃为平等。"太炎认为古来学者多未达此一"不齐"义谛,即如二程之善著作亦不能通悉微旨,故谓:"物本自齐,安用齐之?"二程不悟"庄生正以不齐为齐,未尝欲强齐之也。"不要强齐,所以存异;能够存异,才有平等可言,亦即"循齐物之眇义,任夔蚿之各适"。[①]

最后一句引文出自章太炎的《无政府主义序》,他以庄子《齐物论》"吹万不同,而使其自己也"[②]的精神,打破一切规矩绳墨。章学融庄学与佛学,以证儒学之忠恕——"体忠恕者,独有庄周《齐物》之篇"[③]——同时也以历史化的态度来应对西方自由民主之学说。假如在

---

① 汪荣祖:《康章合论》,新星出版社2006年版,第51—52页。
② 陈鼓应:《庄子今注今译》(上册),中华书局1983年版,第34页。
③ 章太炎:《订孔下》,见《章太炎全集》(第三卷),上海人民出版社1984年版,第427页。

章太炎那里，儒家伦理和西方最激进的安那其思想能够互映，这或许是晚清知识界针对西学最有"依自不依他"精神的本土个性呈现。事实上，章太炎并不赞同安那其要政府、不要国家的主张，但在"吹万不同，使其自己"的意义上，对个体差异的张扬有过之无不及。章学之丰富与深邃，本文仅管窥蠡测，至于究其本源，则非本文所敢染指。之所以冒险将章太炎和福柯并置，是试图在中国现代性论述的"同一"（singularity）模式之下，考掘其中无形无物"吹万不同"的多样性（multiplicity）。在晚清思想资源中，章太炎"以不齐为齐"的论述，已经为后来者呈现出历史化的流动性与不确定性。这在康有为天下大同的乌托邦主义大行其道、不断后继有人的20世纪，恰恰是不规则、不寻常的声音。章太炎学说影响了鲁迅，鲁迅思想至深之处的幽暗意识，也没能在20世纪彰显。章学有其隐微的秘密流传，这方面的论述不是本文力所能逮。本文借力于章太炎"以不齐为齐"的学说，同引入福柯对人本主义的解构一样，试图打开的是"后人类"的秘境。

在章太炎的《齐物论释》中，夔龙与多足的蚿各有不同，但在其差异基础上有平等性，这两个神奇的动物也可以进入博尔赫斯的动物分类法。"循齐物之眇义，任夔蚿之各适"也正是章太炎的巴洛克瞬间。《齐物论》的结尾，则是一个博尔赫斯式的故事，这就是著名的庄周梦蝶："昔者庄周梦为胡蝶，栩栩然胡蝶也。自喻适志与！不知周也。俄然觉，则蘧蘧然周也。不知周之梦为胡蝶与，胡蝶之梦为周与？周与胡蝶，则必有分矣。此之谓'物化'。"① 在这个故事里，庄周的梦境是异托邦吗？人与物的转换超越了人类中心的二元论世界观——当然，庄周梦蝶发生在"现代性"塑形之前，比康德和黑格尔早了两千年。两千年后，人类主导的世界再次感受到蝴蝶的扰动。

后人类状况：末日之前

五四时代的作家提倡"为人生的文学"，周作人以《人的文学》来约

---

① 陈鼓应：《庄子今注今译》（上册），中华书局1983年版，第92页。

定新文学的现代性。然而，20世纪末到21世纪初的中国以及广义的华语文学中，出现大量的非人或畸人的形象。如张大春《伤逝者》（1984）借用《庄子·人间世》中的一个名字"支离疏"，塑造了一种畸人形象。这篇小说描写的是三次核战争之后的未来世界，曾有过高度文明的天尾州成为废土，此间只有两种生物幸存下来，畸人和蟑螂。"传说畸人是第三次核战之后，这个世界上仅存的中古原始人。这种原始人现在还有不少，就在自治区南疆的天尾州保留地，和一大批各式各样的蟑螂生活在一起。蟑螂会繁殖，畸人不会；可是蟑螂会死，畸人却怎么也死不了。他们长得很奇怪，五官朝天不说，眼、耳、鼻、嘴都是些乱七八糟的小管子。肩膀上耸起高高的肉瘤，据说是贮存大量养分和水的地方，所以畸人的肩膀比头高得多。双手又长，一直垂到地面上。唯一的一条腿，平时缩得短短的，到了要跑要跳的时候一弹就好几百公尺远，速度比声音还快呢——"[1]

支离疏是一个不死的畸人的名字，在《庄子》原书中，这个名字指的是形体支离不全之人，但因为身体残疾，可以免于劳役："夫支离其形者，犹足以养其身，终其天年。"[2]但《伤逝者》中的支离疏却因为不会死，被征用作活靶子，供士兵射击练习。对于如蟑螂般非人类的支离疏来说，他求死不能，还什么都忘不了。于是支离疏成了所有人间苦难、政治斗争、权力交易的见证。小说中最重要的时刻，是支离疏和作为人类的葛敏郎发生了友谊。在小说的故事线中，支离疏在十三年前和葛敏郎相遇，是他的活靶，但两个人后来经常出现在对方的梦中，渐渐相互有了真诚的关切。葛敏郎希望支离疏能真正死去，支离疏希望他专心打靶。五年服役结束，告别时，葛敏郎说："死亡也可以是美好的开始。"小说的核心情节是葛敏郎刺杀了一位政治领袖，联邦调查员安大略在破解葛敏郎刺杀动机的过程中，理解了葛敏郎的自杀式行刺，目的是为了能够让反对党竞选上台，实现许多年前反对党领袖在天尾州流亡时对支离疏许下的诺言，就是用核爆给所有的畸人们带来真正的死亡。安大略没有葛敏郎那样天真，他深知

---

[1] 张大春：《伤逝者》，见黄凡、林耀德主编：《新世代小说大系：科幻卷》，希代书版有限公司1989年版，第121页。

[2] 陈鼓应：《庄子今注今译》（上册），中华书局1983年版，第138页。

反对党和执政党都是靠谎言来争取民众支持的。他在堆满蟑螂尸体的废土上找到支离疏，了解了葛敏郎暗杀的全部真相，却没有勇气告诉支离疏人间世的真相。《伤逝者》是一篇世界建构异质性十足，但又照亮现实不可见黑暗面的科幻小说，它描绘了象征着末日的畸人形象。支离疏是无法归类的异类，但张大春的小说写出了支离疏与人类的不齐而齐、互相懂得的境界。

张大春不是类型科幻作家，他是与大陆寻根文学、先锋文学作家同步的主流作家。在海峡这边，同时期韩少功《爸爸爸》（1985）中写的丙崽是另一种支离疏，语言上的支离使他的存在带有一种神秘感。进入21世纪后，非人或畸人或新人类的形象，出现在莫言《生死疲劳》（2006）、吴明益《复眼人》（2011）、余华《第七天》（2013）、王安忆《匿名》（2015），以及最近林棹的《潮汐图》（2022）等众多小说中，更不用说一系列新世纪的科幻小说了——韩松《红色海洋》（2004）中的水栖人，刘慈欣《三体》（2007—2010）中的外星人，王晋康《新人类》系列之《豹人》（2003）、《海豚人》（2003）、《癌人》（2003）、《类人》（2003）和他更具有寓言性质的《蚁生》（2007），伊格言《噬梦人》（2010）和《零度分离》（2021）中23世纪的生化人，陈楸帆《荒潮》（2013）中近未来的垃圾人，顾适《嵌合体》（2015）中人工合成的奇美拉（Chimera），阿缺《忘忧草》（2020）中头顶长出奇异花朵的丧尸们，双翅目《我们必须徒步穿越太阳系》（2020）中木卫一上的金属生物塔罗斯和木星中气态的克拉肯，以及韩松在一系列小说中描绘的实现了全面管控而最终自己走向疯狂的人工智能，如《火星照耀美国》（2000）中的阿曼多、"医院三部曲"（2016—2018）中的司命等等。

Posthuman——后人类，作为一种思潮，在20世纪末、21世纪初酝酿成为西方知识界继后现代、后殖民之后的第三个"后"思潮。其早期论述可以追溯到哈拉维（Donna J. Haraway）的《赛博格宣言》（*A Cyborg Manifesto*, 1985；最初发表的题目是 *Manifesto for Cyborgs*），当时赛博朋克小说正在兴起，哈拉维定义了超越人与机器、现实与虚构、有机与无机的多种二项对立的赛博格，而在女权主义的意义上赋予这个形象在超越性别限制上的革命性潜力。① 另一位重要的后人类理论家,也是这一思潮较早的哲学阐释者,是德勒兹(Gilles Deleuze)的弟子布罗多蒂(Rosi Braidotti)。她在两部著作《后人类》(*The Posthuman*, 2013)和《后人类知识》(*Posthuman Knowledge*, 2019)中系统表述了后人类主义作为一种思潮,是对建立在欧洲白种男性的形象基础上的人文主义的抵抗。她与哈拉维持有相似的立场,也提出后人类是对二元论的超越,后人类主张自然与文化的连续统一,这标志一种在西方经历启蒙运动和工业革命之后新的科学与知识范式。② 后人类思潮进入华语文学讨论,始于台湾科幻文学讨论,如《中外文学》杂志在 2006 年编发的《台湾科幻专辑》。③ 当这一理论最初被用于中国文学讨论的时候,史书美提出反对意见,认为后人类立场上对人文主义的质疑,导致对于多种人文主义,尤其是马克思主义人文主义的瓦解(布罗多蒂确实对萨特代表的马克思主义人文主义持批判立场)。但史书美认为马克思主义人文主义既能跨越第一、第二和第三世界,也能跨越后现代、后殖民和后资本主义时代,而中国问题不是后人类,而是需要重新发现人性、人道主义,重建人学。④ 大陆学者黄平在《人学是文学:人工智能写作与算法治理》一文中延续 20 世纪 80 年代以来的人道主义传统,重申了文学与人学等价的观点。⑤

本文认为中国与华语文学语境中存在着两种不同的后人类立场。第一种后人类立场是对现实中的非人性、非人道状况的批判立场。莫言《生死疲劳》中的西门豹、余华《第七天》中的无名主人公和陈楸帆《荒潮》中的"垃圾人"少女小米都体现出现实中的"非人类状况",他们也都同支

---

① 参见:Donna Haraway, *Simians, Cyborgs, and Women: The Reinvention of Nature*, Routledge, 1991, PP. 149–181.

② 参见:Rosi Braidotti, *The Posthuman*, Polity, 2013, PP. 13–30.

③ 参见林建光主编:《台湾科幻专辑》,《中外文学》第三十五卷第二期(2006 年)。

④ 参见:S.-m. shih, "Is the Post-in Postsocialism the Post-in Posthumanism?", *Social Text*, 2012, 30(1), PP. 27–50.

⑤ 参见黄平:《人学是文学:人工智能写作与算法治理》,《小说评论》2020 年第 5 期。

离疏相似，是社会中的陌生人、零余者。这种批判也可以反过来直指人性的邪恶，例如王晋康的中篇小说《转生的巨人》（2007）中有极具惊奇效果的表达，其中的主人公是一个商业大亨，他贪恋人生，试图通过将自己的大脑移植到一个婴儿的身体中来延长生命。由此诞生了一个体现了人类至恶的后人类形象。① 如果说这种批判性的后人类主义都在塑造"怪物"的话，前者是被侮辱与被损害者的形象，后者则是无限增长的欲望制造的恶魔。

第二种后人类态度则是具有开放性的，最早如迟卉的小说《雨林》（2007），写末日战争中最后的少女战士要融入植物之中，这是最后的你死我活的搏斗，但同时也是你中有我、我中有你的结合。再如阿缺《忘忧草》中的丧尸们，被当作异类受到社会排斥，但最后丧尸们中诞生了新人类的集体意识，他们走出人类的城市，在荒野中创造了新世界。台湾作家伊格言的《噬梦人》和《零度分离》都具有更复杂的叙事结构，但其核心都在于实现一种跨越物种的和解，所谓零度分离，是最后在人与非人之间已经无间，在文本层面上则是书写（者）与被书写（者）之间也已经无间。《噬梦人》用百科全书的方式描绘发生在 23 世纪人类与生化人之间的间谍战，人们发明各种方法，例如用梦境分析来辨别生化人。主人公 K 陷入了身份混淆的困境，在他自身无法确定自己是人类还是生化人的危机时刻，他开始接纳两种身份。小说最后揭开 K 的身世之谜，他原来是一对同性恋女科学家共同制造的生化人，但被赋予了人类的记忆，实现了生化人的进化。他从 M 那里了解到自己母亲的故事："除了才能之外，我想这与 Cassandra 的理念有关。她是个有着坚定信念的人。从少女时代开始，她始终坚信生化人与人类之间不该存在有差别待遇。"②

尤其是第二种后人类立场，体现了跨越福柯描述的知识型断裂，人的形象像在沙滩上被涂抹掉了，颠覆了既定知识与约定俗成的种种成见与偏见，超越了性别、阶级、种族甚至物种，以及人与机器、现实与虚拟

---

① 有关《转生的巨人》的讨论，可参见宋明炜：《中国当代科幻小说的乌托邦变奏》，《中国比较文学》2015 年第 3 期，第 108—109 页。

② 伊格言：《噬梦人》，联合文学 2010 年版，第 238 页。

时空（元宇宙）之间的二元结构。在此，我以双翅目的小说《我的家人和其他进化中的动物们》（2020）为例。小说中，在一艘宇宙飞船上，人类意识到只有其他生物——比如果蝇（一种双翅目昆虫）——的进化才能让人类生存下来："没有它们，我们不可能活下来。在太空，它们不仅拥有投票权，它们引领自然，我们只是边缘选民。"①

这后面一种后人类态度，也是面向末日的。在最近的思考中，哈拉维构想我们的时代已经不再是"人类世"（Anthropocene），而是"怪物世"或"地下世"——甚至也可以翻译成"克苏鲁世"（Chthulucene）。② 克苏鲁是美国作家洛夫克拉夫特（H.P. Lovecraft）在 1929 年发表的短篇小说《克苏鲁的呼唤》（*Call of Cthulhu*）中设想的神秘海底生灵，其历史和智慧都超过人类。这个神性的形象与大自然结合，令人敬畏，本身即是对现代技术社会发生的一种神话学反思。哈罗维进一步发挥这个想象，提出一种万物互依共存的生态景观，即克苏鲁世的后人类世界。这是一个已经被人类毁坏的世界，人类必须依据身体和感官的直接经验，重新学会与灾难共存：人以怪兽（其实也是人类自身）的形态，与作为怪兽的满目疮痍、暗影重重的大自然融合一体。这个被损毁的自然就在我们身边，就在我们自身。至此，无物不然，无物不可，我们都是弗兰肯斯坦，我们也都是支离疏。

韩松的后人类启示录

在本文余下篇幅，我将重点展示韩松的后人类叙事。当代科幻新浪潮的第一部重要作品——韩松的《火星照耀美国》构想了"阿曼多"梦幻社会。"阿曼多"是有意识的网络程序生命体，它帮助地球上的一亿人口"管理和配置资金、能源、材料及信息"，"不知疲倦地用它那超乎寻常的计

---

① 双翅目：《我的家人和其他进化中的动物们》，见《猞猁学派》，作家出版社 2020 年版，第 239 页。

② 参见：Donna J. Haraway, *Staying with the Trouble: Making Kin in the Chthulucene*, Duke University Press, 2016.

算能力，在全心全意打理我们的日常生活喜怒哀乐"。① "阿曼多"代替了人们思考，用程序管理人们的感知和体验，人的情绪和情感都交给了"阿曼多"，人们便活在梦一样的美好生活中。这是一个后人类社会，看起来像是《美丽新世界》（Brave New World, 1932）那样让人无忧无虑，但也同《美丽新世界》那样，乌托邦透露出暗影。

《火星照耀美国》的主要情节是主人公在美洲大陆脱离了阿曼多梦幻网络之后的真实经验，但韩松的情节还有一个更神秘的叙述框架。小说叙事者，即那位围棋神童，告诉读者："六十年后，世界已是一片福地。我躺在我的壳中，用艾科迈克语书写这篇故事。"② 在此，韩松设计了整整一个甲子的时空转移，这正是梁启超在《新中国未来记》（1902）的叙述中使用的策略。至于从2066年到2126年间究竟发生了什么，为什么人类都躺在"福地"（天堂？死后的世界？），小说叙事像晚清乌托邦小说那样有点敷衍了事似的，小说结尾留下的线索是火星人突然降临地球。从叙事者的语言看来，"福地"像是另一种梦幻乐园；但躺在壳中，看起来虽死犹活，是否意味着主人公和他的同类作为生物能量，像电影《黑客帝国》（The Matrix, 1999）中那样，成为一个更大的后人类网络的部分？但就这层叙述框架而言，小说显示出梦幻世界过后的终极世界形象，却是一个亡灵的国度。无论是阿曼多梦幻网络，还是"福地"的无梦状态，都显示出人类的自决能力被系统全面管控之后，后人类完全呈现为另一种生活形态。人不再是目的，系统才是目的，人成为自己的手段，人成为系统管控的工具，甚至成为被系统支配用以维持自己生命的能量。

"亡灵"则是一个比"梦幻"更深一步的主题：在"梦幻"对照的现实与虚拟的世界界线之后，生与死的界线受到"亡灵"的僭越和模糊，由此历史和未来、必然与或然、命运和自由都坠入一种永恒轮回的劫数。韩松的"医院三部曲"，也是自刘慈欣《三体》之后最重要的中国科幻小说作品，突出了"亡灵"的主题。小说构建一个生死无间的医药国度，人类"进入伟大的药时代"。"根据药时代的要求，不允许有不健康的个体存在。

---

① 韩松：《火星照耀美国》，上海人民出版社2012年版，第11页。
② 韩松：《火星照耀美国》，上海人民出版社2012年版，第7页。

不做则已，要做就做到极端极致。这是对人进行大修的时代哪，然后进入再造人的周期。此乃新经济的基础，也消除了哲学上的困惑，从而达到政治上的圆满，并筑造外交上的自信。"① 小说中将此归于"医药救国"的乌托邦方案，变成全面的系统升级。

然而，随着主人公杨伟陷入医院的体制迷宫，不断被医生治得死去活来，药时代的诡诞荒谬、自相矛盾逐渐暴露出来。小说第二部《驱魔》揭示，管理医院的人工智能"司命"已经发展出生命的自觉意识，正如"阿曼多"梦幻网络那样，"司命"开始为自己活着，自己成为自己的目的，系统不再为人类服务，而是成为自我延续的信息闭环。于是，医学变成行为艺术，而所有人都已经成为病人，并陷入永久的治疗。小说人物于是了解："医院的另一个名字叫做'亡灵渊薮'。""他原以为，生命是一场赌博，寿殇难料，现在却见连死也安排好了。"② 但在第三部《亡灵》中，主人公才发现，病人已死，只有亡灵，而亡灵需要不断复活，从无梦的长眠中归来，再进入幻象丛生的虚拟医院情境，如一位医生所说："有了病人，才有医院；有了医院，医生就能为病人谋幸福。所以哪怕是亡灵，也要救活你们。这正是医院的根本使命——救活人，更救死人。"③

在真实与虚拟相映、生与死不断互换的状态中，医院变成一个后人类宇宙。"三部曲"的开端展现颇具写实色彩的医院景象，但这层真实处境很快就幻化成噩梦一般的迷宫体验，韩松遂将种种匪夷所思的社会现象，变形为超现实的诡奇场面。第一部《医院》中已经写到，整个社会都变成一个医院，所有人都住进了医院。在第二部《驱魔》中，医院变成了一只船，航行在红色海洋上。无论医院船还是红色海洋，其实都是一种集体幻觉。杨伟发现船上的病人们全都变成老年男性，他们收看人工智能医生的电视节目，响应号召参与文学创作，因为此时最先进的医疗技术是文学疗法。杨伟最终了解到医生们采取"故事学原理"来治病的方法："在医生的帮助下，你要进入一个异世界。你完全认不出它是假的。你在名为'医院'

---

① 韩松：《医院》，上海文艺出版社2016年版，第96、98页。
② 韩松：《驱魔》，上海文艺出版社2017年版，第22页。
③ 韩松：《亡灵》，上海文艺出版社2018年版，第25页。

的世界里,以另一个'我'存在,你感觉不到你原来的身体了。你也记不得自己的本来面目。你的经验和记忆改变了。你精神中最深的病灶便祛除了。你的病痛完全消失了。你体内的魔鬼被驱走了。"[1]中国现代文学,自晚清以来,不乏将"疾病"作为政治隐喻的文学笔法,而韩松的小说点明了"故事代入治疗"的文化意义,因为医院最终要解决的是世界观问题,只有文学叙事才能将"疾病"像文化问题那样解决掉。

"医院三部曲"由此获得"元小说"的世界架构,从每一部到下一部的情节转换中,都可以看到前一部所描写的医院经验被循环使用,在新的情景设定变为医用"叙事代入",也就是告诉病人,此前你经历的都是"文学",是虚构。所有看似"真实"的都被不断虚拟化,而不断升级的叙事技巧(或医疗手段)使故事变得越来越扑朔迷离,叙事本身越来越像迷宫,其实是故事越讲述越难懂,病人最终被困在这样毫无出路的"故事"之中;"医院"的后人类处境本身就变成了一个文学困境,最终没有被救赎的可能。这种焦虑在小说写作的层面也渐渐积累,文本呈现出没有头绪的不确定性。

第三部《亡灵》中,病人亡灵复活,在火星上演了一场医院版的政治闹剧,将救治病人的终极意义归于改造罪人、塑造新人;神奇病人"爱因斯坦"(或"爱老")建立了药帝国,"时不我待,只争朝夕",病人们高喊口号:"改天换地!""翻天覆地!""战天斗地!"[2]亡灵病人们批斗医生、护士,不仅凶相毕露,甚至变成猿人一样,智力退化,以一致节奏对医生们采取报复行为,将他们打击致死。而随即医生们的反击有真的猿猴相助,再将亡灵病人们撕裂吞噬,一时间火星医院变成了地狱景象。人性彻底泯灭,后人类火星沦为克苏鲁星球。在第三部中,韩松开始接近后人类宇宙内核的那至恶的存在。

在科幻新浪潮作家中,韩松最具有对鲁迅的自觉认同,也正如夏济安对鲁迅的分析那样[3],韩松有着对于黑暗面的迷恋。医院世界的终极形象,

---

[1] 韩松:《驱魔》,上海文艺出版社2017年版,第145页。

[2] 韩松:《亡灵》,上海文艺出版社2018年版,第98页。

[3] 参见夏济安:《鲁迅作品的黑暗面》,见《黑暗的闸门:中国左翼文学运动研究》,香港中文大学出版社2016年版,第129—143页。

是吞噬一切、泯灭生死的深渊。从《医院》到《驱魔》到《亡灵》，韩松层层接近"深渊"，在接近小说最后时刻的地方，唯一幸存的女性看到了作为世界本质、永劫回归的"医院"的本体，即深不可测的"亡灵之池"：

> 但深渊一旦遇到她的目光，这一无所有的区域便顿然勃发扰动。像是经过亿万年，它终于等来了意识的注视。它要复活重生，再创世界。
>
> 它超越了二进制，在"是"和"不是"之间创造融合区，用模糊算法再构历史——或者说，伪造医院史。这样形成新记忆，并在机器的辅助下，不断反馈，为亡灵之池提供原始参数，合成创始者的意识母体。医院的生命可视作接近永恒。它一旦被灾难破坏，就能自动复原，在这深渊中不断酝酿和推出。①

这一刻是与恶的终极相遇。此处的后人类形象，更像是以极高的密度凝结了人类的至恶。这是人性的自私，也是人推脱给体制的平庸之恶，但这却是最难以觉察也无处不在的恶。韩松暴露出这个如恶魔般的算法，作为人工智能或机制与程序，只有为自己而存在的目的，而且获得了永生。小说中无数次提示医院或算法"司命"，如同"阿曼多"梦幻社会或是"地铁"世界那样，已经变成一个为自己存在而走向疯狂的体系。在第一部《医院》中，杨伟就已经获悉医学是一种行为艺术，医疗只是为了让医院延续下去。到小说最后，作为"深渊"的医院是一种自动的意识，只是为了自己的存在而存在，不惜在此过程中修改现实，变更所有人（和死者）的记忆，打破生和死的界线，将人类反复从死亡状态中拉回医院现场，进入新一轮的病患与生死。至此，人类作为一个具有自决能力的物种，灭亡在人工智能操纵的全面管控之中。

韩松塑造的红色海洋、"阿曼多"梦幻社会、地铁、医院呈现出了形形色色的后人类宇宙，所有这些形象都有一个共同特征，就是彻底截断人性的延续可能。人工智能建构的系统机制只为自己的目的存在，后人类的

---

① 韩松：《亡灵》，上海文艺出版社2018年版，第226—227页。

超级意识（或意识形态）包容也消灭了所有人的意志。韩松的小说总会写到人类消失之后，无论是地铁、高铁，红色海洋、火星福地，医院的种种幻象，仍然存在着。就如韩松另一部小说《高铁》（2012）的结尾那样："高铁永远不会被击碎，它的坚固无与伦比。在空无一物的大地上，列车仍然在稳如泰山地飞速前行。"① 也许没有任何一位别的中国作家，像韩松这样残酷而又"真实"地写出"想象"的后人类状况，而这种想象照亮了现实中难以言传、不可见的真相。

在进入21世纪之后，我们都已经变成了后人类——这是韩松的寓言，也是科幻的启示录；这不是平行宇宙，而是一场在静悄悄中发生在我们生活所有细节之中的巨变——包括此时此刻，你正在通过某种方式阅读这篇文章。当我们已经把自己的大部分自主行为都交给体制来管理，当我们不经意间坐在电子终端连通网络的那一刹那，我们已经变成后人类。韩松展示给我们看的，就如同鲁迅所做的那样，让我们克服"看的恐惧"，去直视我们不愿意认知的真相，如同吃人的真相，难以置信，像那深渊里的极恶。恶之所以无处不在，且可以永生，是因为我们全都是它的工具、它的能量。如何逃出韩松的后人类宇宙，我们或许需要的正是庄周的蝴蝶，这取决于新的文学意识。

（原载《小说评论》2023年第2期）

---

① 韩松：《高铁》，新星出版社2012年版，第365页。

创生"新巴洛克"宇宙

但是我却觉得奇怪,他们以为说了假话,可以不会叫人识破。为此我也因了我的虚荣心,热心想留下什么东西给我们的后人,那么我不至于是唯一没有造神话的自由的人,只是我没有什么真事可说,因为我的经历是没甚值得记录的,所以我只好回过来说谎。但是我的说谎却比他们更为老实,因为我在里边至少是说了一句真话,这便是我在说谎。我想我可以避免人家的谴责,因了我自己承认所说的没有一句真话。所以我这所写的是关于那些事情,我不曾见到,也不曾遇着过,或是从别人听来的,那些事情实在是全不存在,也是事实上所不可能有的。所以凡是读到这故事的人,请万不可以相信它们。

——路吉阿诺斯《真实的故事》(公元 2 世纪,周作人译)

十六七世纪欧洲的"奇崛(Baroque)诗派"爱用"五官感觉交换的杂拌比喻"(certi impasti di metafore nello scambio dei cinque sensi)。

——钱钟书《通感》(1962)

思考,就是褶曲,就是将域外倍增出与它共同延展的域内。

——吉尔·德勒兹《褶曲》(1988)

科幻的史前史

一种普遍的信念是，科幻是一种现代文类，严格来说，其历史非常短暂；它在维多利亚时期的英国被称为"科学浪漫小说"（scientific romance），在 20 世纪初的美国得到了更为通用的名称——"科幻小说"（science fiction）。这个朗朗上口的词语，是由雨果·根斯巴克（Hugo Gernsback, 1884—1967）于 1929 年发明的。科幻（SF 或是口语中的 Sci-Fi）自从 20 世纪中后期以来，一直是美国流行文化的重要组成部分，并随着全球范围内科幻电影的成功，如《2001 太空漫游》（*2001: A Space Odyssey*, 1968）、《星球大战》（*Star Wars*, 1977）、《E.T.》（1982）和《侏罗纪公园》（*Jurassic Park*, 1993）等，影响了整个世界文化走向。

然而，研究科幻的当代学者也倾向于认为这个现代文类有其史前史（prehistory）：保罗·K. 阿尔孔（Paul K. Alkon）认为科幻小说起源于玛丽·雪莱（Mary Shelley, 1797—1851）的小说《弗兰肯斯坦》（*Frankenstein*, 1818），将文类（史前）史延长了一百年。[①] 亚当·罗伯茨（Adam Roberts）则把科幻史延长了将近两千年，他认为古罗马时代用希腊语写作的早期小说就已经包括了科幻小说，比如著名的传记作家普鲁塔克（Plutarch, 45—125）曾撰写过一篇关于月球的科学故事（公元 80 年）。更著名的则是居住在叙利亚的讽刺作家路吉阿诺斯（Lucianus of Samosata, 120—190），他在一篇题目是《真实的故事》（*A True Story*, 170）的小说中，用夸张、繁复、充满幽默感的语言，描绘了一次假想的太空奥德赛。该作品由周作人（1885—1967）首次翻译成中文。在本文开头引述的第一段落中，路吉阿诺斯的叙述之所以如此引人注目，是因为故意颠覆了有关什么是真相的常识；叙述者滔滔雄辩，他声称自己与那些自认为写出了真实历史的当代作者有所不同，那就是那些认为自己写出真实历史的人们其实写出的都是谎言，而他声称自己写的就是谎言，因此反而

[①] 参见：Paul K. Alkon, *Science Fiction Before 1900: Imagination Discovers Technology*, Twayne, 1994, PP. 1–15.

写出了一部"真实的历史"。①

通常学者认为路吉阿诺斯是一个讽刺作家,他通过坦白自己讲述的故事纯属虚构,以此达到真实的效果,这是反讽的说法。事实上,他写的"真实的故事"是天马行空的幻想,扩大了《荷马史诗》的时空域界,比罗马时代航海冒险小说更充满惊奇效果。文字中写了异世界的地点和奇异的生物,他神奇的讲述把读者带入地球之外的诸天界,经历了太阳和月球的战争,和不同行星之间的神圣喜剧。他叙述的目的,不是为了让人"信以为真",而恰巧是为了让读者明白所谓"写作",其实在根本上皆为"虚构"。这样一种叙述,挑战了在作者所处时代——罗马帝国鼎盛时期——盛行的既定知识、权力和信仰系统。如果我们同意亚当·罗伯茨的观点,认为路吉阿诺斯是"科幻之父"②,那么他这种开玩笑似的科幻叙述,从挑战何为真实的角度,颠覆了当时"严肃"作者对历史真相所声称的权威性。路吉阿诺斯的方法,是颠倒事物的秩序(the order of the things),质疑从亚里士多德(Aristotle,前384—前322)以来的古典作家所建立的模仿(mimesis)的可信性,在叙述中创造了一种对于世界真相的思辨态度。对于路吉阿诺斯来说,世界的真相很可能并不存在,因为他所写的"真实"并没有对应的"现实"。在这个繁复而滑稽的文本中,没有任何地方可以令人相信,这个文本声称的"真实"有一个实存的模仿原型。文本所宣称的唯一是真实的,就是叙述者明确告诉读者的,所写皆为虚构,即无论何种"真实的故事"都应该质疑。文本的目的不是为了让人相信,而是为了引发思考。关于文本即虚构的"真实"构成了一个褶曲,这个褶曲的功能体现在它自己展开的叙述方法。路吉阿诺斯的"真实的故事"是最早的元文本(metatext),或元小说(metafiction),其中透露出对于文学的褶曲本质的自我反思。这是发生在亚里士多德总结艺术即模仿之后,其所作为是将艺术作品褶曲,这既是对世界的另类建构,生成一个迥异于现实或常

---

① 参见〔古希腊〕路吉阿诺斯:《真实的故事》,见《路吉阿诺斯对话集》(下),周作人译,中国对外翻译出版公司2003年版,第562页。

② 参见:Adam Roberts, *The History of Science Fiction*, Palgrave Macmillan, 2005, PP. 25–29.

识的想象空间，也旨在颠覆官方（或严肃文学）所认定的现实。

如果认为路吉阿诺斯是第一位科幻小说作家，也就意味着，科幻小说不仅仅是一个现代文类。但这一判断还有更具挑衅性的一个结果，那就是也可以由此提出，假如把路吉阿诺斯也包括在内，科幻小说就不仅仅是一种文类，甚至路吉阿诺斯的写作本身就是对亚里士多德建立的文艺范畴和类型的一种拆解。对于有秩序的文学而言，模仿是文学的黄金准则，这是亚里士多德所奠基的诗学的核心问题，直到20世纪仍为文艺理论的核心问题。① 按照这个准则，路吉阿诺斯的颠覆真实的写作长期以来被认为是毫无道理、晦涩难懂的，他独特的文学力量，一直令理论家感到困惑，看起来他创造的是一种超越对可知现实的模仿、对艺术真实性提出根本质疑的"不规则"（irregular, baroque）的文学表现方式。

这种"不规则"的写作吸引了20世纪两位重要的文学理论家：米哈伊尔·巴赫金（Mikhail M. Bakhtin, 1895—1975）和诺斯罗普·弗莱（Northrope Frye, 1912—1991）。根据巴赫金的说法，路吉阿诺斯的讽刺文学可以归类为一种独立的类型——"梅尼普讽刺"（Menippean Satires）。巴赫金强调了"梅尼普体"作为思想实验的核心："即使是最大胆的最不着边际的幻想、惊险故事，也可以得到内在的说明、解释、论证，因为它们服从一个纯粹是思想和哲理方面的目的——创造出异乎寻常的境遇，以引发并考验哲理的思想……值得强调的是，幻想用在这里不是为了从正面体现真理，是为了寻找真理，引发真理，最重要的是考验真理。"② 弗莱在"梅尼普讽刺"中发现了"科学推测"（scientific speculation），他称之为"冬季的神话"（the mythos of winter）："这是一种对假想做出艺术形式的表达……在科学与迷信的战争中，讽刺家们

---

① 奥尔巴赫（Erich Auerbach）在其博学的巨著《摹仿论》（*Mimesis*）中仍主要回应这一主题。参见〔德〕埃里希·奥尔巴赫：《摹仿论》，商务印书馆2014年版。

② Mikhail M. Bakhtin, *Problems of Dostoevsky's Poetics*, University of Minnesota Press, 1984, P. 114. 译文参考白春仁、顾亚铃译《陀思妥耶夫斯基诗学问题》（生活·读书·新知三联书店1988年版）第166页。

表现得很出色。讽刺本身似乎是从希腊的 silloi[①] 开始的，那是科学对迷信的攻击。"[②] 他所枚举的例子从路吉阿诺斯的讽刺文学到托马斯·莫尔（Thomas More, 1478—1535）的《乌托邦》（*Utopia*, 1516）、乔纳森·斯威夫特（Jonathan Swift, 1667—1745）的《格列佛游记》（*Gulliver's Travels*, 1726），一直到奥尔德斯·赫胥黎（Aldous Huxley, 1894—1963）的《美丽新世界》（*Brave New World*, 1932）和乔治·奥威尔（George Orwell, 1903—1950）的《1984》（*Nineteen Eighty-Four*, 1948）。后两部20世纪小说，在当代的语境中被称为反乌托邦小说（dystopian fiction），在文类上则与科幻小说有着亲属关系。用弗莱的话说，是用科学构建的话语和想象来挑战与颠覆具有迷信性质的意识形态。

巴洛克时代

将路吉阿诺斯列入科幻文学历史中，一下子为科幻增加了接近两千年的历史。科幻考古学家的发现包括了大量巴洛克时代的作品，如西哈诺·德·贝热拉克（Cyrano de Bergerac, 1619—1655，即中国人所说的"大鼻子情圣"的原型人物）的《月球旅行》（*Voyage dans la lune*, 1657）和伏尔泰（Voltaire, 1694—1778）的《微观世界》（*Micromégas*, 1750）等。这些作品，和《格列佛游记》一样，都是讽刺作品，借用假想性的叙事来颠覆社会习俗的认知范式。这类作品，借由讽刺来揭露社会流行的"谬误"，即培根所揭露的人们信以为真理的"幻象"（idolum）。这些作品假想异世界，用一种具有反思性的科学精神，挑战当时流行的文化、信仰和知识论，也因其奇思异想，打开了一个又一个令人惊奇、发人深思的新世界。

这些小说还有一个更大的时代背景，这就是大航海时代，即所谓的地理大发现时代（Age of Discovery）。莫尔的《乌托邦》就是地理大发现的产物。克里斯托弗·哥伦布（Cristoforo Colombo，约1451—1506）登陆新大陆，震动了古老的欧洲世界，世界突然变新了，变成了一个奇迹

[①] 本义是斜眼，指的是哲学讽刺与反讽，最初出现在公元前3世纪的诗中。
[②] Northrope Frye, *Anatomy of Criticism*, Princeton University Press, 1990, P. 231.

(wonder),激发许多作者去写作关于"新世界"的幻想故事,将许多天堂岛屿和理想国添加到正在迅速扩大的世界地图中。对于巴洛克时代的作家来说,世界的形象正在展开,是一幅过于复杂、失去规则的地图。新世界是巴洛克(baroque)③,一切都动起来了。莫尔的《乌托邦》是文类的大交汇:它是假想发现"新世界"的旅行小说,也是批判英国社会的讽刺小说,也是最接近科幻小说的文类自我发明者——从此诞生了乌托邦小说。

巴洛克的奇观也发生在天空图上。伽利略·伽利雷(Galileo Galilei, 1564—1642)首次使用望远镜发现了木星的"完全不可见的"(totally invisible,伽利略自己的话④)卫星,这导致了托勒密地心说(Ptolemaic geocentrism)开始失去信用,验证了哥白尼(Nicolaus Copernicus, 1473—1543)早先假想的日心说(speculative heliocentrism)。伽利略的天文观察和艾萨克·牛顿(Isaac Newton, 1643—1727)对万有引力定律的理论化,完成了科学史上所谓的"哥白尼革命"(Copernican Revolution),这是20世纪之前最重要的科学范式转变,第一次表述出一种违反直觉的宇宙真理。随着哥白尼革命而重构的宇宙真相,有着巴洛克的不规则性。这个真理是在世界表象和日常现实秩序中看不见的,只有经过思考、推测、论证才会显现出来;它是一种违反直觉的假想、思维实验,是一种非正统的理论。只有经过科学实验的证实才能成立,否则这个真理对于普通人而言就像是天方夜谭。即使今天,如果没有天文望远镜,我们对天体运动的直觉观察或许只会证实托勒密宇宙论。哥白尼对于一个不可见的真理做出了违逆直觉和常识的崭新科学叙事,这个真理后来得到了伽利略和牛顿等科学家的实验与观察确认,这才将看似"不真实"的推测转变成了被广泛接

---

③ 有关新世界与巴洛克之间的关系,参见:Lois Parkinson Zamora, Monika Kaup, *Baroque New Worlds: Representation, Transculturation, Counterconquest*, Duke University Press, 2010; Lois Parkinson Zamora, *The Inordinate Eye: New World Baroques and Late American Fiction*, University of Chicago Press, 2006.

④ Stillman Drake, *Galileo at Work: His Scientific Biography*, University of Chicago Press, 1978, P. 146.

受的"真理"。

从1600年左右到1750年,是历史上的"巴洛克时代"（Age of Baroque）。巴洛克作为一种风格,在建筑、艺术、音乐、戏剧、诗歌和小说等方面都有突出的呈现。但在更深的层面上,巴洛克的认识论与从哥白尼的思想实验揭开序幕的科学革命密切相关。巴洛克时期是新科学密集诞生的时代,伽利略和牛顿最终呈现为理论的,也是一种新的关于科学的叙事形式。哥白尼最初的推测将科学变成了一种虚构,虚构就是脱离现实和习俗桎梏的思想。建立在模仿基础上的文学,可以描绘日出日落的景色;但如果哥白尼是一位科幻作家,他必须要创造一个超人类的视角,将观察的位置放在外太空中,向人们呈现匪夷所思的奇观。哥白尼的科学虚构是令人惊异的陌生景象——与我们的直观体验相反,我们正在一颗绕着炽热太阳旋转的圆形星球上,不是静止地坐在家里,而是沿着宇宙不可见的轨道在快速旅行。"哥白尼革命"彻底颠覆了人类在宇宙中有着固定的中心位置的古老信念,从此开始的种种天体物理学理论,不断带来超越人类感知的难以置信,甚至无法认知的宇宙奇观。

巴洛克是一个丰富而痛苦的时代,是卡拉瓦乔（Michelangelo Merisi da Caravaggio, 1571—1610）和巴赫（Johann Sebastian Bach, 1685—1750）为现代世界奠定经典的时代。但在巴洛克之后兴起的古典主义时代,一直到以现实主义为艺术审美主流风格的现代,巴洛克被视为文艺复兴风格的堕落,变成一个贬义词。《侏罗纪公园》被称作巴洛克,并不是一种褒义。在20世纪70年代,默里·罗斯顿（Murray Roston）的《弥尔顿与巴洛克》（*Milton and the Baroque*）一书中,作者为巴洛克艺术辩护。罗斯顿提到了伽利略发现木星四颗卫星和哥白尼的宇宙论对巴洛克时代事物秩序的影响,举例约翰·多恩（John Donne, 1572—1631）著名的长诗《世界剖析》（*An Anatomy of the World: The First Anniversary*）：

> 因为他的轨迹不是圆形,
> 太阳也无法维持他的圆形轨道。
> ············
> 所以那些夸口自己一直在圆形中

运动的星星，没有一个在开始的地方结束。

他们的比例都有残缺，有时沉沦，有时膨胀……①

罗斯顿认识到在巴洛克时代，艺术家迎来了一个陌生而壮丽的新世界，这个世界从圆形到残缺，从完美到不规则，从静止到运动。② 正是地理大发现时代和巴洛克时代为我们现代世界奠定了基础。这是一个充满不确定、需要人们用思想去推测的时代，是一个在感知上不断遭遇惊奇的时代——人们自以为了解的世界消失了，它似乎突然增加了维度，所有以前隐藏起来的褶皱中都像绽放花朵那样，生成了一个闪亮的新世界。世界本身不断蜕变，有关世界的概念和规则不断嬗变。在刘慈欣的《山》这部小说中，哥伦布和哥白尼的名字被借用，指代那些深陷在一个地壳深处泡世界中的金属生物中打破凭借直觉而信仰（但其实是谬误）的"固态宇宙世界观"的探险家和思想家。③ 哥伦布和哥白尼，在所有的世界和所有的时代所做的都是一样的：他们颠覆那些产生谬误幻象的僵化而过时的事物秩序，在认知上挑战和重构何为真实的思想。

亚当·罗伯茨认为，哥白尼的宇宙论对科幻小说特别有意义，原因在于它构思了"一个无限世界的危险想法"，并创造了"惊奇的感觉"或"崇高感"，一种由"巨大规模、庞大设备或超长时间的尺度"引发的令人震惊的审美体验。④ 将科幻小说的历史与巴洛克时代联系起来具有相似的意义。在此，我使用"巴洛克"这个术语来指代一个风格、一种方法和一种世界观，这种风格用不规则的运动、不安定的变化和无限的可能性颠覆了既成秩序。巴洛克展示宇宙的陌生新现象，揭示了探险家和旅行者进入未知领域，却不了解地理全貌的情况，通过"不规则、奇异或不均

---

① John Donne, "An Anatomy of the World: The First Anniversary", in *John Donne's Poetry*, ed. Donald R. Dickson, Norton, 1992, P. 104.

② 参见：Murray Roston, *Milton and the Baroque*, MacMillan, 1980, P. 23.

③ 参见刘慈欣：《山》，见《微纪元》，沈阳出版社2010年版，第225—258页。有关这部小说和科幻世界观的分析，参见本书之《在"世界"中的中国科幻小说——科幻作为一种全球文类，及其成为世界文学的可能与问题》。

④ Adam Roberts, *The History of Science Fiction*, Palgrave Macmillan, 2005, P. 40.

等"的形式打破传统的物理和艺术规则；并且，巴洛克也具有政治意义，作为天主教和神话学意义上的奢华，它是新兴王国和民族国家的反面，抵抗新教简朴的伦理和效率——以及随后工业时代的现代性。在文学史的意义上，巴洛克是现实主义的敌人。它厌恶模仿论的暴政，僭越写实的限制与规则。巴洛克是一种惊奇的艺术，是崇高和不规则的形式，是无限超越和不断展开的生成。科幻小说的思想实验开始出现在巴洛克新世界的地平线上；从颠覆已知知识范式的思考中诞生奇迹，科幻小说在巴洛克时代四五百年后崛起，可以被视为巴洛克的（后）现代重生，或者就是"新巴洛克"（New-Baroque）。

打开"新巴洛克"宇宙

当代科幻文学，特别是新浪潮代表的先锋性表达，是当代文学和文化范式转变的一种表现。正是在科幻新浪潮的兴起中，文学直接应对当代科学和技术中发生的变化。这种情形相当于五百年前发生在地理和天文、数学和物理、建筑和音乐、美术和诗歌等一切领域的认识论转变——与其将当代发生的一切概括为"后现代"，不如借用"巴洛克"这个更有启示性的词语。科幻作为一种方法，开启了"新巴洛克"世界。

伽利略第一次通过望远镜发现木星有四颗卫星，从而打破按照人类直觉判断的地心说；世界地图随着航海大发现而开始急速扩展，并孕育乌托邦想象；微积分和平均律改变科学与艺术的基本形式，激发更改科学规律的幻想文学——这一切都是四百年前巴洛克艺术时代的知识论基础。今天，数字革命正在发生，虚拟时空、人工智慧、多维时空理论、黑洞与虫洞理论、暗物质与暗能量、超弦理论，乃至元宇宙诞生，我们正在进入的世界，或许就是艾柯（Umberto Eco，1932—2016）及其好友在四十年前预测的"新巴洛克"时代[①]。

[①] 参见：Omar Calabrese, *Neo-Baroque: A Sign of Times*, Princeton University Press, 1992. 此书最初以意大利语写成，问世于1986年，艾柯为之作序，认为"新巴洛克"比"后现代"等词语更能代表我们正在进入的新的艺术表现与大众娱乐时代。此后法国哲学家德勒兹和智利流亡导演瑞兹均提出了各自关于"新巴洛克"的哲学与美学论述。德勒兹对此后兴起的各种新思潮（如后人类）影响更深远。

在《现实主义的悖论》（*The Antinomies of Realism*）一书中，詹明信（Fredric Jameson）将古典现实主义的衰落，归因于人类新现实所发生的多样化风格，这种风格呈现在大卫·米切尔（David Mitchell）的科幻小说《云图》（*Cloud Atlas*, 2004）中：

> 我倾向于将这视为对信息和交流的整个意识形态主题的严肃陌生化，这些主题在今天已经变得无处不在，并且成为后现代的一种几近于有正统地位的哲学。这种技术意识侵入阅读过程，一方面将正统的哲学降级为生产方式的概念反射，另一方面以其自己的方式重新书写了新技术与旧现代技术之间所谓"断裂"的历史。在任何情况下，《云图》在时间上宏大的编年史中跨越了计算机和互联网的时代，并将我们自己的现在作为历史舞台，将其贬低缩小为怀旧过去和科幻未来之间的短暂阶段。①

与詹明信不同，我宁可在"后人类"和"新巴洛克"的背景下谈论《云图》，这些背景与中国新浪潮作家面对的情景相似；詹明信在谈论这部小说时，并没有真正面对这些背景。他关心的是现实主义何以不足以表达当代现实，而《云图》的多声部合唱犹如"巨大的滑音"将黑格尔的整体性和目的论碾平了。詹明信不喜欢《云图》，将其视为现实主义的终结者，但他不得不承认，米切尔的小说更好地捕捉了此时此刻，什么是当代——它"将我们自己的现在作为历史舞台"。《云图》不是平面化的全球小说，作者使用的语言高深莫测，令人眼花缭乱，但这部小说却担当得起 21 世纪新小说的样板。这部由六个故事组成的小说，将读者带进一座处处有断裂、处处有褶皱的叙事迷宫，闪烁着"新巴洛克"风格的光彩。

"新巴洛克"这个词已经出现在很多领域，包括建筑和美术，比如瑞兹（Raúl Ruiz, 1941—2011）关于"黑暗和海洋"的"新巴洛克"电影

---

① Fredric Jameson, *The Antinomies of Realism*, Verso, 2013, P. 311.

诗学①；哲学领域，比如吉尔·德勒兹（Gilles Deleuze, 1925—1995）阐释了莱布尼茨（Leibniz）和福柯（Foucault）在科学、知识型和美学上的褶曲②；以及文化领域，比如卡拉布雷塞（Omar Calabrese, 1949—2012）将"新巴洛克"解释为整个当代文化不稳定、多维度和多变化的标志③。尽管被称为"新巴洛克"，但并不意味着简单地回归巴洛克。更多的是，今天的时代与巴洛克时代共鸣。"新巴洛克"表达了一种不安，这种不安其实早在20世纪初的科学和文化变革中就体现出来，它在过去一百二十多年中采取许多形式，推动着人类文明从过去三个世纪以来被牢固确立、规范化的牛顿物理定律、笛卡尔本体论、黑格尔目的论和政治拓扑结构的束缚中跨出新的一步。那些过去的结构都强调了（较劣、不利的）他者和（帝国、胜利的）主体性之间的对比。

德勒兹和卡拉布雷塞都使用这个术语来表征当代世界的基本形态，不仅仅是某种表现形式，更是所有科学和文化的表达形态。在一个阈值时刻，未来的展开之前，发生的正如五百年前一样，是"新巴洛克"的时刻。与此前四十年流行的术语"后现代"不同，"新巴洛克"放弃了时间的线性形象，而是暗示了空间、运动和时间中的曲线、迷宫和折叠，这些不能被拉直或抽象化，与现代性前提下的整体性倾向正好相反。"新巴洛克"没有实际的开始，也不是一个实际的事件；它无处不在地展开，呈现在情感结构、认知方式和知识生成中。德勒兹说："巴洛克不是指本质，而是指操作功能，是一个特质。它无休止地产生折叠。……然而，巴洛克特征扭曲和旋转着它的褶曲，将它们推向无穷大，褶曲重叠，一个接一个。巴洛

---

① 参见：Raúl Ruiz, *Poetics of Cinema*, Editions Dis Voir, 2005; Raúl Ruiz, *Poetics of Cinema* 2, Editions Dis Voir, 2007.

② 参见：Gilles Deleuze, *Foucault*, trans. Sean Hand, University of Minnesota Press, 1988; Gilles Deleuze, *The Fold*: *Leibniz and the Baroque*, trans. Tom Conley, University of Minnesota Press, 1993.

③ 参见：Omar Calabrese, *Neo-Baroque*: *A Sign of the Times*, trans. Charles Lambert, Princeton University Press, 1992.

克褶曲一直延展到无穷。"①卡拉布雷塞认为"新巴洛克"是"贯穿当今许多领域知识的一种时代精神",他用它来"将某些当前的科学理论(突变、分形、耗散结构、混沌和复杂性理论等)与某些艺术、文学、哲学甚至文化消费形式联系起来"。②我并不打算过度简化两位哲学家的复杂方法和理论,但我们可以同意,德勒兹、卡拉布雷塞和瑞兹均将"新巴洛克"作为一种永不停歇的流动和无限展开的运动。

简而言之,我认为新浪潮是一次对新奇性的大胆实验,将量子诗学与"新巴洛克"无限纠缠在一起。新浪潮的崛起带着对未知、不确定和不可预测的好奇心,跨越熟悉和不存在之间的边界,梦想着超越和无限。我认为,在最激进的层面上,新浪潮一直在蓬勃地发展一种前卫的文化精神,质疑有关道德、意识形态、自我和世界、人类和宇宙的常见观念和规则。它产生了新的文学话语模式,将我们视为理所当然的事物疏离,开阔我们的眼界,探索颠覆性知识和想象,并唤起一系列(非)真实或虚拟的感觉,从黑暗到崇高,从诡奇到壮观,从沉醉到热情,从超验到启示,从人类到后人类等,不一而足。在广阔的21世纪文化场景中,新浪潮科幻是更持久、更深刻的认识论转变的先驱,它切断了表现与现实之间的二元对应关系。在最极端的界面上,只有表现,没有了现实。新浪潮向内、向外同时展开,呈现出像赛博格、嵌合体、异托邦、超维度、多元宇宙、协同进化等非正统、非二元的形态。这些形式拆解了性别、阶级、种族、等级和意识形态等各种范畴的排他性身份和二元对立,使人类的"自我"变成了容纳后人类"他者"的集合信息流与有机体的新的身体——这个新的"我"可以是生活在一个非二元宇宙中的隐形"怪物",而这个非二元的宇宙闪耀着"新巴洛克"的华丽,照亮了无限可能性,看起来永远不会定格在某一个特定现实的单一形态中。

(原载《小说评论》2023年第3期)

---

① Gilles Deleuze, *The Fold: Leibniz and the Baroque*, trans. Tom Conley, University of Minnesota Press, 1993, P. 3.

② Omar Calabrese, *Neo-Baroque: A Sign of the Times*, trans. Charles Lambert, Princeton University Press, 1992, P. xii.

未来有无限可能

第三辑

青春话语

现代中国的青春想象

> 日本人之称我中国也,一则曰老大帝国,再则曰老大帝国。是语也,盖袭译欧西人之言也。呜呼!我中国其果老大矣乎?梁启超曰:恶,是何言,是何言,吾心目中有一少年中国在!
>
> ——梁启超《少年中国说》

> 青年如初春,如朝日,如百卉之萌动,如利刃之新发于硎,人生最可宝贵之时期也。青年之于社会,犹新鲜活泼细胞之在人身。……予所欲涕泣陈词者,惟属望于新鲜活泼之青年,有以自觉而奋斗耳!
>
> ——陈独秀《敬告青年》

> 倘使我还得偷生在不明不暗的这"虚妄"中,我就还要寻求那逝去的悲凉缥渺的青春,但不妨在我的身外。因为身外的青春倘一消灭,我身中的迟暮也即凋零了。
>
> ——鲁迅《希望》

在 20 世纪的黎明时刻,流亡海外的维新派青年领袖梁启超写作了《少年中国说》,以热烈激扬的文字将中国的形象从"老大帝国"一变为"少年中国",其表述策略犹如浮士德的返老还童(rejuvenation)。正如浮士德(及其所代表的欧洲文化精神)从古典向现代的转型首先需要借助于"青春"的魔力①,中国的现代化想象也有赖于对"青春"的发现与拥抱。在梁启超之后的一个世纪里,在我们称之为"现代中国"的这个话语空间中,充斥着形形色色的青春论述:自清末至五四,从民国到共和国,当知识界不断建立和翻新关于"现代"的知识与信念,展开对"中国"的想象与重构,"青春"在中国的政治与文化表述中便一直扮演着至关重要的角色,直至成为现代中国的一个经久不衰的神话。

"青春"(我在这里以"青春"总括了青年、少年在内的青春话语②)意味着变动性、可塑性、发展性,代表着活力、希望与未来,隐喻着个体、社会和国家的新陈代谢、除旧布新、改天换地。对于"青春"的发现和赞美,喻示着与传统的决裂和面向未来的无限憧憬。"青春"一方面释放出对于既有文化形态的破坏力,另一方面又充满着对理想形式的渴求——这两个方面的力量使"青春"游走于现实与理想、现在与未来之间,以其激进而又焦虑、充满了紧张性的表达形式,书写着现代中国的形象。

在梁启超吟唱出"少年中国"的赞歌之后,多少代中国知识分子、作家、政治家都选择"青春"这一符号来寄托他们对政治革命、文化变革、民族复兴和美好生活的渴望:陈独秀及其同人心目中的"新青年",王光祈发起的"少年中国"运动,巴金小说传递的信念"青春是美丽的",抗战期

---

① 浮士德在与魔鬼定约之后首先要求重获青春。有关浮士德这一文化形象与现代性之间的关系,参见:Marshal Berman, *All That Is Solid Melts into Air*, Penguin Books, 1988, PP. 37—86.

② "青年"与"少年"在当代汉语语境中指不同年龄的人群,"少年"往往指年龄在十岁到十六岁之间的未成年人,而"青年"的含义根据不同语境和制度要求可以用来指十几岁直到四十几岁的人。但在晚清和民国初期,这两个词语往往混用,其意义大体相当于年轻人,而当时以"少年"的使用为多。"青年"与"少年"逐渐在意义上分离,当民国建立,特别是五四之后,新式学校的学生构成较大的青年群体,"青年"遂获得了更加具有独立性的意义,取代"少年"成为对年轻人最普遍的称谓。另外可参阅钱穆的解释:"青年二字,亦为民国以来一新名词。古人只称童年、少年、成年、中年、晚年。……而犹必为新青年,乃指在大学时期身受新教育具新知识者言。故青年二字乃民国以来之新名词,而尊重青年亦成为民国以来之新风气。"钱穆:《中国文学论丛》,生活·读书·新知三联书店2002年版,第26页。

间蒋介石号召的"十万青年十万军",以及新中国成立之后毛泽东口中赞美的"早晨八九点钟的太阳"……这些只不过是一些耳熟能详的经典例子。事实上,自晚清以来,包括维新派、进化论者、民族主义者、无政府主义者、启蒙思想家、国民党宣传家,直至社会主义理论家在内的种种意识形态的代言人都毫无例外地意识到青春的象征潜力,争相借用青春话语来推行自己的主义。而经过他们的不断表述,"青春"被赋予了种种激进的文化意义。"青春"遂与"新""启蒙""革命""新中国"等重大的现代意识形态神话融为一体,成为后者的形象载体。

现代中国的青春话语萌发于政治想象的层面,但终将涵盖文化表述的各个领域——教育、文学、审美、伦理、情感、身体等——直至被赋予几乎包罗万象的意义表达功能。在具体的历史语境中,"青春"(或"少年""青年")被赋予的新意层出不穷,它被表述为民族自新的动力、启蒙运动的主体、革命的先锋、社会的主人、自由的象征、创造精神的化身、激进伦理的体现、建设国家的生力军、未来历史的创造者,等等。然而我们也不能忘记,作为文化想象的"青春"当然也是经验层面的实体:从晚清少年烈士身殉革命,到五四青年拥上街头共赴国难;从新青年走出封建家庭闯入美丽新世界,到红卫兵大串联、知识青年上山下乡;从近代教育体制改革促生数量巨大的学生群体,到共产主义运动收编无数的进步青年。但是事实上,现代中国的"青春"虽然在经验与话语之间、在现实与计划之间、在血肉之躯与象征寓意之间永远渴求着统一,但却很难获得将其真正合二为一的整合机遇。

相应,中国现代文学的发生与发展过程中充满了"青春"的形象与声音:如晚清小说中的革命少年,鸳鸯蝴蝶派笔下多愁善感的少男少女,五四新文学中的浪漫青年;又如茅盾、叶绍钧等人的成长小说对于五四一代青年经验的历史化叙述,巴金借小说宣扬安那其理想过程中树立的"青春崇拜",社会主义英雄成长小说对青年形象的规训;再如红卫兵的"胡涂乱抹",知识青年的"青春祭",以及随之而来的"一无所有"的摇滚青年,"玩的就是心跳"的"动物凶猛",乃至"像卫慧那样疯狂"的上海宝贝,还有海峡彼岸"寂寞的十七岁","野孩子"和在"世纪末的华丽"

中悄然老去的时尚男女……例子可谓数不胜数。①

　　这里尚不是对这些作品展开具体分析的地方，而我想扼要指出的是，现代中国文学中的青春表述有着极其丰富的复杂性，它一方面在在透露出以"青春"为形象载体的诸种现代意识，另一方面却时常以文学表达的多样、繁复和暧昧而逾越后者的思想与形式边界。这固然是由于现代中国文学传统虽高举"写实主义"的大旗，却实在难以调和"青春"的理想与现实之间不可避免的冲突，从而往往在形式与经验之间暴露出符号表意链条的破损与断裂。但另一方面，对于"青春"的文学表达其实更为激进地体现出"青春"在构型（formation）与无形（formlessness）之间的悖论。多数对于"青春"的意识形态表述都是凭借其突破定型的解放力量获得"革命性"的动力，但与此同时，这些表述本身对于"青春"施与了新的构型——对于"青春"的意识形态阐释无疑都隐含着这种倾向——而且新的构型一经完成，即往往对"青春"的无形一面视而不见，遂将其纳入封闭的话语形态之中。但"青春"的文学表达与其他意识形态表述不同的地方在于，它在形式上存在着构型与无形之间持续的对话，在很多作品——如茅盾的"《蚀》三部曲"、路翎的《财主底儿女们》、王蒙的《青春万岁》——中，文本其实无法真正为某一种意识形态所驯服，其形式上潜在的开放性使"青春"在构型与无形之间的辩证关系被表现得淋漓尽致。更不用说，20世纪后半期的中国文学中不乏反讽性的写作，其中对于"青春"的神话有着更为自觉的解构——像王朔、张大春这样的作家遂开始任意玩弄符号与经验之间的游戏。

---

　　① 茅盾、叶绍钧的成长小说可以《虹》和《倪焕之》为例；巴金的安那其小说包括《灭亡》《新生》和《爱情的三部曲》等；社会主义中国的革命成长小说最著名的例子是杨沫的《青春之歌》；《胡涂乱抹》是张承志的小说；《青春祭》是张暖忻拍摄的一部反映云南知青生活的电影；《一无所有》是摇滚歌手崔健的成名作，而《摇滚青年》是刘毅然的小说；《玩的就是心跳》和《动物凶猛》均为王朔的作品；《像卫慧那样疯狂》和《上海宝贝》是卫慧的两部小说；《寂寞的十七岁》是白先勇的早期作品；《野孩子》为张大春的小说，同一系列的作品还包括《少年大头春的生活周记》和《我妹妹》；《世纪末的华丽》是朱天文的短篇小说。

如果说梁启超和陈独秀们为现代中国找到一个光辉灿烂的形象——"青春",那么透过文学想象呈现出来的"青春"却也可能是现代中国的一张鬼脸(grimace)①,它的意味时常是歧义丛生、暧昧不明的。

现代中国的青春想象是一个逐渐被建构起来的话语集合体,其建构过程包含着对符号、形象和表述方式的选择、创造与不断的改写和阐释。对于"青春"的文化批评应该包含这样一个出发点,即青春想象是有其历史的。我们首先应该考察有关青春的话语如何在历史语境中生成以及如何被利用(或者被"误用""滥用")。对于"青春"的历史化理解要求我们也必须充分考虑到它在其意识形态神话的表象之下隐藏的暧昧、矛盾和反讽的层面,而这些层面更为深刻地揭示出了"青春"与中国的现代经验之间错综复杂的关系。

我想从这一出发点来确定对于青春话语的研究,而这种类型的工作在中国研究领域中尚未得到足够的重视。不能说中国的"青春"或者青年问题一直被忽视,但学术界对于这类问题的研究长期以来一直主要属于政治学或社会学的范畴;在过去,"青春"或者青年往往首先被当作一种社会或政治现实来加以考虑。② 我认为,对于"青春"的话语性及其建构历史的研究,在我们对中国现代文化的理解中有着至关重要的地位。这后一个方面的研究并不局限于把"青春"当作一种社会现象,或是把青年视为一种固定的社会人群,而是意味着有关"青春"的想象和表达与中国现代意识的基本方面相关,它涉及一系列我们称之为"现代性"的思维模式和表述系统,关系着现代中国知识界对时间的体验、对历史的认知、对于国家

---

① 我在此借用了诗人庞德的说法:任何时代都需要捕捉它的一张鬼脸。参见:Ezra Pound, "Hugh Selwyn Mauberly", in *Selected Poems of Ezra Pound*, New Directions, 1957, P. 61.

② 关于中国当代青年问题研究的典型作品,比较晚近出版的有陈映芳撰写的《在角色与非角色之间——中国的青年文化》(江苏人民出版社2002年版),作者明确地将其作品定位为对当代青年文化的社会学研究。

和个人等观念的建构。①

我在目前的工作中试图要做的,是历史化地理解 20 世纪上半期中国青春话语的兴起和演变,在此基础上考察它在中国现代性想象中的位置和功能。我所着力分析的这个时期,大致起始于 20 世纪初——其时梁启超等启蒙知识分子开启了对于"青春"的现代表述,结束于 20 世纪 50 年代——其时社会主义文化完成了对"青春"的意识形态建构。与后来的阶段相比,青春话语在这个时期的建构性更为明确,而它作为意识形态神话的表述功能很少受到直接的挑战,这使得它在此阶段的中国现代文化想象中一直占据着核心的位置。另一方面,虽然这个时期在话语层面上缺乏对于"青春"形象的反思,但如果我们对其建构过程(尤其是通过文学想象来展开的部分)进行考察,就不难发现这是一个充满了紧张性的过程,其间发生在符号、形式和意义层面上的冲突与矛盾,都喻示着它是一个内蕴十分丰富的话语空间——那种建构与破坏的不同力量彼此交错、难分难解的情景,可能比我们在现代性神话受到明确质疑的今天所见到的景象更加具有启示性的意义。

我的分析对象主要是在文学层面呈现的青春话语,但它也必然联系着中国现代青春想象在政治、社会、伦理、教育等方面的表现。在以下篇幅中,我首先尝试勾勒现代中国青春想象中的一些基本问题,这些问题包括:一、"青春"如何获得对现代性的象征意义,以及它的符号特征;二、"青春"在表达时间与历史图像方面呈现出怎样的问题性和复杂意识;三、"青春"在意识形态建构方面如何处理国家和个人的关系;四、"青春"如何在现代成长小说中化身为一种叙事的动力,构造着这

---

① 从文学或文化研究的角度出发,对"青春"的意识形态性、文学史或主题学意义的研究,可参见梅家玲:《发现少年,想象中国——梁启超〈少年中国说〉的现代性、启蒙论述与国族想象》,《汉学研究》2001 年第 19 卷第 1 期,第 246—276 页;梅家玲:《少年台湾——八、九〇年代台湾小说中的青少年论述》,见《性别,还是家国?》,麦田出版社 2004 年版;樊国宾:《主体的生成——50 年成长小说研究》,中国戏剧出版社 2003 年版;刘广涛:《百年青春档案:20 世纪中国小说中的青春主题研究》,中国社会科学出版社 2005 年版。

个文类的形式与精神特征。我并不是在一个线性发展次序上论述这些问题,而由于这些问题彼此勾连,必须时时将它们联系在一起讨论。这只是一个粗略的描述,其中我的关心重点不但是"青春"的现代建构过程,更是这个过程中的含混与复杂的方面。对这些问题的讨论尚不能构成完整的历史描述,但我也希望它能够凸现出一些富有意义的历史时刻。

一、"青春"与现代性

"青春"是现代的发明——它是现代启蒙知识分子、政治家和文学家表述的产物。这并不是说,"青春"是横空出世的新词语。有关青春的一切论述原本建立在青春期的生理学意义之上,而在古典时期的中国文献中,这一词语的运用已经具有比喻的性质。"青春"的本义是郁郁葱葱的春季,如《楚辞·大招》所言"青春受谢,白日昭只",或杜甫《闻官军收河南河北》中的名句"白日放歌须纵酒,青春作伴好还乡"。① 用在人的身上,青春喻示着人生中如春季一般的少壮阶段,但同时这也是接受教育与规训的阶段。《周易·蒙卦》有言:"匪我求童蒙,童蒙求我。"② 儒家传统基本上将青年视为社会驯化的对象,务求纳其于稳定的社会结构之内。就一般而言,古典时期的"青春"有着建立在自然和生理形象之上的明确定义,而其社会意义并不重要。

在"青春"的现代演变中,最为重要的事件是它获得了一种超越其生理性和自然性的符号象征意义,这种被赋予了普遍性的象征意义使之得以演变成为一个现代神话——这里所说的"神话",是借用罗兰·巴特(Roland Barthes)的概念,指称那种将观念"自然化"的意识形态话语。③ "青春"可能是最重要的现代神话之一,它是现代文化表述系统中的一个核心符号。"青春"的这个变化并不是绝无仅有地发生在现代中国,而是最近两个世纪中非常引人注目的世界性现象。虽说思想史学界有关"青春"

---

① 此二例均见于《辞海》(上海辞书出版社 1979 年版)中对"青春"的解释。
② 黄寿祺、张善文:《周易译注》,上海古籍出版社 1989 年版,第 49 页。
③ 参见:Roland Barthes, *Mythologies*, Hill and Wang, 1972, P. 11.

的研究中还没有出现像菲利普·阿里埃（Philippe Ariès）的"发现童年"（the discovery of childhood）那样脍炙人口（虽然也备受争议）的论断[①]，但与"童年"相似，对于"青春"的"发现"或者隆重表述，也被认为是相当晚近的事情，并且与"现代性"的观念发展有着密不可分的关系。

现代人的形象首先是一个青年，这是意大利文学理论家莫瑞蒂（Franco Moretti）在现代欧洲文学中观察到的一种现象。欧洲古典文学中的英雄人物如阿基琉斯、赫克托耳、俄底修斯都是成年人，甚至丹麦王子哈姆雷特，据莫瑞蒂的判断，也是一个三十岁以上的中年人。但从18世纪下半期开始，在法国大革命发生前后，欧洲文学中出现了一类新的人物，他们有着鲜明的青年身份，如威廉·麦斯特、于连·索黑尔、大卫·科波菲尔。莫瑞蒂认为，正是这些青年人物为欧洲现代文化确立了一个新的象征符号（symbolic form）——青春，以描写青年的精神发展为主题的"成长小说"（Bildungsroman）也借此兴起。以"青春"为主导元素的文化想象的兴起，标志着欧洲社会的一个重要转变：传统社会的稳定社群（stable communities）开始瓦解，新的社会规范处在不断新生与再瓦解、再创造的过程中。在这种社会背景之下，青年的角色不再是预先书写好了的（pre-scribed），而是随着既有秩序的松动而游离于传统的人生道路之外。青年的发展遂成为一个问题，而其问题性是整个社会动荡变化的缩影。与此同时，"青春"不再被视作无关宏旨的过渡年龄，反倒被看成是人生中最重要的阶段，它意味着无限的发展可能性，是生活中最为多姿多彩的元素。莫瑞蒂将"青春"命名为现代性的"本质"，因为"青春"具有永恒的内在不满足（inner dissatisfaction）与变动性（mobility），也由于"青春"的

[①] 参见：Philippe Ariès, *Centuries of Childhood: A Social History of Family Life*, Alfred A. Knopf, 1962. 与这种思路一脉相承的对于中国童年的思想史研究，在近年来也取得不少成绩，如：Jon Saari, *Legacies of Childhood: Growing up Chinese in a Time of Crisis*, 1890—1920, Harvard University Asia Center, 1990; Anne Behnke Kinney ed., *Chinese Views of Childhood*, University of Hawaii, 1995; 熊秉真:《童年忆往：中国孩子的历史》，麦田出版社2000年版; Ping-chen Hsiung, *A Tender Voyage: Children and Childhood in Late Imperial China*, Stanford University Press, 2005.

转瞬即逝（elusiveness），这使它以最激进的形式召唤着一个不断面向未来、瞬息万变、难于安定下来的新时代。① "青春"意味着马克思式的现代景观：一切坚固的都烟消云散了（all that is solid melts into air）②——它将传统化为死尸，在永恒的革命中挥洒着它可以无限更新的巨大能量。在这个意义上，现代性拒绝着成熟，而渴求保持它永远年轻的形式。

现代中国青春话语的发生与发展是在现代西方势力扩张的国际背景下展开的。1900 年，身处异域的梁启超借鉴意大利革命家马志尼的"少年意大利"（Young Italy）计划，首倡"少年中国"。其《少年中国说》开篇有如是言论："日本人之称我中国也，一则曰老大帝国，再则曰老大帝国。是语也，盖袭译欧西人之言也。呜呼！我中国其果老大矣乎？梁启超曰：恶，是何言，是何言，吾心目中有一少年中国在！"③ 正所谓"西风一夜吹人老"，梁启超在中西对比中发现"青春"的魅力，意味着他对于中国未来的想象已经被纳入了由西方现代性为指针的时间表中。十五年后，陈独秀在缔造"新青年"话语的时候，也首先以西谚开场："窃以少年老成，中国称人之语也；年长而无衰（keep young while growing old），英美人相勖之辞也：此亦东西民族涉想不同现象趋异之一端欤？"④ 最初几期的《新青年》中不乏对于西方国家青年运动的介绍⑤，不过更为重要的是，陈独秀发起的"新青年"运动为中国青年树立的理想形象明确地指向了"全盘西化"的文化革命。

---

① 参见：Franco Moretti, *The Way of the World: The Bildungsroman in European Culture*, Verso, 2000, PP. 3–6.

② 关于马克思的现代性观念，参见：Marshal Berman, *All That Is Solid Melts into Air*, Penguin Books, 1988, PP. 87–120.

③ 梁启超：《少年中国说》，见《梁启超全集》（第一册），北京出版社 1999 年版，第 409 页。

④ 陈独秀：《敬告青年》，《青年杂志》1915 年 9 月 15 日第 1 卷第 1 号。

⑤ 如第 1 卷第 3 号谢鸿的《德国青年团》、第 5 号李穆的《英国少年团规律》、第 6 号淑生的《巡视美国少年团记》等。第一篇有关"青年德意志"（Young Germany）这样的激进组织，后两篇则是对英美"童子军"（Boy Scouts）的介绍。

发生于近代中国的"数千年未有之大变局",首先是西方现代性的强悍冲击所致。来自西方的枪炮、商品、科学、文化、政治思潮和历史观念,在很短的时间内瓦解了中国传统社会的各种既有规范,强行将中国拖入现代性的漩涡之中。这是一个王纲解纽的时代,但值得注意的是,这也是一个充满了希望和乐观精神的时代:传统的分崩离析开辟了新的宇宙,老大帝国的死亡意味着少年中国的出世,结局成为起点,一切都在激变,一切都在重生。对于"巨变"中的中国来说,白头变少年,时间重新开始了。在这个结局即开始的大时代中,中国现代意识的发生发展所具有的实际复杂性不容我们忽视,"它接受西方现代意识的启迪和激发,同时它更是从自身处境中生成,并对自身的历史和现实构成意义"[1]。与近代中国和西方之间的"冲击—反应"关系相平行的,是中国对于"主体自决"的强烈渴求。从传统轨道中抛离出来的"青春",因其骤然获得的独立性、创生性和发展性,成为现代中国借以召唤其未来主体性的最恰当也最具感性的形式。在《少年中国说》中,梁启超以一系列夸张的比喻称颂少年中国的精神:"红日初升,其道大光。河出伏流,一泻汪洋。潜龙腾渊,鳞爪飞扬。乳虎啸谷,百兽震惶。鹰隼试翼,风尘翕张。奇花初胎,矞矞皇皇。干将发硎,有作其芒。天戴其苍,地履其黄。纵有千古,横有八荒。前途似海,来日方长。"[2] 这种气吞万象而又无所顾忌的修辞方式,生动地凸现出了"青春"在塑造新的历史、国家、社会与人民方面所具有的开天辟地一般的主能动力。在梁启超及其后来者的想象中,"青春"化身为中国现代性的主体,它体现着永无止境的历史动力,使现代中国自强自新的欲望不断延续乃至不断再造。

梁启超、陈独秀们在"青春"创始和发展性的个体时间之上书写未来的历史时间,以此来创立了关于现代性的一般表述形式。这反过来也使"青春"超越了自然、生理和时空等诸种限制,获得一种普遍性的象征意义。

---

[1] 张新颖:《20世纪上半期中国文学的现代意识》,生活·读书·新知三联书店 2001年版,第4页。

[2] 梁启超:《少年中国说》,见《梁启超全集》(第一册),北京出版社1999年版,第411页。

但更重要的是,"青春"作为现代性的象征符号,其意义不仅在于它代表着各种激进、进步话语的汇总,而且其形式本身可以不断更新,有着无穷无尽的自新能力。"青春"是短暂的,但在其对现代性的表达中,其短暂的爆发力剧烈地改变了时间的形象,使每一个时间上的终点都有潜力变为新的起点,遂使自我命名的"青春"得以无限地自我更新。这后一方面使"青春"获得了一种超越线性时间限制的形式意义,或者说是一种"非时间性"(timelessness)的图像。它与自晚清以来中国现代性想象中的进步理性主义并不矛盾,而是为后者提供了无止境的建构与不断重构的可能性。

"青春"作为现代性象征符号的形式意义在这两个方面缺一不可,现代青春话语的缔造者们对此都不无自觉。在梁启超、陈独秀等人的青春论述中,"青春"形象投射的线性演进模式和无时间性的形式特点往往都是共存的。对这个方面最为生动的论述来自李大钊,他在新文化运动兴起之际写作了充满诗意的散文《青春》,其中试图创造一种"青春"的本体论;在以下引文中,他借用佛教词汇准确地表达出了"青春"的形式辩证法:

> 其变者青春之进程,其不变者无尽之青春也。其异者青春之进程,其同者无尽之青春也。其易者青春之进程,其周者无尽之青春也。其有者青春之进程,其无者无尽之青春也。其相对者青春之进程,其绝对者无尽之青春也。其色者差别者青春之进程,其空者平等者无尽之青春也。推而言之,乃至生死、盛衰、阴阳、否泰、剥复、屈信、消长、盈虚、吉凶、福祸、青春白首、健壮颓老之轮回反复,连续流转,无非青春之进程。而此无初无终、无限无极、无方无体之机轴,亦即无尽之青春也。[①]

这种瞬息万变、与时俱进同时又无初无终、无限无极、无方无体的"青春"观念,对于中国的现代性想象产生着深刻的影响:发现"青春",使中国站在了一场伟大变革的起点之上;而无穷的"青春",使现代中国在

[①] 李大钊:《青春》,《新青年》1916年9月第2卷第1号。

无数次的变革和革命之后，依旧可以不断地回到这一起点。

二、"青春"的过去与未来

"青春"构造了20世纪中国的思想时尚。章士钊在批评新文化运动时说："诸少年噪曰：'梁任公跟着我们跑也！'有不肯跑者，则群訾曰'落伍落伍'，千人所指，不疾自僵。"[①] 这种"跟着少年跑"的时尚要求，用一种专制的形式体现着"青春"在时间维度上日新月异的牵引力。"青春"被认为强烈地表现出了现代性的时间感受，意味着"新""变化""未来"和"进步"，而同时对"旧有""过去""传统"和"保守"的方面具有巨大的挑战性和破坏性。无论《新青年》诸君子还是章士钊这样的保守派对"青春"的理解都暗示着这种二元对立的想象模式，而"青春"由此投射出面向未来不断演进的历史轨迹。

但这种看似齐整的时间和历史图景之下，其实又隐藏着异常多样复杂的方面。事实上，在中国青春话语的表述中，"过去"和"未来"其实关系暧昧，新、旧往往并非泾渭分明，"进步"和"保守"之间的分水岭也不像表面看来那样一清二楚。例如梅家玲在分析梁启超"少年中国"话语时就提出了一个重要问题："老少新旧对立的表象之下，是否，以及如何，偷渡着少年们对老大者欲拒还迎的欲望与焦虑？"[②] 返回中国现代青春话语的起点——梁启超创立"少年中国"话语的时刻——我们会发现，梁启超一方面歌颂着"壮丽浓郁、翩翩绝世之少年中国"，另一方面同时仍不能忘情于唐虞三代秦皇汉武等"我国民少年时代良辰美景、赏心乐事之陈迹"。[③] 在《新民说》中，他更清楚地强调说："新民者云，非欲吾民尽

[①] 转引自钱基博：《现代中国文学史》，中国人民大学出版社2004年版，第422页。

[②] 梅家玲：《发现少年，想象中国——梁启超〈少年中国说〉的现代性、启蒙论述与国族想象》，《汉学研究》2001年第19卷第1期。

[③] 梁启超：《少年中国说》，见《梁启超全集》（第一册），北京出版社1999年版，第409—410页。

弃其旧以从人也。新之义有二：一曰，淬厉其所本有而新之；二曰，采补其所本无而新之。"① 显然，在梁启超描绘的"少年中国"的美妙前程中，一切求新之举，都不可脱离"其所本有"。这种认为在传统和现代之间"偏取其一未有能立者"的思路，在晚清知识分子当中十分普遍，对于他们来说，历史的进化是在"保守"与"进取"的调和之下展开的，而面向未来的线性时间观并不是一条脱逸出传统的抛物线。在此精神土壤之中生长出来的青春话语虽然强调创新——标示出中国进入现代的"伟大起点"，但却不能将其"过去"弃诸忘川。

在梁启超随后倡导的"新小说"运动中，许多作家（包括梁氏本人）争相踊跃地将梁启超"少年中国"的政治蓝图展现为乌托邦式的未来叙事，但其中"传统"与"变革"、"未来"与"过去"的关系都有点不清不楚，而往往发生有趣的组合。最突出的例子是吴趼人的《新石头记》。在这部小说的后半部分中，贾宝玉漫游未来世界中一个已变为超级强国的"少年中国"，其种种妙处都由一位名叫"老少年"的向导展现出来。而这个未来中国的缔造者也同样是一个精神相貌都"无异少年"的老人，已经两百多岁，还保持着青春的活力。更重要的是，未来中国的强盛都建立在中国古老传统的文化美德之上，在这里，传统也如"老少年"一般老而不衰，呈现出永恒延续的自新活力。② "老少年"的形象塑造可能是出于对"少年"崇拜的戏仿（parody）——吴趼人给"少年"加上一张老脸，或者说让老人永葆青春，可谓有意地混淆了新旧对比，巧妙地呈现出了清末知识分子心目中"青春"中国的传统底色。这种对于传统自新能力的顽强信念不仅仅意味着保守的立场，其实也表现出一种激进的修辞策略，即

---

① 梁启超：《新民说》，见《梁启超全集》（第二册），北京出版社1999年版，第657页。

② 参见吴趼人：《新石头记》，中州古籍出版社1986年版。有关《新石头记》对于传统和现代的复杂态度，参见王德威：《被压抑的现代性：晚清小说新论》，麦田出版社2003年版，第348—364页；Theodore Huters, *Bringing the World Home: Appropriating the West in Late Qing and Early Republican China*, University of Hawaii Press, 2005, PP. 151–172.

它通过在传统中注入可以无限更新的"青春",将未来历史演进的推动力揭示为超越线性时间束缚的"青春"自新能力。然而,我们同时必须意识到,这种修辞策略实际上也有使历史演进濒临陷入虚像的危险——时间可能只是幻觉,而"青春"只是一种想象的附加物。

在政治意义上,吴趼人笔下的"老少年"体现着晚清一代知识分子对于中国传统的自信心,但我认为,在文学意义上"老少年"还有着更为复杂、暧昧的层面。事实上,吴趼人的叙述比较梁启超等政治家的未来计划而言,还呈现出一个多余的异数——作为未来历史旁观者的贾宝玉。《新石头记》里的贾宝玉仍继承着他在《红楼梦》里的补天之志,只是在晚清的背景之下,补天更具体地化身为一种政治理想,东方文明领导下的强盛的未来中国即标志着这一新的补天大志的实现。然而糟糕的是,它的实现竟与宝玉无缘,他最多只是一个未来历史迟到的旁观者,遂又再度失落了补天的机会。宝玉在与东方文明的对话中还发现,后者不是别人,正是《红楼梦》中的甄宝玉。在此双身烛照之下,宝玉暴露出他是另一个"老少年"的身份:他也已经有两百多岁了,但的的确确还是一个少年。然而,与他的向导和东方文明不同的是,宝玉这个"老少年"的青春毫无疑义,因为它被排除在未来历史时间之外,而它的永恒存在只意味着一种对于时间的永恒浪费。

我借用《新石头记》中隐含的"老少年"的这第二层意义,指称一种被排斥在历史时间之外的青春体验:它或许包含着对于未来线性历史演进的无限憧憬,但却无法在时间中将其憧憬付诸实现;它体现着理想与现实、计划与经验之间的冲突,暴露出了时间的无理性、非历史的层面。由此引申的另外一层意义是:历史之外的"青春"可能会因其虚无而丧失了"青春"的名义——这一名义当然是建立在历史进步的想象之中;不过颇为吊诡的是,"青春"相对于历史之为虚无,却又暗示着它处于历史利用之外,反而"保持"了它无时间性的状态。鲁迅有关青春的暧昧表达,正是凭借这种虚无的时间观来召唤一种有别于宏大历史想象的"青春":"倘使我还得偷生在不明不暗的这'虚妄'中,我就还要寻求那逝去的悲凉缥缈的青春,但不妨在我的身外。因为身外的青春倘一消灭,我身中的迟暮也即凋零了。"与这种暧昧的青春观念相关的是,鲁迅改写了现代中国的希望原理:"绝望之为虚妄,正与希望相同。"[1]

到了五四时期,陈独秀等人的"新青年"论述以"舍本求新"为鹄的,标志着新文化主张者在文化态度上与中国传统的决裂。从表面看来,随着"新青年"兴起,现代中国的青春话语似乎获得了更为明晰的时间和历史图像,它挣脱了过去和传统,自由地跃向未来的虚空。但"老少年"的形象犹如一个幽灵,仍将不断回访现代中国的青春论述——我这样说,并非有意耸人听闻,而是想要表明,五四之后的现代青春话语中仍然持续存在着"新"与"旧"、"过去"与"未来"的辩证或暧昧关系,而其未来主义式的时间观念中无法摆脱"老少年"的阴影——但可能更多是贾宝玉而不是东方文明的阴影。

"青春"的激进意义相对"老迈"而存在,新、旧相反相成,这使得它的意义系统实际上依赖于对一切"旧"事物的指认而存在。另一方面,它的进步意义也在于它面向未来的无限推衍,但有趣的是,面对尚未发生的未来,每一个当下的时刻都有可能迅速老去。"青春"转瞬即逝,于是使得它的符号意义处在无止境的滑动之中;而"新青年"的文化想象不断推陈出新,一系列的"老迈"者被不断指认出来,新一代的青年先锋在他们的"尸体"上树立起新的青春理想,同时又面临着自己被更新一代指认为"老迈"的危险。在这个意义上,所有的"新青年"都有可能被改写为"老少年"。

在青春想象不断推陈出新的左右之下,历史的起点不断被重新命名,无数"过去"的时间被抛入虚空,也包括每一个"新青年"自身的"过去"——这种被排除到历史之外的时间感受,在五四之后迅速被一些身份转为"老少年"的人们所体认到了。比如20世纪20年代后期,茅盾在受到新近崛起的革命文学论者的挑战时,便随之哀叹五四的一代已经被历史巨轮抛弃,叶绍钧笔下的倪焕之,以及他本人笔下的方罗兰、章秋柳们都成了历

---

[1] 鲁迅:《希望》,见《鲁迅全集》(第二卷),人民文学出版社2005年版,第181页。

史的 outcast（弃儿——英文为茅盾原文）①。这些"老少年们"的青春在新的历史景观映照下成为虚无的被浪费的经验，他们被放逐于更为"进步"的未来历史的演进之外，陷于失去了意义的时间的围困之中。这类人物形象是中国现代"青春"文学中的主流造型，而"失落了青春"的悲剧性人物极大地激发着现代文学想象的活力：一方面，他们的存在使"青春"暂时脱离了在历史运动中无止境的意义滑动，因其虚无然而"永恒"的面目而成为文学的审美主体；另一方面，"追忆逝水年华"的冲动推动着新的小说叙事时间的形成，"过去"的时间变成可叙述的对象，而它的回溯式的展开与（联结过去和未来的）历史景观相互映照或冲突，由此制造出现代"青春"在经验与形式之间的情节张力。

三、"青春"的意识形态

现代中国的青春话语最先兴起于国家想象的政治层面——自强自新的"少年中国"是梁启超青春论述最核心的欲望对象；又如李大钊在描述"青春中华之创造"时所说："个人有个人之青春，国家有国家之青春。……期与我慷慨悲壮之青年，活泼泼地之青年……人人奋青春之元气，发新中华青春中应发之曙光……急起直追，勇往奋进，径造自由神前，索我理想之中华，青春之中华。"② 不过，欲立新中国，必须先有新民；创造青春之中华，必须先有觉醒之新青年——无论是在梁启超还是李大钊的论述中，这也都是应有之义。

陈独秀在文化策略上明显地模仿欧洲启蒙运动，在最初描述"新青年"的任务时，他更偏向于侧重个体启蒙的意义："予所欲涕泣陈词者，惟属望于新鲜活泼之青年，有以自觉而奋斗耳！"③ 他对于青年提出六点

---

① 茅盾：《读〈倪焕之〉》，见《茅盾全集》（第十九卷），人民文学出版社1991年版，第197页。

② 李大钊：《〈晨钟〉之使命——青春中华之创造》，见《李大钊文集》（第一卷），人民出版社1999年版，第168页。

③ 陈独秀：《敬告青年》，《青年杂志》1915年9月15日第1卷第1号。

要求：自主的而非奴隶的；进步的而非保守的；进取的而非退隐的；世界的而非锁国的；实利的而非虚文的；科学的而非想象的。至少在话语表述的层面上，陈独秀把个体自决（self-determination）作为新青年的首要前提。然而，不容我们忽视的是，忧国当然仍是这些要求背后的心思，而陈独秀渴望将"旧青年"改造为"新青年"，实在也是为了给中国创造"强有力之国民"①。

对于梁启超、陈独秀、李大钊来说，"青春"在国家与个体两个层面的意义或许并不冲突：个体青春为国家复兴提供隐喻的表达形式，个体之自决自立是国家走向强盛的前提。但是在实际的中国青春话语结构中，我们需要意识到，这些言论都是面向个体青年而发，它们虽然在形式上包含着康德意义上的启蒙要求②，但却更是法国哲学家阿尔都塞（Louis Althusser）所描述的那种"询唤"（interpellating）的意识形态话语③：个体被一种意识形态"询唤"为主体，并以之表征着那种意识形态。更为具体地说，当个体的"青春"被询唤为一个独立自主、光辉灿烂的主体时，它也即被用来表征"询唤"它的那个更大的、超越个体层面的主体——以"少年中国""青春之中华"或"新中国"等不同面目呈现的国家的"青春"，而在它获得主体性的同时，即也将其让渡给了国家或者国家意识形态的代表。

这种情形体现着现代中国青春话语在意识形态建构方面的特征——从20世纪初直到50年代，中国的青春想象始终有着超越个体层面的国家神话的性质，这使几乎一切面向个体青年的启蒙论述、教育策略和文化建制都包含着一个重要功能，即启悟青年去认识和接受"青春"在个体与国家两个层面之间的某种想象关系。"你是青年"的呼唤，隐含着面向个体而

---

① 陈独秀：《一九一六年》，《青年杂志》1916年1月15日第1卷第5号。

② 参见：Immanuel Kant, "What Is Enlightenment?", in *The Portable Enlightenment Reader*, Norton, 1972, P. 1.

③ 关于阿尔都塞对意识形态与主体的论述，参见：Louis Althusser, "Ideology and Ideological State Apparatuses", in *Lenin and Philosophy*, Monthly Review Press, 1971, PP. 127–186.

实际上又超越之的政治伦理；而"我是青年"的宣告，既标志着主体的建立，也意味着对这一身份背后意识形态询唤的应答。由是展开的国家与个人之间的对话，赋予了中国青春话语一种体制化的形态。

毛泽东在 1957 年面对中国青年发表了以下言论："世界是你们的，也是我们的，但是归根结底是你们的。你们青年人朝气蓬勃，正在兴旺时期，好像早晨八九点钟的太阳。希望寄托在你们身上。……世界是属于你们的。中国的前途是属于你们的。"[1] 这可能是现代中国青春话语中最为生动有力的意识形态"询唤"：青年人被比为初升的太阳，"青春"因此获得了崇高的形象（sublime figure）[2]，它以感性表述授予青年人在代表国家意识形态方面的政治、历史和文化的主体性。毛泽东的言说对象是千千万万个体青年，后者在做出应答的同时，即已获得了国家主人翁、体制代言人的主体身份。这一方面给予青年以无以伦比的主体自信；另一方面，任何一个接受这一话语的个体青年都必须随时校准自己与"青春"的崇高形象之间的代表关系。

杨沫的革命成长小说《青春之歌》的情节清楚地体现了国家意识形态对于"青春"的询唤。主人公林道静历经一系列的精神蜕变——从五四式的个人主义者，到理论马克思主义的学徒，再到毛泽东所代表的中国共产主义革命的实践者——她作为革命者的学徒经历是依据正确的意识形态指导不断进行自我剖析、自我斗争的过程。在小说最后的高潮段落里，林道静个体发展的完成以献身革命为标志。她投身到共产党领导的参加一二九运动的人群之中，呼喊着"中国人起来救中国"[3] 的口号，这一瞬间意味着林道静的"青春"超越了个体性的意义，而融入了崇高的国家形象之中。《青春之歌》的叙事文本具有明显的政治教化功能，它体现出了"青春"

---

[1] 毛泽东在莫斯科向中国留学生的讲话，见《人民日报》1957 年 11 月 20 日。

[2] 我在这里借用了王斑的概念，他认为中国现代文学中的崇高形象（sublime figure），是一种将个体的感性体验提升到历史和国家层面的美学形式。参见：Ban Wang, *The Sublime Figure of History: Aesthetics and Politics in Twentieth-Century China*, Stanford University Press, 1997.

[3] 杨沫：《青春之歌》，人民文学出版社 2000 年版，第 636 页。

的个体与国家意义相互协商的"完美"结果——前者以对后者的服从和融入而换得了崇高的主体形象。这个具有共产主义激进色彩的形象也许并不是梁启超、陈独秀们最初所能确切想象得到的,但它却可能正是他们所开创的青春话语在政治表达机制上所期待的那种必然结果。

四、成长小说

现代中国青春想象最重要的文学表述形式是"成长小说"(Bildungsroman)。我首先需要对这个概念及其理论稍做解释:这个概念来自德语文学,指的是18世纪晚期兴起于德国的一种小说类型,其代表性的作品如歌德的《威廉·麦斯特的学习时代》(*Wilhelm Meisters Lehrjahre*),侧重于描述个体青年的精神发展经历。有论者认为它是一种德国的"民族文类"(national genre),它的发生、发展与德国民族意识的演变密切相关,从歌德到托马斯·曼的几代德国作家的成长小说多以个体的发展喻写出其民族的精神经历。① 但许多现代理论家在使用这个概念时不仅仅局限于德国文学,如巴赫金(M. M. Bakhtin)将成长小说视为现代小说演变的最高形态,认为这种叙事形式将个体精神发展融入了历史时间,其主人公的成长历程也反映着一个新的历史时代的形成。② 当代学术界对"成长小说"的概念和理论扩大化的运用,往往强调了这一小说形式所体现的"现代性",比如在莫瑞蒂看来,如果我们说"青春"是现代性的象征形式,那么"成长小说"就是赋予"青春"以意义的伟大叙事。③

"成长小说"的概念在现代中国文学批评体系中并不占有重要地

---

① 参见:Todd Kontje, *The German Bildungsroman*: *History of a National Genre*, Camden House, 1993.

② 参见:M.M. Bakhtin, "The Bildungsroman and Its Significance in the History of Realism (Toward a Historical Typology of the Novel)", in *Speech Genres and Other Later Essays*, University of Texas Press, 1986, PP. 23–24.

③ 参见:Franco Moretti, *The Way of the World*: *The Bildungsroman in European Culture*, Verso, 2000, P. 5.

位①，直到 21 世纪初，它才开始被运用到对中国文学的分析中②。我认为有必要将这个概念引入对现代中国青春话语的研究，因为它的情节结构方式凸现出了现代青春话语的构型欲望及其问题性。我用"成长小说"来指称现代中国文学中一系列描写青年主体发展经历的长篇小说，例如叶绍钧的《倪焕之》、茅盾的《虹》、巴金的《爱情的三部曲》、路翎的《财主底儿女们》、鹿桥的《未央歌》、杨沫的《青春之歌》和王蒙的《青春万岁》。这类小说的叙事动力来自"青春"的构型冲动，后者渴求借助小说的形态获得主体的精神形式，而中国现代成长小说将这个精神构型的过程落实在现代中国的具体时空之中，往往通过青年的个体发展表现出中国现代意识的发展（或是未能发展）的形象。

在现代中国的成长小说中，"青春"渴望通过叙事实现其主体的意义，以具体的形象确定它的时间性、历史欲望、对现代性的憧憬等等。很显然的是，这种主体建构过程往往和某种意识形态相联系，这使得成长小说可被视为一种对现代中国的青春想象具有规训意义的文本，而它的叙述展开本身往往就意味着体制的建构。我在上文中已经约略提到了《青春之歌》体现的政治规训，但成长小说的建制意义不仅限于政治的层面，它也可能是其他具有规范性的体制约束，如《未央歌》中体现的人文教育的文化与伦理规范。或者，在中国现代成长小说中更为普遍的情形是，这种规训的意义来自一种目的论历史观对小说情节的形式约束，如《虹》的情节推动力是使青年摆脱混沌的现实、踏上历史坦途的欲望，有关青年主体发展

---

① 这个概念最初由冯至等德国文学研究者介绍到中国来。冯至在 20 世纪 40 年代翻译歌德的《威廉·麦斯特的学习时代》时最初把这个词翻译成"修养小说"，见《冯至全集》第十卷（河北教育出版社 1999 年版）第 4 页。但后来比较通行的翻译是"教育小说"，见冯至为《中国大百科全书》撰写的关于歌德的词条（《冯至全集》第十一卷第 399 页）。我认为根据其德语原意，"成长小说"是更为符合其形式特点的译名；而德语中另外有一个批评术语 Erziehungsroman，才更加确切地表达着"教育小说"的意义，它强调个人借助于教育而获得发展的客观过程。相比之下，Bildungsroman 更侧重主人公的精神主体发展方面。

② 2003 年出版的樊国宾的博士论文《主体的生成——50 年成长小说研究》（中国戏剧出版社 2003 年版）是一部关于中国成长小说的研究专著。

的叙事，预期将个体青年的时间感受纳入那种逐渐展开的历史景观之中。《虹》的文本具有的典范意义在于，它为后来的许多中国成长小说奠定了历史情节和时间感受的理想模式。《青春之歌》明显受到它的影响，并更为严密地发展了国家意识形态监督下的历史想象对于青春主体的构型作用，最终将"青春"塑造为"国家神话"。

但更值得我们注意的是，成长小说中体现的"青春"构型往往受到两方面的挑战。首先，这个构型过程的理想叙事形态，如卢卡齐（Georg Lukacs）构想的那样，表现为一个人走向自我确认的精神旅途，然而这个旅途却无法摆脱应然与实然之间的冲突，时时陷入由现实的无意义带来的精神危机之中。[①] 现代中国的历史挫折使无数"无意义"的历史时刻侵入小说叙事之中，导致成长小说铺展开的"青春"构型往往"半途而废"。在最早的一部具有现代成长小说叙事特点的中国小说《倪焕之》中，主人公向往通过参与创造历史的活动确立他作为一个青年的主体意义，但却陷入理想与现实之间不断的冲突中，而当历史丧失了发展的意义时，他的精神和肉体都遭到了灭亡。[②] 事实上，或许除了《青春之歌》之外，很少有其他的中国成长小说在主体构型方面达到了它预期的"美满结局"（happy ending）。

其次，现代中国成长小说尽管代表着一种建制的努力，它的具体形态却往往不是真正被驯服的文本，而是呈现出了"青春"在渴求自我构型的同时不断打破定型的解放性的活力。我们还可以用《虹》作为例子：这部小说的叙事包含着强烈的构型冲动，它体现为对一种能够联结过去、现在和未来并赋予时间以理性意义的目的论历史观的憧憬，小说叙述被安排成从情节发展的中间阶段开始，用意也即在此；然而，这部小说同时具有另一种富有活力的叙事力量，它体现为一种相反方向的运动，即主人公梅行素在成长过程中的时间体验不断从那个正在被憧憬、被建构的历史观中脱逸出去。梅行素在某种意义上是林道静的先驱，她事实上有可能将自己变成一个意识形态左右下的革命学徒，但与林道静不同的是，梅的青春活力

[①] 参见：Georg Lukács, *The Theory of the Novel*, The MIT Press, 1971, P. 80.
[②] 参见叶绍钧：《倪焕之》，开明书店1929年版。

却往往非意识形态所能左右。当小说叙事在抵达它预期的高潮段落时——梅预备投入到五卅运动中,期待着在历史发展中完成她的主体建构,但就在这个关键的"历史"转折关口,梅行素的充满青春魅力的肉身"不合时宜"地暴露出来,使她在这一瞬的时间体验意想不到地脱离了"历史"的轨道。① 小说到此戛然而止。我不想夸大《虹》作为成长小说的未完成所具有的思想意义,但这种构型的未完成性在形式上对于一心构型的意识形态确实构成了潜在的挑战。

成长小说的"无法被驯服"(untamable)的形式表明,正如现代性之拒绝确定的成熟形态,成长小说在自我构型的同时,也往往为另一种相反的冲动所驱动——它的发展性的形式放大了"青春"的无拘无束、变动不居、难于安定下来的自由精神,在后者的驱使下,它有可能不断改写外部和自我的形象,破坏各种各样的规约,包括它自己追求的"确定"的形式。正是在这个意义上,成长小说被视为一种"青春"的文本,它在形式上揭示了构型和无形之间的冲突和融合,如莫瑞蒂所说的那样,它永远在活力和局限、不安分和定型之间游走冲突,对于规范世界虽然充满了憧憬,却并不能在其间真正安定下来。② 或者也可以说,成长小说作为现代性的文学体现,具有巴赫金所论述的"民主性"的对话精神——成长小说是一个开放性的文本,在形式上无法服从于封闭的话语形态,在历史哲学的意义上,它意味着现代主体在进入未知的历史情境时所面临的无限丰富的可能性。③

成长小说的这种开放的、不能被驯服的文本形态,在现代中国文学中很少有自觉的体现——它从未发展出如司汤达、托马斯·曼、乔伊斯、

---

① 参见茅盾:《虹》,见《茅盾全集》(第二卷),人民文学出版社1984年版,第264—269页。

② 参见:Franco Moretti, *The Way of the World: The Bildungsroman in European Culture*, Verso, 2000, P. 5.

③ 参见:M.M. Bakhtin, "The Bildungsroman and Its Significance in the History of Realism (Toward a Historical Typology of the Novel)", in *Speech Genres and Other Later Essays*, University of Texas Press, 1986, PP. 23-24.

纪德笔下的那种反体制的艺术精神——正如我不想夸大《虹》的反体制意义一样，这个方面在现代中国成长小说中往往只是一个潜在的形式特征。然而它的零星呈现，却使现代中国文学产生了一些最为耐人寻味的青年形象——在这些形象中，我们可以看到蒋纯祖永远无法满足的青春的欲望和他不停歇的"无目的"的自我斗争（《财主底儿女们》）；看到蔺燕梅和童孝贤作为天真的抒情主体与体制之间"貌合神离"的关系（《未央歌》）；看到杨蔷云们的"狂欢"、过度的激情、无法被驯服的"青春"（《青春万岁》）。这些迷人的形象使"青春"（暂时？）游离出意识形态的国境，以反讽的姿态逾越和挑战着后者的完整性。但与此同时，它们或许正是一些来自现实的"青春"的碎片，映照出那些尚未为现代中国的青春神话所收编、改写的有关青春的真相。

（原载《现代中国》第八辑，北京大学出版社 2007 年版）

旅途的开始

——《少年中国：国族青春与成长小说，1900—1959》序幕

1928年，现代作家、教育家叶圣陶（1893—1988）发表第一部长篇小说《倪焕之》。小说的叙事起始于一段旅途：年轻的主人公在黎明时分起身离家，沿着吴淞江泛舟而下，前往上海附近的一个小镇。这段旅途掀开他人生中一个新篇章。虽然他乘坐的小船笼罩在漆黑的夜色中，他却感觉自己正沐浴在光明之中。他感叹："新生活从此开幕了！"[①] 此时此刻，他幻想着一切行将发生的变化。毫无疑问，这是一个富有寓意的时刻。旅途和梦想、热忱和允诺、希望和未来，这些元素组成了有关青年的中国现代小说叙事主线的基础。

《倪焕之》是中国现代文学史上第一部展现现代青年成长经历的重要长篇小说。在此，我强调倪焕之人生旅途的开端，为的是召唤作家叶圣陶以及此前此后几代中国作家寄予"青年"的丰富含义：在20世纪中国，作为重要象喻的"青年"，与国家和现代的观念紧密联系。我致力于研究青年的象征意义的话语构造，以及探索这些意义如何塑造有关青年个人成长的现代中国小说叙事。我的工作是文化史和小说分析的结合，接下来，我将在中国不断变化的政治、思想文化背景下，探讨"新青年"和"少年中国"这些理想形象在小说中的表现形式，更重要的是，读解它们在小说形式中呈现的多姿多彩、难以简单归纳的丰富内涵。

[①] 叶圣陶：《倪焕之》，见《叶圣陶集》（第3卷），江苏教育出版社1987年版，第9页。

《倪焕之》的故事情节大抵是基于叶圣陶民国早期在新式学校当老师的个人经历。① 主人公也是一个年轻的教师，努力尝试新的教学方法，他的远大理想是通过教育将其学生（以及自己）塑造成一代"新青年"。最终，他希望发起一场全面社会变革，通过引进新思想来启蒙群众、组织变革，甚至煽动革命。在旅途的开始，倪焕之激情澎湃，充满抱负，在心中构想远大前程。他坐在伸手不见五指的漆黑小船中，被自己内在的活力鼓舞着。这样的开端，借用爱德华·萨义德（Edward Said）的语句，构成了"一个思想框架、一种工作、一种态度，和一种意识"，从而成为"最为重要的活动"。② 至此，倪焕之对于自己正处在人生新开端的自我意识，是他心理成长中最具有革命性的部分：对传统感到幻灭，渴望改变，他期待着一个从本质上不同于过去的未来。

通过将倪焕之的热忱与其旅伴兼好友金树伯的精明做一个对比，倪焕之的洋溢着青春气息的个性被进一步凸显。两个朋友多年不见，在旅途中展开一段愉快的对话。然而在某个瞬间，我们的青年主人公突然发现他的朋友金树伯已然成为一个"中年人"："老练，精明，世俗，完全在眉宇之间刻划出来。"③ 我们在小说前面部分得知，倪焕之比金树伯"年轻"，但是对于后者明显变老了的发现，其实还有更深的意义，因为比起生理上的老化，树伯态度上的老态更多反映出思维方式的狭隘。这两个朋友对于"理想"的意义，抱有截然不同的态度：倪焕之在说出这个字眼时，"眼里透出热望的光"，而金树伯却将理想的意义简化为"弄着玩"。倪焕之对于"弄着玩"三个字颇为不满，他"想树伯家居四五年，不干什么，竟养成玩世不恭的态度了"④。也正是在此刻，倪焕之的内心涌入一种异样

---

① 关于叶圣陶做教师的早年经历，参见叶至善：《父亲长长的一生》，见《叶圣陶集》（第26卷），江苏教育出版社1987年版，第38—43页。

② Edward Said, *Beginnings: Intention and Method*, Columbia University Press, 1985, P.15.

③ 叶圣陶：《倪焕之》，见《叶圣陶集》（第3卷），江苏教育出版社1987年版，第12页。

④ 叶圣陶：《倪焕之》，见《叶圣陶集》（第3卷），江苏教育出版社1987年版，第9—12页。

的情感：树伯变"老"了。在倪焕之的脑海中，青春与热情、理想密不可分，年轻人应当在自己的生活，以及为国家变革的斗争中，时刻准备着打破传统并拥抱新的开始。因此，作者叶圣陶是利用自己笔下的人物来为新青年一代的精神发声，"青年"不仅是一种年龄上的类别，更象征着一系列崇高理念：新颖、进步、国族重获青春。

只要将倪焕之的人生故事和叶圣陶的生活经历略做对比，我们就可以知道，倪焕之的这段旅途，大概发生在20世纪10年代中期。[①]也就在这个时候，陈独秀（1879—1942）的杂志《新青年》开始在知识读者中发生一定的影响。[②]《新青年》是新文化运动（1915—1919）最重要的期刊，对中国传统发动的全面文化战争，对德先生和赛先生等西方文化思想的引进，对中国社会各方面的改革倡议，对中国文学的现代化变革，都在这本期刊上发生。[③]这本由陈独秀于1915年创办的杂志，使得"青年"成为流行的文化形象，是中国社会变革的中流砥柱，同时也在启蒙知识分子中创造了一种青年崇拜，他们将对中国进步的希望寄托在年轻人身上。正是这本杂志以及新文化运动造就了中国青年的新身份——新青年。陈独秀在《新青年》第一卷的开篇就大声疾呼，青年不仅是生命中最宝贵的年华，

[①] 叶圣陶原名叶绍钧。1917年春，叶绍钧受教育家吴宾若之邀，在甪直的一个小城的新式学堂教学。叶绍钧之子叶至善所著的传记中写道，小说《倪焕之》中的开头便是基于叶绍钧自己从苏州到甪直沿河行走的经历而创作的。参见叶至善：《父亲长长的一生》，见《叶圣陶集》（第26卷），江苏教育出版社1987年版，第88页。关于叶绍钧前往甪直的旅途，参见商金林：《叶圣陶年谱长编》（第1卷），人民教育出版社2004年版，第208—209页。

[②]《新青年》最早于1915年创办时，叫作《青年杂志》，并有着一个法文的标题"La Jeunesse"。但后来陈独秀不得不将其更名为《新青年》，因为《上海青年》杂志认为刊名雷同，要求其改名。

[③] 参见：Lin Yu-sheng, *The Crisis of Chinese Consciousness: Radical Antitraditionalism in the May Fourth Era*, University of Wisconsin Press, 1978; Vera Schwarcz, *The Chinese Enlightenment: Intellectuals and the Legacy of the May Fourth Movement of 1919*, University of California Press, 1986.

更是改变社会的新鲜力量,"犹新鲜活泼细胞之在人身"①。有趣的是,陈独秀把新青年比作细胞,暗示了一种有关重获青春的科学见解,强调了文化改革如同身体的新陈代谢一样自然而然且必要。②

以思想史的角度来看,青年具有代表性意义这一点,无论就科学还是政治而言,都是反传统的,正如舒衡哲(Vera Schwarcz)所述,"在中国这样以年龄作为智慧根源的环境下,把青年当作最珍贵的社会创造力的源泉,便意味着要推翻传统"③。通过"新青年"的崇高形象,陈独秀和他的同志们向中国传统宣战,开创了一场文化革命,这场革命由于对于国族青春的活泼泼的想象而蓬勃发展。国族青春的想象第一次出现在晚清改革派的政治思想中,此后在中国知识分子的文化想象中占据中心地位,并且在中国几次现代转型中不断演变。

1928年《倪焕之》发表时,凝聚在"新青年"形象中辉煌的新文化运动已经过去十年:青年男女们听从启蒙的律令,拥抱西方化的科学思想和民主理念,力求将理想付诸行动。倪焕之这个形象是新青年的典范,他"试图在他人生中教育、爱情和政治这三个舞台都注入新的活力,但每次结果都不尽如人意"④。他梦想、斗争、胜利过,小说的后半部分又呈现他的怀疑、妥协,最终失败,继而悲惨死去。小说结构包含着希望与幻灭、理想与行动、渴望与绝望的轮回。情节展开为主人公实现其理想的过程,继之又被挫折、失败和致命危机所袭扰。这样的情节设计,在讲述青年心理发展的现代中国小说中将一直延续下去。《倪焕之》追述了主人公一生的旅途,但最为美妙的时刻仍是故事的开始,那时的倪焕之忘我于青春的魔力,受到青春的诱惑,要在这世上找寻自己独一无二的道路。在小说

---

① 陈独秀:《敬告青年》,《青年杂志》1915年9月第1卷第1号。

② 从微生物学的角度解读五四知识分子对于"青年"的迷恋,参见:Carlos Rojas, "Of Canons and Cannibalism: A Psycho-Immunological Reading of 'Diary of a Madman'", *Modern Chinese Literature and Culture*, 2011, 23(1), PP. 47–76.

③ Vera Schwarcz, *The Chinese Enlightenment: Intellectuals and the Legacy of the May Fourth Movement of 1919*, University of California Press, 1986, P. 59.

④ Marston Anderson, *The Limits of Realism*, University of California Press, 1990, P. 110.

后面的部分，倪焕之不停地试图在人生不同阶段重新发现这样的新开端，或者简言之，他的奋斗是在延长那"伟大开端"蕴含的能量。

这样一部小说，对旅途的开端投注非同寻常的意义，好似歌德笔下的威廉·麦斯特（Wilhelm Meister）离家出走，巴尔扎克描绘的外省青年前往巴黎追逐梦想，以及狄更斯那些想要成长为绅士的年轻人怀想远大前程。[1] 借用莱昂内尔·特里林（Lionel Trilling）的话，这一系列的小说构成一个传统，描写那些"从一开始就对于生活有着巨大要求，并对生活的复杂性、未来的期许充满惊奇感"的青年经历成长、精神发展。[2] 这是一种被称为"成长小说"（Bildungsroman）的特别类型的小说，叙事聚焦于青年的心理发展——对于自我的教养、个性的塑造，以及在历史运动的背景下寻求自我理想的实现。对于许多哲学家和文学家来说，成长小说在根本上来说，是现代小说的基本形式：巴赫金（M.M. Bakhtin）将其看作现实主义小说最新、最高级别的发展。[3] 格奥尔格·卢卡奇（Georg Lukács）在其中看到黑格尔式主体自我实现的情节展开，并且以此为例来说明现代小说叙事的内在形式。[4] 而弗朗克·莫瑞蒂（Franco Moretti）则从文化史的角度，将其定义为现代性的"象征形式"。[5]

作为中国的成长小说，《倪焕之》通过一个试图改变自身生活和国家命运的新青年的旅途，表现个体发展和社会改革的现代构想。倪焕之是现代中国小说诸多青年主人公中最早的一个，现代中国小说兴起于五四运动

---

[1] 这些情节可依次参见歌德的《威廉·迈斯特的学习时代》、巴尔扎克的《幻灭》，以及狄更斯的《远大前程》。

[2] 参见：Lionel Trilling, "The Princess Casamassima", in *The Liberal Imagination*, New York Review Books, 2008, PP. 58–92.

[3] 参见：M. M. Bakhtin, "The Bildungsroman and Its Significance in the History of Realism（Toward a Historical Typology of the Novel）", in *Speech Genres and Other Later Essays*, University of Texas Press, 1986, PP. 10–59.

[4] 参见：Georg Lukács, *The Theory of the Novel*, The MIT Press, 1971, P. 80.

[5] 参见：Franco Moretti, *The Way of the World: The Bildungsroman in European Culture*, Verso, 2000, P.5.

之后，将新青年一代的生活置于为国家未来而斗争的舞台中央。① 在倪焕之的背后，还有一系列中国作家创造的青年主人公，例如梅行素、高觉慧、蒋纯祖以及林道静。② 倪焕之青年形象的背后，还闪耀着"少年中国"灿烂、崇高的光辉。"少年中国"是现代中国国族主义话语的核心象征符号，表达了对国族青春孜孜不倦的渴求。这也是从清末到共和、从五四到左翼政治活动、从国民党政治到社会主义变革，20世纪许多改革和革命的总体目标。

《少年中国》从一个青年在黎明踏上旅途作为开头，进入一个"青春"的世界。青春（green spring, youth, young），这个一度充满中国传统意味的词汇，在现代中国，作为一个宏伟的象征符号，始终占据着塑造了中国现代性的文学形式和知识话语的中心地位。本书追溯青春话语在现代中国的起源及发展，探讨将个人成长融入国族青春的现代小说，以及其中的青年形象。这是一次航向美丽新世界的旅途，寄托了希望和未知，这也是一个关于"少年中国"的故事，包括它的闪亮与阴影。

在这本书里，我将讲述许多旅途的故事，有真实的，也有虚构的。每一章都以一个历史人物或虚构人物的旅途开始，就像叶圣陶前往甪直的旅行，以及他在小说中描写倪焕之对于新生活的巨大期待。《少年中国》的书页里，延续着进入中国"青春"世界的旅途，而在中国从古老帝国向现代国家的转变中，我们探询在话语、文化以及小说的层面上青年形象如何被构筑。《少年中国》总共七章，每一章各自聚焦于自清末到民初，到中华人民共和国的青春话语及其小说形象中所呈现出不同的面向。

第一章是对现代中国青春话语的总体介绍，也同时对中国成长小说的文化分析提供基本的理论框架。在这一章中，我首先对现代中国青年话语做一个总体描述，探究核心词语的语义学内涵，考察这些词语从古至今的

---

① 参见：Chow Tse-tsung, *The May Fourth Movement: Intellectual Revolution in Modern China*, Stanford University Press, 1960; Fabio Lanza, *Behind the Gate: Inventing Students in Beijing*, Columbia University Press, 2010.

② 他们依次见于茅盾《虹》（1930）、巴金《家》（1931）、路翎《财主底儿女们》（1945—1948），以及杨沫的《青春之歌》（1958）。

意义变迁；与此同时，我也考察19世纪少年国族运动的全球语境，这样的语境对"少年中国"的理想有何启迪。我的分析特别着重于"少年中国"话语源于"重获青春"（返老还童）这一独特的观念：返老还童，这想象先使晚清作家们迷恋不已，此后使得对传统的重新评估，以及青年对现代性的象征，都变得意义更为幽深。我以历史和文化分析的方法研究中国成长小说，这个叙事类型既能体现，也能解构种种意识形态注入青年身上的文化和政治象征意义。正如《倪焕之》所展现的那样，这种文学类型通过在历史中实现理想，来探询青年的意义。其情节是为了让誓言成真，但却时常伴随着自我与社会、理想与行动、对青年的规训与其难以驯服的活力之间的冲突。

第二章将"老少年"作为一个关键形象，以此来概括晚清青春话语复杂、多义的内涵。在这章中，我讨论晚清知识界试图将古老传统改写为现代思想，特别分析了梁启超（1873—1929）有关"少年中国"的话语与他对复兴中国传统的复杂思考之间的关联。吴趼人（1866—1910）《新石头记》（1908）中"老少年"的形象是文本分析的核心。"老少年"作为话语和文化重构的产物，是一个突出的象喻，他反映出晚清传统与现代难以轻易协调的文化症候。"老少年"首先体现中国传统的重获活力，就像吴趼人小说中建立在中国传统美德之上的未来中国的乌托邦景观。但是，"老少年"仍有一个微妙且暧昧的意义，这特别体现在复活的贾宝玉身上。作为古典文学中的青年偶像，贾宝玉从传统家庭中被移植到未来世界。他渴望思想进步，这一点使得吴趼人的小说有了成长小说的动力。然而讽刺的是，贾宝玉的成长，在他遇到小说里那些已经复活传统、建立了儒家新中国的"老少年"后就中断了。假如贾宝玉也被视为"老少年"，成长小说就变得问题重重，贾宝玉的青春是没有时间性的，但正因为它并不是历史进步的一部分，所以它也毫无意义。在小说中，他是没有归宿的人物，深陷于传统和现代之间。贾宝玉所揭示的这第二个层面的"老少年"的悲哀、空虚、失落，指向了晚清时期正在兴起的青春话语的文化不确定性。

五四运动之后，反传统的文化立场被明确写入了青春话语，而"新青年"的形象标志着中国青年运动的激进转折。第三章探讨新青年一代的成长经历如何构筑中国成长小说，如叶圣陶的《倪焕之》那样。本章中，我通过对于《新青年》杂志所建构的青春话语的历史研究，来分析启蒙理想的文化表现。我阐释"新青年"作为启蒙文化的传递者，启发知识青年进行自我塑造。《倪焕之》以回顾的方式叙写新青年的个体发展心灵史，建立现代中国成长小说的经典情节，主人公投入现实行动，希望实现其崇高的理想；然而，一系列的坎坷使青年的理想暗淡下去，陷入希望与幻灭的无限轮回。

20世纪20年代政治气候的转变，以中国现代文学的左翼化为标志。受到启蒙的"新青年"被更加激进的"革命青年"所替代，成为这个时期文学想象的核心形象。第四章主要聚焦于茅盾（1896—1981）的早期小说"《蚀》三部曲"（1927—1928）以及《虹》（1930）。作为对《倪焕之》中诸种问题性的回应，这两部小说力图对新青年一代成长小说做出一种意识形态矫正，在青年成长叙事中加入目的论修辞法（teleological rhetoric），从而使叙事朝向一个特定的目标发展。这一章追溯了第一次共产革命失败后茅盾的文学生涯，首先分析"《蚀》三部曲"中的叙述模式和美感模式，接着讨论茅盾在其文学想象中用来将时间"历史化"的北欧女神神话，这最终使他在《虹》中建立一个线性成长故事，以此唤起历史进步的意义。我对这部性别化的革命成长小说的分析，特别关注叙事中的个体自觉、性感以及目的论问题中那些复杂与晦涩的方面。

巴金（1904—2005）有可能是五四时代之后对青年人最有责任感的代言人。第五章聚焦于他早期的无政府主义小说，试图阐明其小说中的无政府主义信仰和青年崇拜之间在思想、伦理以及审美上的关联。我先讨论无政府主义思想对巴金文学想象的影响，接着探讨其早期写作中的形式属性，而这些形式特征既体现也复杂化了他的政治信仰。最后，我分析巴金运用"情节剧"的方式，将青年的牺牲转化为"生命开花"的审美过程。这个美学意象标志了巴金终极道德观的建立，并且孕育了其大部分早期青年小说的基本情节，包括《灭亡》（1928）、《新生》（1932），以及《爱情的三部曲》（1931—1933），还有他最著名的小说《家》（1931）。这并不是一种发展式情节，而是指向某种需要无条件自我奉献的道德启示的瞬间。因此，巴金创造了一种截然不同的成长小说，其高潮在于充满青春活力的主人公自我牺牲的那一刻，从而中止了青年的发展，亦实现了以彻底消亡完成自我转变的目标。

在1937年夏抗日战争全面爆发后，中国青年的旅途转向一个截然不同的时空体中。他们在战时的旅途是一种放逐，是强制的迁移：他们不再走向五四时期被誉为启蒙胜地和现代文化殿堂的大都市，而是开始在地理和思想上都反向而行。第六章描写了青年走向内部的旅途。我所分析的两部小说，路翎（1923—1994）《财主底儿女们》（1945—1948）和鹿桥（1919—2002）的《未央歌》，都将青年的旅途导向内心，因而尽显个体主观性的复杂与矛盾的方面。他们走向内部的旅途，不仅是在地理上通向中国大后方蛮荒秘境，更是在精神上走向那充满了矛盾的个体的焦躁不安的内心。

第七章通过阅读中华人民共和国时期的两部小说，杨沫（1915—1985）的《青春之歌》（1958）和王蒙（1934—　）的《青春万岁》（1979），试图理解共和国早期的青年文化政治。这两部作品均是对共产主义青春话语的回应，但在手法和风格上存在细微的差别。《青春之歌》可以说是一部社会主义成长小说，即一种用特殊的叙述成规去引导年轻读者进行"正确的"自我塑造，以此倡导"正确的"意识形态的文学类型。虽然《青春之歌》是共和国早期最具影响力的成长小说，但《青春万岁》却因为挑战文类成规而值得关注。《青春万岁》并未追溯英雄人物的完整人生历程，而是描绘了青年无法安顿、狂喜不已的情感，从而打破了有关青年按部就班的发展政治意识的叙述。正因如此，王蒙的小说有意无意地模糊，甚至抵消了对于青年的政治控制。通过对比分析这两部小说以及它们与时代青春话语的关系，我试图去回答以下几个问题：政治运用是如何赞美甚至夸大青年的能动性的？青春话语是如何塑造国家形象的？更重要的是，对于青年的文学表现形式是如何潜在挑战了正统的青春话语？关于青年的文学表达渗透到那模糊暧昧的地方，将青年变成能够抵抗规训的矛盾主体。

在结语中，我就当代中国文学中的青年形象做了简短的讨论。从20世纪末到21世纪，"少年中国"的乌托邦愿景依然盛行。然而，梁启超的梦想已在政治上的犬儒主义与文化上的享乐主义的复杂组合中被重新利用，甚至解构。青春乌托邦，在当代中国科幻小说中，体现为更加富强崇高的国家，却有一种诡异的陌生感。青春乌托邦的居民们是告别了历史的自我放纵的年轻享乐者，沉溺于小世界的虚华、另类现实的自由。这是真正的美丽新世界。倪焕之在其旅途开端所迷恋的那光彩夺目的青春景象，或许仍然闪亮在新千年的青年心中，只是成长小说中那难以承受的沉重，所有的悲伤和痛苦，都在重新调整的通往虚拟世界的旅途中被遗忘和谎言抹平了。

（本文由樊佳琪翻译成中文，原载《书城》2018年第4期；《少年中国》将由生活·读书·新知三联书店于2024年出版）

生命的开花

——巴金早期小说中的青年与青春

所有中国现代作家中,巴金(1904—2005)可能是对青年人最有责任感的代言人。"青春是美丽的"——这句简单但又决绝的宣言,在巴金的作品中一以贯之。与其他中国现代小说的主人公相比,巴金最受欢迎的作品《家》所塑造的叛逆青年高觉慧的形象,或许更为家喻户晓、受人喜爱,也更受崇拜。高觉慧读着《新青年》长大,与旧家庭决裂,作为一个情感充沛、富有理想主义精神的年轻人,他是那个时代最具典型性的青年英雄。他决心对抗封建家长制度,在青年与家长之间发起战争,这也等于是对当时整个社会制度宣战。与倪焕之或梅行素相比,高觉慧的人物塑造缺乏心理深度,但也恰恰因此更清晰地透露出现代青年的关键特质:充满幻想,满腔热忱,胆大无畏,从不屈服。在小说结尾,高觉慧告别家乡,远去上海,踏上追寻社会革命的理想之路。文学史家王瑶说过,在那个时代,每一个青年都想成为高觉慧。[①]可以说,在20世纪三四十年代,巴金小说对中国青年的思想情感有着最为重要的影响。

与巴金同时代的批评家刘西渭(1906—1982)曾说:"他本能地永生在青春的原野。"[②]这一说法尽管委婉地批评了巴金的文学创作过于热情,

---

[①] 参见王瑶:《中国新文学史稿》(上卷),开明书店1951年版,第234页。

[②] 刘西渭:《〈雾〉、〈雨〉与〈电〉——巴金的〈爱情的三部曲〉》,见《巴金全集》(第六卷),人民文学出版社1988年版,第457页。有关论述,参见宋曰家:《巴金:永生在青春的原野》,山东文艺出版社1997年版。

但却将"青春"毫无疑义地定义为巴金小说的核心形象。夏志清则以更不客气的讽刺语调评论说:"他从没有脱离过少年成长期。"① 如果我们暂且不考虑巴金步入中年以后写出的更为复杂的作品,如《秋》《憩园》和《寒夜》等;纯粹看他早期的作品,刘西渭和夏志清的批评都恰如其分地点明了巴金作为一个年轻作家的不成熟,例如:缺乏圆熟的艺术手法,对于人性理想化的表现中带有天真心态,以及他对人物心理缺乏有洞察力的描写。然而,正是这些不成熟之处,使得他笔下的青春形象更加透明、平易、令人着迷。更重要的是,巴金在青年时期主要是一个无政府主义作家,他很可能从未想脱离他"少年成长期"的信仰,他一生自始至终都希望用最清晰、最简单的方式向读者传递他的理想。

从文学生涯的最初时刻开始,巴金便将他所尊敬的精神导师、意大利裔美国无政府主义革命家凡宰特(Bartolomeo Vanzetti, 1888—1927)的告诫奉为珍宝。1927 年,萨柯和凡宰特案震撼世界。在被不公正地执行死刑前夕,凡宰特曾给巴金回信说:"青年是人类的希望。"② 此后漫长的一生,巴金都将凡宰特这句遗言视为信念,铭记于心。对他来说,青春的无邪、活力和热情有着近乎宗教的性质,青春比任何事物都更能体现生命的根本形态。巴金曾翻译过在伦理和美学上对他影响重大的法国哲学家居友(Jean-Marie Guyau, 1854—1888)的一个概念——在此可借用说明——青春可谓"生命的开花"的完美体现。③ 这一隐喻暗含着巴金对于人性的终极理念,也为他描述青年的成长小说(Bildungsroman)奠定了最根本的情节展开方式。"开花"的情节是一个生命力繁盛展示的过程。这绝非是自我膨胀的过程;相反,"开花"意味着通过奉献、消费和牺牲自我,来

---

① 夏志清:《中国现代小说史》,香港中文大学出版社 2001 年版,第 204 页。

② Marion Denman Frankfurter, Gardner Jackson, *The Letters of Sacco and Vanzetti*, Viking Press, 1928, P. 307.

③ 巴金在 1933 年发表的文章《谈心会》中首次提及此概念。参见《巴金全集》(第十二卷),人民文学出版社 1989 年版,第 135—136 页。更多关于此概念的讨论以及居友对于巴金的影响,参见周立民:《生命的开花》,见《生命的开花——巴金研究集刊卷一》,文汇出版社 2005 年版,第 102—114 页。

造福于人类。更进一步，这一道德信念所要求的个人贡献，并非出于义务或制裁。也就是说，一切完全出于自愿。

在巴金看来，唯有青年有着让生命开花的能动力。通过青年的自愿牺牲，巴金将一种神秘的道德意味注入小说情节。这不单纯是描述一个人格逐渐发展的情节，而是点明一个道德启悟的瞬间；这个情节并不强调循序渐进的成长，而是着眼在皈依或确立信仰的决绝时刻。由"生命的开花"所定义的"成长"，是青春的生命力在自我牺牲的形式中燃烧时所达到的高峰时刻，这个时刻也同时终结了成长的过程；换言之，是以其自我燃烧殆尽的方式来完成青春的嬗变。

从体例上来说，巴金的《家》最多可算是一部未完成的"成长小说"——高觉慧的成长经历才刚刚开头，对他的叙述终止在与家庭决裂的那个时刻。在最后一章，高觉慧顺长江而下，在旅途中渴望人生的崭新起点。"他的眼前是连接不断的绿水。这水只是不停地向前面流去，它会把他载到一个未知的大城市去。在那里新的一切正在成长。"① 这个时刻终结了巴金的小说，但同样的这一时刻在倪焕之和梅行素的"成长史"中却是故事的起点。巴金的小说仅仅写出了年轻主人公自我觉悟的第一步。对于高觉慧来说，旅途才刚刚开始。

巴金本意要写《家》的续集《群》，继续追随高觉慧的人生历程②，但他并未完成这个计划。相反，他创作了《春》与《秋》。和《家》一起，这三部小说构成作为家族史的"激流三部曲"。"激流三部曲"详细描写了高家的衰亡过程，很容易让人联想到中国古典名著《红楼梦》，或是巴金自己宣称的对他创作发生更直接影响的左拉的《卢贡－马加儿家族》（*Les Rougon-Macquart*）。最后一部《秋》，肃穆而凄惨的描写或许标志着巴金的文学创作更趋成熟，但《秋》里面的青春已经凋零。奥尔加·朗（Olga Lang）提出，巴金早期小说中的另外一些主要人物，或许本该是巴金原定的"三部曲"计划中的主人公们，"他们离开家乡后，积极地参与

---

① 巴金：《家》，见《巴金全集》（第一卷），人民文学出版社1986年版，第427页。
② 参见巴金：《出版后记》，见《巴金全集》（第一卷），人民文学出版社1986年版，第435页。

劳工运动，并试图用他们的理想改变世界"①。朗所指的那些主人公，出现在巴金的处女作《灭亡》及其续集《新生》中。我认为还应该再加上另外三部中篇小说《雾》《雨》《电》的主要人物。这三部中篇小说被巴金命名为《爱情的三部曲》。与《家》及其续作相比，《灭亡》《新生》《爱情的三部曲》可以被称为"无政府主义小说"，因为它们都更注重宣扬无政府主义的政治和道德观念。

巴金在成为职业小说家之前，曾是一个热情的无政府主义革命者，这一点在今天已无须讳言。就如同高觉慧一样，他在少年时期离开家乡，而后在中国无政府主义运动的最后阶段积极地参与政治运动。然而，当巴金在20世纪20年代末期开始其文学生涯的时候，无政府主义运动在全世界范围内都已濒临灭亡。《灭亡》是巴金在面临革命事业破灭的时候，将情感诉诸笔端创作的一系列作品中的第一部。就像陈思和所指出的，巴金文学上的成功，同时也证明了他作为职业革命家的失败，他最初的文学灵感正来自他那濒临破灭的政治理想。②几年之后，当他写作《爱情的三部曲》最后一卷时，也正是中国无政府主义运动面临灭亡的关键时刻，巴金必须在文学事业和政治理想之间做出选择。他选择继续做一个文学家，但当运动失败之后，这个选择也使他的信念继续通过文学的想象长存于世。

巴金"无政府主义小说"的主人公大多如同高觉慧那样，远离故乡，到上海这样的大都市里从事革命运动。20世纪30年代初，巴金开始为青年革命家高觉慧构思他的"成长史诗"——然而，在这个构思尚未形成之际，故事的结局，事实上已经在几年之前就体现在他早期作品中那些复杂的人生体验中了。从《灭亡》到《新生》，再到《爱情的三部曲》，巴金为中国的无政府主义英雄塑造出一系列群像。这些作品有着对于中国无政府主义运动最为直接的描述，巴金自己也曾说，作品中的许多人物原型都是一些他所熟识的朋友。但他讲述这些故事的目的，尚不在于刻画一个个

---

① Olga Lang, *Pa Chin and His Writings: Chinese Youth Between the Two Revolutions*, Harvard University press, 1967, P. 105.

② 参见陈思和：《人格的发展——巴金传》，上海人民出版社1992年版，第118页。

有血有肉的人物，而是为了把一个个面对死亡的青年无政府主义者所经历的一系列重要的启悟时刻呈现出来。这样的呈现，使得即将到来的灭亡变成一种自我牺牲，也使灭亡变成一种仪式，在其中将革命与个人的问题都予以最终的全面解决，并为之赋予光荣的道德意味。巴金最终所成就的，是将历史的错综复杂有意转化为一种神秘的情节剧式（melodramatic）两极冲突（有关法国大革命前后兴起的这一文学想象模式，将在下文中再述）；在这场情节剧中，善与恶、光明与黑暗、理想与现实之间有着一场殊死搏斗。自我牺牲作为高潮用在小说情节中，既是用来救赎理想，也是为了模糊现实。

这些小说常被批评过于感情直露，表达过度，从而阻碍了它们在形式上的完整与连贯。然而，刘西渭曾指出："巴金是幸福的，因为他的人物属于一群真实的青年，而他的读者也属于一群真实的青年。他的心燃起他们的心。"[①] 巴金对于青年人物的描写中所体现的透明与直白，仿佛让他们挣脱了所有形式意义与文学成规上的束缚。在这个意义上，巴金笔下的"成长小说"是一种不能被形式化的变体，他投入在描写青年的文学形式中的，也正是无政府主义的摆脱一切制度束缚的解放力量。当巴金写《家》的时候，他笔下的情节剧式冲突已经完全是一组对称力量之间的搏斗：青年与老人，以及在隐喻的意义上，光明与黑暗，天真与腐朽。青春成为一种天性本善的生命形象，对抗衰朽的封建礼教。

本文将着重讨论巴金的无政府主义小说，理清他的无政府主义信念和他在小说中表现的青春形象之间的种种关联。我从考察无政府主义思想对于巴金文学想象的影响出发，来解析巴金小说中的形式特点，这些特点如何既彰显也扭曲了他的政治信仰，最后会讨论他如何以情节剧的手法，将牺牲变为"成长小说"中的高峰时刻，从而塑造出他心目中理想的青年形象。这一形象最终在《家》里回溯其源，巴金在此基础上塑造出了他最单纯，也最热血的青年反叛者——高觉慧。

---

① 刘西渭：《〈雾〉、〈雨〉与〈电〉——巴金的〈爱情的三部曲〉》，见《巴金全集》（第六卷），人民文学出版社1988年版，第453页。

一个中国革命青年的成长

1920年冬,青年李芾甘阅读了一本名为《告少年》的书。作者是俄国的克鲁泡特金亲王(Prince Peter Kropotkin, 1842—1921)。这是一本广为流传的无政府主义宣传书籍,作者忠告青年读者们如何去过一种完整、高尚、合理的生活。他对青年的忠告是劝说他们为人世间的真理、公正,以及平等而斗争,将自己献身于社会革命。① 对于李芾甘这样一个富家子弟,克鲁泡特金的话让他热血沸腾。他被这本小小的书深深打动:"那种带煽动性的笔调简直要把一个十五岁的孩子的心烧成灰了。我把这本小册子放在床头,每夜都拿出来,读了流泪,流过泪又笑。"② 就是在这个时刻,这个青年有了最初的政治信仰的启悟;他后来说:"从十五岁起直到现在我就让那信仰指引着我。"③ 1929年,当他完成了他的第一部小说时,他采用了"巴金"这个笔名,以表达他对国际上两位最伟大的无政府主义者巴枯宁和克鲁泡特金深深的敬意。④

巴金阅读的中文版《告少年》为中国第一代无政府主义活动家李石曾(1881—1973)所译。到巴金被无政府主义思想吸引的时候,通过李石曾等人的不懈努力,无政府主义已经在中国知识界蔚然成风。如德里克(Arif Dirlik)所言:"从1907年到20世纪20年代,在所有进入中国的那些互相竞争的激进哲学理论中,唯有无政府主义得到了全面的普及,并在公众

---

① 参见:Michael Bakunin, Peter Kropotkin, *Revolutionary Pamphlets*, Benjamin Bloom, 1927, PP. 278-279.

② 巴金:《我的幼年》,见《巴金全集》(第十三卷),人民文学出版社1990年版,第8页。

③ 巴金:《新年试笔》,见《巴金全集》(第十二卷),人民文学出版社1989年版,第264页。

④ 巴金在1958年否认了这种说法。他称"巴"是为了纪念一位姓巴的朋友,然而他仍然承认了"金"是来自克鲁泡特金。但巴金的否认是在无政府主义受到批判之后做出的,所以其真实性存疑。参见巴金:《谈〈灭亡〉》,见《巴金论创作》,上海文艺出版社1983年版,第182页。

的阅读中得到广泛的传播。"① 在共产主义兴起之前，无政府主义是中国激进思想的主要来源。即使在它衰败之后，无政府主义仍然对于中国思想界有着长远的影响：它体现着致力于去除一切专制权力，将个人从压迫性的体制中解放出来的乌托邦想象。

中国无政府主义在初期阶段快速广泛的传播，得益于激进知识分子普遍反清的政治立场。无政府主义所提倡的个人对抗政府，在反清革命者们的心中引发共鸣。以提倡和应用"直接手段"（direct action）的俄国虚无党人为榜样，中国革命者通过一系列针对清朝官员的暗杀行动，将无政府主义运动转变为震惊全民的民族战争。从一开始，中国无政府主义就伴随着恐怖主义，这种情形延续到清帝逊位之后，甚至在运动失败之后，仍活跃在巴金的文学想象中。中国最著名的无政府主义者之一师复（1884—1915）创立了支那暗杀团，宣扬"独一无二之敢死精神"。这种通过自杀性恐怖行动体现的英勇献身，成为无政府主义道德精神中不可或缺的元素，② 后来也体现在巴金对于暗杀的描述中，尤其是《爱情的三部曲》最后一部的情节中。

在很短的时间内，自1907年到1927年之间，无政府主义在晚清到民国初期占据了知识界的主流，出现了上百个无政府主义团体，和难以计数的无政府主义报刊及出版物。③ 刘师培创办的《天义报》、李石曾和吴稚晖主编的《新世纪》，以及师复主笔的《民声》，是当时宣传无政府主义最具影响力的三种期刊。相应的三个无政府主义社团，也由刊物编者各自组织起来，它们分别是社会主义讲习会、世界社、心社。各种来自欧洲和日本的无政府主义理论，便是透过这些组织和出版物传入中国的。一个与正统儒学理念相悖的、致力于创造"完人"的新的理想正在被投入实

---

① Arif Dirlik, *Anarchism in the Chinese Revolution*, University of California Press, 1991, P. 27.

② 参见：Edward S. Krebs, *Shifu, Soul of Chinese Anarchism*, Rowman & Littlefield Publishers, 1998, P. 6.

③ 关于中国无政府主义组织以及出版物的资料，参见徐善广、柳剑平：《中国无政府主义史》，湖北人民出版社1989年版，第307—382页。

践之中。

以师复的心社为例。它有一套为成员设计的严格的纪律准则。无政府主义的生活方式，被认为应该使中国人抛弃惯有的服从体制的旧习，将他们从体制干预中解放出来，充分发展个体的人格。对于无政府主义青年最关键的要求，便是一种与传统习俗及社会体制决裂的决心。师复以身作则，引导心社成员过一种道德纯净的生活，纲领为"破除现代社会之伪道德、恶制度，而以吾人良心上之新道德代之"。有十二条社约：不食肉；不饮酒；不吸烟；不用仆役；不坐轿及人力车；不婚姻；不称族姓；不做官吏；不做议员；不入政党；不做陆海军人；不奉宗教。[①]1915年，师复由于过劳而去世，他被包括巴金在内的几代中国无政府主义者奉为道德楷模。师复的道德禁忌在高觉慧的伦理关怀中也清晰体现出来。身为大家族的少爷，高觉慧就如同巴金自己一样，同情受欺压的仆人，不肯乘轿子，痛恨对于人力的任何剥削形式，他追求一个崭新、平等的社会，以此拯救被父权制度扼杀的人性。

巴金加入无政府主义运动时，正值无政府主义运动在中国得到最广泛推崇之际。他的家乡成都，是自民国建立以来无政府主义运动最为活跃的中心城市之一。就在巴金阅读克鲁泡特金的《告少年》之后不久，他开始秘密参加当地无政府主义小组的活动。他对运动的贡献，更多以思想形式体现。他在十六岁时写的第一篇政论《怎样建设真正自由平等的社会》[②]，号召终结任何政府的存在。以此为起点，他开始了作为一个无政府主义作家的写作生涯。在接下来的十年里，巴金写作了至少九本书和近百篇文章，其中涉及包括无政府主义理论、国际无政府主义运动、恐怖主义、俄国虚无党和劳工运动等一系列的广泛主题。他也参与了无政府主义者和共产主义者之间的辩论。出于想要阅读无政府主义原版作品的愿望，巴金学习并掌握了英语、法语、俄语和世界语。他系统研究了一些主要无政府主义者

---

① 参见：Edward S. Krebs, *Shifu, soul of Chinese Anarchism*, Rowman & Littlefield Publishers, 1998. 十二条社约见师复：《师复文存》，革新书局1927年版，第4页。

② 巴金《怎样建设真正自由平等的社会》最初发表在1921年4月《半月》杂志第17号。参见《巴金全集》（第十八卷），人民文学出版社1993年版，第1—3页。

的思想，包括蒲鲁东、巴枯宁、克鲁泡特金、司特普尼克、薇娜·妃格念尔、爱玛·高德曼、亚历山大·伯克曼，以及萨柯和凡宰特，他翻译为中文的书籍和宣传手册至少有二十种。①

在巴金的一生中，克鲁泡特金是他最为敬佩的无政府主义理论家。这位俄国贵族出身的革命家，是20世纪初期人们熟知的"世界公民"，他在科学和人文两方面的博学、传奇一般的革命生涯，以及高尚的人格，都被世人称颂。到了20世纪40年代，巴金为中国读者译出了许多本克鲁泡特金的著作，包括其最重要的著作如《伦理学》、《面包与自由》、《一个革命者的回忆》（后来再版时更名为《我的自传》）。巴金还重译了他的启蒙读物，更名为《告青年》。青年时代的巴金尤其被克鲁泡特金伦理学中的互助论所吸引。通过系统化的科学理论，克鲁泡特金建立了一种高度理想化的伦理观念，他希望能够以此让人类为了共同的目的一同努力。互助论所传达的信念是无政府主义针对社会达尔文主义的一剂解药。克鲁泡特金设想物种的成功，包括人类的进化，在生物学上都是建立于互助合作而非相互竞争的基础上。他相信所有的个体生命都有互助的本能冲动，从而使进化演变导向将所有生命融入一个完整的生命机体。不用说，当应用于人类身上的时候，这个理论就像所有的无政府主义理论一样，建立在对人性善的不可动摇的信念上。

互助论对于"社群"而非"个体"存在的强调，似乎使它显得更偏向于共产主义，但是其基本原理仍然建基于对个体能动性的道德信念之上。为了解这一理论，我们有必要讨论居友所提出的无义务与无制裁的道德，居友的观点被克鲁泡特金纳入其《伦理学》的最后一章②，也被巴金无保留地接受。居友认为，每个独立个体的道德意识与任何外在的义务、制裁

---

① 关于巴金对西方无政府主义作家的介绍和翻译，参见艾晓明：《青年巴金及其文学视界》，四川文艺出版社1989年版，第28—54页。这些翻译作品中有一些被收入《巴金译文全集》（人民文学出版社1997年版，共十卷）中。

② 克鲁泡特金的《伦理学》没有写完，他在介绍居友的"生命的开花"道德观点那一章以后便去世，所以我们似乎可以把居友的道德思想看作克氏梳理世界道德历史发展的总结性的章节。

无关，它仅仅出于人类本能地想要帮助他人的道德热忱。"世上有某种不能与生存分离的宽宏大度，要是没有它，我们就会死亡，我们就会从内部枯萎。我们必须开花，道德、无私心是人生之花。"① 正是通过接受居友的伦理观，克鲁泡特金才能够构想出一个建立在互助基础上的无政府主义社会，而互助是个体生命中自觉的道德呈现，因此这样的社会不需要倚靠任何形式的政府机构。

巴金发自内心地被"生命之花"（la fleur de la vie humaine）这个意象打动，在他的眼里，由此展开了个人生活最完满的发展蓝图，同时也服务于人类共同的利益。与此同时，巴金全身心地接受居友的道德信念，他对于自我牺牲有了新的理解，在自我牺牲中体现了人类最无私、最无利益的互助精神。克鲁泡特金引用居友的原话："自我牺牲在生命的一般法则中有它的位置……大无畏精神或者自我牺牲不是自己及个人生命的单纯的否定，它是这个生命升华到最高度的表现。"② 尽管克鲁泡特金立即追加了一段议论，以区分道德的"自我牺牲"与冒险的"自我毁灭"，巴金却不得不面对这两种情形合二为一的情况。他在中国无政府主义运动惨败之后写作的无政府主义小说中，让居友所描绘的生气勃勃的"生命的开花"的画面与师复号召的"独一无二之敢死精神"的自我牺牲惨烈景象叠合为惊心动魄的情节。

除了克鲁泡特金之外，爱玛·高德曼（Emma Goldman, 1869—1940）是另一位对巴金有着深刻影响的无政府主义者。事实上，巴金是在阅读高德曼的书时，第一次见到"安那其主义"（anarchism）这个词，并且开始理解其含义。③ 他称高德曼"是我的精神上的母亲，她是第一个使我窥

---

① 〔俄〕克鲁泡特金：《巴金译文全集·第十卷》，巴金译，人民文学出版社1997年版，第412页。

② 〔俄〕克鲁泡特金：《巴金译文全集·第十卷》，巴金译，人民文学出版社1997年版，第417页。

③ 奥加尔·朗认为巴金所阅读的文章是发表在中国无政府主义期刊《实社自由录》中的爱玛·高德曼的著名论文《无政府主义》。参见：Olga Lang, *Pa Chin and His Writtings : Chinese Youth Between the Two Revolutions,* Harvard University Press, 1967, P. 293.

见了安那其主义的美丽的人"①。如果我们说克鲁泡特金启迪巴金通过理论获得伦理自觉,那么高德曼的影响则是通过唤起他内心深处的情感回应,从而巩固了他的信念。在1923年,他开始直接与高德曼通信。远在美国的高德曼似乎也被这个中国青年热情的书信所深深打动,她在回信中写道:"我常常梦想着我的著作会帮助了许多真挚的、热烈的男女青年倾向着安那其主义的理想,这理想在我看来是一切理想中最美丽的一个。"②最后这句话在巴金的散文和回忆录中被重复了很多次。

巴金和高德曼通信的一个直接结果,便是她帮助他克服了由于出身上层社会所造成的自卑感。高德曼向他介绍了屠格涅夫(Ivan Turgenev)的散文诗《门槛》(*The Threshold*),此文后来被巴金翻译成中文。这首诗描绘了一座贵族出身的俄罗斯少女决定宣誓为革命理想奉献的瞬间。女孩站在一个大而充满暗雾的建筑前,她被告知里面等着她的是种种艰辛,甚至死亡,她跨过门槛后注定只会白白浪费年轻的生命,将在无名的牺牲中灭亡。这女孩说"我知道",然后跨过了门槛。③屠格涅夫创作这首诗,用来表达他对那些青年民粹主义者或虚无主义者的敬意,从19世纪60年代到80年代,俄罗斯几代知识青年自愿放弃优越的生活条件,走向民间,在最贫穷的人民中间安家,来实现帮助他们脱离黑暗和悲惨生活的愿望。在"门槛上的女孩"这一形象中,巴金找到了他的楷模:一个出身于显赫家庭,却牺牲了自己的利益去为信仰而生活的19世纪俄国青年的代表。

很多俄国民粹主义者在亚大力山大二世统治后期变为职业的无政府主义革命家,对沙皇的成功暗杀使他们名声远扬,甚至传至晚清时的中国。第一本介绍无政府主义运动的中文书籍——马君武著《俄罗斯大风潮》(1902),实际上是托马斯·柯卡普(Thomas Kirkup)关于俄国民

---

① 巴金:《信仰与活动》,见《巴金全集》(第十二卷),人民文学出版社1989年版,第404页。

② 巴金:《信仰与活动》,见《巴金全集》(第十二卷),人民文学出版社1989年版,第403页。

③ 参见〔俄〕屠格涅夫:《门槛》,巴金译,见《巴金译文全集·第二卷》,人民文学出版社1997年版。

粹党人转变为革命者的历史记载的部分译文。① 在这些革命者之中，苏菲亚·柏罗夫斯加亚（Sophia Perovskaya, 1853—1881）甚至成为1902年问世的中国最早的"新小说"之一《东欧女豪杰》的主人公。② 她的名字在晚清到民初的中国革命青年中几乎无人不知，是一个令他们争相模仿的女英雄。巴金在十一岁的时候，已阅读了关于她的三部中文出版物。他很熟悉她的人生故事：她宣誓自己宁可被绞死也不做贵族，策划对于沙皇的暗杀，之后在二十七岁时被处死。为她的牺牲，巴金曾经哭泣过。③

薇娜·妃格念尔（Vera Figner, 1852—1942）是另一位令巴金深深仰慕的杰出的俄国无政府主义女英雄。在巴金的青少年时期，她和苏菲亚是他心中最亲切的两个名字。他竭尽可能地通过阅读回忆录和文件，去了解她们的个性、相貌、理想与事迹。他以人物传记、散文，甚至小说等不同形式，一次又一次地让她们复活在他的笔下。他热爱苏菲亚·柏罗夫斯加亚，以至于他把自己最心爱的小说人物称作"中国的苏菲亚"。而对于妃格念尔，他不仅翻译了她的人物传记，还以她为原型写了一部中篇小说《利娜》。④ 在《俄罗斯十女杰》中，巴金对这两位俄国女革命家都有篇幅较长的传记，她们被描述成有着美丽的外貌与心灵的女子。⑤ 两个女子都出自俄国最高贵的家庭，她们分别有过面对"门槛"的时刻，并勇敢地跨越了过去。最终她们两人都以自我牺牲的形式，身体力行地实现了自

---

① 参见葛懋春、蒋俊、李兴芝编：《无政府主义思想资料选》（上册），北京大学出版社1984年版，第1—2页。

② 岭南羽衣女士《东欧女豪杰》，共存五回，刊于梁启超主编的《新小说》第一号至第五号，为梁启超倡导"新小说"之后最早问世的作品之一。

③ 参见巴金：《苏菲亚·柏罗夫斯加亚》，见《巴金全集》（第二十一卷），人民文学出版社1993年版，第302页。

④ 《利娜》描述了一个放弃上流生活而与穷人们共同生活，而后被流放到西伯利亚的俄国贵族女孩。参见《巴金全集》（第五卷），人民文学出版社1988年版，第427—494页。

⑤ 这两部人物传记被收入《俄罗斯十女杰》（太平洋书店1930年版）中。参见巴金：《俄罗斯十女杰》，见《巴金全集》（第二十一卷），人民文学出版社1993年版，第261—514页。

己的政治信仰：苏菲亚英年早逝，而妃格念尔则度过了长达二十年的牢狱生活。

"门槛上的女孩"这一形象被深深印刻在巴金的文学想象中，成为出于信仰而自我牺牲的青年的生动化身。对于巴金来说，在"门槛"的那一刻，照亮了作为一个革命者的真正意义所在：一个人需要自我牺牲，甚至奉献他（她）的生命，来身体力行地恪守信念。另一个无政府主义革命者——司特普尼亚克（Stepniák, 1851—1895），是苏菲亚的同志，对跨过"门槛"时刻的意义有着更清晰的表达："每个革命家一生中都会有这样的一瞬间，当时某些情况尽管本身并不重要，却使他立誓要献身于革命事业。"[①] 这样一个时刻，在巴金的生活和写作中都尤为重要。对于他来说，跨过"门槛"的时刻真正激活了克鲁泡特金和居友的道德理想——"生命的开花"，为了人类的共同福祉而奉献一个人的青春活力，在为人类的服务中让这青春燃烧。在牺牲的那一刻，青春获得了永恒的无限的美丽。

从《灭亡》开始

1923年5月，十八岁的巴金离开成都，前往上海。他乘舟顺长江而下，此时对未来有着美好的憧憬："一个理想在前面向我招手，我的眼前是一片光明。"[②] 他的理想，大致也是觉慧离家时的理想：投身于社会运动，为信仰而活。四年以后，当巴金抵达国际无政府主义运动中心——巴黎时，他已经被视为中国第二代无政府主义者中最活跃的理论家和活动家之一。然而在法国的两年里，他的事业却发生了意想不到的改变。倘若我们能根据巴金自身的经历来揣测觉慧离家以后可能经历的故事，其结果或许不会如小说结尾所预期的那样令人神往。巴金并未按计划续写觉慧离家以后的

---

① 见司特普尼亚克《一个虚无主义者的经历》（Career of a Nihilist），引自克鲁泡特金《一个革命者的回忆》（Memoirs of a Revolutionist）。此处的译文采用巴金本人的翻译，见《巴金译文全集·第一卷》，人民文学出版社1997年版，第275页。

② 巴金：《家庭的环境》，见《巴金全集》（第十二卷），人民文学出版社1989年版，第401页。

成长史，其原因或许是他自己在离家之后亲身经历了革命坠入低谷的阶段，他的人生旅途不仅遭遇挫折，而且引他来到了"灭亡"的时刻。

巴金在法国创作期间，写出第一部小说《灭亡》，我们从中可以辨识出觉慧到达上海之后可能会有的经历。小说中人物的精神成长阶段以及故事情节所发生的时代，都恰与那部他未动笔写的续集相契合。主人公杜大心与高觉慧有相似的家庭背景、社会理想，以及同样的冲动情绪。但《灭亡》却展现了同《家》中几乎完全相反的青年成长轨迹。就像小说第一章的题目所表明的那样，这部作品里的声音是"无边的黑暗中一个灵魂底呻吟"①。"黑暗"这个词为全书奠定基调，贯穿于整部小说，既是对于现实的隐喻，又是对人物主观经验的一种简化的描述。杜大心被描写成一个躁动不安的诗人、内心绝望的革命者、病入膏肓的肺结核病人，和一个至少表面看上去愤世嫉俗的厌世者。他在上海参与劳工运动，这恰是觉慧梦寐以求的事业。但尽管仍是一个青年，杜大心却同时被身心两方面的痛苦所折磨。他身患在当时被视为绝症的肺结核，又为革命工作的无望而苦闷。他最终成为一名恐怖主义暗杀者，但唯一被杀死的人却是他自己。

巴金曾说，《灭亡》是一部他在忧郁寂寞的心情中无意识写作的作品，最初的几个片段来源于他随手记下的印象式速写②，这部小说的文本真实地反映出作者在创作时经历的情绪波澜。为了倾吐他的情感，巴金甚至直接把几段他自己的日记用作杜大心的自白。小说前四章基于他初到巴黎、满腹乡愁时随手写下的一些文字。在巴金眼中，巴黎是一个阴郁的"不日之城"③，而在政治意义上，他所了解的"整个的西方世界似乎都沉沦在反动的深渊里了"④。20世纪20年代见证了无政府主义运动在全世界

---

① 巴金：《灭亡》，见《巴金全集》（第四卷），人民文学出版社1987年版，第16页。

② 参见巴金：《谈〈灭亡〉》，见《巴金论创作》，上海文艺出版社1983年版，第180页。关于巴金写作时的一些心理和历史情境，参见陈思和：《人格的发展——巴金传》，上海人民出版社1992年版，第80—92、102—105页。

③ 巴金：《我的眼泪》，见《巴金全集》（第九卷），人民文学出版社1989年版，第259页。

④ 巴金：《亚丽安娜·渥柏尔格》，见《巴金全集》（第十二卷），人民文学出版社1989年版，第220页。

范围内的瓦解。彼时来自中国的消息同样糟糕：新的国民政府成立之际，大逮捕，大屠杀，各种叛变，工人运动遭到镇压，而包括吴稚晖与李石曾在内的许多中国无政府主义的元老级人物选择与蒋介石合作，革命被出卖了。① 更加雪上加霜的是，在到达巴黎后不久的1925年，巴金已罹患的肺结核病情加重了。

在寂寞和病重之时，巴金选择以写作来表达他的绝望与愤慨。在一篇印象派式的速写中，他描绘一个人在车祸中头颅崩裂的惨象。这一幕场景是血淋淋的，下笔残酷、阴森、暴戾，文字引发恐怖的感受。一位美丽的女人面带不安地坐在驾车的富绅身边，她看到此情此景，眼中并无怜悯，而是畏惧。那名绅士的表现则是轻蔑与高傲。警察不但不惩罚他们，反倒向他们行礼。这场事故或许是巴金在国内时亲眼所见，现在浮现在他的脑海里，成为文学创作热情的一个燃点，由此展现出的不仅是对于死亡的恐惧，更是对那个死亡场景所体现的社会不公正的抨击。这个段落被改写成《灭亡》的开头，从而为整部小说奠定了叙述的基调：黑暗、愤怒、悲观。

巴金后来听从医生的建议，搬去了一个名为沙多-吉里（Château-Thierry）的小镇。此地风景优美，在这里，他消沉的情绪得到缓和，病情也有所好转。但很快又一个打击到来了。1927年8月22日，萨柯和凡宰特被执行死刑，这一事件标志着无政府主义在美国不再是可以施展影响的政治力量。② 萨柯和凡宰特在六年前即已被判决死刑，在巴金初到法国时，全世界范围的援救行动正如火如荼地展开。两位被告人的道德品质和勇气深深打动了巴金，他给死囚牢中的凡宰特写了一封长信，寄到波士顿请援救委员会转交。凡宰特随即给巴金寄来两封语气感人的长信，其中第二封信中有那句令巴金一生铭记的话："青年是人类的希望。"这句话是凡宰特在看到巴金随信寄去的照片后所发出的感慨。尽管巴金同世界上许多人都在期盼美国麻省政府会给两人减刑，但1927年8月24日，处决的消息

---

① 1927年7月5日，巴金在一封信中向高德曼描述了中国无政府主义者的现况，参见巴金：《佚简新编》，大象出版社2003年版，第7—10页。

② 参见：James Joll, *The Anarchists*, Eyre and Spottiswoode, 1964, P. 222.

传到了沙多－吉里。巴金的心中为绝望所拥塞，并再一次将他的情感借助文字来表达。他度过数个不眠之夜，写出了更多的片段，这些片段开始连缀成一个故事。①

巴金写就的一个新的片段——随后成为小说中的关键章节——是"立誓献身的一瞬间"。②在这一章中，巴金用他笔下的人物道出了他为革命奉献一生的宣言，这正是巴金本人跨越"门槛"的时刻。在《灭亡》的情节发展中，这个"门槛"时刻发生在两个次要人物身上，两人都表达出清醒的自我牺牲的意识。而巴金笔下的无政府主义英雄杜大心，立誓牺牲自己来拯救人类，却为一种死亡意志驱动。在更大的语境中来看，在无政府主义运动行将消亡之时写下的这段文字，也具备自我"灭亡"的意义。进而言之，当时认为自己随时都会死于肺病的巴金，也同时将自己死于华年的命运投射到了主人公的悲剧人生之中，充满死亡气息的性格塑造与炽烈的理想主义交织在一起。巴金为他第一部小说的命名恰如其分：《灭亡》的写作引起的联想，既是象征意义上的革命的灭亡，也是青春的讣告。

小说没有明晰的故事背景，但发生在革命者与政权之间的激烈冲突，强烈暗示了20世纪20年代的政治气氛；在国际舞台上，小说阴暗的氛围暗示着萨柯和凡宰特被处死后革命的低谷情形。小说中用力过度地描写了一系列残酷血腥的死亡景象，叙事中阴影重重，历史的黑暗背景隐现其后。穿透这些场面的是杜大心愤怒的声音，他的绝望和复仇的意志使他的情感表达更为激烈。

愤怒是杜大心首先展露出来的情绪。在小说开头，目睹乘车的富人对死亡的冷漠时，我们第一次听到了杜大心发自内心的声音："这东西？你还不如叫他做狗还好些！"③这尖锐而异样的声音，瞬间就压过了其他旁观者的窃窃私语。愤怒使他与群众区分开来，强化了他的个性，突显出他

---

① 参见巴金：《谈〈灭亡〉》，见《巴金论创作》，上海文艺出版社1983年版，第180—184页。

② 陈思和认为这是巴金人格发展中最重要的瞬间。参见陈思和：《人格的发展——巴金传》，上海人民出版社1992年版，第89—90页。

③ 巴金：《灭亡》，见《巴金全集》（第四卷），人民文学出版社1987年版，第9页。

与周围环境的对立感受,以及他表达自己观点的激烈方式。这声音也显示出他对那些在社会中肆虐的不公与道德沦丧分外敏感。像杜大心这样的愤怒声音,在五四运动的主导情感模式中占有核心的位置:对政府腐败无能的全民愤慨,伴随着对传统的不满,形成一种全国性的狂热气氛,促使青年人义无反顾地投身于抗议与革命行为。《灭亡》的开篇也很容易让人联想到五四文学的流行套路:平凡的场景成为一个舞台,展现群众、统治者和启蒙知识分子各有区别的主体之间发生的冲突,其中知识分子被描写成唯一对发生的事件感到愤怒的人。由此,文学作品产生了一种批评既成秩序、开启民智,以及突显知识分子觉悟的政治意识。至少从表面上看,《灭亡》的开篇可以和鲁迅在短篇小说《示众》里那段著名的对看客冷漠围观的描述相提并论。当群众/旁观者为特权阶层展示的强权而感到畏惧或事不关己时,知识分子将事件视为不公正的表现,心头升起熊熊怒火。

但巴金的叙述中缺少的是主体和他所看到的场景之间的距离界定,而在鲁迅的小说中,作者的创作情绪并不会脱离对于现实的理智分析,以及对于社会革命的必要性、有用或徒劳结果的清醒考量。巴金小说中愤怒的声音显得更为直白、本能和自恋,它倾向于超越现实场景而提升为自我界定的主体意识。在展示了杜大心愤怒地面对社会不公的开篇章节之后,一个意义相反的例子出现在《灭亡》的第二章中:杜大心对居住在他阁楼下一对夫妻之间的打情骂俏以及争吵哭骂这样的世俗之音深感厌烦。将这一幕与《威廉·迈斯特的学习时代》(*Wilhelm Meister's Lehrjahre*)中青年主人公面对日常琐事的欣然态度相比较,是很有意思的。研究西方成长小说的理论家莫瑞蒂(Franco Moretti)认为,歌德的描写是对中产阶级"平静的热情"(calm passion)的展示[①],这是使主观与现实,或是青年与社会融合的关键元素。巴金的写作达到了相反的效果:由于缺乏对于世俗细节观察和融入其间的意愿,他笔下年轻的主人公只会因为生活的烦琐而在精神上感到受冒犯,并试图通过抽象和理想的方式寻求自我提升。在接下来的两章里,杜大心对于现实的阴郁情绪,让位给内心生活的梦幻般的描写。记忆与幻象在他居住的阁楼里投洒下来自天国般的光辉。他借倾听自

---

① 参见:Franco Moretti, *The Way of the World*, Verso, 2000, PP. Ⅴ-Ⅵ.

己心底的声音，来抗拒尘世的杂音。

杜大心性格中最鲜明的特点是对社会不公拒绝妥协，而在更广泛的意义上，这是一种与整个现实社会所有世俗细节的对抗。在他的眼中，所有这些都是权力社会阴谋的一部分。他只向内心中追求自由。在故事中，他那过度的愤怒、悲伤和愤世嫉俗的态度吸引了李冷，后者观察和探索着这个不安的灵魂。李冷眼中杜大心那极度敏感、伤感，甚至神经质的人格，令人联想到19世纪俄国文学作品中的"恶魔"形象，如陀思妥耶夫斯基作品中的"地下人"和米哈伊尔·阿尔志跋绥夫笔下愤世嫉俗的萨宁。① 在杜大心与李冷和他妹妹的对话中，他的人生哲学清晰地表达为对仇恨的宣扬，他将憎恨定义为整个世界的核心力量。憎恨激励他去发起为了毁灭现存整个社会的血腥革命。但他同时也把灭亡看作像他这样的革命者的归宿。他赞扬视死如归的17世纪俄国农民暴动领袖拉进（Stenka Razin），在小说里他写作了一首诗，开头两句是："对于最先起来反抗压迫的人，灭亡一定会降临到他底一身。"②

在小说中，杜大心注定在两个层面上自我毁灭。在革命的层面上，他孤军奋战，徒劳地以一身对抗整个体制。一个被他启蒙并参加运动的工人遭到公开处决，杀人的过程被巴金以令人战栗的恐怖风格加以呈现，死亡的恐惧生动地体现在斩首的每一个细节之中。在目睹了这场处决之后，杜大心决定暗杀当地戒严司令为他的同志复仇。但他失败的暗杀更像是自杀式行动。司令没被杀死，杜大心拒捕举枪自尽。他的首级被悬挂示众，最终化为臭水。

杜大心最终的惨状在他的同志那里有不同反响。他们其中一些人看到了隐藏在他那憎恨哲学下的爱，另一些人则怀疑他失心疯。多年以后，当巴金解释自己作品何以有着这样浓重的"忧郁性"时，他特意强调了杜大

---

① 关于俄国文学对于巴金的影响，参见：Olga Lang, *Pa Chin and His Writings: Chinese Youth Between the Two Revolutions*, Harvard University Press, 1967, PP. 231–245.

② 巴金：《灭亡》，见《巴金全集》（第四卷），人民文学出版社1987年版，第60页。这两句话实际上译自俄国十二月党人雷列耶夫（K.F. Releieff）的作品。雷列耶夫在1825年的十二月党人起义失败后被尼古拉一世绞死。

心——如同当时的自己一样——是一名肺病患者。他强调，正是因为患有肺结核，主人公才如此忧郁和绝望。①

在《灭亡》以及巴金的其他作品中，肺结核的出现都值得特别注意。这绝症从叙述的一开始便决定了情节的发展，如文学批评家布鲁克斯（Peter Brooks）在分析小说中的死亡话语时所说的那样，预知死亡的结局为叙事设定了结构，并赋予叙事以意义。②作为一个肺病患者，杜大心预知死亡是他的宿命，而巴金通过牺牲的方式赋予这个宿命一个不同的意义：为革命而献身，而不是在病床上郁郁而终。巴金后来写的《爱情的三部曲》中的一位核心人物——勤奋的革命活动家陈真，也做出了同样的选择。

说肺病这个元素在巴金的第一部小说中，对于塑造人物、设定叙述结构，甚至决定写作构架有着重要的作用，或许并非夸大其辞。杜大心的疾病并不仅仅在生理上是致命的，同时也是非常具有象征性的符号，使人想起浪漫主义作家在文学中表现出来的对于肺结核的迷恋。当柄谷行人追溯日本现代文学的起源时，他发现肺结核最初被明治时代作家用于隐喻，而后转变为一种社会性和文化性的症状。③在20世纪初期的中国文学中，肺病从"致命"疾病的概念转向文化隐喻，这是文学现代转型过程中的一个关键坐标。在文学表现中，肺结核病菌使患者与他人有所区别，并与人群隔离。并且，由于其本身的传染性和"可怕的症状"，使得病人在他人眼中变得"危险"而又"引人注目"。就如同苏珊·桑塔格（Susan Sontag）所说，肺结核呈现出来的是一种"意志，它通过身体发声，是一种将精神生活戏剧化的语言：一种自我表达的形式"④。肺病与浪漫性情之间建立了联想关系，肺病患者被认为具有非凡的能力，他们以疾病的形

---

① 参见巴金：《谈〈灭亡〉》，见《巴金论创作》，上海文艺出版社1983年版，第188页。

② 参见：Peter Brooks, *Reading for the Plot*, Knopf, 1984, P. 22.

③ 参见：Karatani kojin, *The Origin of Modern Japanese Literature*, Duke University Press, 1993, PP. 97–113.

④ Susan Sontag, *Illness as Metaphor and AIDS and Its Metaphors*, Farrar, Straus and Giroux, 1990, P. 44.

式表达出内在的生命力和自主性。五四以后的中国小说中，肺病患者的出现标志着一种新的人物性格类型的出现，其疾病时常被赋予反叛和革命的意义。在丁玲、蒋光慈以及其他20世纪20年代左翼作家的作品中可以发现，肺病患者通常是青年，疾病加重了其自我孤立的意识，强化了内心的躁动不安，这使他们濒临颓废的边缘，但也同时使他们有资格成为挑战既有秩序的浪漫英雄。

杜大心无疑是这样一个浪漫英雄，肺结核使他的绝望和痛苦具象化，并且将他的革命气质夸张地展现为一种强迫性的心理狂躁，而在理念上，使他将"灭亡"看作所有社会和个人问题的最终解决方式。用巴金自己的话说，"因为孤独，因为绝望，他的肺病就不断地加重。他的肺病加重，他更容易激动，更容易愤怒……用灭亡来消灭矛盾"[①]。很显然，巴金在小说中将生理上的疾病转变为一种同样致命的精神疾病。

这种面向死亡的病态性格作为基本动力，推动叙事中那些重要事件的发生，同时奠定了人物思想信仰的基础，也重新界定了什么是无政府主义革命。犹如癫狂的先知能够看透世间一切真相那样，杜大心眼中的世界的真相，便是人类社会已经病入膏肓，而他所提倡的革命是为了除去人类的恶疾。但与周围人群格格不入的杜大心，对于人类社会终将灭亡的预言，就如同他"邪恶的"肺结核一样，吓坏了他身边的人们。就像他身染的传染病一样，他革命的想法是他思想上的病症。因此，杜大心的肺病在心理和文化层面都有象征性的灭亡意义。

杜大心所倡导的革命理念，在无政府主义的历史中有迹可循。最著名的无政府主义运动领袖之一——米哈伊尔·巴枯宁（Mikhail Bakunin, 1814—1876）即倡导激进的革命行为。这位伟大的俄国革命家曾与一位青年恐怖分子谢尔盖·奈其亚叶夫（Sergey Nechaev, 1847—1882）关系密切。巴金为奈其亚叶夫写过传记速写，在巴金的描述中，他是一个危险的人物，但也是一个圣徒、一个殉道者。[②] 据同时代的人回忆，奈其亚叶夫对

[①] 巴金：《谈〈灭亡〉》，见《巴金论创作》，上海文艺出版社1983年版，第189页。

[②] 参见巴金：《俄国社会运动史话》，见《巴金全集》（第二十一卷），人民文学出版社1993年版，第621—637页。

杀戮抱有冷静的热情，他对巴枯宁的影响导致国际无政府主义恐怖运动的出现，促使巴枯宁发表有关恐怖行为的论述："我们除了灭绝的工作，别无所为。"（We recognize no other activity but the work of extermination.）①这个19世纪宣言的余音在杜大心的思绪中有着明显的回响。②对他来说，人类社会垂垂欲灭，除了一场天启式的灭亡，革命将没有其他意义，而这场灭亡将使病体和病症一起消失，即社会和革命一起灭亡。革命同绝症一样，其目的就是要除灭朽坏的社会。革命本身即是一场疾病，在恐怖中繁衍发生。而借由杜大心向死而生的心理所展现的恐怖力量，使得神经质一般的精神折磨成为投身于此事业的人所无法逃避的诅咒。这名无政府主义青年愤怒的声音，成为自我灭亡式的主体表达。

从文本的层次上来说，杜大心的革命气质与行动所体现的病态，借由《灭亡》的叙述方式展现出隐喻性的症候。对于巴金而言，选择小说的写作形式本身，就证明了他作为无政府主义革命家的事业的终结。借用卢卡奇（Georg Lukács）的话来说，小说文本形式本身，是"在认知与行为、灵魂与创造、自我与世界之间无法逾越的鸿沟"③。就《灭亡》而言，小说写作是内心感受的主观表达方式，而倾吐心声的文本形式却更突显出主体的隔绝，切断了在外部世界中实现理想的可能。在情节构成上，如茅国权（Nathan Mao）针对《灭亡》的文本特点所说的那样："巴金并没有对它有一个整体计划；相反，他写得很零碎……没有努力去把片段凝聚为整体。"④《灭亡》的叙事不具有发展的结构，而是显示出主观意识碎片式的表达，这些主观意识是自我循环的，而没有对自我在现实中位置的认知

---

① James Joll, *The Anarchists*, Eyre and Spottiswoode, 1964, P. 95.

② 巴金对于恐怖主义的见解，参见巴金：《无政府主义与恐怖主义》，见《巴金全集》（第二十一卷），人民文学出版社1993年版，第248—257页。与他笔下的主人公相比，巴金对待恐怖主义的态度有所保留得多，他并不将恐怖主义行动视作无政府主义革命的正确选择，然而他还是对恐怖主义革命家的勇气和牺牲精神有着高度的评价。

③ Geory Lukács, *The Theory of the Novel*, The MIT Press, 1971, P. 34.

④ Nathan Mao, *Pa Chin*, Twayne Pub, 1978, P. 44.

能力。杜大心的主观中有过度的愤怒和哀伤，这加重了他的孤立感，也将他的精神折磨变成横亘在他自己与世界之间的一条险恶鸿沟。

但更进一步来说，《灭亡》的写作形式也很奇异地体现出巴金无政府主义信仰的性质。就像杜大心的诗题所暗示的那样，写作最初的意图是表达"无边的黑暗中一个灵魂底呻吟"。杜大心的呻吟通过心理描写、诗、故事、日记、对话和独白等不同形式，自由地分散在整个小说叙事之中，这种袒露内心的文本形式指向无政府主义信仰给心灵所带来的挑战和不安。如此的散漫和绝望或许会使一场革命行为陷入绝境，但与此同时，也正是这种躁动不安、无法定型的主体经验启示着读者，人的心灵中有着无政府主义自由力量的源泉。如陈思和在对巴金人格发展的透彻分析中所指出的，巴金从革命者转变成作家，是分裂的人格现象，"巴金的痛苦就是巴金的魅力，巴金的失败就是巴金的成功"[①]；从《灭亡》开始的写作，既标志着巴金革命事业的灭亡，但也给他以机会，用另一种形式恪守其政治信念。《灭亡》之后，巴金的革命生活趋于停滞，而他作为文学家的生活即将开始。《灭亡》不自觉而自由散漫的叙事形式，在文本政治隐喻的层面上成为连接巴金两种生活之间的纽带。《灭亡》结构上的破碎、不连贯，以及对于主体情绪的过度、无节制的宣泄，在形式上等同于无政府主义革命对任何制度限制的拒绝和破坏。意料之外的是，《灭亡》在无政府主义运动衰落之后，赐予其以新生的想象形式。《灭亡》的写作制造了中国文学中新的文类。"无政府主义小说"是在运动存亡关键时刻必要的文学形式，巴金既通过文本来使"最美丽的理想"继续存在，而混乱的叙事也延续了无政府主义革命令人心颤的魔力。

《灭亡》写的是一个青年的灭亡。这与巴金后来塑造的青年偶像之间，看似有着深深的鸿沟。但《灭亡》中的青春，也为巴金后来对于青春永恒的美丽想象奠定了基础。杜大心的"病"是一把双刃剑，如桑塔格在分析肺病意象的文学魅力时所指出的："结核病是时间的疾病；它加速了人生，

[①] 陈思和：《人格的发展——巴金传》，上海人民出版社1992年版，第118页。

强调了它,也使它变成纯粹精神的存在。"① 从这层意义上说,被肺结核所毁灭的青春也确定了青春的绝对形象。一方面,死于华年更容易引发对于"青春"的自我意识,强调出青春的短暂、稍纵即逝与脆弱的特性。另一方面,它又将青春凝聚为一个永恒的形象,割断了青年继续成长、成熟的道路。青年之死,不可避免地引发对人生的哀悼,而如此众多的青年的死亡,使得巴金的作品情感泛滥。从《灭亡》开始,巴金的作品便难以抑制地流动着溢出形式的感伤与情绪洪流。无所节制的主观表达,让青年人的内在情感得到自然展示:哀伤、愤怒、绝望、对强权的敏感,以及对不义的抗争。《灭亡》中过度的情感,在导致文本破碎的代价下,却也使青春无法驯服、难以安定下来的形象得到高度彰显。

牺牲的神秘剧场

1929 年,《灭亡》在著名文学期刊《小说月报》上连载。当巴金在同年回到中国时,他发现自己已被誉为一位冉冉升起的文坛新秀。在接下来的四年里,他逐渐获得中国文坛巨子的美誉。他的文学声望随着他接连不断发表的一系列小说而迅速提升:其中包括许多短篇小说如《灭亡》的续集《新生》,以及后来构成《爱情的三部曲》的系列中篇小说。随着《家》在 1931 年开始连载到 1933 年作为单行本发行而畅销全国,他的声誉达到顶峰。然而,就算在这个时期,巴金仍旧在革命和文学之间摇摆不定。1935 年,他在反思自己的写作生涯时,认为非文学书籍《从资本主义到安那其主义》是唯一令他感到差强人意的作品。② 很明显,巴金仍旧不能忘怀他那失败的政治梦想,但也正是这失败的梦想为他的文学想象确定了方向。

完成《灭亡》后,巴金曾计划将杜大心的故事改写为一部多卷本小说,

---

① Susan Sontag, *Illness as Metaphor and AIDS and Its Metaphors*, Farrar, Straus and Giroux, 1990, P. 14.

② 参见陈思和:《人格的发展——巴金传》,上海人民出版社 1992 年版,第 116 页。

分为五个部分：《春梦》《一生》《灭亡》《新生》和《黎明》。① 这个当时在左拉《卢贡-马加尔家族》影响下产生的雄心勃勃的计划虽然最终未能实现，但决定了巴金在接下来十年多时间中的创作主题：家庭与青年。最近发现的一些残稿被确认是《春梦》的某些章节，有可能完成于巴金自法国归国途中。主人公的名字仍旧是杜大心，在残稿中被描绘成一个在传统家庭中有着悲惨遭遇的敏感的年轻人。该手稿的风格接近《灭亡》，以理想和现实的强烈对比为主线，以碎片化的叙述方式，突显了在无边黑暗的现实感受中主人公的精神焦虑。如陈思和的判断所示，对这些手稿最佳的定位，是它们可以被看作巴金后来有意识写出的文学作品的准备。②对于家庭和青年更加清晰的描绘，见于这些与《灭亡》相关的故事中。巴金最终从原计划中发展出两个系列作品：在《灭亡》情节之前发生的家庭中的故事，演变为"激流三部曲"；青年人步入社会之后发生的故事，则演变成为他的那些无政府主义小说。原计划的其余四卷里，巴金只完成了《灭亡》的续集《新生》。计划中的最后一部《黎明》，将展现乌托邦式的理想未来，但在20世纪30年代更为严酷的政治环境中，这乌托邦的想法很可能难以落诸笔端。然而，《爱情的三部曲》最后一部《电》或许可以代替《黎明》，作为点亮黑暗的一道光芒，尽管这光芒注定迅忽即逝，但却足以令人目眩神往。从《新生》到《电》，巴金创造出了他的青年英雄形象，这个形象也回溯进入他的家族史诗，重生为巴金笔下最受人爱慕的青年偶像高觉慧。

巴金的这些无政府主义小说，没有一部是完整的成长小说，但巴金在这些小说中逐渐写出一个理想化的人格成长过程，也可以说这些作品所体现出的，是中国无政府主义青年群体的成长历程。以觉慧为例，他的人格成长与新青年时代普遍的青年觉悟过程息息相关，而五四时期青年的"自

---

① 参见巴金：《谈〈新生〉及其他》，见《巴金论创作》，上海文艺出版社1983年版，第197—200页。

② 这些残稿发表于《现代中文学刊》2010年第2期。有关这些残稿整理的批评及其与巴金其他小说之间的联系的分析，参见陈思和：《关于巴金〈春梦〉残稿的整理与读解》，《复旦学报（社会科学版）》2010年第6期。

觉"是中国早期成长小说最典型的情节起点。《家》所讲述的青年人的故事不再如《灭亡》那样笼罩在悲观绝望之中，而是像一部经典成长小说的开端一样，预示着远大前程，充满美好的理想和愿景。巴金在他的无政府主义小说中塑造的所有那些理想的青年形象，都或多或少有着高觉慧的影子，只不过他们处于更为成熟的人生阶段。如果我们将这些青年形象视作同一个人，我们会发现若按照这些小说写作的先后顺序来看，这个人物逐渐变得越来越不像杜大心，杜大心的经历可以说是觉慧成长的反面模式。而在巴金对青年形象持续的改写中——从杜大心到高觉慧再到《电》里的人物，这个形象越来越接近理想化的人格。故而可以说巴金的成长小说，是通过描绘一系列从绝望到新生的无政府主义青年形象，将一个人格发展的过程重新组合。这个重构的过程从《灭亡》开始，到《家》和《电》里趋于完成，显示巴金对青年成长史的虚构表现是逆向发展的，甚至是逆历史发展的。这个过程表现的更多是他对历史"应然"的构想，而不是他的"真实"历史经验。或许正是在这个意义上，巴金终于完成了他向作家身份的转变。他那明显倾向于理想主义而偏离写实的文学想象，使他用重构的"时空"（Chronotope）为在现实中死去的无政府主义之梦提供了一个使理想延续的叙事话语载体。在接下来的段落里，我将探讨这个过程是如何完成的，特别是巴金如何将青年的"牺牲"变成一个情节剧模式，而在其中寄托了他的无政府主义伦理启示录。

如前所述，杜大心的个性塑造中有着巴金的自传色彩，他也很有可能就是逃离旧家庭数年后陷入绝望的觉慧。觉慧（或巴金的理想青年）的成长史，如果存在的话，在杜大心的灭亡中也会以悲剧收场。但是巴金的青年革命者的故事并未结束。在三年后巴金为《灭亡》写的续集《新生》里，他试图为杜大心的死亡赋予积极的意义：他的灭亡是个体为群体做出的牺牲。这也正是《新生》主人公李冷在小说结尾时所做出的选择。小说结尾只有《新约》福音书的一句话："一粒麦子不落在地里死了，仍旧是一粒；若是死了，就结出许多子粒来。"从灭亡到新生的道路就此展开，它由死亡通向牺牲，而最后通向未来。李冷为了理想而勇敢面对死亡，正如小说第一部分的标题，是迈过了完成"一个人格底成长"的"门槛"时刻，也以此将情节导向了"生命的开花"。

《新生》的开头甚至比《灭亡》还要压抑,日记体叙述中的李冷,起初看上去更像一个愤世嫉俗的悲观主义者。被杜大心的死所影响着的李冷似乎继承了前者的性格,然而他却又缺乏杜大心对无政府主义的笃信。他只是以一种冷漠而厌世的态度对待所有事情,鄙视一切道德与社会价值。小说的叙事结构分为三个部分,巴金很明显借此设计一个发展的情节,展现李冷建立理想和信仰的心路历程。但在小说中,这个转变的过程却是迅速而突兀的。

在第一部分,故事为李冷之后的转变埋下了一些伏笔。他的妹妹和他的爱人比他的意志更坚定,是两个像苏菲亚一样的女青年,她们不断地批评他狭隘的个人主义,试图为他指出革命的道路。他在日记里记录下了她们的话,例如"没有信仰的人是不能够生活的"和"为了人类,牺牲自己"①。但李冷认为这些革命信条大都太空泛和理想化了。如茅国权所言,李冷所寻求的是痛苦:"他希望通过写日记折磨自己,尽管他同时借由承认伤口的本性来安慰自己。"② 他自虐般地沉溺于绝望之中,而且总会用虚无主义的借口来抵消希望、理想和革命的念想。但是到了第二部分,李冷已经转变为一个积极的革命者。在监禁和狱警的折磨中,他静静地等待被处决。小说的最后一句话,暗示了李冷之死。以殉道者的身份死去,是一种唤醒希望而非表明灭亡的自我选择的行为。

令人感到迷惑的是,在从悲观主义者到理想主义者的转换之间,李冷的人格发展透露出道德神秘感。这个转变更多建立在天启一般的瞬间顿悟,而非依托于情节的渐次展开。尽管朗认为"关于李冷的绝望和动摇,以及他的朋友将他从这种情绪中解救出来的努力的描述冗长而啰唆得令人难以忍受"③;在小说的第一部分和第二部分之间,本该交代的情绪变化过程却是空白。读者只能看到在他生命的最后一个阶段,缠绕在他心头

---

① 巴金:《新生》,见《巴金全集》(第四卷),人民文学出版社1987年版,第176、216页。

② Nathan Mao, *Pa Chin*, Twayne Pub, 1978, P. 47.

③ Olga Lang, *Pa Chin and His Writings*: *Chinese Youth Between the Two Revolutions*, Harvard University Press, 1967, P. 142.

的虚无主义和厌世情绪已经消隐无踪。他完全将自己从绝望的深渊中提升出来,并以最决绝的姿态殉难。在这两部分之间,李冷的人格获得新生。这个转变的结果过于清楚,却也有可能更加鲜明地反衬出转变本身的暧昧。

这种暧昧而隐而不语的情形,从具体的历史语境中可以得到解释。巴金创作《新生》的时候,正如他写作《灭亡》时一样,无政府主义已经遭到镇压。他构筑的情节无法全面展现他真实面对的历史情境。小说第一部分故事发生的地点明显可看出是上海,而第二部分的背景已经换到南方某城市,那很有可能是巴金在 20 世纪 30 年代初期访问过的厦门——小说背景是厦门工会的罢工运动。巴金此时在上海的出版物中,已然不能将这个背景和盘托出。但他为此而设计的替代情节却更为耐人寻味,而且更为直接地引向了他最为重要的文学启示。

《新生》的情节结构特点是它以光明和黑暗为两极对立的天启式修辞。这在《灭亡》中已经有所暗示。《灭亡》第一章的题目"无边的黑暗中一个灵魂底呻吟"以高度简化的方式概括出杜大心的主观感受,而在第二章中,叙事进入杜大心的内心世界,展示出他内心中散发出的天国般的光芒和他眼中看到的无边黑暗之间的强烈对照。光明与黑暗之间的冲突在《新生》中更变成情节的主导线索。在第一部分中,李冷不断重复地表达他对世界的简单而抽象的描述——"黑暗"。就像他在第一篇日记中写到的:"依旧是黑暗与恐怖……我底名字叫李冷,我底心是冷的,我底周围是黑暗与恐怖。"[①]李冷随后参与创办了一本叫作《光明》的革命杂志。它被政府查禁后,编辑们立即改头换面继续出版,并为之起了一个完全相反的新名字《黑暗》。从"光明"到"黑暗",或反之,没有任何渐进过渡;叙事从一个极端跳到另一个极端,这引发的是一种看似相识却又诡异莫名的感觉(an uncanny sensation)。这种感觉与表面的现实无关,而是作为一种瞬间启示降临人物心中。

这种感觉不仅体现在情节中,还以清晰的话语方式出现在小说最后的段落中。以一种宗教般的语言,李冷的遗言被写成革命的"福音书":

[①] 巴金:《新生》,见《巴金全集》(第四卷),人民文学出版社 1987 年版,第 171—172 页。

> 没有留恋，没有恐怖，没有悲哀，没有痛苦。有的只是死。死是冠，是荆棘的冠。让我来戴上这荆棘的冠昂然地走上牺牲底十字架罢。
>
> 也许今天晚上我底血就会溅在山崖，我底身体就会埋在土里，我底名字就会被人忘记。但是我绝不会灭亡，我底死反会给我带来新生，在人类底向上繁荣中我会找出我底新生来。①

研究无政府主义的历史学家认为它的乌托邦和末日审判式的信仰，起源于基督教的早期异端分支②，而同样重要的是它绝对化的道德神圣感，这与基督受难中所蕴含的为人类而牺牲的意象息息相关。李冷自称为"人类底儿子"③，自比基督，并以《圣经》引文作为结尾，这为《新生》赋予了崇高的意义。通过将主人公人格发展的高潮与基督受难相映衬，巴金的叙事以清晰的语言启示了一种"道德神秘主义"（moral occult），这个启示使主人公思想转变中那看似相识而又诡异莫名的感觉，上升到精神的域界。在那里，终极救赎不证自明：正义战胜邪恶、希望战胜绝望、生命战胜死亡是"牺牲"所带来的必然结果。

在布鲁克斯（Peter Brooks）的定义中，道德神秘主义"并非一个形而上学的系统；倒不如说它是储藏庄严的神话遗留来的那些碎片化和世俗化遗物的容器"。道德神秘主义在小说叙事中的出现，有赖于一种情节剧的想象（melodramatic imagination），这想象"被光明与黑暗、救赎与诅咒间的冲突所强化，在这里人们的命运和人生的选择与表面上看上去的现实状况几乎毫无关系，却与内心的矛盾冲突紧密相连。在这个冲突

---

① 巴金：《新生》，见《巴金全集》（第四卷），人民文学出版社1987年版，第323页。

② 参见：James Joll, *The Anarchists*, Eyre and Spottiswoode, 1964, PP. 17–27.

③ 巴金：《新生》，见《巴金全集》（第四卷），人民文学出版社1987年版，第321页。

中，意识必须自我净化，并承担神圣道德所带来的重负"。①这样的情节剧（melodrama）最早为卢梭所创造，在法国大革命之后盛兴于欧洲，并进入现代小说的情节构成；从雨果、巴尔扎克到哈代、亨利·詹姆斯，乃至纠结于善恶问题的当代西方通俗小说，它不仅是基督教的世俗碎片，也是大革命在文学中的倒影。在一个失去了神性传统的世界中，情节剧写善与恶的激烈冲突，或写主人公在善恶之间做出生死抉择，这样惊悚的故事被过度地表现，目的就是唤醒关于善恶之间绝对冲突的最为基本的伦理意识。布鲁克斯对现代小说中情节剧想象的理论分析，更多是基于他对巴尔扎克和詹姆斯的研究。巴金在早期的创作中既缺乏巴尔扎克那样对社会错综情形的洞察力，也没有詹姆斯那样对心理深度的兴趣。但是他的小说叙事由于语言的透明和直白，更为直接地上演了道德神秘主义的情节剧。

虽然巴金引用《圣经》里的语言和意象，但他的小说仍主要是建立在世俗语境中。他作品里的道德神秘主义出现在革命崩塌成碎片后令人难挨的虚空中。这个革命，首先是法国大革命。上文刚说过，正是法国大革命导致了情节剧作为一种有活力的艺术形式出现在欧洲舞台。巴金并不一定熟悉这个文类本身，但对于法国大革命的痴迷，使他熟知革命期间那些历史和传说中善恶对峙的"情节剧"时刻。巴金写过许多有关法国大革命的作品，除了散文和历史记叙以外，他还创作了三篇关于大革命的短篇小说，分别以马拉、丹东和罗伯斯庇尔为主人公，都具有强烈的戏剧感。②巴金笔下描述的法国大革命，特别着眼于其中关键人物所面临的伦理困境。他对法国大革命的迷恋，既隐秘地揭示出无政府主义运动的现代起源，也隐含了他对无政府主义革命在中国乃至国际舞台上没落前景的忧虑。正如法国大革命之后的情节剧中所经常表现的那样，巴金在《新生》中，将革命的碎片从幽灵般的历史虚空中拯救出来，将它们组合成一个善恶分明的情节剧，引向天启式的伦理启悟，从而昭示理想战胜现实的信念。

---

① Peter Brooks, *The Melodramatic Imagination*, Yale University Press, 1995, P. 5.
② 三篇小说为《马拉的死》《丹东的悲哀》和《罗伯斯庇尔的秘密》，参见巴金：《巴金全集》（第十卷），人民文学出版社1989年版，第172—222页。

大约在巴金开始文学生涯的时期，他着手翻译克鲁泡特金的《伦理学》，从中接触到了居友这个早逝的青年哲学家的思想。从20世纪30年代初起，巴金在文章中开始提及居友的"生命之花"的伦理意象。也是在这段时间，巴金在刚刚起步的文学生涯中面临两个挑战。其一是怎样在文学形式和政治理想之间建立美学的联系，使二者融合为一体，或者说在前者中使后者重生；其二是在革命遭遇"灭亡"的时刻后，为之设计继续发展的情节轨迹，使其理想延至后世。这两个挑战紧密相关，而他的艺术解决方案即是在作品中逐渐成形的"牺牲的情节剧"（the melodrama of sacrifice），这也是他为"生命的开花"所设计的叙事形式。在《新生》中首次出现，并继而成为巴金后来许多小说叙事中核心元素的，是一种伦理启示。李冷的人格转变中那神秘的缺失环节，被个体人格可以为集体牺牲而由此获得永恒价值的信念所填补。虽然说李冷的人格转变在情节线索上令人难以理解，但他对于牺牲的自觉而大胆的姿态，已经将情节升华到纯粹精神域界的层面。在这个层面里，情节变成抽象的善恶对峙，而所有神圣的都会回归，化身为世俗的英雄。

居友将伦理的最高境界命名为"人生之花"（la fleur de la vie humaine），巴金后来将居友的原话改成有着动态感的短语："生命的开花。"在《新生》中，牺牲是角色的自主选择，以自己生命的终结，将理想的光明洒向黑暗的世界。定义为牺牲的死亡并不是终点，而变成人格成长的高峰。这样的情节在牺牲的剧场里，展现出人格达到完善的理想状态。这个情节模式在《新生》中被明确地展示出来，随后在《电》中得到更充分的表现。牺牲的情节剧给予巴金的政治信仰以激情的文学表达，将他的政治信仰和文学想象融为一体。

《新生》结尾那句话，高度浓缩地表现出牺牲的意义。而对这意义更为饱满的演绎，则发生在1931年到1933年间巴金创作的《爱情的三部曲》中，这个阶段正值政府愈加严酷地镇压无政府主义运动，迫使其转入地下乃至从中国政治舞台上最终消亡。1935年，巴金为《爱情的三部曲》撰写总序时，突然改变过去对自己的文学创作总是感到不满意的态度，称这个系列是他自己最喜欢的作品。①因为报刊审查制度的原因,他并没有解释这么说的真正原因:这一系列小说其实与中国无政府主义运动的最后阶段紧密相关。被茅国权称为"个人行为指导手册"②的《爱情的三部曲》有着明显的教育意义:它向青年读者展示怎样为了理想而生、为了理想而死,并以塑造青年偶像的方式,给予青年效仿的对象。可以说,巴金的政治理念以一系列有关"牺牲"的情节,在这个三部曲中得到了文学的生动展现。

巴金为三部曲的合集撰写了长达五十页的总序,他的强烈感情溢于言表。在序言中,他不断挑选出自己亲笔描述的那些青年人牺牲的场景,并不断告诉读者们他在重读这些段落的时候流下了眼泪。我在这里转抄巴金在总序里引用的使他潸然泪下的《电》里的几个片段,其中描绘了一个叫敏的青年革命者殉难的情景:

> 敏热烈地一把握住她的手,感激似的说:"你们原谅我……我真不愿意离开你们。"他的眼泪滴到佩珠的手腕上。
> ············
> 佩珠还立在路口,痴痴地望着他的逐渐消失在阴暗里的黑影。她心里痛苦地叫着:"他哭了。"
> ············
> 一些人围着尸首看。她们也挤进去。无疑地这是敏的脸,虽然是被血染污了,但是脸部的轮廓却能够被她们认出来。身上全是血。一只脚离开了大腿,飞到汽车旁边。
>
> "敏,这就是你的轮值吧。"慧想说这句话,话没有说出口,她又流出眼泪了。她的心从没有像现在这样厉害地痛过。她仿佛看见那张血脸把口张开,说出话来:"你会常常记着我吗?"③

---

① 参见巴金:《爱情的三部曲》,见《巴金全集》(第六卷),人民文学出版社1988年版,第3页。

② Nathan Mao, *Pa Chin*, Twayne Pub, 1978, P. 49.

③ 巴金:《爱情的三部曲》,见《巴金全集》(第六卷),人民文学出版社1988年版,第7—10页。

与《新生》里占据主要篇幅的主人公内心独白相比，这些场景主要是以旁观者的视角展现出来的：李佩珠看着敏离去，去进行自杀性暗杀；而慧则目睹了他的死亡。旁观者的视角，正透露出巴金当时在中国无政府主义运动日趋消亡时自己所处的位置。在20世纪30年代早期，巴金曾经三次前往中国南方的一个小城，即中国无政府主义运动的最后基地——泉州。① 巴金在后来的岁月里，直到晚年写作《随想录》，不断回忆和描述去南方的经历。泉州的无政府主义运动最终在1933年"闽变"之后被摧毁。在蔡廷锴等领导十九路军起事失败后，蒋介石政权的中央军进占福建，无政府主义者办的平民学校陆续遭到封闭，许多革命者受到迫害。② 1939年，巴金为他在南国的朋友们写了一篇纪念文章："我本来应该留在他们中间工作，但是另一些事情把我拉开了。我可以说是有着两个'自己'。另一个自己却鼓舞我在文学上消磨生命。我服从了他，我写下一本一本的小说。但是我也有悔恨的时候。"③

选择成为运动的旁观者，而没有参与其中的巴金，借助于文学的想象，在《爱情的三部曲》里为中国无政府主义运动建了一座纪念碑。他对于运动最后阶段的虚构描述，既是为了给革命建立一个永恒的形象，也是为了将革命的福音广为传播。这座纪念碑具体地体现在青年偶像的塑造中，可以说这个三部曲完成了从觉慧离家开始的无政府主义者的成长历程，它清晰地展现了一个革命者人格的发展，而这个发展的最高阶段体现在个人为人类整体付出的牺牲中。这样崇高的牺牲，其情节展示是非常简洁、干净的剧情，最终解决一切的冲突。小说的主要冲突发生在个体和群体价值之间，这尤其体现在革命与爱情之间的矛盾上。这个冲突是将三部小说连接

---

① 有关巴金在泉州的资料，参见方航仙、蒋刚主编：《巴金与泉州》，厦门大学出版社1993年版；陈思和：《人格的发展——巴金传》，上海人民出版社1992年版，第137—147页。

② 参见陈思和：《人格的发展——巴金传》，上海人民出版社1992年版，第137—150页。

③ 巴金：《黑土》，见《巴金全集》（第十三卷），人民文学出版社1990年版，第282页。

起来的最重要元素，也因此可以说小说的主题是"革命"与"爱情"，两者的关系既是对立的，也互为映照。为爱情献身和为革命献身的两难选择，深刻地反映出巴金对于生命与死亡互斥的伦理焦虑。从居友哲学里借来的"生命的开花"这一伦理意识最生机勃勃的体现应当是爱的延伸，但在巴金写作的小说及其语境中，死亡却成为虔诚的革命者在伦理上可以选择去做的唯一有价值的事。在《爱情的三部曲》中，这样一种两极化的冲突，在巴金对牺牲的高度美学化的表现中得到和解。牺牲的情节剧化，展现出内心中关乎生与死的个人选择，通过自愿的牺牲为死亡赋予爱的意义，而失去的爱情升华为超越个体的精神启悟的契机。在如此的情节演绎中，叙事的高潮便发生在牺牲的瞬间，革命者的牺牲在现实的阴影下召回神圣的精神。

《爱情的三部曲》具有自己的体系，它特别集中地描写了牺牲的不同表现：不同人物在面对冲突价值时所做出的不同抉择，以及这不同的抉择所印证的不同价值。这些内容贯穿整个三部曲，构建起关于牺牲价值的伦理诠释：从最低级、无意、世俗、做作的牺牲，到最高级、自愿、理想和神圣的牺牲。在牺牲的意义变化上升的过程中，也展开了人格发展的过程。

三部曲的第一部《雾》，将其焦点放在一种无意义的牺牲上。小说以爱情和孝道的冲突为主要情节线索。主人公周如水是一个软弱的无政府主义作家，他与新女性张若兰恋爱，却陷入了令他左右为难的境况。他的难处在于，他离家留学之前，已经由家庭做主订婚。周如水不愿忤逆他的父母，但他的爱人却决定要做一个"斯拉夫女性"①，这明显是指巴金所崇敬的那些俄国无政府主义革命女青年。她已经做好准备为爱情牺牲一切。周如水尽管被她的热情所感动，他却想做出完全不同的另一种牺牲。他宁愿牺牲爱情，以成全孝道，因为他发现自己完全无力反抗他的家庭。到最后，他痛苦地结束了这段关系。富有讽刺意味的是，在小说结尾处，读者会发现周如水的牺牲是完全没有意义的，因为他的未婚妻早在他回国之前就去世了，他爱上张若兰的时候，其实已经是自由身了。这个爱情故事与

---

① 巴金：《爱情的三部曲》，见《巴金全集》（第六卷），人民文学出版社1988年版，第90页。

其说是悲剧，不如说更像是带有些许伤感色调的情节剧。其中描绘的牺牲，是因为懦弱和盲从而做出的错误的牺牲。周如水牺牲爱情的决定，不是出于自愿，而是反映出他无能去掌控自己的命运。

然而正是这类错误的牺牲，促使巴金进而开始了史诗般的文学事业，他在其中探索真正有革命意义的牺牲。在《雾》里，通过对比张若兰的坚定和周如水的犹豫，巴金无疑已经指出了纠正这种错误牺牲的方法。张若兰被描写成一个更加坚强和勇敢的女性，她不惜一切代价去爱，这正是有着积极意义的牺牲最初始的伦理觉悟。在第二部小说《雨》中，一种更加具有戏剧张力的牺牲出现了。《雨》描写了另一个女性角色——患有肺结核的熊智君。她为了保护她真正的爱人——无政府主义革命者吴仁民，而自愿将自己交给一个恶棍。起初熊智君的性格被描绘成脆弱而感伤的，她很容易为好莱坞电影感动而掉泪，并且执着地相信爱是她生命的全部。她为了保护她的爱人而做出的牺牲，虽然被描述为出自女性的本能，但却成为故事中最关键的转折点。在此之前，吴仁民沉浸在与熊智君的爱情中，以此逃避他屡遭挫折的政治事业。他经常被那些有着坚定意志的同志批评，说他选择了爱情，放下了信仰。吴仁民在他的事业和感情之间摇摆不定。熊智君为他做出的牺牲，将他从爱情的梦中唤醒。在小说最后一个场景中，吴仁民站在窗边，面对沉睡中黑暗的都市，脑中出现了"幻象"。他看到黑暗的世界中有着邪恶的本性，而他与之搏斗，并想到所有那些被奴役的人群、被伤害的受难者。他在想象中看到光明战胜黑暗：

> 这幻象使他很感动。他仿佛得到了他所追求的东西。他突然被一阵激情抓住了。他伸出两只手向着远处，好像要去拥抱那个幻象。这时候他嘴里祷告般地喃喃说了几句话。话是不成句的，意思是他以后甘愿牺牲一切个人的享受去追求那光明的将来。他不再要求爱情的陶醉，他不再把时间白白地浪费在爱情的悲喜剧上面了。①

---

① 巴金：《爱情的三部曲》，见《巴金全集》（第六卷），人民文学出版社1988年版，第273页。

熊智君的牺牲惊醒了吴仁民，使他决定献身于信念，而非爱情。吴仁民这个在三部曲中承上启下的人物，具备了作为一个革命者的伦理觉悟。《雨》结束于一个"门槛"上的时刻，吴仁民立誓献身，重获新生。这里值得注意的是，熊智君的牺牲和吴仁民转变的缘由都是过度充盈的情感：对熊智君而言，她的牺牲来自她的热恋；对于吴仁民而言，他的力量来自由于失去挚爱的愤慨。

《爱情的三部曲》前两部中另一个有着重要地位的角色是陈真。他最初出现在《雾》中。作为软弱的周如水的对照，陈真被描写成一个工作狂和奋不顾身的革命者。他也是一个肺病患者，这让人想到杜大心，但不同于杜大心的是，他并不是一个悲观主义者，而患有结核病的事实在积极的意义上促进他更加决绝地献身于革命。在周如水看来：

> 这个人和他一样也牺牲了自己的青春和幸福，却不是为了少数人，是为了大众。而且更超过他的是这个人整日劳苦地工作，从事社会运动，以致得了肺病，病虽然轻，但是他在得了病以后反而工作得更勤苦。别人劝他休息，他却只说："因为我活着的时间不久了，所以不得不加劲地工作。"如果不是一种更大的爱在鼓舞他，他能够贡献这样大的牺牲吗？①

在陈真和周如水的谈话中，陈真说他在十四岁时就已经决定为革命献身了，这与巴金自己的经历相同。在巴金重构无政府主义青年的成长历程，由此创造出的理想化的英雄系列里，陈真是非常关键的人物，他既纠正了与他相似的杜大心的人格缺点，也预示着觉慧的精神成长。他第一次在《雾》中出现时，就已经是一个成熟的革命家了，而在《雨》的第一章中，他在一场车祸中意外地死去了。因此，巴金最理想的青年偶像未在陈真身上体现出来，这要等到三部曲的最后一部《电》里，通过一系列为信仰而牺牲、前仆后继毫无畏惧的无政府主义青年群像的描写才得以实现。

---

① 巴金：《爱情的三部曲》，见《巴金全集》（第六卷），人民文学出版社1988年版，第43—44页。

在三部曲的所有角色中，陈真和《电》里的革命青年们是被偶像化的人物。他们的牺牲代表了道德呈现的最高贵的形式，这些青年英雄也是巴金心中的"道德模范"。朗认为陈真的原型是师复①，而《电》里的青年则更像是俄国民粹主义者们和巴金在泉州的同志们的结合再现。《电》的开场写道，这是一群自我放逐到偏远地区的青年。当政府对运动的镇压越来越严酷时，这些青年相继选择了自我牺牲、勇敢赴死。这部小说仍将一些篇幅用于爱情和信仰的冲突上，但它真正的戏剧性情节集中表现了革命者面临生死抉择时的心理。

小说中刻画的许多殉难者中，敏是最为坚定的战士。② 在《电》之前作为独立作品发表的小说《雷》里，敏也如吴仁民那样陷入爱情与革命的冲突。他爱着慧，但慧相信自由爱情，因此她与敏最好的朋友德也保持着关系。尽管德认为革命者是不应该陷入情网的（这又让人想到陈真），但他还是难以抗拒热情的慧。这样一来，两个男人处在尴尬的位置，友谊受到三角关系的挑战。他们的问题在突然到来的情节高潮段落里得到解决。敏携带着重要秘密文件时，遭遇巡逻的军警，德救了他，但自己却被杀死了。

敏在《电》中重新登场后，作者暗示他一直没有从德的死亡所带来的悲伤中解脱出来，因此做出与慧分手的决定。《电》里的敏被刻画为一个精神紧张，却意志坚定的年轻人。他坚定地相信牺牲是他的归宿："我只希望早一天得到一个机会把生命献出去。死并不是一件难事。"③ 他最终在暗杀当地驻军长官失败后，英勇赴死。与《灭亡》相比，《电》中相应的死亡场景，并无过多恐怖的暗示。在敏昔日的爱人慧的眼中，他死去的面孔张口说出了他的遗言。他迎接自己的轮值，献出了生命，但他的理想永存。

---

① Olga Lang, *Pa Chin and His Writings*: *Chinese Youth Between the Two Revolutions*, Harvard University Press, 1967, P. 181.

② 陈思和认为敏是《电》里的主要英雄，参见陈思和：《中国现当代文学名篇十五讲》，北京大学出版社2003年版，第123—125页。

③ 巴金：《爱情的三部曲》，见《巴金全集》（第六卷），人民文学出版社1988年版，第324页。

《电》是一部激情澎湃的小说,一个接一个的青年英雄从容赴死,他们的群体面临致命的威胁,在日益缩小,但共同的理想让他们互相温暖、彼此激励。这个群像中第一个被呼唤的名字是李佩珠(小说开始时一个青年学生在低唤她的名字),她也是整个《爱情的三部曲》中最为光辉的青年形象。巴金说李佩珠在生活中没有原型,她是一个高度理想化的青年形象,巴金称之为妃格念尔型的女性,其中也凝聚了他对各国女革命家的印象。① 李佩珠的名字第一次被提起,是在《雾》里陈真和周如水等朋友的对话中。② 陈真称她是"小资产阶级的女性"。但在《雨》的开端,佩珠来到了自己跨越"门槛"的时刻。她在读妃格念尔的回忆录时,其中一个段落引起她的共鸣:妃格念尔小的时候,被人嘲笑是除了长得好看其余一无是处的玩偶,她为此哭了。李佩珠同样哭了。她受到妃格念尔的启发,决心重塑自己,决不做一个脆弱的女性,而是要活出更有意义的人生。在李佩珠跨越"门槛"的时刻,巴金有意地在她的形象里突出了居友的伦理意象:"生命的开花。"美丽、活泼、乐观的年轻女孩李佩珠,在经历了她的伦理觉醒后,整个身心都成为信仰的载体。她犹如经历开花的时刻,情感和信念几乎要溢出她的身体:

> 她的身体内潜伏着的过多的生活力鼓动着她。她的精力开始在她的身体内漫溢起来,需要放散了。她到了这个时候已经不能够单拿为自己努力的事满足了。她有着更多的眼泪,更多的欢乐,更多的同情,更多的爱,需要用来为别人放散。③

在李佩珠的成长过程中,最关键的觉悟是她意识到自己的本性,那是一种

---

① 参见巴金:《爱情的三部曲》,见《巴金全集》(第六卷),人民文学出版社1988年版,第38页。

② 参见巴金:《爱情的三部曲》,见《巴金全集》(第六卷),人民文学出版社1988年版,第51页。

③ 巴金:《爱情的三部曲》,见《巴金全集》(第六卷),人民文学出版社1988年版,第136页。

希望将她的善良与同情放散出来的本性，她以放散自己的能量和热情来影响周围的人，并由于这样的影响而感到快乐。李佩珠是巴金的无政府主义理想最为生动而具象的体现：人格的发展被真正描写成"生命的开花"，在向他人传播爱的过程中，展现出一个青年人惊人的活力。

当李佩珠在《电》中重新登场时，她几乎可以说是运动的灵魂人物。她有着天使般的性格，时刻准备去鼓舞那些陷入绝望的同志，安慰那些遭遇挫折的同志，和鼓励那些坚强的战士。流淌在她性格中的充沛的感情，是她道德意识的自然表露。她也是整部《爱情的三部曲》中唯一没有被爱情与革命的冲突所困扰的人物。小说暗示了她爱上了吴仁民。但是，不像其他那些必须在爱和信仰之间做出抉择的革命者们，她在爱情中看到更积极的意义，并且找到了爱与信仰和谐共处的方式："爱并不是罪过，也不是可羞耻的事情。我爱他，他爱我。这样两个人的心会更快乐一点。也许我们明天就会同归于尽，今天你就不许我们过得更幸福吗？爱情只会增加我们的勇气。"[1] 李佩珠是最完美的理想化的青年，比《爱情的三部曲》中任何其他的角色都更加完美，通过她的人格发展，个人与集体的利益达到了美好的平衡。

巴金说："李佩珠这个近乎健全的性格要在结尾的一章里面才能够把她的长处完全显露出来。然而结尾的一章一时却没有机会动笔了。"[2] 小说在一个令人悬心的时刻戛然而止：李佩珠走出了革命者们躲藏的地方。接下来发生在她身上的，很有可能是被捕甚至被杀害。巴金没有机会动笔写出的，正是李佩珠自己的牺牲。替代这个结尾出现的，是他在小说开端连续引用的一系列《新约·启示录》中的段落，如这一段描绘新世界诞生的文字：

> 我又看见一个新天新地，因为先前的天地已经过去了，海也

---

[1] 巴金：《爱情的三部曲》，见《巴金全集》（第六卷），人民文学出版社1988年版，第412页。

[2] 巴金：《爱情的三部曲》，见《巴金全集》（第六卷），人民文学出版社1988年版，第38页。

> 不再有了。我又看见圣城新耶路撒冷由神那里从天而降，预备好了，就如新妇妆饰整齐，等候丈夫。我听见有大声音从宝座出来说：看哪，神的帐幕在人间。他要与人同住，他们要作他的子民；神要亲自与他们同在，作他们的神。神要擦去他们一切的眼泪，不再有死亡，也不再有悲哀、哭号、疼痛，因为以前的事都过去了。坐宝座的说：看哪，我将一切都更新了。又说：你要写上，因这些话是可信的，是真实的。①

这段引文是在小说完成之时，或是在它不可能完成的时候被放进文本之中，以填补情节发展的空白。巴金没有去写他最喜爱的人物的结局，却以一个新千年的幻景替代它。这样的安排最终引发了道德的神秘意味，这个激励人心的感受为三部曲的牺牲剧场画上句号：通过牺牲，新的天地将从大毁灭中诞生，新的历史将从彻底的灭亡中重生。它最终在幻境一般的精神域界里，宣告了理想对现实的必胜，用宗教的语言来突显理想主义的神圣性。但同样重要的是，它用宗教的话语来突显不容置疑的理念，历史事件变得不再重要，取而代之的是更宏大的"神曲"。

在此为《爱情的三部曲》的讨论做一个总结，可以说巴金对青年形象的偶像化塑造和他的无政府主义成长小说有三个最重要的特点。第一，无法控制的充沛感情，如我们在熊智君、吴仁民，特别是李佩珠身上所看到的那样，是巴金借以构筑理想化青年形象的动力。巴金的《爱情的三部曲》和其他无政府主义小说中那充沛的感性气息，或许是某些批评家难以接受的，但巴金的小说叙事可以将无政府主义的自由理念激活，使之生动地活在人物身上，正有赖于此。这些充盈的感性色彩对一个无政府主义青年的人格塑造而言有着至关重要的作用，因为只有在道德情感溢出自身之外时，青年才得以实现人格的发展。过多的情感对于文学也许会造成损害，但它赋予青年以积极的意义，就像李佩珠的青春犹如"生命的开花"，外溢的能量和热情养育了对于巴金来说最为高贵的道德。他笔下的青年所发

---

① 巴金：《爱情的三部曲》，见《巴金全集》（第六卷），人民文学出版社1988年版，31页。

散出的不可阻挡的道德热情，基于他对人性善的坚定信念，而这个信念也定义了巴金笔下人生的意义，那些青年们以将他们那过度澎湃的感情发扬出来并传播给他人的方式，见证了有伦理意义的生活。

第二，《爱情的三部曲》通过牺牲的剧场，将牺牲的情节演绎成为几近于宗教启示一般的崇高的悲喜剧。牺牲是决定人格成型的时刻，以这种方式，使青春以最纯粹和最绝对的形象出现。当青年为了信仰而从容赴死，步入中年的成熟或革命失败后的幻灭，都不再会成为可能。牺牲使对青年的形象塑造归结为永恒的"青春"本身，就如用刘西渭的精确描述一样，巴金小说中的人物们"永生在青春的原野"。对于小说家巴金而言，牺牲的情节剧将青春升华到一个精神国度中，在那里被牺牲的青春获得神性的存在，被重塑成作为革命家的巴金心目中理想主义永远不灭的标志。

最后，通过一系列青年形象，巴金逐渐创造出如李佩珠这样的理想人格。从这个角度来说，巴金在《爱情的三部曲》中完成了他的无政府主义成长小说。但问题也在于，巴金的小说叙事更像是理念的集合展示，虽然创造出完美的人格，却是以放弃对心理和历史复杂情形的描写为代价的。《电》的风格一清如水，透彻明晰，并不像叶绍钧的《倪焕之》或茅盾的《虹》，也不像歌德的《威廉·迈斯特的学习时代》或司汤达的《红与黑》。巴金的无政府主义成长小说显然并不符合成长小说（Bildungsroman）这一文类的经典模式。巴金的小说中，缺乏青年面对历史、拷问现实、与日常生活融合的文本层面。在一个几乎是空白的背景中，巴金笔下的青年在天启式的伦理感悟中完成自我转变。他们自愿地跨过"门槛"，这"门槛"上的一刻既是道德神秘主义的体现，也标志着自我的觉悟。这样的成长模式，将人格发展定义为内在生活的戏剧，伴随着道德自我的理想化过程而展开其剧情。我们可以说巴金的小说受到历史的限制，但显然他的作品也强烈地抵制了历史决定论。

巴金小说中强烈的理想主义色彩使他的风格和许多同代作家全然不同。他的作品以一种清晰、明确的和刻不容缓的叙述，在伦理层面上呼唤中国的青年人去追逐他们自己的理想。"你要写上，因这些话是可信的，是真实的"——这是文学的最高律令。在完成《爱情的三部曲》时，虚构写作给了革命家巴金以一个最为有效的方式，来传播那些他认为在无政府主义陨落之后的时代里对于青年的精神成长至关重要的道德观念。巴金作为作家最大的成功，正是在《爱情的三部曲》最后一部里完成了政治与文学的融合。少女李佩珠是巴金的伦理热情的化身，她其实比《家》中更为著名的反抗者高觉慧更能代表巴金的理想，而后者成为许多代中国读者心中最令人喜欢的青年偶像。

《家》在文学上不见得比《电》更丰富，但它却是巴金最为有名的作品。这部著名的小说将新青年一代和他们的长辈之间的冲突赋予情节剧的形式。对传统大家庭系统的攻击，体现在对于家长恶行的夸张描述中。这些长者要么被刻画成因循守旧的卫道士，要么就是伪善而堕落的小人。巴金将他们写成吃人社会的统治者——这当然是从新文化运动借鉴而来的流行观念。而在这个社会中，青年如果不挺身反抗，就会沦为受害者。在《家》《春》《秋》三部小说里，"家"的所在几乎是屠宰场，众多美好的年轻男女一个接着一个被父权社会折磨致死。①

在这个黑暗的背景之上，巴金对觉慧的刻画，犹如一道闪电划破夜空。《家》是空前成功的现代小说，这部小说对于五四之后青年崇拜的贡献，超过了任何一部其他作品。这种成功的部分原因，可能是《家》的主要情节发生于"家"的内部，青年们的反抗精神由于对家长制度的攻击而引发普遍共鸣，这是所有渴望夷平传统重负的年轻人所共有的感受。社会的邪恶，在《家》里被简化为父权的无情压制，而红日初升一般的青春，与日落西山腐朽不堪的"旧世界"形成强烈对比。《家》与巴金的无政府主义小说不同，在于它写出了一个更具普遍性的青年主题，可以帮助青年更为清楚地建立自我意识。《家》的成功，奠定了巴金在年轻人心中最受欢迎作家的地位，巴金的文学事业凭借《家》而真正起步。

但《家》与《电》之间的关系其实更为耐人寻味。《家》里面不断发生的死亡、光明与黑暗的终极交锋、青年的伦理追求这类情节，脱胎于他在革命将要失败时创作的无政府主义小说之中。只是在《家》里，光明与

---

① 关于巴金如何对青年和家庭之间戏剧化的冲突进行文学重构，参见刘志荣：《文学的〈家〉和历史的"家"》，见《一股奔腾的激流：巴金研究集刊卷四》，上海三联书店2009年版，第54—96页。

黑暗之间的戏剧性冲突被改写为青年与父辈之间的冲突。觉慧和家庭之间的对抗，使得光明与黑暗之间的情节冲突被放置在一个可以言说的环境里，在这个环境中，年轻人对于家庭体系的愤怒抵抗，撼动了中国社会的根基。也可以说，《家》以一种更为基本的方式，落实了中国无政府主义运动的目标。

从《家》中走出的高觉慧，是一个更为年轻的陈真、一个更为单纯质朴的杜大心，也是一个同样被理想化的李佩珠。他重蹈巴金追寻信仰之路，并将这启示带给了数以百万计的读者。他们或许不知道从灭亡到新生要经历多少苦难，也不一定了解巴金在无政府主义小说中所描写的那些革命者的牺牲有多么高贵和崇高，但他们一定会被如生命之花一般绽放的青春的美丽深深打动。

（本文为《少年中国》第五章，由樊佳琪翻译成中文，原载《文学·2014春夏卷》）

终止焦虑与长大成人
——关于"70年代出生作家"的笔记

一

近几年陆续登上文坛的卫慧、棉棉、丁天、李岩炜、周洁茹、魏微、赵波、戴来、金仁顺、李凡等十多位年轻作家,都被划归在"70年代出生作家"这一名目之下,以此表明一代文学新人的长成。这种较为笼统的命名方式仅标志了作家在年龄上的相对一致,但这一代的写作可能恰恰突现了20世纪90年代文学的多元倾向。他们正身处一个强调个性化和个人立场的文学空间,这使他们似乎天生就对各种"共名"和"主流"式的话语具有免疫力,即使在创作之初,他们便大都已在自觉追求显明的个人风格(其中或许难免对前代作家有意或无意的模仿与继承,但也必然含有着文学新世代的自发和独创因素)。这不仅体现在题材方面他们都把笔触限制在具体的、为自己熟悉的个体感知范围以内,更为主要的是,他们还都依恃个性化的生存感受,力求形成一种与众不同的表达方式。可以说,这一代年轻作家是以各自迥然有异的风格对个体经验进行描述、反省和想象,在当前构成了某种类似于"狂欢节"式的众声喧哗的文坛景观。

这当然也就意味着很难在单纯的写作风格的层面上对这一代作家给予某种统一的整体评说。但假如在年龄相对一致的条件下探询这一代作家的主体精神,至少有一种共通性是能够被确认的,这便是一代人的"共同经验"。必须加以强调的是,这里所说的"共同经验"不是就具体阅历而言,而是指一代人在成长过程中可能会共同受到的来自时代处境的制约,意味着一代人可能的共同精神趋向。它不一定在写作中打上鲜明印迹,但却有可能构成作家以个体面对世界时所难以摆脱的视界,或者说,它会表现为一种与生俱来般的体验模式,隐藏在作家的具体经历背后,而影响到他们对现实的把握与对自我的想象。也正是由于这种"共同经验"及其塑造的想象关系的作用,使同样出生在20世纪70年代的我,对同龄人的创作不能不怀有特殊的体认和感应。我希望在本文中结合对作品的理解来表明这种体认和感应的内容,更期待能以此揭开这一代写作的更大的可能性。

二

现在通常认为"70年代出生作家"的一个显著特点是他们很坦然地把个体经验作为主要的写作资源,并发展了一种畅快淋漓、无所顾忌的表达方式。或者说他们尽可能想要把自我不加掩饰地投射在文本之中,并且常常使写作成为真正无拘无束的自我表白。这种倾向当然也不是所有"70年代出生作家"的共同特点,而是较为明显地体现在卫慧、棉棉、周洁茹等几位女作家的作品里。这一方面可以看作一种可贵的纯真和锐气在当前创作中的复归,非常值得珍惜和尽心持有。但另一方面,当自我表达太过于顺畅、彻底和轻松时,经常也会伴随着一些简化或变相的倾向。这两方面不一定构成矛盾,甚至可能互为因果,后者也不一定必然呈现为对写作深刻性的制约和妨碍。但显而易见的是,它有时也会造成一种有些特殊的表达悖论,即当你愈想要显明个性和自我的特立独行,反而就愈加只能达到相反的效果,也就是说,那个被表达出来的个体身影中愈加削弱了自我的真实成分。事实上,在过于顺畅的表达过程中被简化、漠视或忽略的,往往是一些最贴近心灵深处的复杂体验,这多半会带来一种结果,即自然地拉开了表达欲望与真实主体之间的距离,因而透露出言说和内心的实际差异。这也就意味着,表达上的特立独行,不一定对应于自我真正的特立独行,反倒有可能构成对这种自我想象的否定。就我所谈的这几位作家而言,这种情况的发生总是与放弃对某些心灵感受的把握相关,其中比较明显而且具有一致性的,便是对于焦虑感的有意忽略。

我所说的焦虑感,是作家主体通过文字与世界发生关联时承受的障碍所致，是心灵的想象与现实境况相互磨蚀的结果，在有些情况下，正是人不放弃追求主体力量的证明。当代社会文化处境使这种感受密布于许多真诚的写作中，特别是在通常被称作"晚生代"的一些青年作家笔下，它常常会聚集成为强大的充满痛感的钝性，使文本持续出现情节的延宕和表达的延宕，仿佛人被捆住了手脚；有时虽也会从中透出一股玩世不恭与世俗化的颓废倾向，但骨子里并没有丝毫的松懈，那种焦虑感仍梗在那里，人与现实处境之间的对抗关系依然绷得紧紧的，甚至由这延宕中更强化出来，显现出一种真实的渴望自我确立的艰难境况。这里指的主要是由一些南京作家（特别是朱文）的作品中表现出来的情形。"70年代出生作家"的写作在这方面则与之有着极大的差异。

以卫慧的小说为例，它们给我的一个突出印象，是其中的焦虑感即便以夸张的形式表现出来，随即也会非常轻松地被稀释而后排遣，最终显现出来的精神状况是如《像卫慧那样疯狂》中主人公所认同的那种孤独："不是天堂般的孤独，是人世间闹闹哄哄当中的孤独，是某个被遗弃的垃圾桶里那种逆来顺受、黑暗憋闷而又温暖的孤独。"在这一篇及《蝴蝶的尖叫》《爱人的房间》《神采飞扬》《硬汉不跳舞》等小说中，卫慧以一种强劲的话语方式把都市里物化生活的种种琐屑、零散的感受聚拢在内心激情的表达中，从这激情里显现出颇具光彩的自我形象。对这一形象最恰切的命名应是"另类"，其意义在于对个体独立价值的强调和对时代主流的疏离。卫慧的主人公几乎无一例外可以看作这种另类风格的自我投射，尤其在《像卫慧那样疯狂》中，年轻的写作者"一心想成为一个与众不同的作家"，"无名的焦虑感总是使她拼命地写东西"，她看不起循规蹈矩的庸常生活，对于任何伦理规范和精神约束都表现得敬而远之，即便放弃爱情也不愿为婚姻束缚，并且她对自己的生存体验总有着超越性的理解，也总是渴望听从内心冲动的驱使来过一种随心所欲的疯狂生活。

只是在细读过这部小说之后，却会感到在这种"疯狂"的想象中存在着表达和内心之间的某种错位。也就是说，在文本中，那种叛逆性的自我投射仅仅显示为一种意志，或者说是一种强调对现实情境进行反叛的夸张（也很轻松）的欲望表达，但却明显忽略了因此必然会造成的个人与现实情境之间的实际紧张关系，以及随之而来的各种痛楚体验，包括从群体中剥离后内心的无所依恃、孤独和无法避免的个体焦虑；这似乎透露出，在这强劲的表达背后，并没有一个相应的真实存在的主体。事实是那种特立独行的另类情结同时与主人公混杂着天真与世故、伤情与冷酷的现实体验缠结在一起。从小说情节发展来看，前者总是会逐渐被现实理性置换了内容，虽然在话语上还是一如既往地饰以锐气十足的反叛姿态，极力放大个体经历中超越世俗的成分，但主人公的内心情感却常常不自觉地陷入现实羁绊之中，使她始终不想并且也不再可能去认真体会由反叛姿态所带来的焦虑。其实小说中对这一点有时也是直言不讳的：如主人公所说，她总是既渴望又恐惧于那种"货真价实的疯狂"，是同时过着"体面与乞丐般的生活"，这使她在追求反叛的同时，也可以不断倾听和投入时代的喧嚣，狂想的芯子里包容着世俗的热闹。很显然，小说在表达和实际的精神取向之间存有差异，从中不难看出真切的自我意识的磨蚀过程，所以主人公最终会认同那种涤净了对抗性的孤独，并时常在一番雄辩的告白之后迅速滑向相反的处世态度："介于个人与整个社会之间的对抗总是有点歇斯底里的，如果这个世界样样不合你的心意，那么你的存在就是个错误，你的生活就是个悲剧。觉得自己年轻并充满敌意就可以改变生活（哪怕是一丁点儿的末子），那是个地地道道的蠢梦。"

又比如周洁茹：她在目前"70年代出生作家"中年龄最小，但文字风格却显得特别老到、冷漠，对人性的态度有时近乎刻薄，让人联想到张爱玲；这种非常明显的反讽色调无疑也可看作一种追求个性的表达策略，像《我们干点什么吧》《飞》《乱》《回忆做一个问题少女的时代》等小说，情节因素都淡化到了极点，只是散淡地描述女孩子面对生活的厌恶之感，但却都因对反讽的无所不在的运用，而能够在对庸常人生意义之匮乏和生存之恶的揭示中表现出鲜明的主体倾向。只是问题在于，运用得过于顺手（甚至有些圆滑）的反讽总是具有"双刃剑"的效果。比如说那种老到、冷漠的文风既能瓦解现实的虚浮之相，同时却也消磨了由这瓦解所牵动的锐痛，在文本中过滤了一切伤感和动情，只显现出一种无所谓的，最多是自嘲式的隐隐作痛。因而小说里尽管总是贯穿着面对生存之恶"无能为力"和"无所作为"的虚无感，但并不相应展现出个体的焦虑，那种压抑的气息被作者极好地控制在细碎迂缓的叙述中，心在力避与绝望的直接碰撞。

　　这样一来，文本中就排除了任何对抗性内容的存在，而仅仅呈现出一种虽然毫无生气，但却令人心安的妥协和疲乏的状态：如在《我们干点什么吧》中，主人公通过对无数生活琐事的描绘，暗示出改变生活是不可能的，并表明对此不得不坦然接受。（这里可以明显看出与朱文小说的差异，后者同样表现"无所作为"的虚无感，但深刻地描绘了写作者的内心焦虑，毫不放松地突出着对主体力量的渴望。）周洁茹小说中那种无所顾忌的反讽式的表达方式，最终揭示出自我意识的虚弱，比如《我们干点什么吧》和《飞》的结尾都归结到一种无可奈何的情绪："我们是想干点什么的，但我们什么也干不了。我们只是坐在这里吃羊肉串，一串又一串。"或者是："我们结婚吧，我就要一支玉米，只要一支玉米。"这样的独白看起来好像自我说服，有点不甘心的味道，然而无论"干我们想干的事"或是"真的飞起来"，到底都变成了遥不可及的年少旧梦。

　　与卫慧、周洁茹相比，棉棉的小说吸引人的地方是她那种更为独特的话语方式：绵绵不绝，片刻也不肯安于沉默，如摇滚一般躁动、迷狂和打破规范；并且没有中心，没有整体感，也没有交流性。棉棉的言说仿佛都是生成于瞬间的冲动，一连串的警醒使她精力充沛、不假思索地"说"了下去，甚至不能顾及这言说的内容，也不在乎意义的连贯性，一切随心所欲，率性而为，也可以在任何气力不接的时候突然终止。这当然是一种特别强劲和富有个人魅力的表达方式，能充分展露一个人的内心感受、情绪乃至个性，也可以说由此才有可能实现一种真正特立独行的自我投射。然而也正因为如此，当这种表达被推向无节制的极致时，反而从中会显露出某种内里虚弱的征象。我想借用詹姆逊的描述称之为"耗尽"（burn-out）；詹姆逊曾比较过"焦虑"和"耗尽"这两种心理状态的不同："在焦虑里你仍然有一个自我，仍然感到孤独，你想缩回到自我里保持自我的完整，也就是说你知道该做什么。而在后现代主义的'耗尽'里，或者用吸毒者的语言，'幻游旅行'中，你体验的是一个变了形的外部世界，你并没有自己的存在，也就是说，你是一个已经非中心化了的主体。……'零散化'正是吸毒带来的体验；在吸毒中没有任何一个时刻是与其他的时刻联系在一起的，你无法使自我统一起来，没有一个中心的自我，也没有任何身份。"①

  "零散化"和"非中心"确是棉棉的表达方式最显著的特征，依照詹姆逊的阐释，与之相伴随的是主体的瓦解。事实上这几乎也是棉棉小说全部言说所最终传达出来的真切感受，像她的《啦啦啦》《每个好孩子都有糖吃》《黑烟袅袅》《九个目标的欲望》《告诉我通向下一个威士忌酒吧的路》等一系列作品，都以大段零散、破碎的内心独白，突显个体经验中追求反叛的强烈意志，但表达的力量却好像在向四处散逸，都在走向相反的十分虚幻的目的。并且在这表达的背后，始终闪烁的是一个脆弱的主体的影子，似乎她怎么用劲也聚不拢主体的精神力量，怎么努力也无法挽回自我意识的破碎和分裂。特别是在关于主人公与赛宁的爱情故事和吸毒经验的反复叙述中，仿佛一切都四分五裂，显示出一种走投无路的内心绝境，这分裂感混合着揪心痛楚，带给人近乎无边的颓废印象，而最终归向于更加不可靠的虚幻想象。棉棉是以一种"耗尽"式的独特言说方式暴露出主体的崩溃过程，那种言说越是不顾一切、沸烈灼人，也就越加显现出内心的虚妄。就像她在《啦啦啦》中所自问的那样："我们到底是为了自由而失控的，还是我们的自由本身就是一种失控？"她想要"飞到最高的时候继续飞"，这飞的强劲冲动却已折耗了飞的力量，使她从空中坠落，在瞬间突然变得虚软无力。

  很显然，以上三位年轻作家尽管风格各异，却都相当一致地陷入本节开头所说的那种表达的悖论之中：一种追求特立独行的表达，反倒在实际上揭示了主体精神的脆弱。这也是焦虑感在文本内被冲淡、回避和丧失的最终原因；在个体与现实境遇相分离或对立的紧张关系中，焦虑是一道刺眼的裂隙，只要那种个体与现实之间的紧张存在，它就是无法在文字中得到消释的；但假使焦虑随时可被轻易、顺畅地消解，或完全不存在，就只能归因于它所内含的个体与现实境遇的分离或对立并非如显示的那样绝对，而是从根子上就伴随着退却的准备。也就是说，终止焦虑，在这里也就意味着内心不是纯然的反叛姿态，或具有一种强大的主体力量，而是可

---

① 唐小兵译：《后现代主义与文化理论》，陕西师范大学出版社1987年版，第156页。

能正恰好相反。

三

如果从写作题材的角度来看,应该说绝大多数"70年代出生作家"的作品都或明显或隐晦地含有一个"成长"的主题,因为年轻人写到个体的生活经验,其实很难不涉及对成长经验的关照,至少也能比较曲折地透露出自我意识的发展过程。像李岩炜的《说完了的故事》、卫慧的《艾夏》、棉棉的《啦啦啦》,都是讲述一个同龄女孩"长大成人"的故事,其中写到自我和现实之间的磨砺,以及由此引起的伤痛与精神取向方面的变化。当这类描写牵动个体的切肤经验时,显然意味着一种难得的坦率和真诚,而这些年轻的作家似乎天性中就具备这种素质,这使得他们笔下的成长故事往往更为直接地映现出各自的心路历程与主体倾向。而就我的阅读经验来说,在所有"70年代出生作家"中对"成长"主题最为痴迷的要算是李岩炜和丁天,他们迄今为止的创作,几乎全都集中在对个体成长经历的叙述方面。

先来看李岩炜的小说。与卫慧、棉棉等人不同,李岩炜并不有意追求一种特别强劲和个性化的表达,她的文风更偏于平实,喜欢在冷静的内省中追述成长历程,并在字里行间隐隐透出一丝伤感。李岩炜是"70年代出生作家"里最早开始发表作品的作者之一,但创作量却极少,好像只有发表在《收获》上的两个中篇小说:《说完了的故事》和《走廊里的脚步声》。后一篇描绘主人公在青春期的心理变化,由于精心设置了心理分析的结构方式,作者为迁就形式需要,反而显出一种叙述上的局促;相比之下,《说完了的故事》更具有一种质朴、自然的风格。这篇小说的情节很单纯,仅仅讲述一个女孩的普普通通的成长经历,她的初恋、校园生活,还有结婚生子的经历,都很平淡,有时还不免有些琐碎,但就在这平淡中却有一种逼真的生活气息,同龄人尤其能从中体味到一些熟悉的、难以释怀的感受。这种感受被密密地包藏在叙述里,或者说它首先就是由叙述本身呈现出来的。

之所以取名为"说完了的故事",在我看来,意义就在于这故事是在平淡无奇之中,好像还没来得及展开就已经说完了,与之相应的故事内容,女孩的长大成人也是在同样的平淡无奇和不知不觉中完成的。小说写她徘徊于一些朦胧的感情体验之间,像是一直在期待什么,但后来才发觉她还尚未做出任何明晰的选择,便已走完了成长的历程。这篇小说最大的意义可能就在于,它以此揭示了成长中不自觉的成分,即这成长不是自我追求的实现过程,也不是经历挫折而发展的主体精神的成熟过程,其中没有"轰轰烈烈"的渴望,也没有清醒的痛苦,而是一切都发生在浑然不觉中,是近乎无事的,有点稀里糊涂、不明不白的感觉。因而在李岩炜的叙述中,成长的体验主要是一种惘然的感受,并且故事里的女孩逐渐在无意中放弃自己的情感、意志和理想。用小说里的话来说,"放弃亦是潜移默化地渐渐被自己接受",尽管成长并不像期待中的样子,却也不会产生那种"刻骨铭心的痛苦",随着时光流逝,使她变得心静如水、一无所求。

《说完了的故事》展示出的成长经历,更像是一个被动的过程,自始至终都在压抑主体的参与,似乎有某种更有力的事物在主宰着主体的感觉,使自觉成分越来越趋于弱化。这样一种把成长等同于丧失的描述,也同样出现在丁天的小说中,而与李岩炜区别的地方则是,他更加强化出了这种丧失给个体带来的巨大伤痛。

丁天的很多小说初读之下会让人想起王朔,能看到《动物凶猛》的影响,包括那种把调侃、反讽与伤感融为一体的表达方式、追忆和自剖式的叙述结构,和一种对青春记忆由衷的珍爱之情。丁天较独特的地方在于他的伤感的一面大于调侃和反讽,同时更为直接地把成长描述为一个不断丧失的过程。在王朔笔下,可以看出成长故事中隐含着塑造自我的因素,下启了"顽主"式的人生态度,使他能相对怀有一种成熟的心态来回首青春岁月。但在丁天对成长的描绘中却看不到这种心态,对他来说,青春的消逝好像意味着从此失去了自我最本质的部分,总有种令他痛惜不已、难以面对的感觉。比如《饲养在城市的我们》,写主人公对被他称为"我们"的朋友圈子的追忆,他感到"回顾'我们'渐渐瓦解的成长的过程,我想我们后来的生活中肯定缺了某些东西,像是缺少勾兑的酒,致使我们的生活显得极不完美"。至于到底缺了什么,可能一下子很难说清,但主人公明确地提到了失去"纯真":"纯真,是不是现在我的心中也没这种东西了？也许它移到了我们内心深处更深的地方，被不知不觉地小心翼翼地隐藏了起来，也许像是许多被埋进了土里的东西，慢慢被磨蚀了，腐蚀了，上锈了。"人们通常认为，失去纯真是成长中一个必然的方面，以此换来心理上的成熟，这种观念相应也把成长看成个体不断发展的过程，它的另一端总会联结着更为确定的人生态度，这足以抵消失去纯真带来的痛苦。然而，这却不是丁天笔下的情形。

在最近发表的《青春勿语》中，他写一个少年迷恋于情窦初开时欲望萌动的感觉，却在真的面临性爱之际由于一种未知的心理恐惧，主动中断了与女孩的关系，但紧接着他就明白自己已永远失去了"那最初最单纯的爱"。作品表达的是一种最私己也最伤痛的青春体验，由于性爱的提前介入，更由于中学校方对少男少女初恋的猥亵化理解，致使少年无法再保持纯真的心态，但同时他也不能认同已对他构成心灵伤害（即打破他的纯真）的成人的伪善观念。这最终带给他精神的真空状态，使成长变成少年生命中异常残酷的事件，小说写他后来总摆脱不了内心的自责和懊悔，特别是反复写他梦到自己犯下滔天罪行，这更像在隐喻着是他亲手"杀死"了那个纯真的自我，以此换来的则是难以承受的痛苦折磨。不难看出，对于丁天而言，"纯真"是一经丧失就无以补偿的。并且更为关键的是，它近乎一种人的本质性的存在，有了它，才能保持主体自在的完整性，才能天然地黏合起主体和世界之间的裂隙，哪怕这种完整性和黏合关系只是不自觉的或十分表浅的，但却都是对于自我的不证自明。因而当成长被揭示为一个失去纯真的必然过程时，它显然并不能意味着自我会由此走向成熟，而是承受了毁灭性的打击。如此一来，丁天所叙述的成长经历似乎不可避免地只能是一个主体逐渐弱化的过程，其中看不出在失去纯真以后，究竟还有什么是值得自我依恃的，成长的体验被刻画成一种惘然的感受，这一点正与李岩炜的描述相似。

但另一方面，丁天也更突出地写出了成长中自觉的成分，写出了成长所带来的"刻骨铭心的痛苦"，以此表达出比较清醒的主体倾向。这尤其表现为对现实情境的一种潜在的反抗立场，也就是说，当他把"纯真"看成唯一的价值尺度时，现实情境作为"纯真"的剿灭者，无疑正是被否定的，是无价值的存在。这种反抗在丁天作品中只是被曲折地表达出来，并且因为背后的主体力量十分微弱而显出浓重的虚无色彩,但它无疑是真正生成于个体最深切体验中的精神取向,代表着"70年代出生作家"写作中极为难得和宝贵的方面。

总的说来,丁天和李岩炜都较为直接地写出"70年代人"的成长经历,并且两人都一致地把成长描绘为丧失的过程,最终也未能建立起一种实在的精神取向,其中传达出来的那种迷惘的感受是十分真切的,特别是在丁天的小说中,以此展露出一种难知所终的主体的困顿之境。而在另一些"70年代出生作家"的小说中,情况则正好相反,成长往往展现为"获得"的过程,即主人公克服了精神上的困顿(或者原本就没有),而逐渐达到一种明确的、能给他(或她)带来幸福感的世俗化的价值认同。只是不难看出,这种认同方式其实更像是出于疲乏而生的放任行为:在迷惘之中没着没落地漂泊了太久,于是便匆忙降落在一片安全的草坪上。

这情形可能在魏微的《从南京始发》中表现得最为坦白,当然严格意义上说,这并不是一篇具体描述"成长"经验的小说,但它却通过写一场与世俗道德相冲突的爱情逐渐破灭的经过,揭示出主人公确定价值认同的过程。小说写一个女大学生陪伴不可能与她结婚的男友去各地周游、谋职,希望这爱情成为终生的倚靠和慰藉,但结果事与愿违,她由这情爱之旅体会到的更多是世故和无奈,使她最终只好放弃了这令她心碎的情感,重新回到传统规约的恋爱方式之中:"我们在相约的人群背后生活,深入城市胡同的深处,过具有小市民道德律的刻板生活。我们将在一个城市安定下来,拒绝出游和交际。"作品里其实不止一次地表达类似的想法,而"从南京始发"的旅行也一直伴随着中止旅行的愿望,那种"必须拼命"且不知结果的情感显得过于沉重了,主人公因而渴望能过一种平和、殷实的如"阳光明媚、清澈如水"般的人生。同时"世俗社会是如此饱满,充满肉欲,让人垂涎三尺",她的年轻的心灵无从抗拒来自内心和外界两方面的压力,只有任由"俗世的灰尘"覆盖了她的爱情。

很显然,主人公最终所认同的是一种世俗理性,即与其在无望中挣扎,不如早点妥协。这篇小说的真诚之处就在于它毫不掩饰地写出了这一内心变化的过程。魏微是用一种伤感的笔调来融化心灵的伤痛,使它被泪水浸软,直到心底生出宁静与满足。

四

在匆匆考察了六位"70年代出生作家"的创作情况之后，我也没想到自己从中体认和感应到的是这样一种共同的精神状况：无论是那种追求特立独行的表达之下实际揭示出来的自我的脆弱，还是对成长体验的叙述中透出的精神取向上的迷惘感受或世俗化倾向，其实都表明这一代作家在主体力量方面的匮乏与困厄。与之相关的，是主体在对现实的反应中自主性明显弱化，认同感逐渐增强，两者的关系处于相互整合之中，而不是主体自觉疏离出来，形成独立的个体存在。这多少是有些令人吃惊的。因为假如认可这一代作家正处在，特别是成长在一个多元化的社会文化空间里，按道理来说，他们似乎更能相应地确立一种完全的个人立场，他们的生存体验也应更有利于保持一种自觉的主体力量。但从目前的创作实绩来看，事实却好像并非如此。

何以会如此呢？

或许可以说，我们这一代人的"共同经验"中存在着某些先天不足：比如我们的成长很少遭到来自历史与现实事件的残酷伤害，缺失创伤体验的履历不能清楚显出现实中暴虐的一面，这就使我们很难对自身以外的社会现实状况持有完全、透彻的认识和理解；又比如说，由于当我们接受文化教育时，传统意识形态话语早已失势，知识分子人文精神也趋于崩溃，那些理想型的精神取向被排除在熟悉的感知范围之外，这就致使我们在自我建构中难以真正融合进一种精神性的力量；再比如说，随着一个物质生活意义上的现代化社会日益临近，消费空间的膨胀成为我们眼前最切近的现实景况，作为看电视广告、接受流行文化和受益于市场经济而成长起来的一代人，我们可能已经不可避免地被塑造成消费社会的受动群体，而在不觉之中失去实际上的主体自由；等等。

这些方面也许都是事实，但也许都只是一些非常片面、表浅的认识，尚不能完整地揭示出我们的"共同经验"的实质所在。或许关于我们这一代人的"共同经验"，仅仅局限在我们自身的角度来看，最终还是将会带来更多、更大的困惑。我想比较值得去做的，是确认我们所处的时代到底在怎样制约着我们的生存体验,又是如何在此基础上形成我们对于现实和自我的想象。也许就在这类关于现实和自我关系的察知中,将触动我们更为深在的体验,并从中催生出一些新的具有发展可能性的向度来。

棉棉小说《啦啦啦》中有句话给我很深的印象:"我知道有一种境界我始终无法抵达。"我感到这里面有着深切的渴望,那种境界究竟怎样,作品里没再做具体解释,但在我的想象里,这应该是一种自我完全舒展的状态,其中应该蕴含着由心灵的澄明而显现出来的生机。"无法抵达"这种境界当然不是什么不可弥补的缺陷所致,只能说明这一代写作者的心灵世界中还有巨大的待填充的空白,或者用个滥俗的套语来说,即这一代人还"在路上",到底是在走向某个未知的精神域界的途中。而这,当然也就意味着还需要持续不断付出更大的努力。

(原载《上海文学》1999年第9期)

未来有无限可能

第四辑

文学观察

《叔叔的故事》与小说的艺术

一、问题的提出

王安忆自述《叔叔的故事》是"对一个时代的总结与检讨"[①],同时又包含了她本人的经验,容纳了她"许久以来最最饱满的情感与思想"[②]。这部中篇小说问世于1990年的冬天,在此之前,向来高产的王安忆有过长达一年的封笔[③]。《叔叔的故事》作为她重新开笔后写出的第一篇小说,是经过艰辛思考后结出的最初果实。所谓"叔叔的故事",概括而言是一个历史叙事的浓缩形式,在当时最令知识界感到激动和认同的,便是这个故事经王安忆以各种叙述手法拼合而成,最终揭露出存在于时代的精神现象之中的危机。尽管小说中一切都单指涉叔叔(一个类似精神领袖的著名作家)这一个人物,但其实他正是时代人格化的形式,叔叔的悲剧及其精神世界的丑陋与虚妄即是时代的可悲之处。就此而言,这部作品应该被看作王安忆由现实危机中抽象而出的一部思想性的时代寓言。

除此之外,人们还注意到《叔叔的故事》对小说艺术本身的贡献。它的成就尤其在于,那种彻底站在个人立场上对时代和历史的反省与批判,

---

[①] 王安忆:《近日创作谈》,见《蔷薇随笔文丛》(第二辑),中国华侨出版社1995年版,第39页。

[②] 王安忆:《〈神圣祭坛〉自序》,见《蔷薇随笔文丛》(第二辑),中国华侨出版社1995年版,第43页。

[③] 王安忆的长篇小说《米尼》完成于1989年8月,此后直到1990年8月开始写《叔叔的故事》,她在这中间整整一年的时间里没有写小说。

在文本中被十分完美地融合进对一个公共历史叙事的拆解过程；如果从文本形式的角度来看，所有那些思想上的深刻探索都体现在作品的写作方式中，这方式不单是一个容器，而是自身便产生着意义。或者可以说，重建世界观的工作对于小说家王安忆来说，在根本上等同于探寻一种新的叙事方式，这篇小说无疑是这种探寻的成功产物，其中对于精神世界的勘察、诘难、反思与更生，与它在形式上对艺术成规的突破与再造是合而为一的。这种创新的叙事方式既是小说的魅力之源，同时却也给习惯于当代小说既有模式的批评者带来了难题：比如小说在行文中不断破坏叙述的可信性与权威性，把虚构的过程和写作的把戏明白地袒露出来，照理说这本应使作品的现实感荡然无存，但事实上这种现实感却未被瓦解，反倒让我们有了一种更加深切的现实感动；又比如这篇小说几乎完全抛弃了感性的语言，而转向类似于分析和议论的抽象的写法，但就是那些看来有些悖逆于感性经验的文字，仍能以相当的强度触动我们的情感。问题就在于，作品中那些仿佛只会颠覆小说艺术的写法，实质上却能够给人以不同寻常的艺术感染力，这究竟是怎么一回事？

对《叔叔的故事》的写作方式的分析和理解，与对其思想表达的认知应该是一个不可分割的同步过程，由此还会导向有关小说与现实、艺术与抽象等理论问题的思考，而小说的理论问题在根本上具有超越技术的意义，直接关系着作者的精神世界。所以，本文的努力方向就是试图进入《叔叔的故事》的文本之中，以具体分析来解答我们的困惑。

二、谁的故事？

《叔叔的故事》的叙事中有些本应一望而知的问题，实际上却须颇费一番仔细的考察才能认清，比如小说中的"故事"到底是指什么？讲故事的人是什么身份？以及他讲故事的动机究竟为何？这都是这部作品的关键前提所在，它们决定了叙事的结构和意图。首先来看叙述者的问题，他一上来就有一段长长的开场白：

> 我终于要来讲一个故事了。这是一个人家的故事，关于我的

父兄。这是一个拼凑的故事，有许多空白的地方需要想象和推理，否则就难以通顺。我所掌握的讲故事的材料不多且还真伪难辨。一部分来自传闻和他本人的叙述，两者都可能含有失真与虚构的成分；还有一部分是我亲眼目睹，但这部分材料既少又不贴近，还由于我与他相隔的年龄的界限，使我缺乏经验去正确理解并加以使用。于是，这便是一个充满主观色彩的故事，一反我以往客观写实的特长；这还是一个充满议论的故事，一反我向来注重细节的倾向。我选择了一个我不胜任的故事来讲，甚至不顾失败的命运，因为讲故事的愿望是那么强烈，而除了这个不胜任的故事，我没有其他故事好讲。或者说，假如不将这个故事讲完，我就没法讲其他的故事。而且，我还很惊异，在这个故事之前，我居然已经讲过那许多的故事，那许多的故事如放在以后来讲，将是另一番面目了。①

由于叙述者的公然出场，我们可以给他一个具体的称谓，即"戏剧化的叙述者"（dramatized narrator），这个概念借用自韦恩·布思的理论，是指叙述者以一个人物的身份出现在小说中。根据布思的研究，"戏剧化的叙述者"还可再细分为两种："纯粹旁观者"（mere observer）和"叙述代言人"（narrator-agent）。前者只讲别人的故事而不涉及自己，后者的讲述中则包含他个人的故事。② 这个区分对于《叔叔的故事》的叙述者非常有意义，这关系到这篇小说在叙事上的基本结构，以及叙事中的情态：它究竟在多大程度上是一个主观的故事。进一步的细致分辨需要考虑这段议论到底给了我们哪些有用的信息？总结一下，它大致要表达两个意思：第一，叙述者表明自己讲这个故事是不能胜任的；第二，他极力强调讲述这个故事对他本人具有异乎寻常的意义。前一个信息无疑会使我们对他作为叙述者的资格发生怀疑，继而对他将要讲的故事失去信任；这个信息此

---

① 《叔叔的故事》发表于《收获》1990年第5期，本文引自王安忆：《叔叔的故事》，见《神圣祭坛》，人民文学出版社1991年版。

② 参见：Wayne Booth, *The Rhetoric of Fiction*, Penguin Books, 1987, PP. 151–154.

外还有一个潜在的重要意义，我将在下文中再做分析。后一个信息，则使我们对叙述者本人发生了兴趣。

事实的确如此，叙述者看上去简直是急不可待地要讲这个故事，并因这个故事而有了一种仿佛是创作转折点的慨叹：在这一段的最后两句中，那些"其他的故事"和他过去讲的"那许多的故事"，其实正代表了他作为作家的将来与过去；而接下去的几段文字还告诉我们，这创作转折点对于他而言，等同于人生的转折点。这样看来，叙述者在这里显然是提供一个关于他自己的重要信息，即他是出于自身需要而产生讲述一个故事的欲望。这个欲望为何会产生，又何以竟会如此强烈，诸如此类的疑问激发我们继续阅读的兴趣。结果很明显，我们现在的兴趣所在，已不仅是小说将要讲的故事，还包括了讲故事的人。可以说，我们在读到"叔叔的故事"之前，已经读到一个有发展可能性的叙述者自己的故事的契机：叙述者在我们心目中已不再是一个单纯的讲述者，他也成了一个被讲述的人物；他已经具备"叙述代言人"的身份。

接下来，叙述者坦白出他有一个"个人的故事"。他对"叔叔的故事"的讲述开始于叔叔的一个警句："原先我以为自己是幸运者，如今却发现不是。"然后他写下自己心中一个近似的思想："我一直以为自己是快乐的孩子，却忽然明白其实不是。"并且说："他的警句和我的思想接上了火，我的思想里有一种优美的忧伤，而我又要保密我个人的故事，不想将其公布于众，因为这是于情爱有些关系的。所以我就决定讲他的故事，而寄托自己的思想，这是一种自私的、近乎盗窃的行为，可是讲故事的愿望多么强烈！"尽管叙述者的那个具体的"个人的故事"没有公布出来，但他那个与叔叔的警句相似的思想却是一个非常活跃的动机，不仅密布全篇，而且还提领了整个对"叔叔的故事"的讲述过程；这使小说中不断出现大段议论，叙述者在继续着像小说开头那样的告白，或者概述自己的思想（这一部分在小说中常用的人称是"我们"），或者反复说明讲述"叔叔的故事"对他个人的意义，"叔叔的故事"与他"个人的故事"之间的关联与差异。至此，这位叙述代言人是身兼二任的，他的叙事内容有两个不同的层次，即在这个题为《叔叔的故事》的小说里，故事是双重的，既有一个叔叔的故事，同时又有一个叙述者个人的故事。

按照叙述者的说法，他是借讲"叔叔的故事"来表达出了这个思想，即把他"个人的故事"的内核装入"叔叔的故事"的外壳之中，结果起到了事半功倍的效果；但就文本范围内而言，那个"个人的故事"仅是以隐形的状态存在，只要读小说的方法不等于猜谜语，我想可以完全不再理会它的具体内容了。为了解决问题，我们需要换一个角度来看。

我们应该还记得，叙述者那个关于他自己的故事的契机最初表现为讲述"叔叔的故事"的强烈愿望，这使人意识到，叙述者讲述这个故事的行为本身，便是一个关键的动作（action）——他"讲述"一个"叔叔的故事"。这也就意味着，由讲故事的愿望构成的故事契机，最终发展成了一个讲述"叔叔的故事"的故事，而叙述者有关自己的叙述，也就是他"讲故事"的过程：具体到小说文本中，叙述者选择故事材料（包括他选取"叔叔的故事"作为自己思想载体的契机）、对故事材料辨伪取证、根据已有材料推想未知的故事内容、跳出材料范围进行臆测、赋予全部素材以故事的形貌，以及由讲述内容引发有关的议论（在这些议论中，叙述者往往较多直接谈到他自己，属于对他那个思想的自由表达）这一系列"讲述"行为，也正是我们在文本中所能读到的有关叙述者自己的全部内容。由此看来，在《叔叔的故事》中，叙述者自己的故事其实就是他"讲故事的故事"；而这篇小说的叙事结构，体现为"叔叔的故事"和"讲故事的故事"共同构成的双重叙事文本。

三、思想与叙事

这个双重叙事的过程中，充满主观色彩和思想表达。既然叙事的重点在于讲述，不难发现"讲故事的故事"和"叔叔的故事"之间出现了一种特殊的黏合关系，后者作为前者讲述行为的对象性存在，始终受到前者的控制和分析，并不具备自身完整统一的形态，而是在被不断打破与解构中，成为前者的材料与表现形式；二者相沟通的地方显然仍在于叙述者的那个思想动机，"讲故事的故事"是存留在文本中的叙述者个人的故事，当然深藏着这个思想，而"叔叔的故事"既是为了表达这个思想而展开，当它被讲述时，也可说成为这个思想的具象。很明显，是思想构成了两个故事之间的黏合剂，并且思想本身同叙事一样具备了结构文本的形式功能。

但我们知道在通常的情况下，思想与叙事的关联并非如此。一般而言，作家的思想通过对情节的演绎暗示出来。认为情节是依照逻辑关系结合而成的有连带性的事件序列，这是20世纪小说理论界的一个共识，正是在情节中体现着作家对事物的认识、判断与综合，投射着他的世界观与心智力量；而在实际的写作中，当作家确有某种思想观念需要表达时，他构筑情节的主要方式是先为情节的发展及其终局（即他的思想观念的具象表达）设计出逻辑上的动机，然后再根据这个动机自身的发展来展开情节，即必须让小说中事件的发生发展做到"事出有因"。只要有了符合逻辑的动机，情节的发展即便达不到预期的结果，也能同样（或是更好地）表达出作家最初的（或是因情节深入发展而更加深化的）思想[1]。问题的关键就在于"事出有因"，即制造出合乎逻辑的情节动机。我们要了解作家的思想，通常从对这些动机及其逻辑展开的分析入手。与此同时，按照现实主义小说的似真性原则（verisimilitude），所有这些抽象的思维都将被推向幕后，被不留痕迹地隐藏在文本的深层，浮现出来的只有被讲述的故事，而情节动机则在看似客观自然中展开，使读者在阅读时会产生面对现实生活本身一般的幻觉。

但是《叔叔的故事》既然含有一个讲故事的过程，原本在幕后的东西便被移到了前台，我们在其文本中既读到"叔叔的故事"的情节，又在"讲故事的故事"中了解到叙述者对这情节的逻辑推理与编造的经过；既能感

---

[1] 在这里我想以一个例子来说明问题：列夫·托尔斯泰在写作《战争与和平》时，最初想要表达的思想是战争会造成无意义的死亡。于是他决定塑造一个死于战场的品质高贵的年轻人，为了让这个人物的上战场有足够的动机，他把他写成老包尔康斯基的儿子，即安得烈公爵，并使他因此与小说中许多主要人物（比如彼埃尔）发生了情节上的关系。但这样一来，安得烈本身也就有了自己的情节动机，结果托尔斯泰又不能让他死了，便改成他受了重伤，让他在小说中继续活了下去。于是最终就有了小说中最主要的一条情节线索，即安得烈的心路历程及他与娜达莎的爱情故事。俄国形式主义学者维克多·斯克洛夫斯基和鲍里斯·托马舍夫斯基在20世纪20年代曾经专门著文研究过这个写作上的实例，参见〔美〕华莱士·马丁：《当代叙事学》，伍晓明译，北京大学出版社1990年版，第69页。

受到情节自身的发展,又可直接看到叙述者本人对"事出有因"的探究。这首先带来的一个后果,便是"叔叔的故事"的似真性被打破了,我们被明白地告知这故事是人为编造出来的。另一方面,这也使小说情节的发展变得不同一般:由于"叔叔的故事"中关键性的情节动机都被叙述者坦白出来,"事出有因"便成为他的自说自话,在绝大多数情况下,包含他对叙事本身的反省与评价,直接反映出他的思维动态,当这一切都透出叙述者自身的影子时,我们的关注焦点便不仅是叔叔的经历,还将延及叙述者的精神世界。这表明《叔叔的故事》中的情节不单是"叔叔的故事"单一的线性发展,情节动机在"讲故事的故事"中还原为思维本身,后者基本是一个叙述者循序渐进的主观思想表达过程,他如何以思想来推动叙事,以及这思想对叙事的呼应与批判。

四、文本分析

我将通过对文本的细读来考察《叔叔的故事》的情节发展过程,这其实也就是考察叙述者对于"叔叔的故事"的讲述和分析过程,而在根本上则是认知作者本人所经历的世界观的变化。这个过程也许会显得比较烦琐,难于加以简洁的概括。为了方便论述,我先要定义两种在这部小说中最常用的情节展开手段:第一种我称之为"复数性叙述",即同一个事件在小说中被叙述多次,而每次都有所不同,并隐含完全相反的情节动机;第二种可以叫作"分析性虚构"①,即叙述者在没有任何故事材料的情况

---

① 这里显然需要对这个称谓中的"虚构"二字再做些解释:我们当然知道任何小说都是虚构,但《叔叔的故事》中既然有了一个"讲故事的故事",那么"叔叔的故事"也就成了虚构中的虚构。而这篇小说尽管揭露了"叔叔的故事"的虚构本质,但却并没有继续揭示"讲故事的故事"的虚构性,而是以一种非常微妙的方式(关于这究竟是一种什么方式,我将在下文中再详细讨论)保持了后者的可信性,即它使我们感到叙述者这个虚构的动作本身是非常真实的。所以叙述者才会毫不含糊地声明他有哪些情节是依据真实材料(比如下文中的下放地点)写成,又有哪些情节是出于他的臆测,对这后一种情况,他毫不犹豫地称其为虚构。我在这里说的"分析性虚构"即是指这种情况而言。

下，完全通过他的主观分析来推导下一步的故事内容。

先来看"复数性叙述"，这种叙述手段在小说前半部分频繁使用，其中有两次更是决定了整个叙事后来的走向。

"叔叔的故事"开始于20世纪50年代，年轻的叔叔因为写了一篇文章被打成右派。关于这篇文章，叙述者有四次不同的叙述。前三次，他依据叔叔本人的回忆，分别说这是一篇真诚的文章，是一篇富有文学才华的文章，是一篇具有先知意味的智慧的文章；第四次，他则根据一个"老奸巨猾的家伙"的说法，有了完全相反的叙述，即叔叔那篇文章其实"文笔糟得很""不如小学三年级的学生"，并且叔叔的右派也是假的，纯粹是为了凑数才被错划，而叔叔的档案里满是他"痛哭流涕卑躬屈膝追悔莫及的检查"。叙述者告诉我们，他要写明这篇文章的性质，是为了给他的故事设计一个最初的动机，即通过它来为叔叔塑造一个形象，说明他是一个什么样的人。叙述者根据"事出有因"的原则，为了合乎叔叔日后成为精神领袖的叙事需要，便毫不犹豫地否定了第四次叙述，而从前三次叙述中综合出叔叔作为一个文学天才的精神面貌。于是这个故事就有了它最初的动机，叔叔开始了他高尚的悲剧命运。

接下来关于叔叔被打成右派后下放的地点，小说中也有两次不同的叙述。叙述者先说他去了青海，并在雪天暗夜里听到一个俄罗斯童话，即鹰宁可喝鲜血只活三十年，也不愿像乌鸦那样吃死尸而活三百年；正处在人生逆境中的叔叔像受到洗礼似的，从此便把这童话所传达的那种崇高的理想主义精神存在了心间。但叙述者马上坦白说这只是传奇，事实的真相是叔叔被遣返回乡，到苏北的一个小镇过起了平庸的生活，鹰和乌鸦的童话纯属虚构。最后叙述者为了符合前一个动机的发展逻辑，不得不采取折中的办法，既尊重事实让叔叔去了苏北，又保留叔叔曾受到理想主义洗礼而成为一个坚强的理想主义者的说法。尽管叙述者所选择的都是赞美叔叔的叙述，但由于文本中"讲故事的故事"公开了他编造情节的过程及所依据的材料，而这些材料中不乏与他最终的选择完全相左的内容，就阅读效果而言，显然已显示出故事的另一种可能，即叔叔也许并没有多大的文学才华，也没有多么高尚真诚的人格，并且根本就没有过真正的理想主义信念。

可以说，无论故事怎么发展，这种复数性叙述已成功地在文本中造成一种反讽效果，它以正反相异的叙述解构了叙事内容的严肃性和崇高感。这样一来，在这段情节的展开中，便自然地提示了一种可能的思想内容，即叔叔及他所代表的理想主义精神，也许只不过是一种后来被赋予的虚伪假象。

再来看"分析性虚构"的运用。小说中有一段叔叔为何在平反后离婚的叙述，它在"叔叔的故事"中非常关键，起着承上启下的作用。叙述者一上来先告诉我们，关于这件事，他的材料只有一个很可能是莫须有的传闻，然后就是叔叔离婚的结果，假如不采用叔叔自己的叙述的话（按照叔叔自己的叙述，他的离婚不仅没有违背道德，更无损于他的人格），他就必须通过主观臆测来设计这个情节。这样经过了一番自我说服，他最终还是采用了那个污蔑性的传闻，以叔叔在小镇结婚后的一次"桃色事件"作为叙述起点，然后依照逻辑分析编出后面的情节：叔叔的婚外恋情败露后，他遭到人们的辱骂，但这时他的妻子反倒像保护英雄般地为他护卫起尊严，以极恶毒的咒骂击败了那些辱骂叔叔的人。叙述者在这里显然是埋下了一个新的情节线索，即叔叔与妻子间的平衡关系被打破了，表面看来妻子是在奋力地维护叔叔，其实却是大大地打击了他作为知识分子的自尊，并且这无疑是在精神上的致命一击。

于是故事便顺理成章地展开了：叔叔从此变得怕老婆了，他的婚姻生活成为一种苦难，只给他带来屈辱和不幸。他整个人也就完全消沉下去，感到生活中有巨大的空虚，无论在精神还是物质上他都是真正的一无所有者。此后又经过"文革"中更大的磨难，他便向现实妥协了。最终，他彻底放弃自尊，遗忘了理想主义的人生信念，而成为一个生存主义者甚至肉欲主义者，他的灵魂也随之堕落，人格变得委琐，他的精神世界呈现出一副极丑陋的面目。叔叔既有了这段心理上的隐秘经历，当他日后成名并开始为自己确立一种高尚的自我叙事时，他当然不能再容忍这段往事对自己的精神损毁，也不能再暴露曾有一个堕落的自我存在。他的婚姻既是这段不光彩的经历的现实见证，他要灵魂新生，也就必将不能再把它维持下去了。至此，叙述者通过主观的分析圆满完成了对这个情节的叙述，同时也明白地揭露出叔叔的精神世界与人格力量根本就是不堪一击的。这里不难看出，叙述者已经偷偷置换了"叔叔的故事"的最初情节动机，此后他不再讲述叔叔高尚的悲剧经历，前面在复数性叙述中被否定的内容重又进入故事中，并成为新的情节动机，开始承担直接表白思想的功能，即叙述者的讲述转为对叔叔及其精神世界的虚妄性的揭示。

如果从整体看来，小说后来都在继续运用"分析性虚构"来推进情节。叙述者最终要说明的是叔叔为什么会有那个警句："原先我以为自己是幸运者，如今却发现不是。"在对故事的叙述当中，叙述者描述了现实生活中的叔叔：他是一个非常成功的作家，虽然过去受过很多苦，但往日的苦难却变成他今天的幸运，既为他提供了写作上的资源，也构成他人格上的光环。也就是说，他由于阅历中的不幸，方有资本变成一个人生的幸运儿。在这个光芒照人的形象与叔叔的警句之间，显然有着巨大的鸿沟，他的那个发现到底缘何而来呢？为了使这个发现具有"事出有因"的必然性，叙述者在材料匮乏的情况下，只得继续进行主观的分析和臆测，诚如他所坦白的那样："我虽然是采用了顺叙的手法，其实质却是倒叙。我是在了解了故事结局之后，才开始选择故事的材料，组织故事，设计叔叔的心理动机。"

前面的叙述已经设下两个动机，即叔叔的精神世界其实并非神圣高尚，以及他在小镇上曾有过极为堕落的人生经历；叙述者由此又推导出第三个动机，即叔叔在新时期的生活中，尽管有着社会英雄般的崇高形象，但他仍时时感到一种潜在的危机。以此为基础，叙述者充分展开这个动机的各个方面：叔叔成功的事业只有一道虚饰的光环，他实际上早已远远落后于时代的发展；而他的私生活中也充满了隐患，他与大姐和小米的"古典浪漫主义"的情爱关系正象征了他生活的割裂感与不稳定性；他渴望摆脱自己丑陋的过去，但那种虚妄的理想主义同时也成为他精神上的桎梏，当他面对新鲜的生活想要改变自己时，便无法获得真正自由的心态。叙述者把这第三个动机发展下去，让叔叔为了克服心理危机而实现世界观的转变，在精神上变成一个游戏主义者。但那不是本来意义上的游戏主义，他其实是以过分真诚的态度来做人生的游戏，这就使他不仅彻底丧失了真正的快乐，而且还濒临了"虚无主义的黑暗深渊"。

接下来，叙述者自称全凭想象编出了两段情节，其中有两个年轻的人物在精神上最终击垮了叔叔。先是叔叔在德国旅行时想要亲近一个德国女孩,却遭到她的抵抗,并在她眼中看到一种厌恶和鄙夷的神情。这显然是成名后的叔叔从未遇到过的,他突然破口大骂起来,"骂的全是他曾经生活过的那小镇里的粗话俚语",这时他"有一种时光倒流的感觉,他觉得自己好像又回到了很久的过去,重又变成那个小镇上的倒霉的自暴自弃的叔叔"。就在这一刻,叔叔"觉得自己无可救药了,一无希望了"。随后,叔叔那个早已被他遗忘了的小镇上的儿子大宝来找他了,由于两人感情的隔膜和相互的敌视,再加上一连串偶然事件的催化,在大宝这个看来非常自卑而且委琐的孩子心中,竟起了杀父的冲动,于是就有了这个故事最后的父子搏斗。这是一场性命攸关的搏斗,叔叔尽管最终打败了自己的儿子,但在他的心中却有了一种被打败的感觉;这在小说中是写得非常精彩的一个段落,我们还是直接来看小说的原文:

  可是他刹那间想起,他打败的是他的儿子,于是便颓唐了下来。将儿子打败的父亲还会有什么希望可言?叔叔问着自己。这难道就是他的儿子吗?他问自己。大宝蜷缩在地上,鼻涕、鼻血,还有眼泪,污浊了面前的地毯。叔叔忽然看见了昔日的自己,昔日的自己历历地从眼前走过,他想:他人生中所有的卑贱、下流、委琐、屈辱的场面,全集中于这个大宝身上了。这个大宝现在盯上了他,他逃不过去了,他躲得了初一躲不了十五!这一夜,叔叔猝然地老了许多,添了许多白发。他在往事中度过了这一夜,往事不堪回首,回忆使他心力交瘁。叔叔不止一遍地想:他再也不会快乐了。他曾经有过狗一般的生涯,他还能如人那样骄傲地生活吗?他想这一段猪狗和虫蚁般的生涯是无法销毁了,这生涯变成了个活物,正缩在他的屋角,这就是大宝。黎明的时刻到来得无比缓慢,叔叔想他自己是不是过于认真,应当有些游戏精神,可是,谁来陪我做游戏呢?

故事讲到这里,叙述者终于揭开了叔叔发现自己不幸的根源,即他那辉煌得意的形象是虚假的,而他那丑陋屈辱的自我才是真实的。叔叔虽然尽了一切力量来摆脱他的丑陋与屈辱,但他却没有想到,这丑陋与屈辱就是他的本来面目和过去的全部，甚至就连他现在的光彩和辉煌也正建立于其上。而当他一旦由于现实的变故（这变故是迟早都要发生的）醒悟过来，那一切虚浮的假象在顷刻间就崩毁了。叔叔不得不面对他自己那黑暗的心灵，而丧失了自我救赎的可能。于是，原来以为自己是幸运者的叔叔顿时明白了他的不幸。

由此"叔叔的故事"中所有那些虚假的神圣与高尚都被拆解掉了，而显现出荒芜和丑陋；王安忆也终于经历了一场精神世界里的痛苦转变，小说最后说："我讲完了叔叔的故事后，再不会讲快乐的故事了。"黑暗面以一种无法回避的锐度展露出来。而我们可以看出，综观整个情节发展的过程，"讲故事的故事"所起到的作用，正是对公共历史叙事中那些虚饰的怀疑与批判，及对那些叙事背后真实的精神状态的探究。王安忆的这部小说由叙事方式上的创新，突显和强化了这种批判与探究的力度，同时这种形式创新本身也产生了一种非常新颖的审美效果：由于情节动机沟通了"叔叔的故事"与"讲故事的故事"，思想的表达便借由叙述者的推理、说明和分析而直接进入文本之中，并在形式上成为叙事的基本推动力量，这就使本来看似有悖于叙事性的思维描摹并没有像通常那样以隐喻的方式沉入故事的深层，而是通过被赋予情节动机的形式意义，得以与故事发生一种类似于转喻的关系，从而非常自然地融入叙事的形式层面之中。这样一来，如果说在通常情况下，我们必须通过对情节的剖析深入文本的深层才可能推知作者心智的话，现在则大不一样了，我们在文本的形式层面就可以更直接地面对写作者的思想，更强烈地感知写作者的心灵；这给小说带来的最明显的审美改观，就是使之变得异常主观和抽象起来。

五、叙事话语

《叔叔的故事》的叙事方式同时决定了它在叙事话语方面的特点。正如王安忆自己所说，这篇小说是"以叙述的方式写了两代知识人"，她继而对这"叙述的方式"做出解释："叙述的方式是我这一阶段写作的一个主要方式，我以为叙述方式是小说真正的本质的方式。在这方式中，我将人物的对话也作为叙述的部分，以叙述来处理。任何景物的描写我都将其演化成叙述的存在，画面由叙述来传递，而不是直接展现，时间与空间的秩序也以叙述的条件为原则。"①王安忆所强调的"叙述的方式"，我认为应该更确切地称之为"'讲述'（telling）的方式"，它与另外一种也被广泛采用的话语方式"显示"（showing）是相对存在的。对于"讲述"和"显示"这两种方式的区分，主要依据作者声音（the author's voice）的显隐：所谓"讲述"是其中有明确无疑的作者声音，叙述上具有较直接的人为性；而"显示"中的作者声音则被隐藏起来，叙述以生动具体的对话、动作和场面进行，仿佛一切都是客观自然地浮现出来。两者在美感效果上因而有着强烈的对比："讲述"中有相对较重的抽象性和主观色彩，往往逻辑性强而形象感差，在语体上则趋于统一；而"显示"中则以描写的成分居多，主要以逼真的画面感来吸引读者，在语体上由于场面化而显得分散，由对话的生动性而变成众声喧哗。

由于"讲故事的故事"对"叔叔的故事"的穿插与提领，这篇小说通篇都用"讲述"的方式，这是毫无疑问的。（我们都知道在文本中始终出没着一个活灵活现的叙述者，他的叙述中有无数个以"我想"开头的句子，叙事上的人为痕迹毫不避讳地布满全文。）以上提到的那些由"讲述"的方式造成的效果，在作品中都有极端化的体现。这篇小说最常用的叙事话语类型应是"概略"（sommaire）②。所谓概略，是指叙述时间明显短于被叙述事件的实际发生时间，它的使用往往使叙事在时空关系上变得浓缩而模糊。例如叔叔离婚事件对他的心理影响这段描写，其中本应含有相当长的一个过程，从人们的议论到叔叔听闻到这些议论，再到他与小米谈话，直至他独自在夜晚回首往事，在这一个个的事件之间应有时空的转换；但我们实际看到的，却显然是把这一切都缩略在一起来写，严格意义上的时空次序与时空质感都被淡化了。但淡化了客观时序，并不意味着叙事就此失去了次序，事实上小说中话语的编排所依据的是事件之间的因果次序，

---

① 王安忆：《近日创作谈》，见《金蔷薇随笔文丛》（第二辑），中国华侨出版社1995年版，第39页。

② 参见〔法〕热拉尔·热奈特：《叙事话语 新叙事话语》，王文融译，中国社会科学出版社1990年版，第60—62页。

它是这样来叙述的：叔叔的离婚事件导致了人们的议论，人们的议论导致了叔叔和小米的谈话及其自我反思。也就是说，在这段叙事中，是由人为性的逻辑集中原则取代了客观的自然发生顺序，最终使得整段文字具有了一种以叔叔的离婚事件为核心的主题性效果；而这样一种效果在整篇作品中可谓无处不在。

另一方面，小说中人物的对话被包容在叙述之中，既不另列单行，也不以对话的口语化或个性化来突显其存在，而是尽量减弱对话的特殊性，或不加引号，或者不改变人称，一律以间接引语的形式出现。这种形式上的特意安排，造成了对话中人物声音的弱化，将其最终汇入叙述者的声音之中，即由于人物话语彼此之间以及与叙述者的话语相比较都没有截然的不同，我们因而不是在读人物本来的特征性话语，而是在倾听叙述者用自己的话语所做的复述。这也表明，这篇小说在语体上高度统一，并且这语体的统一归根到底是统一到了叙述者自己的话语之中。也可以说，我们在文本中所读到的，基本上是一种叙述者的主观话语。

这样一种抽象的、主观的话语方式最有利于传达写作者的思想，它使那些看来完全悖逆于叙事性的议论文字（也就是上文中所说的呈现在文本之中的思想表达），在这篇小说中并没有像在传统叙事作品中那样，成为被硬塞进叙事话语之中的异质存在，而恰恰是叙事话语的自然延伸，成为被其容纳为一体的构成部分。《叔叔的故事》的叙事话语从一开始就富有强烈的分析色彩，叙述者的讲述不断地濒临议论的边缘，然后就在不知不觉中过渡到大段的思想告白。

这些议论性文字大致有两类，一类是叙述者有关情节的分析、推理与总结，以及由此展开的对叔叔的精神世界的探询，这一点我们在前面已经有过详细的讨论；另一类则更为直接，是叙述者关于自身的反思。这类文字在叙事过程中以随机插入的形式一共出现了三次，就其意义而言，叙述者的自我反思其实也就是写作者对叙述者的批判。道理很简单，即只有在这种情况下，作者的声音才会与叙述者的话语明显地分离开来，以一种清晰的态度来表达对叙述主体的意见。至于这批判的具体内容，概括起来，其意大致是说，叙述者这年轻的（比写作者更年轻的）一代知识人，是没有信仰、没有历史，也没有责任感的一代，这一代人的追求就是做个自由、快乐的游戏主义者。但问题的关键在于，他们所追求的快乐由于是以虚幻的自我欺骗为基础，结果也就难以成其为真正的快乐；而他们的游戏又由于在根子上无法摆脱现实的束缚，也就更难称得上是真正的游戏。他们的生存中若没有了快乐，或是离开了游戏的活法，他们的自由便成了一种令他们茫然无措的空虚，但这又不是彻底的虚无，充其量是在他们的心中产生一种隐约的悲恸，这悲恸没有沉重结实的分量，也就不可能为他们筑起悲剧的基石。而在作者看来，只有一种真正严肃的悲剧感才能够成就这代人的自我救赎。

这无疑可以看作王安忆对 20 世纪 80 年代精神状况所做的一番精彩论述。但这里仍有一个需要解决的问题，即叙述者那个思想动机与"叔叔的故事"之间的关系，他到底为什么要通过讲述这个故事来表达他的思想转变？又为什么要在小说最后说"我讲完了叔叔的故事后，再不会讲快乐的故事了"？叙述者讲述这个故事的初衷，其实还是想要以此获得一次自我救赎的机会，他选择一个被认为具有坚定信仰和神圣高尚的精神世界的人物作为叙述对象，其目的本是要把他作为攻击目标，以类似于"弑父"的行为来换得自己精神上的成熟。这在根本上虽仍是游戏的方式，但却是一种严肃的游戏，带有一点精神战斗的意味，只是由于他骨子里还是犹疑的态度，回避着正面的进攻，而只以有很大负面效果的消解力作为游戏的基本动力，所以也就很难真正获得有力度的精神资源，来为这场纸页上的战役备足必胜的条件。（这样一种类似游戏的写作方式，在 20 世纪 80 年代的中国文坛并不陌生，比如许多先锋作家的小说和诗歌，都具有一种精神上"弑父"的意味。）

但是令叙述者（及他的同代人）难以料到的是，他选择的攻击对象其实难以充当这样一个被攻击的目标。当叙述者一步步地解构了"叔叔"的理想主义信念，又揭示出他在人格上的丑陋以及他自身所无法抗争的宿命之后，叙述者发现他的消解与攻击忽然没有了意义，因为他的对手是那样不堪一击，甚至无须攻击就已自显其形；而他自己的解构行为本身，也未能给予他建设自己的精神世界的材料。他所做的这一切更加重了他的茫然与悲恸，再一次深深地证明了他生存中的不快乐。并且更为致命的是，当叔叔的精神世界被揭露为一种虚妄之后，在叙述者的视野之内就再也没有了可以继承的精神血脉,从而丧失了自我拯救的出路;而这也在更大的程度上戳穿了时代精神现象本身的虚浮与无望。

六、虚构与写实

有了以上的分析,我们现在可以来讨论一些理论问题了。先说现实感的问题。这里首先需要区别《叔叔的故事》与一般元小说(meta-fiction,也称后设小说)之间的异同。所谓元小说,就是关于小说的小说,其中叙述者可以公开地谈论这篇小说本身。认为《叔叔的故事》采用了元小说的叙述手段,这差不多是批评界的共识;它既然在文本中充满了关于写作的议论,通篇都在谈论怎样讲述"叔叔的故事",如果根据名字来对号入座的话,当然就可以说它通篇都在谈论怎样写作这篇小说本身。元小说是对传统小说现实主义性的一种反动,即它以虚构的公开化揭穿了现实主义成规的欺骗性,打破传统小说孜孜以求的似真幻觉,指明小说中不可能存在客观的真实。但是在具体的写作实践中,这样一种写作方式却经常会给小说自身造成可怕的后果,因为它在根本上自行解除了读者的信任,结果首先消解的就是它自己的意义。这无异于一种自杀式的行为,使叙事话语陷入纯粹的能指之间的搭配游戏中,在价值倾向上则相当一致地趋于平面化的虚无主义。或者也可以说,是元小说的形式特征规定了它必然具有某种"平面模式",而最终与"深度"无缘。

但我们显然不能认为《叔叔的故事》不具有"深度",而且这个深度也绝不会是元小说"拆除深度模式"行为所提供的那种在哲学上对后设本身的认识,而明显是一种对民族及其文化命运的严肃思考。并且我们还会发现这篇小说尽管打破了"叔叔的故事"的似真性,但仍保持了真实感,使我们明知其虚妄,却还是从中体会到深切的现实感动。看来我们是面临了一个奇异的悖论:一部以元小说方式叙述的作品,却造成某种更为强烈的现实性叙述效果,这究竟是如何做到的呢?或者说,王安忆在对元小说叙述方式的运用中,究竟进行了哪些创造性的改造?

在这里,我想对元小说的性质再做一点理论上的探讨。如果从叙事话语的角度来看,可以发现元小说其实是以一种开放的真实话语方式来揭示出小说的虚构性质：我们都知道通常的小说叙事是把虚构行为置于一个隔离于现实世界的框架之内，在整个叙事过程中绝对不会提及这一框架本身，这也就能保障这个框架为叙事提供一种封闭的交流语境。而小说之所以能获得读者的信任，就是依靠这种特殊语境内部制造的种种似真幻觉。元小说暴露并打破了这个封闭性的框架，它明白地指出小说叙事的虚幻性。这就意味着，它其实说出了一个公开的事实，而这样一来，它便不是在虚构（或说装假）了，而是把它的话语上升到一种能够与我们直接对话的真实的交流语境之中了。① 这里因而便埋下了一个在文本中再度制造现实感的契机，但一般的元小说几乎都放弃了这个契机，因为这个契机的真正发展有赖于叙述者的可信性。就像我们在日常的言语行为中一样，可信性是使交流得以真正实现的起码保证。而一般元小说的叙述者在揭穿了故事的虚构性后，当他再接着叙述那同一个故事时，他显然已自动地毁掉了他的可信性，当然也就不再可能继续与读者进行一种"真实的"话语交流了。

《叔叔的故事》与一般元小说的不同之处，就在于它既强化了元小说中"真实"话语交流的契机，同时它的叙述者在放弃讲述故事的权威性之后，依旧保持了自身的可信性。我们都还记得这位叙述者一上来就坦白说他讲这个故事是不能胜任的，我们由此判定他是一个不够资格的故事讲述者，但同时我们显然也会在不自觉中对他产生另一个印象，即他是一个诚实的人；正是他的诚实使他在故事开始之前先让我们知道了它的虚构性质，在无形之中他已经把自己的话语上升到真实的话语层次上来了。他的叙述中便出现了一个再度制造现实感的契机。尽管这位叙述者已经自动放弃了他作为故事讲述者的可信性，但我们此时对他可能产生的信任，已转化为对他这个人本身的信任，即只要当他讲述关于他自己的事情时，我们就有可能相信他的叙述。

当然，我们随即发现他的身份其实是一个"叙述代言人"，他在这篇

---

① 参见〔美〕华莱士·马丁：《当代叙事学》，伍晓明译，北京大学出版社1990年版，第229页。

小说中是要通过他的讲述来表达他自己在思想上的转变。这样一来，凭借他已给我们造成的诚实印象，我们便会不自觉地确信，他在关系到自己的叙述中必将是一个可信的叙述者。这就意味着，他的叙述进入了一种公开的真实交流语境中，并得以保持了一种更高级的现实感，我们因而在阅读时会毫不怀疑地把它看成一个"真正的"写作过程（甚至有的评论者把这看成作者自己的写作过程，认为它是一篇王安忆的创作自述）。更重要的是，叙述者在文本中的讲述，不断引向大量的思想表白，其中含有对中国当代文化处境及知识分子命运的自由评说，也体现出他本人的精神取向。这突破了叙事的似真性界限，而过渡为对真实精神状况的直接展示，也就理所当然地在我们心中激起一种更加强烈也更加直接的现实感动。又由于这种真实的交流语境是一个在形式上没有边界的话语场，《叔叔的故事》中的这种现实感也就奇幻般地打破了小说文本的框架，使之在形式上具备一种天然的开放性，而完全成为写作者精神世界的无拘无束的主观表达。

《叔叔的故事》创造现实感的这种特别方式，如果用一个比喻来表达，就是说现实主义小说好比一幅逼真的油画，眼睛盯在上面会误以为这就是现实；而一般的元小说是给这幅画加上一个画框，我们看到这画框，也就难信其真了；王安忆写《叔叔的故事》却是在这画框上做文章，结果是把这画框本身变成了另一幅逼真的画，我们便再也难以分辨出画面的边界所在了。

七、抽象的小说

最后要谈的是小说的抽象性问题。这里有必要先引述王安忆自己的艺术观念，她认为"最好的艺术应该具有一种完满的形式，这种形式是完全区别于现实世界的表现的，这才能决定它的独立存在"。以这个标准来衡量，最完美的艺术形式是音乐，因为恰好"音乐的材料是抽象的，和现实有着根本的界线"，音乐有一套与客观现实没有直接关系的语言系统，得以成为一种独立而纯粹的艺术；小说则不同，"小说是个太具体的东西，具体到它的艺术性质被生活混淆，甚至取消。这是别门艺术不存在的问题，因为艺术其实是在虚拟的前提下产生的，然而产生于科学民主的近代的小说,则与生俱来带着一个具体的外形"。①

王安忆认为,小说的物质部分(即形式质料)在根本上是使用现实世界中固有的材料,比如小说的语言就是现实生活中也在使用的语言,而小说的故事也多半以现实的经验为原型,这显然有悖于那种完满的艺术观念。那么该如何来解决这个矛盾呢?王安忆转而求助于小说中最抽象的形式因素,即逻辑的力量。她在20世纪80年代末提出过"四不要"的小说理想:一、不要特殊环境、特殊人物;二、不要材料太多;三、不要语言的风格化;四、不要独特性。②尽管她没有清楚说出与这"四不要"相对应的正面表达,但只要联系到她一直以来对小说中逻辑力量的一再强调,我们便可以理解她的用心所在:逻辑恰恰就是那种不要特殊性、不要太多材料,更谈不上风格化与独特性的独立存在的事物,而王安忆小说理想的具体实现途径显然首先就是要突出和强化文本的逻辑力量。

《叔叔的故事》作为她改变风格的第一部作品,其中正寄托了她的这些理想。我们前面的分析可以充分说明,无论是叙事中对情节逻辑性的孜孜以求,还是叙事话语方面的主题分析效果,甚至于那种更为大胆的将思想表白直接引入形式层面的主观叙事方式——这种叙事方式恐怕已突破了王安忆本人表述出来的写作理想,即她显然在更大程度上超越了传统的情节方式,而把情节动机背后的思维过程明白地展示在文本之中——都增强了文本的理性浓度,而赋予它一种极为抽象和主观的美感。那么是不是可以说,王安忆在这部小说中正是通过对情节逻辑性的高度强调,以至于对思想内容的直接表白,而终于实现了对小说物质部分的改造呢?是不是可以认为这种经过人为处理过的抽象的形式质料,终于远离了客观现实的混淆,而获得一种堪称纯粹艺术性的完满存在呢?

这个问题是无法获得确定答案的,但至少王安忆在这篇小说中的实践已经显示出了趋向于她的艺术理想的极大可能。但更值得一问的是:这种写作理想本身有什么意义吗?这样一种富于革新性的对小说艺术的改造

---

① 王安忆:《心灵世界》,复旦大学出版社1997年版,第294页。
② 参见王安忆:《自序》,见《故事和讲故事》,浙江文艺出版社1991年版,第2—3页。

到底是为了什么？事实上，对于王安忆20世纪90年代小说创作中的抽象化倾向，评论界一直持有保留态度，普遍认为这给她的作品带来了负面影响，只会使其变得愈加不像小说而失去读者的支持。但我相信王安忆写作艺术的卓越之处，正是以这种违背常规的抽象化倾向为基础的。

这里有一点必须要澄清，即这种王安忆本人表述为抽象的、与现实世界相区别的艺术形式，在我看来，归根到底是一种集全力于写作者主观精神世界的努力；它显然并不是彻底脱离现实和遁入心智的虚无之境，而主要是拒绝依循客观逻辑与现实语境的规约，转而以精神上的探求来创建另一种心灵的现实，这实际上也就是打碎了现实世界物化的外壳，而在更深层的地方将现实包容在思想之中，由个体精神的创造行为来表达对现实的主观认识、批判与塑造。这种抽象化的写作理想，其实质在于突显写作者的自由、独立的心灵力量，而同时抵抗着来自现实世界中的世俗诱惑，也超越了因循守旧而日趋媚俗的传统叙事作品的各类成规。就其在《叔叔的故事》中的体现而言，是以个体精神世界的观照和反省，建立起一种能特立独行的现实批判机制；在自由的开放性文本空间中，完成对时代精神现象的检讨，也由此完成了个人思想观念的痛苦转变，从而塑造出写作者与过去相决裂的崭新的精神形象。

王安忆在《叔叔的故事》中开启的是一种更为贴近理想与心灵的创造性的小说叙事，在20世纪90年代初人文精神普遍低迷的境况中，我更愿意把她这种自觉的艺术追求看成以真正的先锋姿态树起的一面彰显文学精神性的旗帜。《叔叔的故事》的出现，在逼近20世纪末的中国文学中增添了一种直接表达的精神力量，它在此后十年的文学史中也算得上是最精彩的乐章之一。这种精神力量在王安忆后来创作的《乌托邦诗篇》《纪实和虚构》《伤心太平洋》及更为晚近的作品中继续生长，而王安忆由对小说艺术的形式探索，也许比其他任何作家都更深刻地切入中国当代文学的精神世界之中。

（原载《文艺争鸣》1999年第5期）

伦理自由，小说艺术，与均衡的结构
——读张惠雯作品所想到

一、美的还是美的，这也是幸福

张惠雯是最近十几年引起我注意的一位小说家。我时常在杂志上读到张惠雯的短篇小说。每一次阅读，都没有失望过，甚至时有惊喜，感到她写得越来越好。她先后出版了四部作品集：《两次相遇》（2013）、《一瞬的光线、色彩和阴影》（2015）、非虚构作品《惘然少年时》（2017）和写美国南方生活的小说集《在南方》（2018）。没有收入以上作品集的小说，包括她的成名作《水晶孩童》，她的近作《母亲的花园》《雪从南方来》《昨天》《双份儿》等。在过去十多年中，张惠雯已经逐渐成长为中国短篇小说作者里最为优秀、罕有失手的一位，她有非常自觉的伦理意识与诗学追求，并且是当代少见的一位有古典主义气质，却仍对现代人物心理洞若观火的作家。她直接从古典小说大师学习，如她对亨利·詹姆斯、契诃夫的钻研与吸收，都已经化在她自己的文字、情节与结构之中。张惠雯另一个在当代显得罕见的才能，是在无论多么凄凉、卑微、阴暗、邋遢的环境与人心里，她仍能发现或者想象"善"或"向善"的倾向，在此基础上小说达到升华在庸常生活之上的"美"的境界，这使她的小说往往具有均匀、平衡、精心构造以烘托关键一瞬的结构，以此对应伦理学意义上自由、幸福给人的内部和外部生活带来的和谐。这种"和谐"的难能可贵，在于它在主流话语之外，是发自作为自由、有自主意识和选择能力的个人。与之相反的是，大多数文学作品呈现给当代读者的是那种种缺少意志力、没有勇气选择、以失败为娱乐、以理想坍塌为借口而变得犬儒的庸常世相。

张惠雯的写作生涯在新加坡开始,她读大学时最初的小说习作,有意识模仿沈从文的《边城》。因此写成的《古柳官河》,全篇文字不失清新与自然,故事娓娓道来,情节的流动轻重缓急都拿捏得恰到好处,可以说作者第一次出手就达到了相当的高度。张惠雯广泛阅读中西文学经典,她在此后的写作中灌注了一个作家理应做到恪守职业道德的那种努力,而这种努力是有自由选择,也是非常自律的。比如张惠雯没有走畅销书路线,在十几年写作历程中从没有通过技巧或题材哗众取宠。她持续不断用心学习、磨炼小说的艺术,也从中呈现向善向美的伦理追求——这种理想的追求并不总能实现,生活中充满了因为算计、欺骗、愚蠢、盲目带来的困住人心的窘境;对理想与现实的冲突,张惠雯并不逃避,但看得出来,在最难的窘境里,她也不轻易放弃对"善"和"美"的信念。

张惠雯的创作历程,大致可以分为三个不同,但彼此相连的阶段(或者说是倾向):一,第一个阶段,张惠雯追求寓言式的写作,文字如梦如幻,现实与想象的边界模糊,细腻的描写中有许多繁复的隐喻,人物常常经历内心深处的忧伤、幻灭、怀疑、绝望。这是张惠雯的"蓝色时期",《蓝色时代》《岛上的苏珊娜》《在屋顶上散步》都是这一时期的作品。《水晶孩童》则是这"蓝色时期"最有代表性的一篇小说。那个宛若天使一般来到人间的孩童是如此与众不同,"他只是坐在一团如水雾般轻柔的水晶光晕中,陷于他所描绘给自己的那个世界。在他身上笼罩着一股似乎可将一切沉淀的安静,这安静说明他还不曾恨过任何人"。最终这孩童被残忍地伤害,死去了,冷酷、贪婪、懦弱的人们永远也不知道水晶孩童为何来到人间,但他的天使一般的美已经照亮了这个平庸的角落:"在无穷无尽的秋雨声中,人们会回忆起一张面孔并发现它渐渐清晰,难道他们真的见过这么美丽的东西吗?"在张惠雯这个时期的作品中,世界往往显得像一个谜,无论其中的美与善,还是无止境的恶与忧伤、疯狂,都无法破解其中的意义。人们生活在荒诞的梦境里,《蓝色时代》中的少年必须藏起一段最私密,而他几乎无法理解的经历,然而即使遗忘,也不能藏起一切"光线、色彩和阴影"之中发生的往事;《在屋顶上散步》中的主人公身处肮脏得让人绝望的环境,他被孤独、猥亵、沉沦困扰,最后想到遥远的童年,

"画面像易散的云彩一样在我眼前飞跑着飘逝";《末日的爱情》展现了世界末日的黑暗景象,在绝望与死亡之中,主人公唯有爱情的记忆,"在那些古老的文字里微笑、啜泣,仿佛只有文字才是真正永恒和无限的"。张惠雯的"蓝色时期"或者正对应着她自己在写作上最初的探索,往哪个方向走,似乎还并不清楚。

二,张惠雯写作《两次相遇》中大部分作品时,更加明确地展现了"美"与"善",在这个阶段,她仿佛坚定了有关美、善、自由和幸福的信念。张惠雯在这个时期最有代表性的几篇小说是《爱》《路》《两次相遇》。这些作品没有了她"蓝色时期"的寓言和梦幻感,小说变得朴素、写实,人物也兼有内部和外部的描写。有趣的是,张惠雯在《爱》和《路》以及一批气质相近的作品里,将故事背景放在她其实并没有生活经验的远方:新疆的牧场、贫瘠的农村。彻底将故事设置为"他人、他乡的故事",或许给了张惠雯充分自由的想象空间,反而可以排除比较切近的现实的干扰。《爱》的故事,犹如田园牧歌一般,将一个人爱情的萌动,变成所有世间的爱情故事;《路》则是写苦难之中人生道路的艰辛,有信仰的主人公只为一点善念将这难走的路走下去,而她所信仰的"善"在她自己眼中看到的世界里,也唤醒了许多的人。相比之下,《两次相遇》或许代表张惠雯更高的写作技艺,这篇小说直接对话屠格涅夫《三次相遇》、詹姆斯《四次相遇》,以及纳博科夫《菲雅尔塔的春天》——所有这些描述重逢的经典小说,都强调时间的残酷,世事变迁,物是人非。张惠雯的故事在一个人物身上突出了惊人的"美",以及重逢之后所意识到的时间对"美"的摧残。小说里的"美"不仅是形象上的美,也是一个完整心灵从内部发散的"美"。在这个时期的小说里,张惠雯虽然精心塑造一个善与美的世界,但通过《两次相遇》以及更多作品,她分明写出这样一个世界的脆弱易碎、难以持守。美、善、自由、幸福,这些古典意义上的小说中的美德,在当代文学的视野里显得稀少,张惠雯已经是在尽力放大它们的价值。

三,张惠雯在完成《路》的时候,已经移居到美国。她在很长一段时间里,住在南方的休斯敦。此后,她的作品体现了文体和观念的双重转变。《在南方》这本小说集里的每一个故事,都是关于生活在南方的异乡人，他们的弱点或许因为在异乡的孤独、冷漠、孤立无援，变得更加明显。张惠雯在这个阶段中构筑的小说文本达到了前所未有的精雕细琢，人们内心的机关，秘密的眼神，言语和思想的错位，误会，怀疑……都被生动地描写出来。其实，张惠雯整个写作生涯都在异乡，她是文字的漂泊者，然而她在新加坡期间的作品，可能都还有一个时隐时现的家园；在美国南方的作品中，人物处在告别故乡与面向未来之间的未明时刻，对自己的伦理判断，也变得不自信了。《岁暮》和《醉意》是这个时期两篇最杰出的小说。前者写寡居的妇人有心仪的男子，但她不确定衰老的自己是否还存留足够的魅力，面对一个少女的出现，无论妇人还是男子都有意地去伤害两人之间长久的情感关联。虽然什么都没发生，但岁暮降临，她只有回忆，安慰自己"到时候，美的还是美的，这也是幸福"。这里的"美"是委屈的，迥异于《两次相遇》中那照亮心灵的"美"。《醉意》则是一篇堪比詹姆斯的、在心理描写上精巧复杂的小说，长久感到不自信、生活中感到压抑的妻子，趁着有一点醉意，要任性一次，在节日的雪夜要求丈夫带着大家一起去公园。于是这个夜晚，她感到爱情降临，丈夫的一位体贴、举止有魅力的同事，让她觉得"和这个人生活在一起才是幸福"。第二天，丈夫告诉她，那位同事是同性恋。她突然明白了自己对美、幸福的那种渴望，其实只不过掩饰了她的自私和空洞，"这一点上，她和丈夫其实并无不同"。

以上概括的张惠雯小说写作的三个阶段或三种倾向，可以看出作者在十几年的写作中经历的变化。从对世界仍感到懵懂的梦幻一般的"蓝色时期"，到有勇气做一个幸福、自由的人的"善"与"美"的阶段，再到现实世界隐藏的机关、世故、龌龊都变得难以回避的"异乡"阶段，作者通过几十篇小说刻画出丰富的人物系列。然而，贯穿这三个阶段的，仍是张惠雯对于内心自由、小说艺术的执着追求。对于一位有文体自觉意识的作家而言，伦理和艺术是对称的存在，甚至互为表里。

二、只有自由的人，才是幸福的

阅读张惠雯的作品，经常让我想到斯宾诺莎的一句话："假如人们生来就是自由的，只要他们是自由的，则他们将不会形成善与恶的观念。"①斯宾诺莎是 17 世纪影响了古典自由主义思想的哲学家，他的伦理学核心是定义人"自因"的自由和幸福，即一个真正在伦理意义上是自由的人，他不需要任何外部的原因来定义自由，他不会有恶念，因而也不需要区分善与恶，这样的人拥有完整自足的幸福。斯宾诺莎的定义是按照几何学推导的，是抽象的，姑且视为一种理想。张惠雯是在中国跨越世纪经历社会巨变的年代成长的作家，她的小说描写的当代生活距离斯宾诺莎的中世纪善恶剧场甚远。但张惠雯描绘的某些人物（特别是第二个阶段的作品中的人物），让我想到斯宾诺莎定义的自由和幸福的人，这样的人在当代文学世界里并不常能见到。当代读者也许习惯于读到在一地鸡毛中斤斤计较的城市平民，沉湎于乌托邦幻灭后的自哀自怜的知识分子，精于算计、在生活中杀出一条生死路的既得利益者，小时代里有"小确幸"的利己主义者。张惠雯笔下的人物，在面对相似的处境、困难时，却总有一刻——哪怕是瞬间，因为善念、内心的自由，而超出庸常之辈。

在我们这样的时代，塑造一个好人有什么意义？让一个好人拥有完整、自由的人格，又有何意义？对于绝大多数当代作家，我不会问这个问题。对于张惠雯，这个问题可能至关重要。首先，张惠雯很少把一个坏人、恶人作为主人公。坏人是谁？这注定是个难以回答的问题。在张惠雯的故事语境中，一个背弃原则，对他人和自己不再真诚，或者使用暴力、智力去攫取不属于自己的事物、感情、地位的人，这差不多就是一个坏人了。弗兰纳里·康纳的小说叫《好人难寻》，但张惠雯的作品，特别是她在 2012 年之前的小说中，好人却常在。

当代文学对于"好人"基本上是排斥的，因为"好人"就像水晶孩童那样，是"无用的"，甚至可能让大众感到是假人、伪人。早在 20 世纪 80 年代末，王朔就已经把"好人"给解体了，"好人"变成了骂人的话。大约二十多年前，面对市场大潮，中国当代文学整体上发生重要转型。那时，南京的作家朱文在小说里塑造了一个人物名叫小丁，批评界有人把这个人物看作一个具有代表意义的利己主义者，是 80 年代以来文学自由主

---

① 〔荷兰〕斯宾诺莎：《伦理学》，贺麟译，商务印书馆 1983 年版，第 222 页。

义倾向之下必然的产物。当时我在为《上海文学》撰写的文章里，为朱文辩护了几句①，我的理由大致如下：朱文笔下的个人是一个理想破灭的青年，但他宁可与世界为敌也不与之同流合污，其实不容于即将到来的商业世界，他会用恶的名义来玷污美好，用丑陋来损毁明亮的"城市风景"。在斯宾诺莎的世界里，小丁应该是一个坏人，但他依然是一个自由的人，是一个按照内心情感和信念来生活的个人。他扮演小丑，变成文坛"刺客"，但他并未妥协。

朱文的个人是一个英雄。他是一个在伦理上不及格的人，却也是一个生来自由并捍卫自由的人。朱文与斯宾诺莎的世界距离很远，朱文的小丁是经历过多少现代主义和后现代血雨腥风、没有信仰、不愿意从正面肯定某些价值的人。但朱文的小丁很快就消失了。"上海宝贝"出现的时候，个人与现实之间的紧张关系没有了，"装酷"代表着早已做好退却和妥协的姿态，没有真的对抗，没有真的自由。从朱文到张惠雯，这二十年，中国文学发生了多少变化，我无法在此用几句话应付过去。但在朱文之后涌现的大批作家笔下，我分明看到那个被人们称为"利己主义者"的个人越来越突出了，只是他们不再是小丁，他们变得善于夸夸其谈、油滑、世故、满足于"小确幸"，但不敢爱，也不敢恨，没能力大奸大坏，却也没有一颗赤子之心让他们能在关键时刻做对的选择。这还算不上是知识分子的"沉沦"，一百年前，郁达夫的主人公从高蹈的理想折翼坠落到绝望的深渊之中，那是一种"沉沦"。当代小说中的芸芸众生们，他们有自己的苦恼，但很少苦难；有自己的忧郁，但很少悲哀；有自己的挫折，但很少绝望；有自己的成功，但很少救赎。

最近两年，我开始阅读新作家的作品。我并不想说张惠雯是唯一让我眼前一亮、不同凡俗的作家。我认为张惠雯小说最可贵之处，在于她用有诚意的文字来塑造古典意义上在内心和外部生活统一、具有同情心的好人。她是唯一让我想到斯宾诺莎伦理学的作家。她迄今为止的所有小说，包括《两次相遇》《在南方》《一瞬的光线、色彩和阴影》中的全部作品，

---

① 参见宋明炜：《漂流的房子和虚妄的旅程——理解朱文》，《上海文学》1997年第9期。

以及之后发表的作品,甚至她自传体的叙事作品《悯然少年时》,我们从中看到的,大多是善良,勇敢,可能处于弱势但在关键时刻坚持原则、从不背叛内心,也不背叛别人的人物。这样的人物不是没有弱点,但他们总有因为内心善良而发光的时刻。

如前所述,张惠雯小说中并不是只有光明,她笔下写到的忧伤、抑郁、猜疑、凶残,有时候甚至会占据文字的大部分。她的名作《两次相遇》写的是"美"被现实的邋遢和无聊销蚀。她还写过一篇惊人的关于杀人的小说《月圆之夜》,故事发展下去,杀手被恶念困住。"恶就像一堆淤泥",让他陷入其中。《怜悯》写出的正是汉娜·阿伦特所指出的那种恶的平庸,在现实的环境中也许太常见了,也正因此,作者写出的其中所有细节,才会显得如此触目惊心。这两个最为凶残的故事依然透露出主人公对于摆脱恶的渴望。在更多的作品中,张惠雯会为人物寻找一切救赎的可能,哪怕是虚妄的、不可靠的,如《岁暮》和《醉意》的结尾。在《绳子》这篇小说的后半部分,人物跨越数十年坚持的善行,并不能挽回此前的罪恶,但在小说结构中,寻求救赎者听从内心之后,终于出现渐缓渐明亮的情节逆转。

张惠雯描写的世界,与大多数其他作家没有太多不同,这个世界并不美好,就像那篇简单的令人心碎的小说《我们埋葬了它》描述的那样:"我们"(姐弟两人都是孩童)那讨厌的舅舅,一个坏蛋,要把"我们"的小羊杀了,卖到村子里供富人享乐的大宅子里。"我"和姐姐绝望的那一刻,瞬间决定抱着小羊离家出走。"我们"又快乐,又恐惧。"我们"经历了阳光下明亮的时刻,小羊美美地喝了几口水,但最终厄运还是降临,小羊死了,"我们"埋葬了它,被恐惧压得丧失了最后的自由。"我"哭着,姐姐却没哭,她将承担一切。在狂风中,"我们"回家去。这个简洁的故事呈现了普遍的现实:金钱和利益冲击着道德和伦理,孩童虽然保持着善良,却无力抵抗残破的现实。

然而,《我们埋葬了它》,或者《两次相遇》《怜悯》《垂老别》,这些令人伤感的悲惨故事中,张惠雯时常不忘记让她的人物感悟到善,哪怕是在无力时的片刻善念,她让人物守住爱,或回到爱。就像这对无力的姐弟,他们所要做的就是救小羊的命,这个朴素的善良的心愿,让他们开始行动。《两次相遇》中的叙事者，即便面对世事变迁之后美的销蚀，仍在内心保存着对于"美"的记忆。《怜悯》中那个经历了非正义事件，发现自己变得冷酷的年轻人，忍不住想到自己童年时候为家里死去的狗而痛苦，那个心软的自己还在吗？《垂老别》这个凄凉的故事，讲述被遗弃的王老汉不得不在冬天的路上流浪，没有任何希望，但老人还是想到春天，想到老伴儿坟头的树到来年返青，"他想了很多，竟然对未来有一点儿向往啦"。张惠雯小说经常无法为故事中的困境找到完美的解决方案，现实中容不下童话，但她几乎没有一篇小说的视角是从一个完全恶的位置出发，或者将那种恶坚持到底。张惠雯更多具有现实感的小说，出现在她移居美国之后。《在南方》中，做一个幸福的人的那种感受，开始显得渺茫。但在几篇小说中，善念引出内心的和平，如《夜色》中的父亲，虽然女儿与黑人青年恋爱使他的家庭遭受一次种族主义挑战，他最终还是对女儿表达了爱，对女儿的爱情有宽容的接纳；《暮色温柔》这篇极其优秀的作品中，一对同性恋人面对南方的歧视，早已不再心怀希望，但最终的故事结局却预示美国青年的南方家庭将会接受他们。

张惠雯小说中有一些真正幸福的人，即便在内心小小的角落里感到片刻的幸福，那也是小说文字层面指涉的真实的幸福、不容置疑的幸福、作者没有任何犹豫去描画的幸福。张惠雯笔下最具有斯宾诺莎神性的自由和幸福的好人，是《安娜和我》的主人公。他是一名象夫，总是善待自己的大象安娜：

> 在旅途和庆典中，我也曾见到过狠心的象夫，他们殴打大象的时候，我总会把安娜带走。那些狠心的人注定没有快乐，我替他们惋惜。我不能理解，为什么一个人不爱护自己的象，不爱这忠厚、美丽而又聪明的朋友？他们为何不珍惜那种相伴的快乐？不管是在午后飘满尘土的路上，还是在日落时金黄的光线里，或是在洒满了银子一样的月光的草甸上，一个赶象的人如果肯停一会儿，注视他的朋友的眼睛，体会这种相伴的意义，他就会发现自己能走到另一个世界中去，发现它的秘密，他会相信动物纯净的灵魂。我只是一个人，一个贫穷的象夫，但我却有两个世界。

这个秘密，我只对安娜说起过。

象夫有一天遇到一个外国人：

> 他又问了我一个问题，问我是否相信神灵的福佑。我说我相信。他问那么我怎样看待自己的贫穷呢。我说，对我们来说，神灵的福佑不是给予财富，乃是赋予人幸福的经历，使人相信灵魂，即便是一个动物的灵魂。

《安娜和我》是张惠雯较早期的作品，小说用质朴的字句，达到一种近似寓言的道德神秘感。正是在这位象夫的内心，我们能看到斯宾诺莎所定义的伦理学上的幸福。这个简单的故事，把一个无须他人劝导的人的自由和幸福，最为充盈地表达出来。象夫正是一个自然意义上的身心完整的自由人。

由于一篇题目是《路》的小说，我一度以为张惠雯小说中的幸福感和道德力量有宗教背景——但事实上我想错了，张惠雯的写作没有宗教背景。《路》这篇小说写的是一个有信仰的人，大量的篇幅描写女主人公在雪地里走着。那路的描写让我想到哈代经常写的乡间路上人物的游走，游苔莎、苔丝、裘德在路上一直走着，哈代的路往往把人物带向迷途。张惠雯笔下这位老妇人，虽然经历过非同寻常的苦难，她的路却有明确的目标——帮助同样身在苦难中的姊妹。小说结尾，老妇人想着她要把内心的善良发散给同样有信仰的人，也给没有信仰的好人，甚至给虽作过恶但可能会变好的人；天地寂寥，空无一人，但此时拥有幸福和自由感受的主人公，心中充盈着爱（虽然她的生活是那样艰辛），与明净安详的旷野融为一体：

> 风完全闷住了，天暗得像傍晚时候。在田野里觅食的寥寥几只麻雀也都飞走了。大路的尽头模糊了，路上突然静得没有一点声息。她正想着是不是要下雪了，雪片便从厚幕一般的云层中缓缓飘落下来。雪静寂而稀疏地落着，渐渐地，仿佛云层被雪撕开

了一个豁口，周遭又放亮了，旷野变得明净、安详。老妇人想，路总是不容易走的，出门行路还有风霜雨雪呢，何况是过一辈子。可她心里却没有一丝忧虑的阴影，她只是这么想着，把松落的头巾紧一紧，在飘落的雪片中依旧缓慢、从容地走着她的路。

张惠雯笔下的这些常常在内心有刹那幸福感、在苦难中感到片刻快乐的人物，绝不是符合某些外部要求的有幸福感的正面人物，而是处在卑微、渺小、无名的时刻，在"一瞬的光线、色彩和阴影"转瞬即逝的片刻里，心底有一种情感发生，有一个信念生长。那一刻变成文本最核心的位置。至于为什么张惠雯会这样不间断、执着地发现这些爱的闪光时刻？对于这个问题我无意提供传记上的解释，也就是说，这个问题不应该针对个人。我们也许应该感到幸运，当代作家中有一位张惠雯愿意这样坚持不懈地写出善与美的世界。张惠雯笔下的世界，因为发自内心的爱，照亮了各种平凡人物的生活，也照亮了我们阅读时的书桌、户外的草坪、我们自己的世界。甚至，我愿意用一个看似夸张的比喻来说明这阅读带给读者的力量——这光明在我们面对的阴霾天空洒下微弱的光，让我们看到若隐若现的天使之翼。

三、小说有自身的生命

在《两次相遇》中，张惠雯写到了"美"。"美"是很难写的，形象、动作、语气……一个人究竟美在哪里？是否需要环境、光线、他人的衬托？小说里的女子先出现在油画里，继而出现在叙事者的视线里。视线可能比形象更能说明"美"的冲击力。这个美丽的女子被反复"透过"叙事者的观看呈现给读者。但在叙述中关键的一瞬，"美"不是被观看、描写的，而是突然从人物内心发散出来。因为要申辩自己对于爱情是认真的，她"勇敢地直视着我，用一种少有的镇定态度说……"，而我"看到她的样子，心里清楚她并不需要我回答，她早已相信是真的，而且为此幸福。我不禁为刚才的想法而羞耻"。到了这个时刻，小说要精心塑造的"美"自发地呈现出来，那不仅仅是视觉上可以判断的美感，也关乎一个人物内心自由的敞开。她是勇敢、自信、幸福的，这些与她在形象上的美共同构成一个具有尊严的个人，她相信自己，不需要别人确认，而且把目光望了回来。由于有了这个时刻，小说中的第二次相遇，只是为了见证"美"的丧失。因为"那个侧面显得冷硬、尖刻。她脸上已经没有过去那种神情了"，她仿佛失去了自尊心，反复说心里难受。纯真失落，在时间中，美、真诚、勇气都已经被销蚀。

《两次相遇》是向亨利·詹姆斯致敬的小说。在詹姆斯《四次相遇》中，女主人公的浪漫理想几乎一下子就幻灭了，她后来用余生来承担着那理想的后果，甚至甘心被骗。《两次相遇》的故事相对简单，但在人物内心的塑造上并不简单。张惠雯曾经引用詹姆斯的一段话来说明小说的艺术："其灵感来自微小的暗示，而这么一点点暗示的种子又落入土中，发芽生长，变得枝繁叶茂，然而它依然可作为一个独立的微粒，隐藏在庞大的整体之中。"①张惠雯以此来解释自己的创作观。这个著名的比喻，说明的是一件看似简单但难以做到的事情：小说有自己的生命。那最具小说艺术自觉精神的"大师"詹姆斯，他那绝美、一字都难改动的《四次相遇》，毫无疑问是张惠雯在艺术形式、艺术精神两方面的榜样。

张惠雯的小说《路》的结尾，让我想到《药》，甚至乔伊斯的《死者》，或许因为这三篇小说都写了逝者。《路》是否能与《药》和《死者》相提并论，这问题不好回答，这样的比较可能徒劳无益。然而，我必须要说，可以清楚看出，张惠雯在有意识地向小说艺术大师们学习。这是全方位的学习，不仅包括小说的技巧、小说的伦理，还有道德修养、人格力量的学习。张惠雯今天仍然算是年轻的作家，她直接向西方古典大师学习的姿态，与以往中国作家学习西方现代派的经历不同，她在自己的小说中直接建筑道德意识，精心布置的情节明确地体现出伦理自觉。

大约在十年前，我在《收获》上读到张惠雯的小说《爱》，当时不禁吃惊，这样一篇有纯净古典主义精神的作品竟然出自当代年轻作家之手。从《爱》，我想到屠格涅夫。《爱》即便是模仿屠格涅夫，也是一篇上乘

---

① 〔美〕亨利·詹姆斯：《使节》，袁德成、敖凡、曾令富译，天地出版社2018年版，第1页。

之作。小说中描写的年轻牧区医生羞怯，快乐，小说那样安静地把一切都呈现了出来。这位牧区医生感到自己被当地的维吾尔族牧民渐渐接受，甚至体验到爱情在心中激起的涟漪。在接下来这个段落中，我们会发现，有关主人公内心的描写，与边疆经验的点点滴滴，最终融化进关于所有时代里所有相爱的故事：

> 不知道为什么，他想起他母亲，想象着她年轻时候的样子，她经历过的那些爱慕、追求、思念……他把这美好的事联想到他认识的每个人身上，正在唱歌的阿里木江，像小孩儿一样轻轻拍着手跟唱的帕尔哈特……他联想到过去和未来，各个年代的人，各个地方的人，死去的、活着的、还未曾来到世间的人，无论窘迫还是安逸，无论生活卑微或是出身高贵，他们都有那精细入微的能力感受爱，他们都会幻想爱、经历爱，他们会和他一样因为爱带来的欢愉和折磨在一些夜晚难以入眠，在白日里却又昏沉恍惚。这种美好的东西从不曾从世间消失过，这是多么不可思议！于是，他觉得那个美梦般的夜晚，还有这月光下的草原、这露珠的湿润、乐器的动人、马儿的忠诚、溪水发出的亮光、人脸上那突然闪过的幸福忧伤表情都不是毫无理由地存在着。这一切，或许就是因为爱，因为它作用于世间的每个角落、发生在每一个人的身上。

这大概是张惠雯小说中最美丽的一段文字，这段文字也透露出作者在小说艺术上的一些自觉追求。这里提到新疆的人名，提到一些特别的事物，在这个主人公的感受中看得出他的心情，然而，这一段文字中依然有一些重要的特征，恰恰是体现在某些缺失上。这段文字缺失描写边疆生活的特殊词语（包括方言），缺失具体的情节起伏，甚至缺失对主人公的特殊描写——虽然提到他想起他母亲，但这个情节随即就被轻轻放下。可以说，这段高度抒情化的文字在故事上没有告诉读者太多。叙事恰好起到相反的作用，即从特殊走向所有，走向普遍，走向每一个人。这种修辞严格来说，属于诗。

由此我真正想说的是，张惠雯的作品即便被人们贴上"写实主义"的标签，也迥然不同于数十年来成规造就的写实主义小说，如《太阳照在桑干河上》《平凡的世界》《白鹿原》。张惠雯描写的世界，重要的不是特殊地点、特殊人物、特殊情节。在这一点上，她让我想到王安忆在将近三十年前提出的小说的"四不要"。[①]与王安忆相似的是，张惠雯也非常重视小说形式的诗学自觉，即小说不可以是一种跟随特殊题材、使用特殊话语、追逐情绪、放弃结构的写作。张惠雯的小说都有结构上的自觉意识，在这一基础上来统摄小说中的其他元素。但与王安忆不同的是，张惠雯避免在抽象的逻辑上过多停留，她依旧是通过意象展开故事，最终还是"故事"，而非"讲故事"，在张惠雯的小说中占据舞台中心。

就张惠雯的创作而言，她最著名的作品都有精心构造的结构、典雅而富有表现力的语言、有内在深度因而具有普遍感染力的人物；更重要的是，这所有的元素因为作者投入作品中的一种生机，而变得生机盎然。至于那生机是什么，那却不是可以轻易学来的，也不是张惠雯可以轻易从大师们那里学来的。那是一种真诚面对世界的态度，对于他人的故事的理解，是爱，由己推人的同情，有自尊的独立。在这个意义上，张惠雯小说做到了詹姆斯意义上的"有自己的生命"。

（原载《文学·2019春夏卷》）

[①] 参见王安忆：《自序》，见《故事和讲故事》，浙江文艺出版社1991年版，第2—3页。

"流亡的沉思"

——纪念萨伊德教授

一

9月24日,爱德华·萨伊德(Edward W. Said, 1935—2003)在纽约逝世。当日中午,哥伦比亚大学降半旗致哀。天黑以后,我来到萨伊德教授工作过的哥伦比亚大学英语与比较文学系所在的哲学大楼(Philosophy Hall)门前的草坪上,那里有数百名师生环绕一棵大树,举行烛光守灵仪式。稍早些时候,我接到一封传递给许多哥大学生的电子邮件,其中如是说道:萨伊德教授的去世,不仅是学术界无法弥补的巨大损失,并且对于所有支持巴勒斯坦解放运动的人们,对于所有为被压迫者、被剥削者而斗争的人们,都是无法慰藉的伤痛。

二

在过去十多年里,萨伊德被许多人看作当代知识分子良心的化身。作为出生于耶路撒冷的巴勒斯坦人,萨伊德对知识分子的论述,来自他对于"流亡"的刻骨体验:"流亡就是无休无止,东奔西走,一直未能安定下来,而且也使其他人不能安定,无法回到更早、更稳定的安适自在的状态。而且更可悲的是,永远也无法完全抵达,无法与新的家园或境遇融为一体。"萨伊德所说的流亡,在抽象意义上,意味着永远失去对于"权威"和"理念"的信仰;流亡者不再能安然自信地亲近任何有形或无形的精神慰藉。以此,

"流亡"中的知识分子形成能够抗拒任何"归属"的批判力量，不断瓦解外部世界和知识生活中的种种所谓"恒常"与"本质"。在流亡视野里，组成自我和世界的元素从话语的符咒中获得解放，仿佛古代先知在辗转流徙于荒漠途中看出神示的奇迹，当代的思想流亡者在剥落了"本质主义"话语符咒的历史中探索事物的真相。

今年春天，哥伦比亚大学举行了《东方学》（Orientalism，又译作《东方主义》）出版二十五周年的庆典活动。如今《东方学》已经被人文学者公认为一部对当代思想有着重大影响的作品，萨伊德在此书中力图表明"欧洲文化是如何从作为一种替代物甚至是一种潜在自我的东方获得其力量和自我身份的"。现在可以确信地说，萨伊德正是在"流亡"视野中展开对"东方学"知识谱系的考察。他从殖民历史的角度，剖开历史的裂隙，以此来反思西方现代知识和文化政治体制的构造过程，揭示出现代西方的主体身份是建立在把殖民地东方作为"他者"的认识基础之上。他由此所开创的后殖民主义的思考方式，撼动了现代西方知识界和政治生活里种种"恒常""普遍"的基本信念。

不用说，萨伊德的学术思想中生长着一种具有强大批判性，乃至颠覆性的力量。"流亡"的姿态和意识使他对于一切权力的约束和禁锢保持紧张的警惕和持久的反抗。这就不难理解，他的理论为何会被很多读者看作一种战斗性的思想（就如本文开头提到的那封电子邮件所说的那样）。而对于中文读者，可能较为陌生的是萨伊德还有极具政治性的一面：他在过去二十多年里著有多部讨论巴勒斯坦解放运动、中东和平进程的作品，以更为直接、更为经验化的方式，切入涉及当代"流亡"政治的现实情境之中。

另一方面，萨伊德也是一位真正意义上的文学家。"流亡"，无论怎样的政治意识和理论思维由此生发，对于萨伊德而言，那首先是一种植根于个体存在的真诚体验。在出版于1999年的描述自己成长经历的自传《乡关何处》（Out of Place）中，萨伊德说他父亲当年执意将他送到美国读书，认为让这个儿子长大成人的唯一办法是让他斩断和家庭的联系；萨伊德这样写道："我对于自由的探求，只因这一断裂方能开始，因此，尽管我经历了如此长久的孤独和不幸，却已经意识到这是自己的幸运。现在，怡然有所居处（比如，怡然在家），似乎已不再重要，甚至我亦无此渴求。更好的是四处漫游、无须定所，不要拥有房子，在任何地方都不要有家园之感，尤其是在纽约这样一个城市，我将如此，一直到死。"

三

两年前问世的厚厚一卷《流亡的沉思》（*Reflections on Exile*）是萨伊德的一部重要著作，他将三十年间写作的近五十篇论文首次结集出版。他在为此书撰写的长篇序言中对自己过去的学术道路进行总结，反复提到一个字眼：经验（experience）。与此同时，他十分清楚地勾勒出了自20世纪初期延续至今的欧美理论界反"经验"的学术发展脉络，无论是从卢卡奇到詹明信，还是从艾略特到弗莱再到结构—解构主义批评，萨伊德指出他们的理论核心都包含着对于"经验"——更主要的是直接性（immediacy）——的排斥，理论的生长由对"经验"的批判和拒绝中得到活力，片面地走向对于形式纯洁的单一体系的追求。随后萨伊德颇为尖锐地描绘了20世纪的政治历史，从帝国主义集权主义（无论左、右）到"历史终结论"，其中同样回响着将个体从"经验"中隔绝的宏伟的意识形态"旋律"。读者或许记得萨伊德在《知识分子论》（*Representations of Intellectual*）一书中写道："我在追问知识分子的基本问题：如何诉说真理？什么真理？为了何人？何地？"在学术"行话"踩扁了"经验"的当代，萨伊德发出这样的诘问，为的是要让知识分子睁开眼睛，看一看自己的脚下。

萨伊德在《流亡的沉思》中再次提到文艺复兴时代意大利学者维柯的《新科学》（*Scienza Nuova*），他坦言道：维柯的伟大之处就在于他执拗地坚持将词语还原到掺杂不清的物理现实之中。对于萨伊德而言，维柯意味着一个古老的信仰：在一切纪念碑的脚下，有着无数男女的真真切切的身体。纪念碑的庞大身影无法遮盖或扭曲一个任何人都不可以回避的巨大存在：历史经验（historical experience）；并非抽象的历史——黑格尔意义上的理念实现的过程，而是根本不能归入任何单一形式框架的经验存在。

在《流亡的沉思》中,萨伊德承接《乡关何处》的结尾,写到他长久生活在纽约的体验。他在 20 世纪 60 年代"纽约知识分子"由鼎盛转向衰落的时期来到哥伦比亚大学任教。尽管如同 19 世纪的巴黎曾是欧洲流亡者的都城一样,20 世纪的纽约有着来自全世界的流亡者和移民,但这个城市正在"经典化":艺术家和知识分子正在把它建造成一个新的纪念碑。萨伊德无法认同这个城市和集体向"右"转的"纽约知识分子",在长达十年的迷茫之后,他于 1972 年首次重返故乡巴勒斯坦居住了一年之久(去学习阿拉伯哲学和文学)。令他惊骇的社会动荡、战争、苦难,使他在回到纽约之后,突然发现了"另外一个纽约"——在知识分子和学院教师视野之外的一个由许许多多移民组成的不安定、不定型的世界。

萨伊德在纽约生活中"发现"了"经验"的意义。更具体地说,他发现的是来自后殖民国家和地区的流亡者的经验,处在话语世界边缘的存在,处在"历史"之外的时间。作为思想者的萨伊德,由此开始了面向历史经验的"流亡的沉思":在帝国中发现真正的历史,描述纪念碑的建造过程。同时,萨伊德说,他认为这种"流亡"经验不是只有移民、少数族群或女性等处在社会边缘的人才能感受到,而是一切体验到历史、生活在权力关系之中的人都会有的(尽管会千差万别)。萨伊德反对片面使用"后殖民理论"来攻击西方文明,而是认为,来自"流亡"的经验也可以使我们重新读解"伟大的书":从荷马到但丁,从狄更斯到乔伊斯,西方文明的柱石也需要重新细察,从中唤起活生生的"经验"。

萨伊德说:"我反复使用了'历史经验'(historical experience)这个词语,因为它不是技术术语,也不是内行专用词汇,而是一条开放之路,指引我们逃脱形式和技术桎梏,走向活生生的、充满论争的、近在眼前的事物。"这样一个看似非常简单的论述,对于萨伊德而言,却具有最大的挑战性,因为他这样说时,面对着整个世界的存在。

四

当时,由于普京和其他多位国家元首在联合国会议结束后纷纷前来哥伦比亚大学发表演说,校园里到处可见荷枪实弹的美国士兵和一身黑衣的联邦特工，学生们兴奋地随处聚集，期待着一睹那些执掌权力的国际政要的真容；这是一个嘈杂的日子。

但哲学大楼门前静静的，没有一点声音。

站在烛光点点的草坪上，我不知道别人是否也想到约翰·多恩的诗句：永远不要去问，钟为谁鸣。在默默祈祷的人群中，我看到许许多多不同年龄、不同肤色的面孔，联想到，在萨伊德教授的论述中，"流亡"从历史的黑洞中被还原为一种切肤的体验，它因此也就走出了狭窄的领域，面向我们每一个人。

（原载《上海文学》2003 年第 12 期）

走出巴别塔

——作为小说的思想实验

一

在我家对面的迷宫书店（Labyrinth Books）里，大卫·丹穆若什（David Damrosch）的《思想的遇合》（*Meetings of the Mind*, Princeton University Press, 2000）被摆放在"批评理论"那一栏里，与乔纳森·卡勒、保罗·德曼、特里·伊格尔顿等人的理论著作左右为邻。我猜想，书店里的伙计之所以把这本书摆在那儿，或许因为知道作者在附近的哥伦比亚大学英语和比较文学系教书，而且碰巧书架上还有他的其他作品——学术性的研究著作。不然的话，要确定这本书的类别可能不免会踯躅半天。

书的出版形式无疑是学术性的，长达二十多页的参考书目和名词索引都说明这本书的形式合乎"学术行规"；但如果你读上一遍，又会觉得它彻头彻尾是一本小说（至少也是纪实小说）。书中讲了一个完整的故事：1991年海湾战争结束的那个月，丹穆若什来到东京参加国际比较文学大会，结识了同一个讨论小组的另外三位学者——满腹经纶、言语尖刻的以色列符号学家道佛（Dov Midrash, D.C.A.），神采飞扬的女权主义理论家玛莎（Marsha Doddvic）和玩世不恭的唯美主义批评家维克（Vic Addams）。他们的初次会晤和接下来在东京湾附近海滩上的嬉戏似乎都和睦愉快，通常像这样富有异国情调的国际会议正是"旅游"和"会友"的好时机。但随着他们开始自己小组的讨论，四个人之间发生了一系列的激烈冲突——从理论观点的冲突一直深入到人生态度、世界观、个人身份和历史背景之间的冲突。随后,他们在七年中陆续又在另外三次会议上见面、争吵和论辩,经过了许多尴尬、愤怒和伤感的时刻,四个人最终成为"莫逆之交"和精神上的伙伴。作者的文字风格很容易让人联想到半个世纪以前某些英国小说家那种谦逊的幽默,文本的写实(似真)效果混合着博尔赫斯和卡尔维诺式的奇思异想,而情节的把持在看似不经意中显示出精致的小说布局技巧。然而,四位主人公的关系发展显然取决于他们相互交流的"思想"内容:正是20世纪八九十年代以来盛行于美国学术界的种种文学理论的交锋——从阐释学到符号学,从精神分析到女性理论,从解构批评到文化研究,从传统人文主义到马克思主义批判理论——正是这种种不同的理论话语之间在"学术"意义上的相互印证、拆解和交融,构成了情节发展的基本推动力量。

如果把它算作一本小说,在我有限的阅读经验中,似乎只有福楼拜嘲讽19世纪中产阶级"知识生活"的百科全书小说《布瓦尔和白居谢》(*Bouvard et Pécuchet*)与之有那么几分形似。但丹穆若什的这本书文辞上虽有微讽,态度却极肃穆,描画各种"思想"都很严正、忠厚,让每一种理论和思想得到正面的发声,因而整本书读起来更像是一系列"学术性"的理论对话。在我看来,这种对话的性质甚至算得上是对最近阶段的文学理论发展的一次整体性的反思和评价。只是在作者笔下,这些理论话语并不是如通常那样以权威、真空的"学术"面目出现,而是被暴露在学者们的日常生活里,生长在学者的血肉之躯里;而这一系列的"众声喧哗"(heteroglossia,借用巴赫金的词汇),活生生地展现出了20世纪90年代美国文学研究界嘈杂、喧腾、混乱的景观。

我想没必要再为这本书的"类别"归属伤脑筋了,很显然,作者有意要打破文类的界限,跨越学院理论与写实表述(不一定只限于小说这种文体)之间的严格分界。另一方面,写作形式上的跨越文体同时也表明文本的意图:这是一个试图推倒学院理论封闭的围墙的故事。

二

这本书开始时的描述确实让我想到戴维·洛奇(David Lodge)的《小

世界》（*Small World*）里的样子。事实上，这本书记录了七年间他们四人共同参加的数次学术会议，写到了会上和会下学者们的思想交锋、胡言乱语、微妙的男女关系和同事之间的貌合神离，勾勒出了学术界的人事情貌。作者对于周遭事物的精妙观察深入同行们在理论思考和生活中遇到的具体烦恼之中（包括他本人）。然而，从最初的描绘开始，丹穆若什的书就已经透露出不同于《小世界》的态度和意图：他的叙述姿态不是保持一定距离因而能够置身事外的暗嘲，而是在不动声色的描绘中透露出一种置身其间的关切。

丹穆若什写作这本书的动机来自他对美国当代学术体制下知识分子出路的思考。作为一名始终关注大学体制和学术界风气的批评家，他对于学院知识分子（与现实历史和自我世界的双重隔绝）的孤立主义、各种各样学术界空洞的理论争吵和妄自尊大的习气感到失望，这些都正在使美国的文学研究界越来越走向思想僵化和激烈（然而却莫名其妙）的派别和学科之间的斗争。

作者在几年前写的另一本著作《我们学者》（*We Scholars*, Harvard University Press, 1995）中批评的那种学者之间浮泛而罕有诚意的交流状况，是这个故事开始时的情景。而出现在这个故事中的四个人物——四个起初在观念和主张上绝少相通之处的学者，经过长达七年的艰难交流，最终能够认真地在学理上互相沟通异同，对理论和自身学术的根基都加以反省，恰恰是实践了丹穆若什在《我们学者》中提出的学院知识分子突破僵化的学院（和学术）体制限制的出路：学者之间跨越理论的隔膜进行自由交流，把理论话语还原到现实历史——学者们自己的思想与现实体验之中。并且更重要的是，在《思想的遇合》中，这种严肃的理论交流的内容首先包括了对于学院知识分子自我主体的审视：学术与我有何相干？它仅仅是我在一种技术专制（technocracy）时代里所"选择"的一种专业技能"行业"吗？这种"行业"会与我的种种日常遭遇完全绝缘吗？说到底，学者们在一种单薄却又嘈杂的理论话语空间中还能够对自己和现实世界保持或产生一种严肃的认知吗？而没有这种认知，那些理论话语的纷繁演化又能够在多大程度上让学者们执着、有心地历练呢？

三

可以说从一开始，《思想的遇合》的批判性就是显而易见的。丹穆若什在《我们学者》中曾经更清楚地提出过一个关于象牙制成的巴别塔（the ivory tower of Babel）的比喻。巴别塔的意象用在美国学术体制上，其意义不言而喻：巴别塔本为探求上帝的真理而建，但被耶和华变乱口音之后，巴别塔上的人们互相隔膜，无法进行沟通；而在丹穆若什看来，当代学院知识分子们生活在自我封闭的狭小的理论空间内，日趋专业化、技术化的理论话语是他们被"变乱"了的口音，阻隔着相互间的交流，乃至自我认知。

当代盛行的众多理论话语在技术分析的层面上衍生出了令人眼花缭乱的众多形式，但与此同时，学术界被切割分化成无数相互隔膜的专业化的领域、学科和学派，丧失了从整体上把握和回应现实历史的能力。无限分割的专业化趋向是美国现代企业管理的成功标志，丹穆若什在《我们学者》中指出，现代大学学术体制的完善过程正是凭借了这种管理方式。而事实上，这种管理方式与美国学院中现代理论学科的自身发展是互相配合的关系，恰恰是被抽空了现实内容的理论话语构造了学术界基本的专业化、技术化的操作形式。

象牙制成的巴别塔上，是一个远离具体时空、缺失主体的世界。各种批评理论的生产、运用、循环被局限在不同的非历史性的静态世界之中，由此演变出的批评话语、技术方法尽管层出不穷、日益丰富，却从来没有穿透这一静态外壳、接触动态现实的主体自生力量。在这样一种批评传统中，可以说，连时间本身也被"静态化"了，而失去与主体生长紧密相关的历史性内容。（半个世纪前占据美国文学研究界主导地位的新批评方法体现了美国学术体制技术化的一个关键步骤，这种批评方法一方面截断文本与具体时空的关联，另一方面开启了文本"内部空间化"的思辨方向，其依存体制而确定了的经典地位对于日后批评理论发展趋势的影响，比一般想象要大得多。尽管从20世纪60年代开始，欧陆思潮不断传入美国，并被广泛接受，但其实大都是"南橘北枳"。例如，解构理论在欧洲环境中显现出极大的文化反抗性，通过颠覆语言和知识结构来回应和书写现实历史，但在这种思潮影响下的耶鲁学派却借此更加强了文本与现实世界的脱离——能指与所指之间的裂隙被限定在批评的内部空间，丧失了突破话语的形式约束、从边缘进入现实时空的能力；主体则更加成为一个可疑的词汇。）

丹穆若什认为，在这种专业技术形态的学术研究状况之下，难以在不同的理论话语之间产生真正的沟通。我想，因为归根结底，言语之间的沟通来自主体的沟通，而与主体分离的话语却不能认识、理解对方。与主体分离的话语飘荡在一个嘈杂不已却言之无物的虚空世界之中，改变着学者们感知和体验世界的方式，也改变着学者之间的交流性质。丹穆若什在《我们学者》中以自己和周围同事的一些具体事例说明，当代美国大学英文系中的许多教授与现实世界的联系纽带既不在于他们所在的大学的生活区域（因为通常的情形是，大学有形或无形的围墙阻断了学校与社会的互动），也不在于他们与隔壁办公室的同事之间的合作与交流（极尽细密的专业、理论划分已经使他们事实上在说着不同的"学术方言"），他们常常只是通过漂浮在我们生存世界之上的一些单薄、空洞的话语传输渠道，与远方一些不相识的同专业学者打交道。他们期待着在频频举行的国际会议上与这些同行会面，但他们能够凭着话语辨认出对方吗？而这样一种"虚无缥缈"的相互辨认又能产生什么意义呢？

四

《思想的遇合》对于作者在《我们学者》里描述的学术界情形有着直接的批判性。但丹穆若什的目的却不止于批判，也不像前一辈知识分子特里林（Lionel Trilling）那样，干脆回归倚重朴素的道德良知的人文主义传统。丹穆若什想要在巴别塔内部寻找出路。事实是，他相信如果要重新建立学院知识分子的现实感知和批判能力，与其选择从体制中退出，不如从体制的内部积极对其进行改造——况且在当代学术界中，能否做到全身而退，已经颇可怀疑；谁还能保持不受体制话语影响的"纯贞"呢？

丹穆若什在东京会议期间，暗暗下了一个决定，要进行一个改变学术环境的试验。事实上，这是一个非常小的计划：他期望通过改变会议的形式,来寻找学者之间认真沟通的可能。东京会议期间的讨论情况,大约和丹穆若什参加过的大多数会议一样,与会者在会前毫无交流的机会,会上如果不是各自念一篇互不相关的论文了事,就是抓住一些细枝末节纠缠不放,面对开始打瞌睡的听众们,发生一些并无诚意的相互攻击。他向同一个小组的另外三位学者提议,今后他们四个人争取共同参加会议的机会,共同商讨每一次讨论的主题,想看看他们四个人能在多大程度上从内部改变"小世界"里的风气。

另外三位学者,起初谁也不把这件事当真。七年中,丹穆若什千方百计创造机会让大家重聚,结果发现每一次相聚都变成一场新的灾难,大家的论辩逐渐从理论层面演变到对彼此人生观和身份认同、历史背景的攻击。书中的丹穆若什是个寡言、内向的人,在每一次漫长的讨论中,尽管他都最少发言,却时时努力让对话进行下去(避免有人拂袖而去)。我完全不能用简略的话语复述这中间具体的过程,那些讨论中充满了学理上的辨析,同时混杂着来自现实世界的种种冲击和衬托。然而,这种坚持必然朝着一个方向发展,大家不得不越来越多地表达自己,不得不使出浑身解数来应对别人的观点,因此,大家事实上越来越多地在理论话语的后面触及那个"说话人"(speaking person,再次借用巴赫金的词汇)的面目。

1995年,在芝加哥举行的现代语言学会年会期间,丹穆若什发现每个人都沉浸在抑郁的心境里。实际原因是非常私人性的:道佛坦言他正面临家庭崩溃,自己有了一个年轻情人,同时与着迷于"异次元空间"、对政治冷漠的儿子们失去沟通;玛莎没有拿到终身教职,面临失业;而维克似有难言之隐不肯说出。前两次,他们四人之间的讨论主题分别是:英语研究学科的困境、四处旅行的理论是否还有家园。芝加哥会议中,他们相约的共同题目是文化研究的政治性。前两次会议,四人间还有针锋相对的辩论——至少在关于旅行理论的一场辩论中,大家都竭力各显神通,而这一回每个人却都显出厌倦之色。

以色列学者道佛是个四海为家的大牌教授,他的思想在四人之间显得最为沉重,从他的言语中,我渐渐感到他是那种对于现代知识传统既信仰又完全绝望的悲观主义者。在会议结束后的晚餐上,道佛心灰意冷地袒露自己的心境——对整个学术界和学者生活的绝望。他说:我们在探讨文化研究，但我们其实都是巨大洋流中的一些小鱼而已。有些鱼自以为能够逆流而上，成了鱼群里的先知和艺术家，但洋流从来没有因此改变过方向，那些逆流而上的行为都被扫荡得干干净净。有的鱼躲藏在海底的暗流或者被潮水中进岸边的池塘中，可以说那些地方就是我们的大学，这些鱼自以为可以安身立命了，但对于洋流是完全无知的。还有些鱼奋勇跃出水面，获得自由的空气，自以为变成了鱼王；艾略特的《荒原》（The Waste Land）的实质就是表明自己是鱼王，但这种鱼王的英雄作为也只不过让挣扎出水面的自己生活和死去得更加清醒而痛苦。道佛的话既是指向现代文化传统，同时也表明了他所理解的当代知识分子的生存境况。他的这番自白把每个人从理论的话语高空拉到了安身立命的现实处境之中。到了让人难受的时刻，大家的情绪激动起来。丹穆若什劝解道佛，说他本人的学术事业毕竟在进步，比如说他对于黑格尔的日渐精妙的研究不是已经成了生活的一部分吗？但道佛却沉痛地反驳说，难道黑格尔是我的生活吗？！

这次晚饭眼看就要不欢而散。丹穆若什心想，这样硬把大家拉到一起，也许是个错误，他决定放弃。但就在他这样说的时候，另外三人却在沉默中显出不安之色。他们向丹穆若什建议，再多一次机会，谁也不想就这样不了了之地分手；此时此刻，每个人都袒露了自己在学术与生活上的窘境，谁也不想把这已经揭开来的绝望带回家去独自品味。

又过了两年，丹穆若什和大家经过长时间的通信讨论，共同商定一个新的讨论主题：批评的自剖——目的在于揭示批评主体的自我存在。四个"冤家"见了面。令丹穆若什大吃一惊的是，每个人都多多少少地改变了各自原来的理论立场——都在试图吸收（过去根本不屑一顾的）别人理论中的因素。道佛曾经指出女权理论家玛莎的反普遍性理念的后现代政治学观点中本身就包含一种霸道的普遍主义，而这一回，她的报告中开始从这个角度来反省女性主义理论的主体问题。唯美主义的自由批评家维克则开始对自己津津乐道的南美文化的主体想象进行殖民政治学的思考。道佛似乎也接受了一些解构理论的思想，由对马修·阿诺德（Matthew Arnold）自己虚构的敌手——德国文化哲学家阿尔米纽斯（Arminius）的身份辨析开始对阿诺德式的西方文化主体的整体性进行剖析和质疑。三位学者的理论分析不仅针对分析对象的主体，也指向在自己的理论认同背后的现实历史内容。会议进行得平静而紧张。丹穆若什甚至更加惊奇地发现，朋友们的生活方式也发生了某些改变，比如道佛尽管向来对年轻一代的世界充满愤怒，现在他却在玛莎和维克提供的知识背景下开始和儿子们谈论虚拟空间了，同时他决定回到妻子的身边。玛莎对学院体制也不再一味取自我放逐、盲目与之为敌的立场，而开始更积极地从自己的现实经验中寻找跨越体制限制的契机。

会议在南美的一个海岛举行，会议中间，四位朋友出外探奇，寻访一位擅长面具艺术的民间艺人。丹穆若什用了二十多页来描述这场在斜阳下的荒漠里进行的交谈。面具艺术的话题似乎吸引了每一个人，他们由面具（mask）谈到面具下的"面孔"（face），谈到各自心爱的与面具和面孔相关的不同国家和民族的文学作品，甚至谈到各自不同的身世、宗教信仰和成长经验。丹穆若什对英国儿童文学有长久的研究，那多半也来自童年的兴趣，这时他说到英国作家刘易斯（C. S. Lewis）的小说《直到我们有了面孔》（*Till We Have Faces*）。小说中有一个场景让他一直念念不忘，并使他萌生了四人聚会的念头：地狱里面，那些被诅咒的罪人虽然面对精美的食物，却吃不进嘴，原因是他们的胳膊肘不能弯曲；天堂里的人们有着同样的残疾，却能快乐地进食，是因为他们懂得互相喂食。丹穆若什没等朋友们开始嘲笑他的天真，就继续谈到刘易斯自身的残疾对于他的文化追求的影响。整个傍晚的谈话不断从话语/面具的世界滑向说话人/面孔的世界。虽然大家依旧争论不休，但看上去，在荒郊野外的一个酒吧里，这四个朋友都沉浸在快乐融洽的氛围中。那个小酒吧的名字也颇让他们感到欣喜：El Jardín de Eden（西班牙语里的"伊甸园"）。

会议结束的那一天，刚巧是丹穆若什四十四岁的生日，三位朋友送给他一份生日礼物，是丹穆若什的著作目录。上面有一本他从来没有写过的书：《思想的遇合》（*Meetings of the Mind*）。原来是大家建议让他写下这七年来的经历，他是倡议者，写作的任务非他莫属。同时列在目录中的，还有四篇他没有写过的论文，分别论述古代埃及诗歌、南美洲阿兹特克诗歌、一位女性主义电影导演的作品和犹太主义的伦理问题。丹穆若什认为这是恶意玩笑，但事实却是其他三位朋友在过去两年合作的结果，他们瞒着丹穆若什，用他的名字发表在不同杂志上。丹穆若什大为诧异，甚至觉得恼火。但三位朋友却认真地说，没有丹穆若什的坚持，他们三个人不会想到合作；没有相互之间的沟通，他们不会写出这四篇"打破了学术隔膜"的论文。这四篇论文署上丹穆若什的名字，是这次艰难沟通的见证。

五

在巴别塔上众口难调的"口音"中穿行的过程犹如一个看不到终结的探险故事，而丹穆若什却把这个故事的结局写得像童话一般美好——仿佛奇迹似的让人觉得难以置信。并且如果比照他在《我们学者》中的批判广度而言，可以说，丹穆若什通过这个故事提供的"出路"也颇为简单和天真：四个人的传奇一般的相知相交最终通向了学者们的"天堂"。不过，也许所谓"出路"确实比我们通常想象的简单，而且"天真"。

我想，事实应该是，《思想的遇合》是一部用小说形式写成的书，而它作为小说的叙述形式从一开始就包含了一个非常简单但至关重要的动机：在哥伦比亚大学向本科生讲授现代文学理论的丹穆若什，在书中没有对各种理论做简单臧否，而是把这些理论话语变成为人格化的叙述材料，转化成一些清晰可辨的声音；或者说，他为理论找到了"面孔"，使话语获得了肉身、个性、身份、时间、历史和具体的生存境遇。丹穆若什的漫长叙事表明了一个事实：巴别塔上"变乱了的口音"背后各有其说话人的面孔，只不过我们在平常的学术生活中会忘记，或者不愿意面对。这个在整个故事中最为根本的动机一直在四个朋友的喧嚷、争吵、愤怒和欢笑声中持续地生长着，把故事推向一个必然的结局。

故事最为动人的一刻，是四个朋友在荒漠中发现自己跨越了"口音"的障碍时，他们重新说出了一个有关自我的（其实原本非常单纯的）道理：直到我们有了面孔（till we have faces）。正像丹穆若什在书中分析罗兰·巴特（Roland Barthes）时说的，如果穿透话语和其他种种的外壳，任何理论话语应该都可以还原为现实文化空间里的主体，这个主体好比四个朋友描绘的"面孔"，无论它是一种自我回归、现实塑造或者思考辨析的结果，无论它是美丽还是丑陋、畸形，这张面孔必是有血有肉、有自生力量的。

在《思想的遇合》中，丹穆若什犹如在写作一部关于当代理论话语的百科全书，几乎涉及当前理论界流行的所有不同方法、思路和流派。然而，通常的百科全书目的是要在抽象的层面上固定话语的意义，而当这些话语获得人格化的力量，被赋予了真实可辨的面孔时，它们相互之间不断的冲撞，却依照叙事的原则突破了相互之间的壁垒，突破了各自僵化的外壳，进入了叙述时间的流动之中。这些话语化身为行动的主体，延展到叙事所呈现的现实时空，一方面呈现出了理论与历史和经验密切相关的具体性，另一方面则是在不同话语的交融之中发生着刺激主体实践、孕育主体意识的可能。

丹穆若什通过他的故事，正是在一个简单然而具体的层面上，回答了他自己在《我们学者》中的问题：只有当学者们具有并坦诚面对自己的面孔／"主体"，才可以真正结束被放逐于理论虚空的命运，才可以相知相认——看清楚那形形色色的话语背后的面孔，看清楚那些面孔背后的世界。

六

我猜想，大多数读者应该和我差不多，对这个故事信以为真——并且由不得你不信，书的封面有四位学者的合影，书后附有四个人长长的作品目录。后来有一天，在丹穆若什的办公室里，我向他打听四位朋友后来的情形，他连忙让我好好再端详一下那张合影。我这才恍然大悟地发现，照片上的四个人原来竟是丹穆若什本人的四种不同扮相：加一个犹太人的连鬓胡子，或者头发上抹一层定型发胶，或者涂上口红再戴一顶棕红色披肩长发的头套。而这时我才意识到，就连四个人的名字也无一例外是大卫·丹穆若什（David Damrosch）名字中几个字母的不同组合。我才明白，原来这彻头彻尾是一个虚构的故事，是一本真正的"小说"（fiction）。丹穆若什发现我也上了当，赶忙安慰我说，这不算什么，两年前《纽约时报》的一位书评家曾写了一篇很长的书评来赞美这本书，最终发表之前想要寻访书中的另外三个主人公时才发现他们竟是"子虚乌有"。书评家不禁勃然大怒，撕毁了文章。

我想，《纽约时报》的这位书评家大可不必为此而发脾气，丹穆若什这样精心策划自己的书写行为，甚至模糊了真实和虚构的界限，显然有自己的用意。事实上，另外三位学者都是丹穆若什的隐形自我——他像巴赫金那样喜欢借用别人的名字发表不同领域的论文和著作，书后参考书目中列在三位朋友名下的，其实都是丹穆若什自己的作品。因此，不是另外三位朋友替他写作，而是相反，他把自己的思想分布到"朋友们"的身上，而他自己的研究范围实际上跨越了从古埃及学到殖民时代的阿兹特克文化，从政治化的女性电影理论到犹太教义阐释，从圣经研究到符号学，从英国文学史到小说理论等许多看起来相隔甚远的学科。在丹穆若什最新出版的著作《什么是世界文学》（What Is World Literature, Princeton University Press, 2003）的目录中，我看到了他用"朋友们"的名义写出的关于不同语言文学和不同学科的论文。

几年以前，丹穆若什曾经写过一篇文章分析德国学者奥尔巴赫（Erich Auerbach）的流亡经验和文化视野，认为这种文化综合型的学者在当前专业化、技术化的学术环境中难以再生。他并不惋惜这种学者的消失，而且他将奥尔巴赫的犹太身份、他的欧洲文化认同心态放到与欧洲近代政治相关的历史语境中加以分析，来探讨传统人文主义思想在当代衰落的根由。丹穆若什并不认同奥尔巴赫的文化理想，但他却似乎在方法学意义上认同了后者的文化综合视角——他化身为不同专业、理论、学科领域的学者，正是打破这些不同学科和话语之间的隔阂，而从中探索一种对于当代文化的综合整体把握的努力。

在这个意义上，可以说丹穆若什的《思想的遇合》是一部寻找理论话语沟通的可能性、重建批评理论综合视野的实验作品。但正像他对奥尔巴赫的人文主义思想的分析所表明的那样，他显然认为当代学术的构造已经不再可能从一个较为整齐、有着内部一致性的视角来进行整体把握，相反，他更愿意把视角分散到各种不同的批评主体身上——具体的做法就是，他将自己的观察和思想分散到有着四个不同立场、不同理论背景的学者身上。我想，《思想的遇合》在叙事形式上的这种实验性的角色分配方法正表明，作者置身于正在被无限分裂的理论世界，不再期望以一种单一的视角来建立统摄全局的观念，而是接受这种分裂的多元局面，在多元理解的条件下寻求沟通和综合的可能。这同时也意味着，丹穆若什的故事不是一个为学者们指明目的和终点的传奇，而是一个开放的、可以无限生长下去的寓言。

（原载《上海文学》2003 年第 7 期）

"流动性"与"此时此刻"

——关于《哈佛新编中国现代文学史》

我以前从没想到过，我的老师王德威教授有一天会组织这么多学者，来写这样一部印出来足有1001页（英文原版页数）的文学史。这部《哈佛新编中国现代文学史》（*A New Literary History of Modern China*，囊括了143位作者撰写的161篇文章）在2017年问世；繁体中文版于2021年由麦田出版社推出，彼时这部文学史的容量增至184篇文章，作者也增至155位，篇幅接近1100页，以两卷本形式发行；2022年，简体中文版以两卷精装本形式由四川人民出版社发行，多达1250页，但文章数量是169篇，作者145位，从篇幅到内容与英文原版、繁体中文版都有些许差异。

至此，《哈佛新编中国现代文学史》呈现出三个具有"差异与重复"（借用德勒兹的概念）的存在形式。除此之外，王德威自2017年就开始接受诸多中文媒体的采访，他也多次在"差异与重复"中坦白，组织撰写这部文学史，原来并不是他自己的意愿。这部书的策划出版，是哈佛大学出版社人文部编辑林赛水（Lindsay Waters）说服他参与的一个项目。很少为中文读者所知的一个事实是，王德威身为主编，在此书编写设计的结构上却没有多少自由，原因是哈佛出版社早有出版理念和框架在先。

1989年，哈佛大学出版社启动了"重写文学史"的出版项目。就在这一年，《哈佛新编法国文学史》（*A New History of French Literature*）问世。这本书的设计在当时可谓标新立异，它打破了以作者为中心，或以历史为分期，或以文学为主题，或以民族国家为范围的各种具有"整体性"

的文学史书写方式。全书以年代和标题事件为序，从公元778年到1989年，用160多个时间点，即160多篇文章，打开了160多个进入法国文学宇宙的时空界域，或"星门"。编者目的不是为了突出一些重要作家，或强调一些特殊的历史时期，甚至并不把重点放在传统意义上的文学上；而整本书要追问的问题，不是"什么是法国文学"，而是一种反向质疑；在文本的边界、事件、相互关系中，"法国"和"文学"都获得多元和流动的阐释。

比如开篇文章，公元778年，这一年还没有法国，也并没有什么法国文学事件发生，但这是《罗兰之歌》那位传说中的英雄罗兰死去的年份。《哈佛新编法国文学史》第一篇即提出了对"法国"和"法语文学"的"起源"神话的多重解说和质疑。全书具有"编年体"的形式，但仔细阅读，读者不难发现，每一个时间点都在流动之中，比如第二篇，公元842年，存世的最早用查理曼加罗林朝高卢语写成的文献出现在这一年，但这篇文章围绕法语、法兰西民族，和后来学者认为法国初意指自由的各种文献和论述，跨越时间有一千多年。如果从书后的索引来查找，读者会发现，20世纪的作家普鲁斯特出现在近十篇文章之中，他的身影提前在15世纪就浮现出来，并一直在此后五百年的文学宇宙中时隐时现。不只是他，许多法国作家和文学人物也都不受线性时间束缚，是这一卷编年体文学史论述中的时空旅行者。

这部《哈佛新编法国文学史》打破了"法国"和"文学"的界限，也打破了"整体性"和"线性体"论述，实现了一种"星座图"（constellation）的文学史书写方式。此后哈佛大学出版社又再接再厉，陆续出版了相同体例的《哈佛新编德国文学史》（*A New History of German Literature*, 2004）、《哈佛新编美国文学史》（*A New Literary History of America*, 2009）。《哈佛新编美国文学史》更是彻底突破"文学史"的概念，与其说是关于美国"文学"的历史，不如说是关于"美国"的文学史述，这在书的题目中体现为"文学"从主语转为形容词，"文学"在此书中完全打开，几乎无所不包。《哈佛新编美国文学史》第一篇是1507年，"美利坚"这个词汇及其所代表的新大陆第一次出现在世界地图上；而最后一篇的时间点是2008年，事件是奥巴马当选美国总统，这一篇"文章"

没有文字，只有四幅涂鸦和五幅将人形与树形组合的仿原始意象的先锋版画。至此，《哈佛新编美国文学史》把自己也书写成为一个"事件"，邀请读者参与阐述其意义。这个开放型的结构，也透露出全书试图打破"美国"及"文学"的界限，生成多义与差异的空间。

到 2010 年列入出版计划的《哈佛新编中国现代文学史》，已经是这个出版项目的第四种了。如何在原框架内容纳中国文学的方方面面，并提出一种新的文学史观念，实在是一个非常具有挑战性的任务。此后历时七年，王德威完成了这部新文学史，既延续了哈佛新文学史的"星空图"式的书写体例，也在编写中提出了有关"中国""现代""文学""历史"的开放性理解。应该说在有限制的情况下，主编也发挥了自由的阐释，而落实在文学史的语境中，这自由的阐释成为一种信念："即使千篇一律万马齐喑，中国和华语世界作家也一直并且仍然有着以复杂思想和创造性思维开启众声喧哗的可能。"我也参与了此书的写作（承担 1916 年、1927 年、2066 年三篇文章，以及 1988 年陈思和文章的英译），本文无意也不该对《哈佛新编中国现代文学史》做任何评价，至于此书所阐述的文学史新理念，在《导论："世界中"的中国文学》中已经表述得非常清楚，无须我再赘言。我写此文的目的，是试图把这一本《哈佛新编中国现代文学史》也放在"历史"之中，如果在英文版的一千零一"页"之后，还有继续讲述的必要，中文版也可以是这一千零一"夜"中的一个"时间点"、一个"事件"、一个"透视点"、一个"星门"。而我给自己设定的任务，与其说是来解释这本文学史是什么，毋宁说是试图说明这本文学史不是什么。

回到 20 世纪 80 年代的语境，写一部文学史是一件大事，从 20 世纪 30 年代出生到 60 年代出生的两三代学者，都在为构建文学史观念的工作，投注了大量的热情和劳动。每一本文学史的构想都意图代表一种石破天惊的新思想，如钱理群、温儒敏、吴福辉、王超冰编写的《中国现代文学三十年》兼容雅俗，让京海重现，打破新民主主义文学一统天下的文学史观，同时容纳不同政治立场的作家，给一些过去被遮蔽的作家新的关注；陈平原、黄子平、钱理群三位提出"二十世纪中国文学"论述，打通了近代、现代、当代，将晚清、民国、"新民主主义"旗帜下的文学，以及尚难定论的"当代"统一在一个场域中讨论；陈平原写《二十世纪中国小说史》

第一卷从晚清开始而不是五四,他关注的重点在文学叙述形式而不仅仅是思潮和主题,而他采用的研究方法是直接从原始资料入手;陈思和《中国新文学整体观》从现实主义、浪漫主义、现代主义等多个线索重构中国现代文学自身的发展规律,以此形成具有历史自觉意识的新的文学史观。这些努力全都具有划时代的意义,让文学从政治的桎梏中解放出来,回到文学本身。那一代学者之所以要重写文学史,既是要摘去遮蔽文学史真相的那些"石化"思想框架,也与他们重建知识论和更新方法论的诉求有关。现在回望20世纪80年代,那是一个百废待兴的时代,刚刚打开的空间让人禁不住想要走新路,一切都可以重构,一切都亟须变革。那个时代有"85新潮美术"、先锋小说、第三代诗歌、第五代电影,重写文学史的学者们也曾被称作"第三代学人",他们所做的,也是要像《黄土地》开头的画面那样,让"原始的风景"裸露出来,重现中国现代文学的历史情境。

我认为对20世纪80年代学者而言,当时影响很大的一部著作是丹麦学者勃兰兑斯写的《十九世纪文学主流》。勃兰兑斯的著作奠定了一种体现"观念"和"理想"的文学史观,他的六册跨国文学史,贯穿始终的是文学的进步力量和保守力量之间的戏剧式斗争,通过对法国、德国一些作家的考察,将19世纪浪漫派的兴衰过程生动呈现出来。20世纪80年代的学者们也希望能像勃兰兑斯那样,把握中国现代文学的主流或是主题,用那样一种强烈的方式重构中国现代过程中的戏剧化场面。但不能不遗憾地说,在当时没有一部中国现代文学史是勃兰兑斯式的。不能由此判定当时没有一位学者可以把握现代中国文学的戏剧冲突发生和发展的全过程,但或许确实没有哪一个单一主题能够将这个复杂的时代统合在一个完整叙述中。今天回头去看,当时几乎没人写出他们心目中理想的文学史,但这样说不是想要苛责那一代学者,我恰恰认识到他们知不可为而为之的勇气。

与这种景象形成对比的是,美国虽然有夏志清在1962年出版的《中国现代小说史》(*A History of Modern Chinese Fiction*),但后来的中国文学研究界似乎对重写文学史兴趣不大。王德威在1997年出版《被压抑的现代性》(*Fin-de-Siecle Splendor: Repressed Modernities of Late Qing Fiction*),与其说是重写文学史,不如说是反对单一线索的文学史;此书考掘那些被新文化主导的"现代性"历史叙述遮蔽的文学现象,再现众声喧哗的晚清文学景观。这样的工作,让人联想到福柯的考古学和谱系学,也如古生物学家古尔德(Stephen Jay Gould)主张的那样,进化论虽然隐含了时间的箭头,但并不必然构成一部线性演进的历史,地层中充满生命演化过程中被遗落的物种,星星点点,考古学家如管中窥豹,时见一斑,但无法确定单一线索的进化历史走向。这本书的英文标题是《世纪末的华丽》(Fin-de-Siècle Splendor),晚清文学的丰富确有着巴洛克一般的华丽风采。如果挪用另一位学者哈拉维(Donna J. Haraway)在完全不同的语境中说过的话,或许也可以用"蕨类植物和无脊椎动物交叠的巴洛克"来形容文学史叙述难以归纳的文学现象。也就是说,晚清文学有"被压抑的现代性",但没有"十九世纪文学主流"。

　　王德威继而在《历史与怪兽》(The Monster That Is History, 2004)中,借用怪兽性(monstrosity)来比现代性(modernity),以此凸显现代性的历史残暴,而文学处在"史学正义"和"诗学正义"的纠缠之中。在此观点下,文学面对历史这怪兽,在其种种暴力蹂躏下,必是肝肠寸断、支离破碎。这之后,王德威写成《史诗时代的抒情声音》(The Lyrical in Epic Time, 2014),面对1949年前后史诗一般的时代主潮,通过多种文学和艺术表达的媒介,召唤现代中国文学的抒情传统。这并不是一个替代性历史叙述,而是在历史缝隙中,发现那些个人逆时代而为的抉择,"召唤一种感觉的方法、一种不合时宜的向往,反主流而行,更有意义,也更耐人寻味"。抒情声音可以构成文学史的旋律,但这是在根本上否定整体性,否定时代主流的文学史。或许《史诗时代的抒情声音》在刻画出一个大时代的戏剧冲突上,最接近勃兰兑斯写的《十九世纪文学主流》,但写法却完全不同,因为书写抒情的声音,是写在文学主流一个旋律压抑之下,那些无论喑哑还是残破但属于个人的"吹万不同,而使其自己"的万籁众声。

　　现在回应开头我说的那句话,我说从来没有想过自己的老师有一天会写一本文学史,这是因为我认为自己了解王德威并没有如勃兰兑斯那样的立场执念,他有对"大说"的警惕。文学史在中国语境中的复杂政治性,使其必然成为"大说"的一个重要面向,也因这个缘故,写一部"言志""原本""启蒙"的文学史,曾经是中国学者的理想。王德威自有其志,是立足在个体层面的学术志向,必不趋时,他在治学中崇尚多元,尊重个体,在学术的伦理上有深层的民主与自由精神。从他早年常道"众声喧哗",到近年来重视"幽暗意识",都可看出他对那些张扬"整体性"和"天下大同"的论述保持批判的距离。但另一方面,从"差异与重复"的实践来说,从发现"被压抑的现代性",到以文学来认识"历史即怪兽",到召唤中国文学的现代抒情传统,到论述当代华语小说的幽暗意识,他也一直在给我们书写别具一格的文学史。那不是完整成体系的文学史,但却是有着流动性的、始终在生成中而拒绝完成的文学史。

《哈佛新编中国现代文学史》并不是一个人写的。假如是一个人写作这本书,那也许会是另一种样子。但无论是哪一种样子,它都不会是20世纪80年代学者们期待的那样一种文学史。它不是一部"大说"之书,不是一部"启蒙"之书,不是一部具有"整体性"的书,也不是一部标榜"理想"的文学史。它甚至不是一部提供史实"确定性"的教科书,对于考研来说,它可能没有太多用处。它的三四个关键词如"中国""现代""文学""历史",在此书中都在循环往复的微观论述中获得多义,也许读了这本书的学生没办法找到标准答案。事实上,尽管有哈佛这套书的规定套路,主编却从中获得了一种解放的力量,这是一种去戏剧化、去观念化的力量。而由此推衍出来的这样一种写法,也把文学史从一个有边界、有头有尾的写法,变成了一个失去聚焦、散点透视之下,没有边界或不断越界的文学史。这本书甚至没有明确的起始——这部"现代"的文学史的开端,是重叠在一起的多重缘起,从1635年杨廷筠用"文学"来翻译西文"literature",跨越到1932年和1934年周作人与嵇文甫将中国文学的现代起点定于晚明。这本书也没有明确的终点——2066年还没有发生;韩松小说《火星照耀美国》与其说是有预言性,不如说强化了历史的不确定性;而当代科幻新浪潮,映照的是晚清梁启超和鲁迅的"新中国"梦,一个世纪之后,唯有在科幻小说中,我们相信"未来有无限的可能"。

《哈佛新编中国现代文学史》是一部好看的书,读者也可以把它当作一百几十个故事来读,而这些文章的等长与常数特征,将关于文学的话题去阶层化、去秩序化,在很大程度上让读者有了阅读上的自由权。每一个读者都可以制造自己的阅读路径,可以用独一无二的阅读体验来创生自己的文学史认知。在微观的层面,每一篇文章都具有德勒兹和加塔里在《千高原》里所说的"此性",这儿—此处—现在。王德威在《导论:"世界中"的中国文学》中有这样一段描述:"历史后见之明告诉我们,很多创新动力理应产生更为积极的结果,但或因时机偶然,或因现实考量,而仅止于昙花一现,甚至背道而驰。世事多变,善恶'俱分进化',历史的每一转折不一定导向'所有可能的最好世界中的最佳选择'。但这并不意味着文学'现代性'这一观念毫无逻辑或意义可言。恰恰相反,它正说明'现代'文学演变没有现成路径可循,即便该过程可以重来一遍,其中任何细微的因素都未必可能复制。牵一发而动全身,任何现代的道路都是通过无数可变的和可塑的阶段而实现。从另一角度来说,书中的每一个时间点都可以看作是一个历史引爆点。从中我们见证'过去'所埋藏或遗忘的意义因为此时此刻的阅读书写,再一次显现'始料未及'的时间纵深和物质性。"正是此时此刻的阅读,让这一部超过一千页的文学史处在一个永远的流动状态,它不是一部具有完成意义的文学史,而是一部敞开着,由161(或184,或169)个星门通向一个文学宇宙的文本,至于这个宇宙是否一定是"中国现代文学",也由读者来决定,这三个关键词的每一个都在这本书中处在流动的状态。

(原载《读书》2023年第5期)

未来有无限可能

后记

写这篇后记时，我正坐在德国汉莎航空的一架飞往法兰克福的班机上，飞机刚经过黑海上空，我分不清外面是黑夜还是白昼。我在飞机上编订完的这本自选集，最初题目是《想象世界的方式》，但因为今年还有一本新书要出，题目中也有"方式"，经过朋友的建议，我决定更直接一点：想象世界，如果是文学的方式，未来应该有无限的可能。因此这本书的标题定为《未来有无限可能》。2015年，《人民文学》编辑为我所写的一篇特稿所加的标题叫《未来有无限的可能》。

前面说我坐在飞机上，还可以加上一句，我五十一岁——这是模仿村上春树流行小说的开头。不过刚才编书的时候，我的的确确认真想了一下自己的年龄。这本自选集或许恰逢其时。我最早发表关于山东作家刘玉堂的论文，应该是1994年。刘玉堂老师已经不在这个世界上五年了，时间如果是线性流动的，它的形状应该是刀锋，或什么别的兵器。三十年前，我对时间的想象灿如桃花。我热衷写小说和诗歌，在大学毕业之前面临选择，当时刚天南地北发表了不少作品，原本以为读研时可以继续写小说。这个梦想太早了——现在创意写作专业都有博士了，三十年前读研时写小说，则是不务正业。我幸运地遇到了非常好的老师，让我在经历文学训练的过程中，仍能保持一颗活泼的文学之心。我的导师最初是复旦大学的陈思和老师，然后是当时在哥伦比亚大学，后转去哈佛大学的王德威老师。过去三十年间——从1994年到陈老师那里去，到2000年去纽约跟王老师读书——老师们的爱护和教导，让我在这个喧哗而浮躁的世界中，有一个相对自由的空间。我可以走自己独立的道路，自由发展关于文学的想法。除了20世纪90年代末期之外，我一直不太认同自己是一个批评家，这是因为我跟时代的主流总保持距离，在时间感受上有时太慢，有时太快，总之是不够紧密。但自始至终，我关心当代文学的发展，认为自己是一个文学的观察者、研究者、思考者，也很愿意用中文写作，分享自己关于当代文学的一些看法。

此书涵盖了跨度有二十五年的批评文字，从我写王安忆小说诗学的硕士论文（1998）开始，到在《上海文学》写批评的一个短暂时间（1997—2003），到进入博士论文《少年中国》研究（2003—2013），此后有很长时间离开了当代文学。然而，正所谓无心插柳柳成荫，我自以为坠入偏门的科幻爱好，却让我无意之中邂逅中国科幻的复兴。2007年，我开始关注刘慈欣、韩松；2010年，开始组织翻译中国科幻进入英语世界；2011年，发表最初的刘慈欣评论（此后的十年中先后写过四篇有关刘慈欣的论述）；2015—2016年，开始琢磨科幻诗学问题，写出《再现不可见之物》；2019年，把科幻作为思考方法，提出"《狂人日记》是科幻小说吗？"这样不守正道的问题。一路写来，迄今已经用中英文写作、编辑了一百多种有关中国科幻的出版物，其中包括写作时间有八年之久的英文专著《看的恐惧》（*Fear of Seeing*, 2023）。在此书的英文版进入出版制作的阶段时，我应一些杂志邀请，在过去十几个月中，写了至少有十篇有关科幻诗学、当代文学意识、后人类境况、新巴洛克美学以及什么是21世纪文学的中文文章，这最近一个阶段的写作在本书中也有体现。

收入本书的文章分成四个专辑，分别对应着我在这些年中研究的四个主题：科幻诗学、当代意识、青春话语、文学观察。虽然是自选集，其实可选的作品是很少的，可见我平时是不勤奋的。勉强凑起来的十九篇论文，其中有四篇选自《中国科幻新浪潮》（上海文艺出版社 2020 年版），另四篇选自此前另一本论文选《批评与想象》（复旦大学出版社 2013 年版），五篇选自即将出版的《科幻作为方法》（中信出版社），还有两篇选自即将出版的《少年中国》（生活·读书·新知三联书店）。另有四篇文章是首次收入作品集中。在此感谢丛书主编的约稿，感谢出版社以及为此书付出劳动的编辑们。希望这样一本自选集，并不仅是对我自己有意义。

写到这里，飞机已经进入欧洲的内陆，不久后就要穿过厚厚的云层，降落在法兰克福机场。旅行还将继续，未来有无限可能。

2024 年 3 月 15 日，写于汉莎航空 729 航班上